Mon année BREVET

W0398058

Les fiches

3e

Maths . Physique . Chimie
SVT . Technologie

Yann Gélébart (texte et vidéos)
Certifié de mathématiques

Paul Lienhard
Certifié de physique-chimie

Rachid El-Farsi
Certifié de physique-chimie

Agnès Rivière
Agrégée de SVT

Éloïse Mallard-Robert
Certifiée de SVT

Clément Fantoli
Professeur de technologie

Et en +
ton livre sur mobile

1. Flashe ce code ou va sur **www.editions-bordas.fr/revisions-mobile.html**
2. Réponds à la question posée et crée ton compte.
3. Tu reçois un mail pour télécharger ton appli.
4. Ouvre l'appli, ça y est, ton livre est sur ton mobile !

bordas

SOMMAIRE

FONCTIONS

STATISTIQUES ET PROBABILITÉS

GÉOMÉTRIE

GRANDEURS ET MESURES

▶ Vidéo Ce logo placé en haut des fiches et sur le sommaire vous indique qu'une vidéo de professeur ou un schéma animé vous est proposé dans la version numérique gratuite de ce titre.
Reportez-vous au début de l'ouvrage pour connaître les modalités de téléchargement.

Physique Chimie

ORGANISATION ET TRANSFORMATIONS DE LA MATIÈRE

MOUVEMENTS ET INTERACTIONS

L'ÉNERGIE ET SES CONVERSIONS

DES SIGNAUX POUR OBSERVER ET COMMUNIQUER

SVT

LA PLANÈTE TERRE, L'ENVIRONNEMENT ET L'ACTION HUMAINE

LE VIVANT ET SON ÉVOLUTION

LE CORPS HUMAIN ET LA SANTÉ

Technologie

Édition : Nathalie Legros
Création maquette : Véronique Lefebvre
Mise en pages : Ma petite FaB
Iconographe : Laurence Vacher
Illustrateur : Vincent Landrin

Crédits iconographiques

249 htg © Bianchetti / Leemage ; **249 htm** © Jean-Loup Charmet / Science Photo Library ; **249 htd** © Bianchetti / Leemage ; **249 mg** © Musée des arts et métiers - Cnam / photo Michèle Favareille ; **249 mm** © Bianchetti / Leemage ; **249 md** © Philip Dickson / Alamy / Photo12 ; **249 basg** © Roger-Viollet ; **249 basm** © Bianchetti / Leemage ; **249 basd** © Axel Blueckert / Adobe Stock ; **250 g** © Art gallery / shutterstock ; **250 m** © D Line / shutterstock ; **250 d** © Giambra / shutterstock ; **253 htg** © MEPL / Bridgeman Images ; **253 htd** © Holy Polygon / shutterstock ; **253 mg** © Bianchetti / Leemage ; **253 mht** © ericlefrancais / shutterstock ; **253 mbas** © Athiwat Paiboon / shutterstock ; **253 basg** © Lawrence Manning / Getty Images ; **253 basd** © Sukhov AV / shutterstock ; **254** © Musée des arts et métiers - Cnam / photo Pascal Faligot ; **258** © MVelishchuk / shutterstock

N° projet : 10270004
Dépôt légal : mars 2021
Imprimé en France
par CLERC en mars 2021

FSC www.fsc.org MIXTE Papier issu de sources responsables FSC® C022030

Bordas est un éditeur qui s'engage pour la préservation de l'environnement et utilise du papier issu de forêts gérées de manière responsable et d'autres sources contrôlées.

Les épreuves de Mathématiques et de Sciences au Brevet

- À revoir
- OK

1 LA DURÉE

- L'épreuve de mathématiques dure 2 heures.
- L'épreuve de physique-chimie, SVT et technologie dure 1 heure.

2 LE SUJET

L'épreuve de sciences comporte 2 disciplines parmis les 3 citées. Le choix des 2 disciplines est signifié 2 mois avant la date d'examen.

Le sujet est constitué d'exercices indépendants les uns des autres que vous pouvez traiter dans l'ordre qui vous convient, et qui portent sur différentes parties du programme du cycle 4 (5e, 4e et 3e).

Certains de ces exercices ont pour objet des tâches non guidées qui exigent de votre part une prise d'initiative. D'autres peuvent prendre la forme de questionnaires à choix multiple ou consister à justifier un résultat mathématique, voire répondre à une question ouverte pour tester votre capacité à chercher et raisonner.

Un exercice d'algorithmique ou de programmation fait obligatoirement partie du sujet de l'épreuve de mathématiques.

3 LES COMPÉTENCES

Les épreuves de mathématiques et de sciences évaluent votre capacité à mettre en œuvre les compétences suivantes du socle commun : « chercher », « modéliser », « représenter », « raisonner », « calculer » et « communiquer ».

4 LA NOTATION

- Maths : 100 points.
- Physique-chimie, SVT et technologie : 50 points.
- Des points seront réservés à la présentation de la copie et à l'utilisation de la langue française.
- Il n'est pas toujours nécessaire d'avoir la réponse exacte à une question pour y gagner des points. Les idées pertinentes, les essais, les démarches positives, les solutions incomplètes ou maladroitement formulées sont valorisées lors de la correction. Vous êtes donc encouragé à tenter de répondre aux questions plutôt que d'y renoncer.

5 LES TÂCHES NON GUIDÉES

- La difficulté des tâches non guidées réside dans la mobilisation de diverses compétences pour résoudre l'exercice.

Cependant, la notation prenant en compte toutes les démarches positives (essais, idées pertinentes, solutions incomplètes...), vous êtes encouragé à vous engager dans la résolution de l'exercice même si vous n'avez pas la solution exacte.

- Pour cela, il ne faut pas hésiter à construire des figures, réaliser des schémas, conduire des calculs... qui permettent de progresser vers la solution.

6 LES QUESTIONNAIRES À CHOIX MULTIPLE

- Il n'est pas attribué de points négatifs pour les réponses fausses lors des questionnaires à choix multiple. Il est donc toujours utile de répondre, même au hasard !
- Deux stratégies efficaces peuvent être envisagées, les deux pouvant être mélangées : connaître la bonne proposition ou éliminer les mauvaises.

Éliminer des propositions fausses peut vous permettre de trouver la bonne. Le cas échéant, si vous n'avez pas éliminé suffisamment de propositions fausses, vous limitez tout de même le risque de vous tromper en répondant au hasard.

Quand vous connaissez la bonne proposition, il est tout de même utile d'adopter la stratégie précédente pour vous assurer de ne pas vous être trompé.

7 LA PRÉSENTATION DE LA COPIE

- La copie doit être propre et soignée. En effet, il est utile d'écrire lisiblement, de souligner les numéros des exercices, les conclusions de chaque question ainsi que les résultats importants.
- Les figures et autres tracés doivent être réalisés avec soin. Vous pourrez en particulier veiller à tailler votre crayon papier si vous l'utilisez.

Variable

- [ ] À revoir
- [ ] OK

1

COURS

● Dans un algorithme, une variable est une « boîte » dans laquelle on peut stocker un résultat qui peut être un nombre, un mot, une liste... Elle est généralement repérée par un nom.

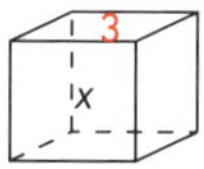

Exemple : Ci-contre, la variable x a la valeur 3.

Remarque : Dans un programme, cette variable est un emplacement de la mémoire d'un ordinateur.

EXERCICE RÉSOLU 1

Énoncé

Tom avait écrit un programme pour calculer une valeur approchée du volume d'un cylindre de révolution connaissant le rayon de sa base et sa hauteur mais ne parvient plus à remettre les instructions dans l'ordre. Aidez-le !

1. demander [Quel est le rayon de la base du cylindre ?] et attendre
2. dire (regroupe [Le volume du cylindre est environ] (volume))
3. quand [drapeau] cliqué
4. mettre [rayon ▾] à (réponse)
5. demander [Quelle est la hauteur du cylindre ?] et attendre
6. mettre [hauteur ▾] à (réponse)
7. mettre [aire de la base ▾] à ((3.14) * (rayon) * (rayon))
8. mettre [volume ▾] à ((aire de la base) * (hauteur))

Résolution

On peut écrire le programme dans l'ordre suivant : 3., 1., 4., 5., 6., 7., 8., 2. ou 3., 5., 6., 1., 4., 7., 8., 2.

EXERCICE RÉSOLU 2

Énoncé

Le programme ci-après calcule et affiche le prix TTC* d'un produit quand on entre le prix HT* pour un taux de TVA* de 20 %. Cependant, les variables Prix HT, Taxes et Prix TTC, ainsi que le taux de TVA, n'ont pas été placés dans le programme.

Placer ces trois variables, dont l'une apparaît deux fois, ainsi que le taux de TVA dans les zones marquées d'un cercle rouge et d'un chiffre.

* TTC : toutes taxes comprises HT : hors taxes TVA : taxe de la valeur ajoutée

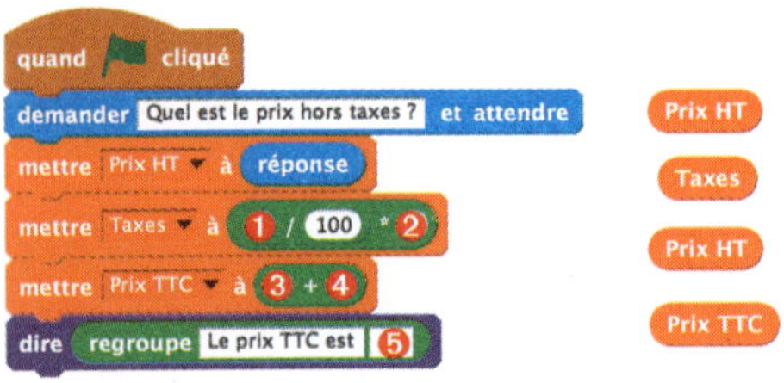

Résolution

Le taux de TVA de 20 % s'applique sur le prix HT et permet de calculer la TVA. C'est donc 20 qu'il faut écrire dans la zone ❶ et Prix HT dans la zone ❷.

Cette taxe s'ajoute ensuite au prix HT pour obtenir le prix TTC donc on écrit Prix HT dans la zone ❸ et Taxes dans la zone ❹ ou l'inverse. C'est ce prix TTC qui doit être affiché donc on écrit Prix TTC dans la zone ❺.

EXERCICE RÉSOLU 3

Énoncé

Pour convertir en degrés Fahrenheit une température donnée en degrés Celsius, il faut la multiplier par 1,8 puis ajouter 32. Écrire avec le logiciel Scratch un programme qui convertit et affiche en degrés Fahrenheit une température donnée en degrés Celsius.

Résolution

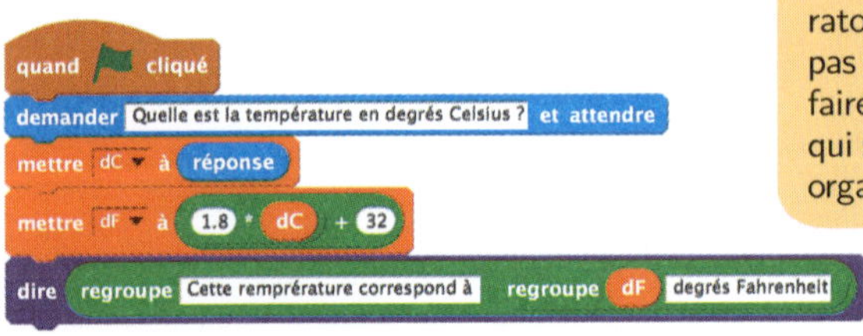

À noter

Attention aux priorités opératoires avec Scratch. Il n'y a pas de parenthèses donc il faut faire attention aux opérations qui sont prioritaires quand on organise le calcul.

Les instructions conditionnelles

☐ À revoir
☐ OK

2

COURS

● Dans un algorithme, les **instructions conditionnelles « Si … Alors … Sinon »** et **« Si … Alors … »** permettent d'effectuer des blocs d'instructions différents selon qu'une condition est vérifiée ou non.

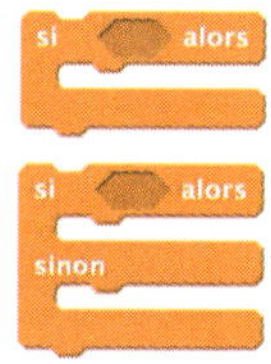

Exemple :

L'algorithme ci-dessous affiche si un entier est pair ou impair.

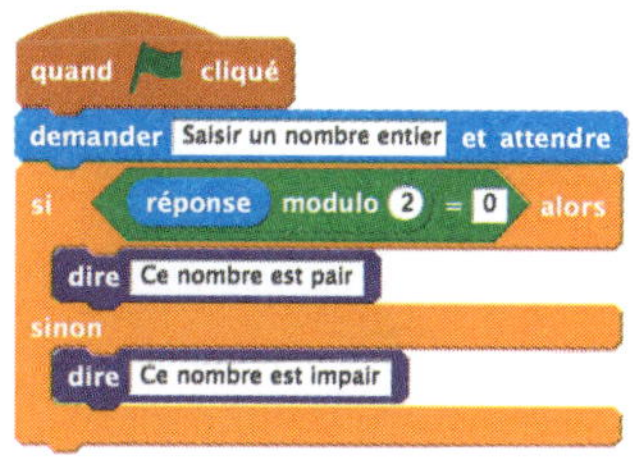

Si [réponse modulo 2 = 0], c'est-à-dire si le reste de la division euclidienne par 2 du nombre saisi est égal à 0, le lutin va indiquer que le nombre est pair. Dans le cas contraire, il indiquera qu'il est impair.

EXERCICE RÉSOLU 1

Énoncé

Compléter les zones blanches du programme ci-contre de façon à ce qu'il indique à l'utilisateur, quand il saisit son âge, s'il est majeur ou mineur.

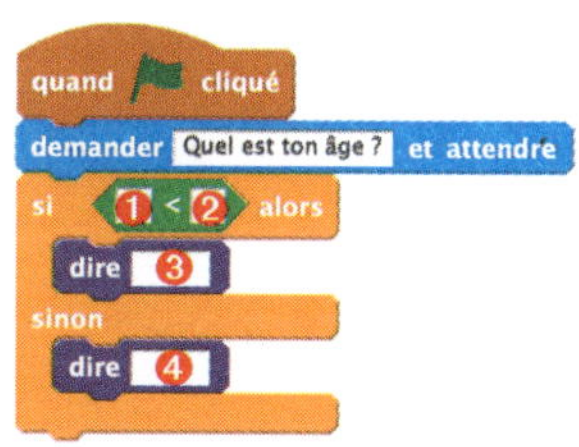

Résolution

Dans la zone 1, on écrit [réponse].
Dans la zone 2, on écrit 18 puisque l'âge de la majorité est 18 ans.
Dans la zone 3, on écrit « Tu es mineur » et dans la zone 4, « Tu es majeur ».

EXERCICE RÉSOLU 2

Énoncé

Écrire un programme qui indique, parmi deux nombres saisis par l'utilisateur, celui qui est le plus grand.

Résolution

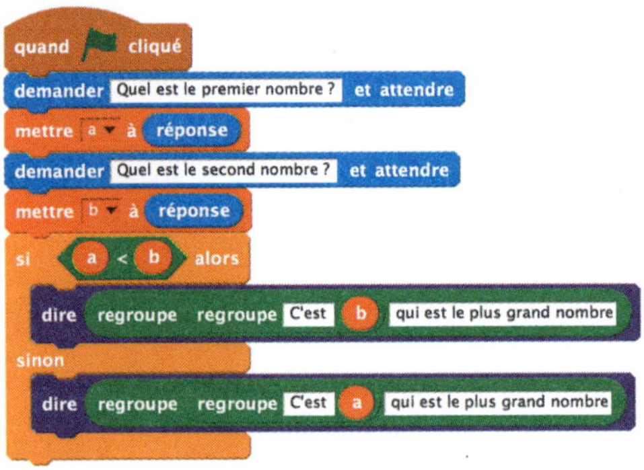

EXERCICE RÉSOLU 3

Énoncé

Le numéro de sécurité sociale, que l'on trouve sur la carte d'assurance maladie, est un code numérique permettant d'identifier de façon unique une personne. Il est constitué de 13 chiffres suivis d'une clé de contrôle de 2 chiffres. Cette clé permet de contrôler la saisie du numéro de sécurité sociale sur un ordinateur.

Elle est égale à 97 moins le reste de la division euclidienne par 97 du nombre formé par les 13 premiers chiffres.

Écrire un programme qui calcule cette clé de contrôle quand on entre les 13 premiers chiffres du numéro de sécurité sociale et la compare à celle de la carte afin d'indiquer si ce numéro a été bien saisi par l'utilisateur.

Résolution

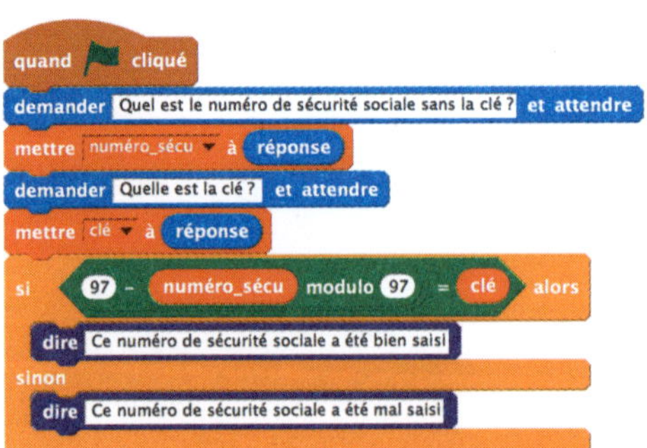

Les boucles

À revoir
OK

3

COURS

● Une boucle est l'exécution d'un même bloc d'instructions un certain nombre de fois. Les répétitions de ce même bloc d'instructions sont appelées des itérations.

● La boucle itérative « Répéter n fois » permet d'effectuer un même bloc d'instructions un nombre de fois fixé n.

● La boucle conditionnelle « Répéter jusqu'à » permet d'effectuer un même bloc d'instructions tant qu'une condition n'est pas vérifiée.

EXERCICE RÉSOLU 1

Énoncé

Quelle figure est tracée par le lutin de Scratch quand on exécute le programme ci-contre ?

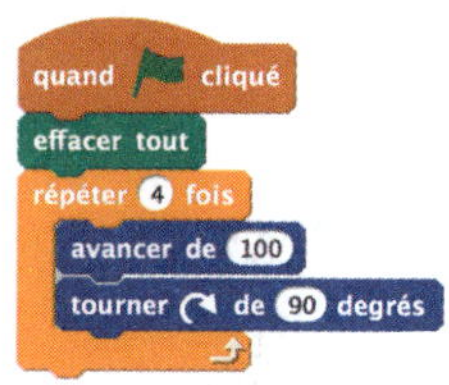

Résolution

La figure tracée par le lutin est un carré de côté 100 pixels.

EXERCICE RÉSOLU 2

Énoncé

1. En exécutant pas à pas ce programme, recopier et compléter le tableau ci-dessous permettant de suivre l'évolution des variables « Compteur » et « Nombre ».

compteur	0	1	...
nombre	0	...	

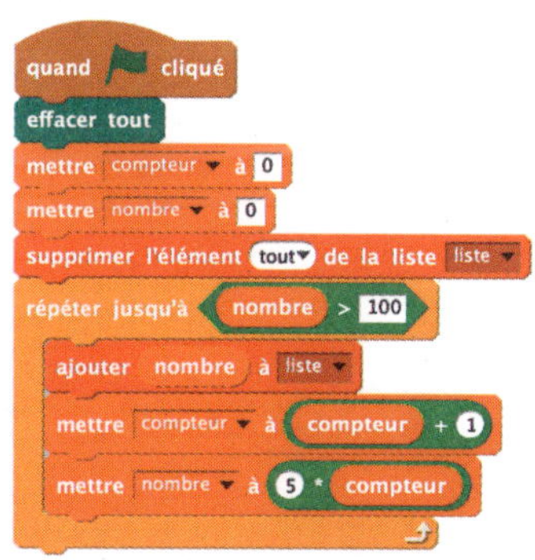

2. Que calcule ce programme en remplissant la variable « Liste » à chaque passage dans la boucle « Répéter jusqu'à » ?

Résolution

1.

compteur	0	1	2	3	4	5	6	7	8	9	...
nombre	0	5	10	15	20	25	30	35	40	45	...

2. Ce programme remplit la variable « Liste » avec tous les multiples de 5 inférieurs ou égaux à 100.

EXERCICE RÉSOLU 3

Énoncé

On considère le programme ci-contre.

1. Quelles sont les valeurs des variables « Compteur », « Longueur » et « Apparitions » obtenues à la sortie de ce programme si on écrit la phrase « C'est pas sorcier les maths » ?

2. Quel est le rôle de ce programme ?

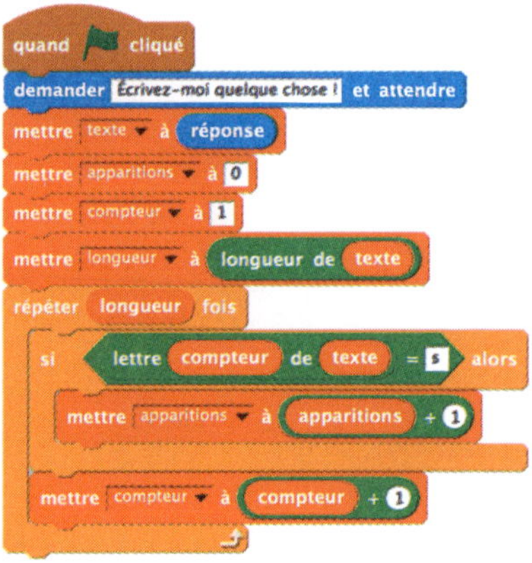

Résolution

1. À la sortie de ce programme, la variable « Longueur » est égale à 27. C'est la longueur du texte saisi par l'utilisateur. La variable « Compteur » est égale à 28 car il y a eu 27 passages dans la boucle « Répéter longueur fois » et on a donc ajouté 27 fois le nombre 1 à cette variable. La variable « Apparitions » est égale à 5.

2. Ce programme calcule le nombre de « s » qui figurent dans le texte saisi par l'utilisateur.

Je me teste sur...

ALGORITHMIQUE ET PROGRAMMATION

1 Dans l'algorithme 1, la figure tracée par le lutin quand on clique sur le drapeau est :

☐ **a.**  ☐ **b.**  ☐ **c.** 

2 Dans l'algorithme 1, le lutin tourne de 90° vers la gauche :

☐ **a.** 4 fois ☐ **b.** 8 fois ☐ **c.** 10 fois

3 Dans l'algorithme 2, si le nombre choisi est 5, le nombre dit par le lutin est :

☐ **a.** 8 ☐ **b.** 53 ☐ **c.** 15

4 Si on note x le nombre choisi au départ, le nombre obtenu à la fin de l'algorithme 2 est :

☐ **a.** x ☐ **b.** $4x + 3$
☐ **c.** $2x^2 + 3$

5 À la fin de l'algorithme 3, quelle que soit la valeur saisie pour la variable n, le lutin dit :

☐ **a.** le nombre saisi au départ
☐ **b.** 1 ☐ **c.** 4

6 Dans l'algorithme 3, si la valeur saisie pour la variable n est 3, la boule « Répéter jusqu'à $n = 1$ » est parcourue :

☐ **a.** 7 fois ☐ **b.** 8 fois ☐ **c.** 3 fois

7 Si la valeur saisie pour la variable n de l'algorithme 3 est 20, la valeur de la variable n avant le 4e passage dans la boucle « Tant que » est :

☐ **a.** 16 ☐ **b.** 5 ☐ **c.** 8

Algorithme 1

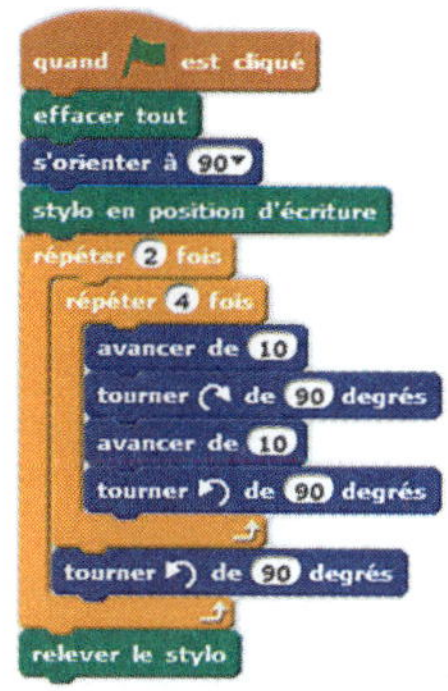

Algorithme 2

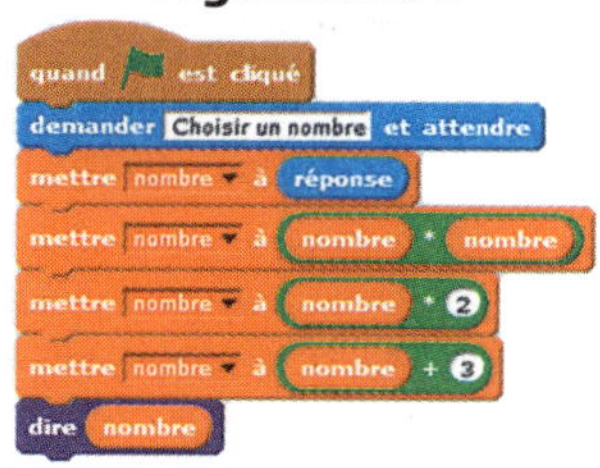

Algorithme 3

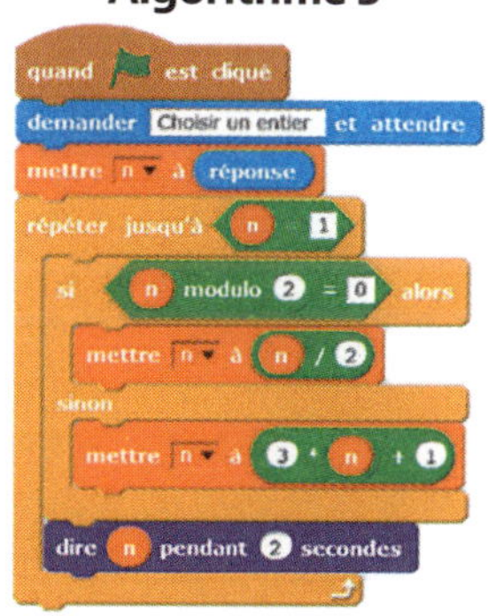

Corrigés au verso

1 > **a.** La réponse **b.** est obtenue avec l'algorithme ci-dessous.

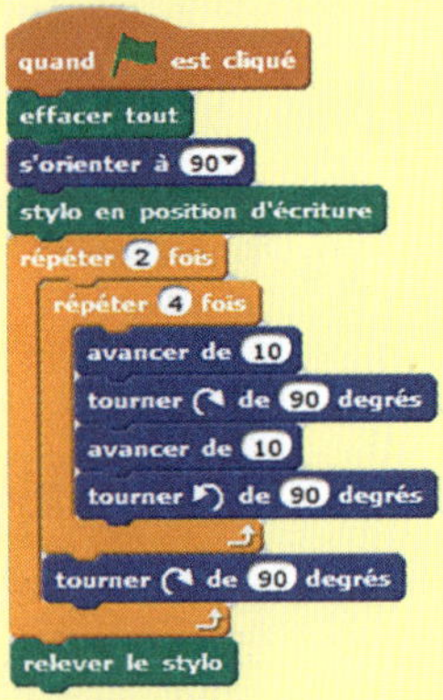

> La réponse **c.** est obtenue avec l'algorithme ci-dessous.

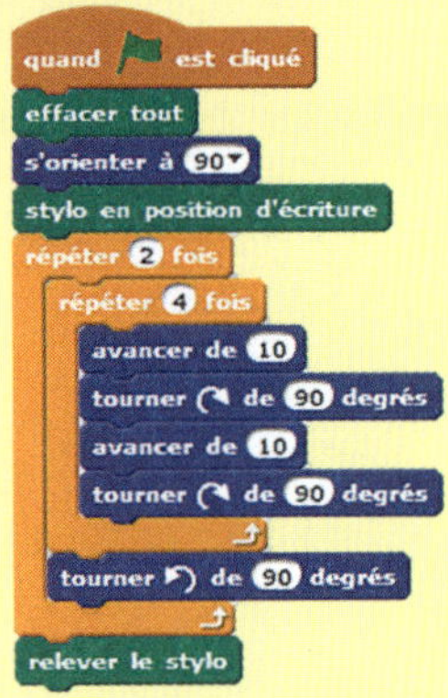

Voir **Fiche 3**

2 > **c.** Avec la boucle « Répéter 4 fois », le lutin tourne de 90° vers la gauche quatre fois. Il tourne de 90° vers la gauche une fois de plus dans la boucle « Répéter 2 fois ». Donc il tourne de 90° vers la gauche cinq fois dans la boucle « Répéter 2 fois ». Et ceci est fait deux fois. Il tourne donc de 90° vers la gauche 10 fois.

Voir **Fiche 3**

3 > **b.** Si le nombre choisi est 5, la variable « nombre » prend successivement les valeurs $5 \times 5 = 25$, puis $25 \times 2 = 50$, puis $50 + 3 = 53$.

Voir **Fiche 1**

4 > **c.** Si le nombre choisi est noté x, la variable « nombre » vaut successivement les valeurs $x \times x = x^2$, puis $x^2 \times 2 = 2x^2$, puis $2x^2 + 3$.

Voir **Fiche 1**

5 > **b.** Les instructions de la boucle sont répétées jusqu'à ce que n soit égal à 1. À la fin de l'algorithme 3, n est donc égal à 1, et le lutin dit donc 1.

Voir **Fiche 2**

6 > **a.** La variable n prend successivement les valeurs 3, 10, 5, 16, 8, 4, 2 puis 1. La boucle est donc répétée 7 fois.

Voir **Fiche 2**

7 > **a.** La variable n prend successivement les valeurs 20, 10, 5, 16, 8, 4, 2 puis 1. La valeur 5 est donc obtenue avant le troisième passage dans la boucle tandis que la valeur 16 est obtenue avant le quatrième passage et la valeur 8 est obtenue avant le cinquième passage.

Voir **Fiche 2**

Nombres premiers

☐ À revoir
☐ OK

4

COURS

- Un entier naturel est dit premier quand il admet exactement deux diviseurs : 1 et lui-même.

Exemples : 1 n'est pas un nombre premier car le seul diviseur de 1 est 1.
2 est un nombre premier car il admet pour seuls diviseurs 1 et 2.
13 est un nombre premier car il admet pour seuls diviseurs 1 et 13.

- Tout entier naturel qui n'est pas premier se décompose de manière unique en produit de facteurs premiers.

Exemples :
$300 = 2 \times 2 \times 3 \times 5 \times 5 = 2^2 \times 3^1 \times 5^2$
$520 = 2 \times 2 \times 2 \times 5 \times 13 = 2^3 \times 5^1 \times 13^1$

EXERCICE RÉSOLU 1

Énoncé

Pour chacun des entiers naturels suivants, justifier s'il est premier ou non.
1. 17 **2.** 91 **3.** 165 **4.** 23 **5.** 4 563 **6.** 462

Résolution

1. D'après les critères de divisibilité, 17 n'est pas divisible par 2, 3 et 5 donc pas non plus par 4, 6, 8, 10, 12, 14 et 16 ni 9 et 15.
$17 = 7 \times 2 + 3$ et $3 < 7$ donc 17 n'est pas divisible par 7.
$17 = 11 \times 1 + 6$ et $6 < 11$ donc 17 n'est pas divisible par 11.
$17 = 13 \times 1 + 4$ et $4 < 13$ donc 17 n'est pas divisible par 13.
Ainsi, 17 est un nombre premier.

2. $91 = 7 \times 13$ donc 91 est divisible par 7 et 13 donc 91 n'est pas un nombre premier.

3. Le chiffre des unités de 165 est un 5 donc 165 est divisible par 5 et 165 n'est pas un nombre premier.

4. D'après les critères de divisibilité, 23 n'est pas divisible par 2, 3 et 5 donc pas non plus par 4, 6, 8, 10, 12, 14, 16, 18, 20 et 22 ni 9, 15 et 21.
$23 = 7 \times 3 + 2$ et $2 < 7$ donc 23 n'est pas divisible par 7.
$23 = 11 \times 2 + 1$ et $1 < 11$ donc 23 n'est pas divisible par 11
$23 = 13 \times 1 + 10$ et $10 < 13$ donc 23 n'est pas divisible par 13.
$23 = 19 \times 1 + 4$ et $4 < 19$ donc 23 n'est pas divisible par 19.
Ainsi, 23 est un nombre premier.

5. 4 563 est divisible par 3 car $4 + 5 + 6 + 3 = 18$ et 18 est divisible par 3 donc 4 563 n'est pas un nombre premier.

6. Le chiffre des unités de 462 est un 2 donc 462 est divisible par 2 et 462 n'est pas un nombre premier.

EXERCICE RÉSOLU 2

Énoncé

Décomposer les entiers naturels suivants en produit de facteurs premiers.

1. 60 2. 24 3. 42 4. 480 5. 18×45 6. 28×35

Résolution

1. $60 = 6 \times 10 = 2 \times 3 \times 2 \times 5 = 2^2 \times 3^1 \times 5^1$
2. $24 = 6 \times 4 = 2 \times 3 \times 2 \times 2 = 2^3 \times 3^1$
3. $42 = 6 \times 7 = 2 \times 3 \times 7 = 2^1 \times 3^1 \times 7^1$
4. $480 = 48 \times 10 = 6 \times 8 \times 5 \times 2 = 2 \times 3 \times 2 \times 2 \times 2 \times 5 \times 2 = 2^5 \times 3^1 \times 5^1$
5. $18 \times 45 = 3 \times 6 \times 9 \times 5 = 3 \times 3 \times 2 \times 3 \times 3 \times 5 = 2^1 \times 3^4 \times 5^1$
6. $28 \times 35 = 4 \times 7 \times 7 \times 5 = 2 \times 2 \times 7 \times 7 \times 5 = 2^2 \times 5^1 \times 7^2$

EXERCICE RÉSOLU 3

Énoncé

1. Déterminer la décomposition en produit de facteurs premiers de 120.
2. Dans chacun des cas suivants, dire si l'entier est un diviseur de 120.

a. 5 **b.** 7 **c.** $2^2 \times 3$ **d.** $2^4 \times 3^1 \times 5^1$

Résolution

1. $120 = 12 \times 10 = 2 \times 2 \times 3 \times 2 \times 5 = 2^3 \times 3^1 \times 5^1$
2. **a.** $120 = 5 \times (2^3 \times 3^1)$ donc 5 est un diviseur de 120.

b. 7 est un nombre premier mais n'est pas un facteur de la décomposition en produit de facteurs premiers de 120 donc 7 n'est pas un diviseur de 120.

c. $120 = 2^3 \times 3^1 \times 5^1 = 2 \times 2^2 \times 3 \times 5 = 2 \times 5 \times (2^2 \times 3)$ donc $2^2 \times 3$ est un diviseur de 120.

d. $2^4 \times 3^1 \times 5^1 = 2 \times (2^3 \times 3^1 \times 5^1) = 2 \times 120$ donc $2^4 \times 3^1 \times 5^1$ n'est pas un diviseur de 120 mais un multiple de 120.

Diviseurs communs et multiples communs ; fraction irréductible

☐ À revoir
☐ OK

5

COURS

a Diviseurs communs, multiples communs

Soit a et b deux entiers naturels.

● On appelle diviseur commun de a et b tout entier naturel qui divise a et b.

Exemples : Les diviseurs de 48 sont ① ; ② ; ③ ; 4 ; ⑥ ; 8 ; 12 ; 16 ; 24 ; 48.
Les diviseurs de 42 sont ① ; ② ; ③ ; ⑥ ; 7 ; 14 ; 21 ; 42.
Les diviseurs communs de 48 et 42 sont donc 1 ; 2 ; 3 et 6.

● On appelle multiple commun de a et b tout entier naturel qui est multiple de a et multiple de b.

Exemple : Les multiples communs de 6 et 8 sont 0 ; 24 ; 48 ; 72 ; 96 ; 120...

b Fraction irréductible

● Une fraction est dite irréductible, c'est-à-dire qu'elle ne peut plus être simplifiée, quand son numérateur et son dénominateur ont 1 pour seul diviseur commun.

Exemple : 32 et 27 ont pour seul diviseur commun 1 donc la fraction $\frac{27}{32}$ est irréductible.

EXERCICE RÉSOLU 1

Énoncé

Déterminer les diviseurs communs aux deux entiers : **1.** 24 et 32 **2.** 75 et 120

Résolution

1. Les diviseurs de 24 sont 1 ; 2 ; 3 ; 4 ; 6 ; 8 ; 12 ; 24.
Les diviseurs de 32 sont 1 ; 2 ; 4 ; 8 ; 16 ; 32.
Les diviseurs communs de 24 et 32 sont 1 ; 2 ; 4 et 8.

2. Les diviseurs de 75 sont 1 ; 3 ; 5 ; 15 ; 25 ; 75.
Les diviseurs de 120 sont 1 ; 2 ; 3 ; 4 ; 5 ; 6 ; 8 ; 10 ; 12 ; 15 ; 20 ; 24 ; 30 ; 40 ; 60 ; 120.
Les diviseurs communs de 75 et 120 sont 1 ; 3 ; 5 et 15.

EXERCICE RÉSOLU 2

Énoncé

Justifier que les fractions ci-contre sont irréductibles. **1.** $\frac{28}{45}$ **2.** $\frac{221}{123}$

Résolution

1. Les diviseurs de 28 sont 1 ; 2 ; 4 ; 7 ; 14 ; 28.

Les diviseurs de 45 sont 1 ; 3 ; 5 ; 9 ; 15 ; 45.

Le seul diviseur commun de 28 et 45 est 1 donc la fraction $\frac{28}{45}$ est irréductible.

2. Les diviseurs de 221 sont 1 ; 13 ; 17 ; 221.

Les diviseurs de 123 sont 1 ; 3 ; 41 ; 123.

Le seul diviseur commun de 123 et 221 est 1 donc la fraction $\frac{221}{123}$ est irréductible.

EXERCICE RÉSOLU 3

Énoncé

Justifier que les fractions suivantes ne sont pas irréductibles.

1. $\frac{45}{125}$ **2.** $\frac{243}{87}$ **3.** $\frac{7\,335}{8\,838}$

Résolution

1. 45 et 125 sont divisibles par 5 donc la fraction $\frac{45}{125}$ n'est pas irréductible.

2. $2+4+3=9$ donc 243 est divisible par 3 et $8+7=15$ donc 87 est divisible par 3. Ainsi, la fraction $\frac{243}{87}$ n'est pas irréductible.

3. $7+3+3+5=18$ donc 7 335 est divisible par 9 et $8+8+3+8=27$ donc 8 838 est divisible par 9 donc la fraction $\frac{7\,335}{8\,838}$ n'est pas irréductible.

EXERCICE RÉSOLU 4

Énoncé

Rendre irréductibles les fractions suivantes en décomposant le numérateur et le dénominateur en produit de facteurs premiers.

1. $\frac{240}{126}$ **2.** $\frac{72}{45}$ **3.** $\frac{330}{90}$

Résolution

1. $$\frac{240}{126}=\frac{2^4\times3^1\times5^1}{2^1\times3^2\times7^1}=\frac{2^{4-1}\times5^1}{3^{2-1}\times7^1}=\frac{2^3\times5^1}{3^1\times7^1}=\frac{8\times5}{3\times7}=\frac{40}{21}$$

2. $$\frac{72}{45}=\frac{2^3\times3^2}{3^2\times5^1}=\frac{2^3\times3^{2-2}}{5^1}=\frac{2^3\times3^0}{5^1}=\frac{8\times1}{5}=\frac{8}{5}$$

3. $$\frac{330}{90}=\frac{2^1\times3^1\times5^1\times11^1}{2^1\times3^2\times5^1}=\frac{2^{1-1}\times5^{1-1}\times11^1}{3^{2-1}}=\frac{2^0\times5^0\times11^1}{3^1}=\frac{11}{3}$$

Addition et soustraction de fractions

☐ À revoir
☐ OK

6

COURS

- Pour additionner (ou soustraire) deux fractions ayant le même dénominateur, on additionne (ou soustrait) les numérateurs entre eux et on garde le dénominateur commun des deux fractions.

Si a, b et c sont trois nombres relatifs tels que c est non nul alors :

$$\frac{a}{c}+\frac{b}{c}=\frac{a+b}{c} \quad \text{et} \quad \frac{a}{c}-\frac{b}{c}=\frac{a-b}{c}$$

Exemples :

$$\frac{5}{13}+\frac{4}{13}=\frac{5+4}{13}=\frac{9}{13} \qquad \frac{7}{5}-\frac{11}{5}=\frac{7-11}{5}=-\frac{4}{5}$$

- Pour additionner (ou soustraire) deux fractions n'ayant le même dénominateur, il faut au préalable les réduire au même dénominateur.

Exemples :

$$\frac{7}{4}+\frac{5}{6}=\frac{7\times3}{4\times3}+\frac{5\times2}{6\times2}=\frac{21}{12}+\frac{10}{12}=\frac{21+10}{12}=\frac{31}{12}$$

EXERCICE RÉSOLU 1

Énoncé

Calculer et donner le résultat sous forme d'une fraction irréductible.

$A=\frac{5}{4}-\frac{7}{12}$ $\quad B=\frac{3}{8}+\frac{5}{6}$ $\quad C=-\frac{7}{5}-\frac{9}{4}$ $\quad D=-\frac{10}{9}+\frac{7}{12}$

Résolution

$$A=\frac{5}{4}-\frac{7}{12}=\frac{5\times3}{4\times3}-\frac{7}{12}=\frac{15}{12}-\frac{7}{12}=\frac{8}{12}=\frac{2\times4}{3\times4}=\frac{2}{3}$$

$$B=\frac{3}{8}+\frac{5}{6}=\frac{3\times3}{8\times3}+\frac{5\times4}{6\times4}=\frac{9}{24}+\frac{20}{24}=\frac{29}{24}$$

$$C=-\frac{7}{5}-\frac{9}{4}=-\frac{7\times4}{5\times4}-\frac{9\times5}{4\times5}=-\frac{28}{20}-\frac{45}{20}=-\frac{73}{20}$$

$$D=-\frac{10}{9}+\frac{7}{12}=-\frac{10\times4}{9\times4}+\frac{7\times3}{12\times3}=-\frac{40}{36}+\frac{21}{36}=-\frac{19}{36}$$

EXERCICE RÉSOLU 2

Énoncé

Calculer et donner le résultat sous forme d'une fraction irréductible.

$A=4-\frac{17}{6}$ $\quad B=\frac{7}{6}-\frac{5}{8}-\frac{5}{12}$ $\quad C=\frac{8}{3}-\left(\frac{13}{6}+\frac{5}{4}\right)$

Résolution

$$A=4-\frac{17}{6}=\frac{4}{1}-\frac{17}{6}=\frac{4\times6}{1\times6}-\frac{17}{6}=\frac{24}{6}-\frac{17}{6}=\frac{7}{6}$$

$$B=\frac{7}{6}-\frac{5}{8}-\frac{5}{12}=\frac{7\times4}{6\times4}-\frac{5\times3}{8\times3}-\frac{5\times2}{12\times2}=\frac{28}{24}-\frac{15}{24}-\frac{10}{24}=\frac{3}{24}=\frac{1\times\not{3}}{8\times\not{3}}=\frac{1}{8}$$

$$C=\frac{8}{3}-\left(\frac{13}{6}+\frac{5}{4}\right)=\frac{8\times4}{3\times4}-\left(\frac{13\times2}{6\times2}+\frac{5\times3}{4\times3}\right)=\frac{32}{12}-\left(\frac{26}{12}+\frac{15}{12}\right)=\frac{32}{12}-\frac{41}{12}=-\frac{9}{12}=-\frac{3\times\not{3}}{4\times\not{3}}=-\frac{3}{4}$$

EXERCICE RÉSOLU 3

Énoncé

Au 1er janvier 2016, la part des 0-24 ans dans la population française était de trois dixièmes tandis que les personnes âgées de plus de 60 ans représentaient un quart de la population. Quelle était alors la part de la population française que représentaient les personnes dont l'âge était compris entre 25 et 59 ans ? On donnera le résultat sous forme d'une fraction irréductible.

Résolution

$$1-\left(\frac{3}{10}+\frac{1}{4}\right)=\frac{20}{20}-\left(\frac{3\times2}{10\times2}+\frac{1\times5}{4\times5}\right)=\frac{20}{20}-\left(\frac{6}{20}+\frac{5}{20}\right)=\frac{20}{20}-\frac{11}{20}=\frac{9}{20}$$

Au 1er janvier 2016, la part des 25-59 ans dans la population française était de $\frac{9}{20}$.

Multiplication de fractions

☐ À revoir
☐ OK

7

COURS

- Pour multiplier deux fractions, on multiplie les numérateurs entre eux et les dénominateurs entre eux.

Si a, b, c et d sont quatre nombres relatifs tels que b et d sont non nuls alors :

$$\frac{a}{b}\times\frac{c}{d}=\frac{a\times c}{b\times d}$$

Exemple : $\frac{-7}{5}\times\frac{5}{4}=\frac{-7\times5}{3\times4}=-\frac{35}{12}$

EXERCICE RÉSOLU 1

Énoncé

Calculer et donner le résultat sous forme d'une fraction irréductible.

$A=-\frac{4}{7}\times\frac{11}{5}$ $\quad B=\frac{24}{35}\times\frac{55}{21}$ $\quad C=-\frac{7}{18}\times48$ $\quad D=\frac{-12}{65}\times\left(-\frac{26}{27}\right)$

Résolution

$$A=-\frac{4}{7}\times\frac{11}{5}=-\frac{4\times11}{7\times5}=-\frac{44}{35}$$

$$B=\frac{24}{35}\times\frac{55}{21}=\frac{\cancel{3}\times8\times11\times\cancel{5}}{7\times\cancel{5}\times7\times\cancel{3}}=\frac{88}{49}$$

$$C=-\frac{7}{18}\times48=-\frac{7\times48}{18}=-\frac{7\times8\times\cancel{6}}{3\times\cancel{6}}=-\frac{56}{3}$$

$$D=\frac{-12}{65}\times\left(-\frac{26}{27}\right)=\frac{2\times6\times2\times\cancel{13}}{\cancel{13}\times5\times3\times9}=\frac{2\times\cancel{3}\times2\times2}{5\times\cancel{3}\times9}=\frac{8}{45}$$

EXERCICE RÉSOLU 2

Énoncé

Calculer et donner le résultat sous forme d'une fraction irréductible.

$A=\frac{4}{7}-\frac{15}{7}\times\frac{8}{5}$ $\quad B=\frac{6}{5}\times\left(\frac{7}{4}-\frac{5}{6}\right)$ $\quad C=\left(\frac{3}{5}-\frac{5}{3}\right)\times\left(\frac{13}{16}+\frac{11}{24}\right)$

Résolution

$A=\frac{4}{7}-\frac{15}{7}\times\frac{8}{5}$

$=\frac{4}{7}-\frac{3\times\cancel{5}\times8}{7\times\cancel{5}}$

$=\frac{4}{7}-\frac{24}{7}$

$=-\frac{20}{7}$

$B=\frac{6}{5}\times\left(\frac{7}{4}-\frac{5}{6}\right)$

$=\frac{6}{5}\times\left(\frac{7\times3}{4\times3}-\frac{5\times2}{6\times2}\right)$

$=\frac{6}{5}\times\left(\frac{21}{12}-\frac{10}{12}\right)$

$=\frac{6}{5}\times\frac{11}{12}$

$=\frac{\cancel{6}\times11}{5\times\cancel{6}\times2}$

$=\frac{11}{10}$

$C=\left(\frac{3}{5}-\frac{5}{3}\right)\times\left(\frac{13}{16}+\frac{11}{24}\right)$

$=\left(\frac{3\times3}{5\times3}-\frac{5\times5}{3\times5}\right)\times\left(\frac{13\times3}{16\times3}+\frac{11\times2}{24\times2}\right)$

$=\left(\frac{9}{15}-\frac{25}{15}\right)\times\left(\frac{39}{48}+\frac{22}{48}\right)$

$=-\frac{16}{15}\times\frac{61}{48}$

$=-\frac{\cancel{16}\times61}{15\times\cancel{16}\times3}$

$=-\frac{61}{45}$

EXERCICE RÉSOLU 3

Énoncé

D'après l'INSEE, en 2011, il y avait 25 778 000 actifs en France. Parmi eux, environ $\frac{4}{5}$ travaillaient dans le secteur tertiaire et les $\frac{9}{20}$ de ceux-ci étaient des hommes.

1. Combien y avait-il environ d'actifs dans le secteur tertiaire en 2011 ?

2. Quelle proportion des actifs étaient des hommes du secteur tertiaire en 2011 ? On donnera le résultat sous la forme d'une fraction irréductible.

Résolution

1. $\frac{4}{5}\times 25\ 778\ 000 = 20\ 622\ 400$

Il y avait 20 622 400 actifs dans le secteur tertiaire en 2011.

2. Deux calculs sont possibles :

- $\frac{9}{20}$ des $\frac{4}{5}$ des actifs du secteur tertiaire étaient des hommes donc la proportion des actifs qui étaient des hommes dans le secteur tertiaire est $\frac{9}{20}\times\frac{4}{5}=\frac{9\times\cancel{4}}{\cancel{4}\times5\times5}=\frac{9}{25}$.
- $\frac{9}{20}\times 20\ 622\ 400 = 9\ 280\ 080$ donc il y avait 9 280 080 hommes dans le secteur tertiaire.

La proportion des actifs qui étaient des hommes dans le secteur tertiaire est donc

$\frac{9\,280\,080}{20\,622\,400}=\frac{\cancel{1\,031\,120}\times9}{\cancel{1\,031\,120}\times25}=\frac{9}{25}$.

Inverse

- [ ] À revoir
- [ ] OK

8

COURS

● Deux nombres relatifs sont dits inverses l'un de l'autre quand leur produit est égal à 1.

Exemple : 8 et 0,125 sont inverses l'un de l'autre car $8 \times 0{,}125 = 1$.

⚠ **Attention :** 0 n'a pas d'inverse.

● L'inverse d'un nombre non nul x est $\frac{1}{x}$ car $\boldsymbol{x \times \frac{1}{x} = 1}$.

Exemples : L'inverse de 4 est $\frac{1}{4} = 0{,}25$ car $4 \times \frac{1}{4} = 1$.

L'inverse de – 3 est $-\frac{1}{3}$ car $-3 \times \left(-\frac{1}{3}\right) = 1$.

● Soit a et b deux nombres relatifs non nuls.

L'inverse de la fraction $\frac{a}{b}$ est $\frac{b}{a}$ car $\frac{a}{b} \times \frac{b}{a} = 1$.

Exemples : L'inverse de $\frac{5}{4}$ est $\frac{4}{5}$ car $\frac{5}{4} \times \frac{4}{5} = 1$.

L'inverse de $-\frac{3}{7}$ est $-\frac{7}{3}$ car $-\frac{3}{7} \times \left(-\frac{7}{3}\right) = 1$.

EXERCICE RÉSOLU 1

Énoncé

Relier chaque nombre et son inverse.

1. 0,1 ▪	▪ **a.** 9
2. – 8 ▪	▪ **b.** 1
3. $\frac{1}{9}$ ▪	▪ **c.** 10
4. 1 ▪	▪ **d.** – 1
5. – 1 ▪	▪ **e.** – 0,125

Résolution

Il suffit de relier entre eux les nombres dont le produit est égal à 1 : **1.** et **c.**, **2.** et **e.**, **3.** et **a.**, **4.** et **b.** et **5.** et **d.**

EXERCICE RÉSOLU 2

Énoncé

Donner l'inverse des nombres suivants sous forme d'une fraction et, lorsque c'est possible, sous forme d'un nombre décimal.

1. 2 **2.** 13 **3.** – 5 **4.** – 7 **5.** $\frac{5}{8}$ **6.** $\frac{1}{9}$ **7.** $-\frac{13}{17}$ **8.** 0,4

Résolution

1. L'inverse de 2 est $\frac{1}{2}=0,5$.

2. L'inverse de 13 est $\frac{1}{13}$.

3. L'inverse de – 5 est $\frac{1}{-5}=-\frac{1}{5}=-0,2$.

4. L'inverse de – 7 est $\frac{1}{-7}=-\frac{1}{7}$.

4. L'inverse de $\frac{5}{8}$ est $\frac{8}{5}=1,6$.

6. L'inverse de $\frac{1}{9}$ est $\frac{9}{1}=9$.

7. L'inverse de $-\frac{13}{17}$ est $-\frac{17}{13}$.

8. L'inverse de 0,4 est $\frac{1}{0,4}=\frac{1\times10}{0,4\times10}=\frac{10}{4}=\frac{5}{2}=2,5$.

EXERCICE RÉSOLU 3

Énoncé

Les affirmations suivantes sont-elles vraies ou fausses ? Justifier la réponse.

1. L'inverse d'un nombre décimal non nul est un nombre décimal.

2. Un nombre relatif non nul et son inverse ont le même signe.

3. L'inverse de l'inverse d'un nombre non nul x est égal à x.

4. L'inverse de la somme de deux nombres non nuls est égal à la somme des inverses de ces deux nombres.

Résolution

1. Faux. L'inverse de 3 est $\frac{1}{3}$ et $\frac{1}{3}$ n'est pas un nombre décimal.

2. Vrai. Le produit d'un nombre non nul et de son inverse est égal à 1 et est donc positif. Les deux nombres ne peuvent donc pas avoir des signes différents sinon leur produit serait négatif.

3. Vrai. Si x est un nombre non nul, son inverse est $\frac{1}{x}$. L'inverse de $\frac{1}{x}$ est donc x.

4. Faux. Si ces deux nombres sont 1 et 2, leur somme est égale à 3 et l'inverse de cette somme est $\frac{1}{3}$. Les inverses de ces deux nombres sont respectivement 1 et $\frac{1}{2}=0,5$. La somme de ces deux inverses est 1,5 et 1,5 est différent de $\frac{1}{3}$.

Division de fractions

☐ À revoir
☐ OK

9

COURS

- Diviser par un nombre relatif non nul revient à multiplier par son inverse.

Si a et b sont deux nombres relatifs tels que b est non nul, alors :

$$\frac{a}{b}=a\times\frac{1}{b}$$

Exemple : $\frac{2}{3}=2\times\frac{1}{3}$ $\quad$ $\frac{-5}{13}=-5\times\frac{1}{13}$

- Si a, b, c et d sont quatre nombres relatifs tels que b, c et d sont non nuls, alors :

$$\frac{\frac{a}{b}}{\frac{c}{d}}=\frac{a}{b}\div\frac{c}{d}=\frac{a}{b}\times\frac{d}{c}$$

Exemples : $\frac{\frac{2}{3}}{-\frac{7}{5}}=\frac{2}{3}\times\left(-\frac{5}{7}\right)=-\frac{10}{21}$ $\quad$ $\frac{13}{9}\div\frac{11}{4}=\frac{13}{9}\times\frac{4}{11}=\frac{52}{99}$

EXERCICE RÉSOLU 1

Énoncé

Calculer et donner le résultat sous forme d'une fraction irréductible.

$A=\frac{15}{8}\div\frac{25}{4}$ $\quad$ $B=-\frac{35}{33}\div\frac{28}{55}$ $\quad$ $C=\frac{\frac{49}{24}}{\frac{-21}{16}}$ $\quad$ $D=\frac{\frac{56}{39}}{\frac{21}{26}}$

Résolution

$$A=\frac{15}{8}\div\frac{25}{4}=\frac{15}{8}\times\frac{4}{25}=\frac{3\times\cancel{5}\times\cancel{4}}{2\times\cancel{4}\times\cancel{5}\times5}=\frac{3}{10}$$

$$B=-\frac{35}{33}\div\frac{28}{55}=-\frac{35}{33}\times\frac{55}{28}=-\frac{\cancel{7}\times5\times5\times\cancel{11}}{3\times\cancel{11}\times4\times\cancel{7}}=-\frac{25}{12}$$

$$C=\frac{\frac{49}{24}}{\frac{-21}{16}}=\frac{49}{24}\times\left(-\frac{16}{21}\right)=-\frac{\cancel{7}\times7\times\cancel{8}\times2}{3\times\cancel{8}\times3\times\cancel{7}}=-\frac{14}{9}$$

$$D=\frac{\frac{56}{39}}{\frac{21}{26}}=\frac{56}{39}\times\frac{26}{21}=\frac{\cancel{7}\times8\times2\times\cancel{13}}{3\times\cancel{13}\times\cancel{7}\times3}=\frac{16}{9}$$

EXERCICE RÉSOLU 2

Énoncé

Calculer et donner le résultat sous forme d'une fraction irréductible.

$A=\frac{13}{5}+\frac{8}{5}\div\frac{16}{15}$ $B=\left(\frac{5}{12}-\frac{7}{15}\right)\div\left(\frac{1}{5}+\frac{1}{4}\right)$ $C=\dfrac{\frac{1}{3}-\frac{1}{2}}{\frac{1}{3}+\frac{1}{2}}$

Résolution

$$\begin{aligned}A&=\frac{13}{5}+\frac{8}{5}\div\frac{16}{15}\\&=\frac{13}{5}+\frac{8}{5}\times\frac{15}{16}\\&=\frac{13}{5}+\frac{\cancel{8}\times3\times\cancel{5}}{\cancel{5}\times\cancel{8}\times2}\\&=\frac{13}{5}+\frac{3}{2}\\&=\frac{26}{10}+\frac{15}{10}\\&=\frac{41}{10}\end{aligned}$$

$$\begin{aligned}B&=\left(\frac{5}{12}-\frac{7}{15}\right)\div\left(\frac{1}{5}+\frac{1}{4}\right)\\&=\left(\frac{25}{60}-\frac{28}{60}\right)\div\left(\frac{4}{20}+\frac{5}{20}\right)\\&=-\frac{3}{60}\div\frac{9}{20}\\&=-\frac{3}{60}\times\frac{20}{9}\\&=-\frac{\cancel{3}\times\cancel{20}}{\cancel{3}\times\cancel{20}\times9}\\&=-\frac{1}{9}\end{aligned}$$

$$\begin{aligned}C&=\dfrac{\frac{1}{3}-\frac{1}{2}}{\frac{1}{3}+\frac{1}{2}}\\&=\dfrac{\frac{2}{6}-\frac{3}{6}}{\frac{2}{6}+\frac{3}{6}}\\&=\dfrac{-\frac{1}{6}}{\frac{5}{6}}\\&=-\frac{1}{6}\times\frac{6}{5}\\&=-\frac{1}{\cancel{6}}\times\frac{\cancel{6}}{5}\\&=-\frac{1}{5}\end{aligned}$$

EXERCICE RÉSOLU 3

Énoncé

Pour diviser 3 141,5 par 1 000, il suffit de décaler la virgule de 3 141,5 de 3 rangs vers la gauche. Pour multiplier 3,141 5 par 0,001, on peut faire de même. Pourquoi ?

Résolution

L'inverse de 1 000 est 0,001. En effet, 1 000 × 0,001 = 1 ou encore $\frac{1}{1\,000}=0{,}001$.

Or diviser par 1 000 revient à multiplier par son inverse donc $\frac{3\,141{,}5}{1\,000}=3\,141{,}5\times0{,}001$

Le quotient de 3 141,5 par 1 000 et le produit de 3,141 5 par 0,001 peuvent donc être obtenus en effectuant le même décalage de la virgule vers la gauche.

Puissances de 10

☐ À revoir
☐ OK

10

COURS

- Soit n un entier positif supérieur ou égal à 2.

$$10^n = \underbrace{10\times10\times10\times\ldots\times10\times10\times10}_{n \text{ facteurs}} = 1\underbrace{0\ldots0}_{n \text{ zéros}}$$

Par convention : $10^1 = 10$ et $10^0 = 1$

Exemples :

$10^4 = 10 \times 10 \times 10 \times 10 = 10\ 000$

$10^8 = 10 \times 10 \times 10 \times 10 \times 10 \times 10 \times 10 \times 10 = 100\ 000\ 000$

- Soit n un entier positif supérieur ou égal à 1.

10^{-n} est l'inverse de 10^n. Ainsi, $10^{-n} = \dfrac{1}{10^n} = \dfrac{1}{1\underbrace{0\ldots0}_{n \text{ zéros}}} = \underbrace{0,0\ldots0}_{n \text{ zéros}}1$

Exemples :

$10^{-4} = \dfrac{1}{10^4} = \dfrac{1}{10\ 000} = 0,000\ 01$ $\qquad 10^{-8} = \dfrac{1}{10^8} = \dfrac{1}{100\ 000\ 000} = 0,000\ 000\ 01$

- Pour certaines unités, on utilise les préfixes suivants pour simplifier l'écriture de mesures exprimées en puissances de 10 :

préfixe	giga	méga	kilo	unité	milli	micro	nano
symbole	G	M	k		m	µ	n
10^n	10^9	10^6	10^3	10^0	10^{-3}	10^{-6}	10^{-9}

Exemples :

Une bactérie *Escherichia coli* peut mesurer 2 µm c'est-à-dire 2×10^{-6} mètres.

Un disque dur de capacité 500 Go a 500×10^9 octets d'espace mémoire.

EXERCICE RÉSOLU 1

Énoncé

Donner l'écriture décimale de chaque nombre.

1. 10^9 **2.** 10^{-2} **3.** 10^5 **4.** 10^{-6} **5.** 10^7 **6.** 10^{-3}

Résolution

1. $10^9 = 1\ 000\ 000\ 000$ **2.** $10^{-2} = 0,01$ **3.** $10^5 = 100\ 000$

4. $10^{-6} = 0,000\ 001$ **5.** $10^7 = 10\ 000\ 000$ **6.** $10^{-3} = 0,001$

EXERCICE RÉSOLU 2

Énoncé

Écrire sous la forme d'une puissance de 10.

1. 100
2. 0,000 01
3. 1 000 000
4. 0,000 000 001
5. 1
6. 0,000 000 1

Résolution

1. $100 = 10^2$
2. $0{,}000\ 01 = 10^{-5}$
3. $1\ 000\ 000 = 10^6$
4. $0{,}000\ 000\ 001 = 10^{-9}$
5. $1 = 10^0$
6. $0{,}000\ 000\ 1 = 10^{-7}$

EXERCICE RÉSOLU 3

Énoncé

Écrire sous la forme d'une puissance de 10.

1. un milliard
2. cent mille
3. dix millionièmes
4. un millième
5. cent milliardièmes
6. cent millions

Résolution

1. un milliard $= 1\ 000\ 000\ 000 = 10^9$
2. cent mille $= 100\ 000 = 10^5$
3. dix millionièmes $= 10 \times 0{,}000\ 001 = 0{,}000\ 01 = 10^{-5}$
4. un millième $= 0{,}001 = 10^{-3}$
5. cent milliardièmes $= 100 \times 0{,}000\ 000\ 001 = 0{,}000\ 000\ 1 = 10^{-7}$
6. cent millions $= 100 \times 1\ 000\ 000 = 10^8$

EXERCICE RÉSOLU 4

Énoncé

Compléter avec une puissance de 10.

1. 1 µm = ... m
2. 1 mL = ... L
3. 1 kg = ... g
4. 10 MW = ... W
5. 100 Go = ... o
6. 1 ns = ... s

Résolution

1. 1 µm = 10^{-6} m
2. 1 mL = 10^{-3} L
3. 1 kg = 10^3 g
4. 1 MW = 10^6 W
5. 1 Go = 10^9 o
6. 1 ns = 10^{-9} s

Puissances d'exposant entier positif et négatif

☐ À revoir
☐ OK

11

COURS

● Soit a est un nombre non nul et n un entier positif.
Si $n \geqslant 2$, on note a^n le produit de n facteurs tous égaux à a.

$$a^n = \underbrace{a \times a \times a \times \ldots \times a \times a \times a}_{n \text{ facteurs}}$$

Par convention : $a^1 = a$ et $a^0 = 1$

Exemples :

$2^6 = 2 \times 2 \times 2 \times 2 \times 2 \times 2 = 64$ $\quad (-3)^4 = (-3) \times (-3) \times (-3) \times (-3) = 81$

● Soit a un nombre relatif non nul et n un entier relatif.
On note a^{-n} l'inverse de a^n : $a^{-n} = \dfrac{1}{a^n}$.

Remarque : on note a^{-1} l'inverse de a car $a^{-1} = \dfrac{1}{a^1} = \dfrac{1}{a}$.

Exemples :

$2^{-3} = \dfrac{1}{2^3} = \dfrac{1}{8} = 0{,}125$ $\quad 10^{-4} = \dfrac{1}{10^4} = \dfrac{1}{10\,000} = 0{,}000\,1$

EXERCICE RÉSOLU 1

Énoncé

Calculer et donner le résultat sous la forme d'un nombre décimal.

1. 3^3 **2.** 5^2 **3.** $0{,}1^3$ **4.** $(-2)^6$ **5.** $0{,}5^2$ **6.** $(-1)^5$ **7.** $(-10)^5$

Résolution

1. $3^3 = 3 \times 3 \times 3 = 27$ **2.** $5^2 = 5 \times 5 = 25$ **3.** $0{,}1^3 = 0{,}1 \times 0{,}1 \times 0{,}1 = 0{,}001$
4. $(-2)^6 = (-2) \times (-2) \times (-2) \times (-2) \times (-2) \times (-2) = 64$
5. $0{,}5^2 = 0{,}5 \times 0{,}5 = 0{,}25$ **6.** $(-1)^5 = (-1) \times (-1) \times (-1) \times (-1) \times (-1) = -1$
7. $(-10)^5 = (-10) \times (-10) \times (-10) \times (-10) \times (-10) = -100\,000$

EXERCICE RÉSOLU 2

Énoncé

Calculer et donner le résultat sous la forme d'une fraction.

1. $\left(\dfrac{3}{2}\right)^3$ **2.** $\left(\dfrac{1}{2}\right)^4$ **3.** $\left(-\dfrac{1}{3}\right)^4$ **4.** $\left(-\dfrac{5}{3}\right)^3$

Résolution

1. $\left(\frac{3}{2}\right)^3=\frac{3}{2}\times\frac{3}{2}\times\frac{3}{2}=\frac{27}{8}$

2. $\left(\frac{1}{2}\right)^4=\frac{1}{2}\times\frac{1}{2}\times\frac{1}{2}\times\frac{1}{2}=\frac{1}{16}$

3. $\left(-\frac{1}{3}\right)^4=\left(-\frac{1}{3}\right)\times\left(-\frac{1}{3}\right)\times\left(-\frac{1}{3}\right)\times\left(-\frac{1}{3}\right)=\frac{1}{81}$

4. $\left(-\frac{5}{3}\right)^3=\left(-\frac{5}{3}\right)\times\left(-\frac{5}{3}\right)\times\left(-\frac{5}{3}\right)=-\frac{125}{27}$

EXERCICE RÉSOLU 3

Énoncé

Écrire sous la forme d'une puissance de 2.

1. 16 2. 1 3. 32 4. 8 5. 128 6. 2

Résolution

1. $16 = 2\times2\times2\times2 = 2^4$
2. $1 = 2^0$
3. $32 = 2\times2\times2\times2\times2 = 2^5$
4. $8 = 2\times2\times2 = 2^3$
5. $128 = 2\times2\times2\times2\times2\times2\times2 = 2^7$
6. $2 = 2^1$

EXERCICE RÉSOLU 4

Énoncé

Écrire sous forme décimale.

1. 10^{-3} 2. 2^{-2} 3. 4^{-1} 4. 5^{-2} 5. $(-10)^{-5}$ 6. 2^{-4} 7. $(-10)^{-4}$

Résolution

1. $10^{-3}=\frac{1}{10^3}=\frac{1}{1\,000}=0{,}001$
2. $2^{-2}=\frac{1}{2^2}=\frac{1}{4}=0{,}25$
3. $4^{-1}=\frac{1}{4^1}=0{,}25$
4. $5^{-2}=\frac{1}{5^2}=\frac{1}{25}=0{,}04$
5. $(-10)^{-5}=\frac{1}{(-10)^5}=\frac{1}{-100\,000}=-0{,}000\,01$
6. $2^{-4}=\frac{1}{2^4}=\frac{1}{16}=0{,}0625$
7. $(-10)^{-4}=\frac{1}{(-10)^4}=\frac{1}{10\,000}=0{,}000\,1$

EXERCICE RÉSOLU 5

Énoncé

Des chercheurs étudient des bactéries dans un laboratoire de biologie.

Ils estiment que leur population double toutes les 20 minutes à une température ambiante de 40 °C. Par combien sera alors multipliée cette population au bout de 10 heures ?

Résolution

Dans 10 heures, il y a $10 \times 3 = 30$ fois 20 minutes. Au bout de 10 heures, cette population sera donc multipliée par $2^{30} = 1\ 073\ 741\ 824$.

Notation scientifique et ordre de grandeur

☐ À revoir
☐ OK

12

COURS

● On appelle notation scientifique d'un nombre décimal l'écriture de ce nombre comme produit d'un nombre décimal ayant un seul chiffre non nul avant la virgule par une puissance de 10.

Exemples :

La notation scientifique de 43578,63 est $4{,}357863 \times 10^{4}$.

La notation scientifique de 0,008 43 est $8{,}43 \times 10^{-3}$.

● La notation scientifique d'un nombre décimal permet de déterminer des ordres de grandeur de ce nombre.

Exemple : Un ordre de grandeur de $4{,}357\,863 \times 10^{4}$ est 4×10^{4}, soit 40 000, car l'entier le plus proche de 4,357 863 est 4.

EXERCICE RÉSOLU 1

Énoncé

Parmi les nombres suivants, quels sont ceux qui sont écrits en notation scientifique ?

$A = 13{,}98 \times 10^{5}$ $B = 1{,}98 \times 10^{-4}$ $C = 0{,}73 \times 10^{9}$ $D = 8 \times 10^{-3}$

Résolution

Ceux qui sont écrits en notation scientifique sont $B = 1{,}98 \times 10^{-4}$ et $D = 8 \times 10^{-3}$.

$A = 13{,}98 \times 10^{5}$ n'est pas écrit en notation scientifique car 13,98 a deux chiffres avant la virgule.

$C = 0{,}73 \times 10^{9}$ n'est pas écrit en notation scientifique car le chiffre de 0,73 avant la virgule est un zéro.

EXERCICE RÉSOLU 2

Énoncé

Donner la notation scientifique puis un ordre de grandeur des nombres suivants.

1. 428,54 **2.** 0,000 24 **3.** 7 898,12 **4.** 0,000 007 35

Résolution

1. $428{,}54 = 4{,}285\,4 \times 10^{2}$. Un ordre de grandeur de 428,54 est 4×10^{2}.

2. $0{,}000\,24 = 2{,}4 \times 10^{-4}$. Un ordre de grandeur de 0,000 24 est 2×10^{-4}.
3. $7\ 898{,}12 = 7{,}898\,12 \times 10^{3}$. Un ordre de grandeur de 7 898,12 est 7×10^{3}.
4. $0{,}000\,007\,35 = 7{,}35 \times 10^{-6}$. Un ordre de grandeur de 0,000 007 35 est 7×10^{-6}.

EXERCICE RÉSOLU 3

Énoncé

Donner l'écriture décimale des notations scientifiques suivantes.

1. $7{,}31 \times 10^{7}$ 2. $2{,}491 \times 10^{-5}$ 3. $4{,}079\,12 \times 10^{4}$ 4. $9{,}93 \times 10^{-4}$

Résolution

1. $7{,}31 \times 10^{7} = 73\,100\,000$
2. $2{,}491 \times 10^{-5} = 0{,}000\,024\,91$
3. $4{,}079\,12 \times 10^{4} = 40\,791{,}2$
4. $9{,}93 \times 10^{-4} = 0{,}000\,993$

EXERCICE RÉSOLU 4

Énoncé

Donner la réponse à chacune des questions suivantes en notation scientifique.

1. Le diamètre d'un cheveu est 63 µm. Quel est son diamètre en m ?
2. Le virus ourlien, responsable des oreillons, mesure environ 200 nm de diamètre. Quel est son diamètre en m ?
3. La centrale hydroélectrique de Serre-Ponçon produit en moyenne 720 GWh (gigawatt-heure) d'électricité par an. Quelle est sa production moyenne annuelle en Wh ?
4. Un fournisseur d'accès à Internet propose un débit maximal de 202,65 Mb/s (mégabits par seconde). Quel est le débit maximal proposé en b/s ?

Résolution

1. $63\ \mu m = 63 \times 10^{-6} = 0{,}000\,063 = 6{,}3 \times 10^{-5}$ m.
Le diamètre d'un cheveu est $6{,}3 \times 10^{-5}$ m.
2. $200\ nm = 200 \times 10^{-9}\ m = 0{,}0000002\ m = 2 \times 10^{-7}$ m.
Le diamètre du virus ourlien est 2×10^{-7} m.
3. $720\ GWh = 720 \times 10^{9}\ Wh = 720\ 000\ 000\ 000\ Wh = 7{,}2 \times 10^{11}$ Wh.
La production annuelle moyenne de la centrale hydroélectrique de Serre-Ponçon est $7{,}2 \times 10^{11}$ Wh.
4. $202{,}65\ Mb/s = 202{,}65 \times 10^{6}\ b/s = 202\ 650\ 000\ b/s = 2{,}026\,5 \times 10^{8}$ b/s.
Ce fournisseur d'accès à Internet propose un débit maximal de $2{,}026\,5 \times 10^{8}$ b/s.

Opérations sur les puissances de 10

☐ À revoir
☐ OK

13

COURS

- Soit n et p deux entiers relatifs.

$$10^n \times 10^p = 10^{n+p} \qquad \frac{10^n}{10^p} = 10^{n-p} \qquad (10^n)^p = 10^{n \times p}$$

Exemples :

$10^3 \times 10^{-5} = 10^{3-5} = 10^{-2}$ $\quad \frac{10^6}{10^9} = 10^{6-9} = 10^{-3}$ $\quad (10^2)^4 = 10^{2\times 4} = 10^8$

EXERCICE RÉSOLU 1

Énoncé

Écrire sous la forme d'une puissance de 10.

$A = 10^4 \times 10^7$ $\quad B = 10^2 \times 10^{-4}$ $\quad C = \frac{10^{11}}{10^6}$

$D = \frac{10^2}{10^{-5}}$ $\quad E = (10^3)^5$ $\quad F = (10^{-2})^3$

Résolution

$A = 10^4 \times 10^7 = 10^{11}$ $\quad B = 10^2 \times 10^{-4} = 10^{-2}$ $\quad C = \frac{10^{11}}{10^6} = 10^5$

$D = \frac{10^2}{10^{-5}} = 10^7$ $\quad E = (10^3)^5 = 10^{15}$ $\quad F = (10^{-2})^3 = 10^{-6}$

EXERCICE RÉSOLU 2

Énoncé

Écrire sous la forme d'une puissance de 10.

$A = 10^3 \times 10^{-5} \times 10^8$ $\quad B = \frac{10^5 \times 10^7}{10^6}$ $\quad C = \frac{10^5 \times (10^2)^3}{10^6 \times 10^{-5}}$

Résolution

$$A = 10^3 \times 10^{-5} \times 10^8 = 10^{-2} \times 10^8 = 10^6$$

$$B = \frac{10^5 \times 10^7}{10^6} = \frac{10^{12}}{10^6} = 10^6$$

$$C = \frac{10^5 \times (10^2)^3}{10^6 \times 10^{-5}} = \frac{10^{-4} \times 10^6}{10^1} = \frac{10^2}{10^1} = 10^1$$

EXERCICE RÉSOLU 3

Énoncé

Calculer et donner le résultat sous la forme d'un nombre décimal.

$A = 2 \times 10^2 - 4 \times 10^{-1}$

$B=\dfrac{7\times10^2+3\times10^1+3\times10^{-1}}{10^2}$

Résolution

$A = 2 \times 10^2 - 4 \times 10^{-1}$
$= 200 - 0,4 = 199,6$

$B=\dfrac{7\times10^2+3\times10^1+3\times10^{-1}}{10^2}$
$=\dfrac{700+30+0,3}{100}=7,303$

EXERCICE RÉSOLU 4

Énoncé

Calculer et donner le résultat en notation scientifique.

$A=8\times10^{-8}\times3,2\times10^4$

$B=\dfrac{3,6\times10^9}{9\times10^3}$

$C=\dfrac{3,5\times10^8\times9\times10^{-4}}{7\times10^{11}}$

Résolution

$A=8\times10^{-8}\times3,2\times10^4$
$=25,6\times10^{-4}$
$=0,002\,56$
$=2,56\times10^{-3}$

$B=\dfrac{3,6\times10^9}{9\times10^3}$
$=0,4\times10^6$
$=400\,000$
$=4\times10^5$

$C=\dfrac{3,5\times10^8\times9\times10^{-4}}{7\times10^{11}}$
$=\dfrac{31,5\times10^4}{7\times10^{11}}$
$=4,5\times10^{-7}$

EXERCICE RÉSOLU 5

Énoncé

Junon, une sonde d'observation de Jupiter, a atteint la vitesse de $2,65 \times 10^5$ km/h. En 2016, la planète Proxima b a été découverte près de l'étoile Proxima du Centaure à seulement 4×10^{13} km de la Terre ! En imaginant un vaisseau spatial capable de voler à la vitesse de la sonde Junon, combien d'années faudrait-il pour rallier Proxima b ?

Résolution

$t=\dfrac{d}{v}=\dfrac{4\times10^{13}}{2,65\times10^5}\approx1,51\times10^8\approx151\,000\,000$. Il faudrait 151 000 000 heures pour rejoindre Proxima b. Dans une année, il y a environ $365,25 \times 24 = 8\,766$ heures.

$151\,000\,000 \div 8\,766 \approx 17\,226$.

Il faudra environ 17 226 ans pour rejoindre la planète Proxima b !

Je me teste sur...

NOMBRES ET CALCULS

1 Parmi les entiers suivants, celui qui n'est pas premier est :

- ☐ a. 39 ☐ b. 29 ☐ c. 19

2 Le plus grand diviseur commun de 24 et 18 est :

- ☐ a. 1 ☐ b. 72 ☐ c. 6

3 Parmi les fractions suivantes, celle qui est irréductible est :

- ☐ a. $\frac{45}{33}$ ☐ b. $\frac{24}{25}$ ☐ c. $\frac{75}{25}$

4 La décomposition en produit de facteurs premiers est 180 :

- ☐ a. $2 \times 3 \times 5$
- ☐ b. $2^2 \times 3^2 \times 5$
- ☐ c. $4 \times 9 \times 5$

5 $-\frac{3}{4}+\frac{1}{6}$ est égal à :

- ☐ a. $-\frac{7}{12}$ ☐ b. $-\frac{2}{10}$ ☐ c. $-\frac{11}{12}$

6 Écrit sous forme d'une fraction irréductible, le produit $\frac{7}{8}\times\frac{16}{21}$ est égal à :

- ☐ a. $\frac{112}{168}$ ☐ b. $\frac{7}{2}$ ☐ c. $\frac{2}{3}$

7 L'inverse de $\frac{8}{5}$ est :

- ☐ a. $-\frac{8}{5}$ ☐ b. 0,625 ☐ c. $-\frac{5}{8}$

8 Écrit sous forme d'une fraction irréductible, le quotient $\frac{9}{20}\div\frac{12}{35}$ est égal à :

- ☐ a. $\frac{175}{27}$ ☐ b. $\frac{16}{21}$ ☐ c. $\frac{21}{16}$

9 $\frac{3}{2}-\frac{1}{2}\div\frac{7}{4}$ est égal à :

- ☐ a. $\frac{17}{14}$ ☐ b. $\frac{4}{7}$ ☐ c. $\frac{7}{4}$

10 $0{,}2^3$ est égal à :

- ☐ a. 0,8 ☐ b. 0,008 ☐ c. 0,6

11 $(-2)^4$ est égal à :

- ☐ a. − 16 ☐ b. 16 ☐ c. − 8

12 La notation scientifique de 0,024 est :

- ☐ a. $2{,}4 \times 10^2$
- ☐ b. $2{,}4 \times 10^{-2}$
- ☐ c. $2{,}4 \times 10^3$

13 $\frac{10^3}{10^5}$ est égal à :

- ☐ a. 10^2 ☐ b. 10^7 ☐ c. 10^{-2}

Corrigés au verso

Corrigés

1 > **a.** 39 = 3 × 13 donc 39 n'est pas un nombre premier.

Voir **Fiche 4**

2 > **c.** Les diviseurs de 24 sont 1 ; 2 ; 3 ; 4 ; 6 ; 8 ; 12 ; 24.
Les diviseurs de 18 sont 1 ; 2 ; 3 ; 6 ; 9 ; 18.
Le plus grand diviseur commun de 24 et 18 est 6.

Voir **Fiche 5**

3 > **b.** La fraction $\frac{45}{33}$ se simplifie par 3 et la fraction $\frac{75}{25}$ se simplifie par 5.
La fraction qui est irréductible est donc $\frac{24}{25}$.

Voir **Fiche 5**

4 > **b.** $180 = 18 \times 10 = 2 \times 9 \times 2 \times 5 = 2 \times 3 \times 3 \times 2 \times 5$
$= 2^2 \times 3^2 \times 5$

Voir **Fiche 4**

5 > **a.** $\frac{3}{4}+\frac{1}{6}=-\frac{3\times3}{4\times3}+\frac{1\times2}{6\times2}=-\frac{9}{12}+\frac{2}{12}=\frac{-9+2}{12}=-\frac{7}{12}$

Voir **Fiche 6**

6 > **c.** $\frac{7}{8}\times\frac{16}{21}=\frac{\cancel{7}\times2\times\cancel{8}}{\cancel{8}\times\cancel{7}\times3}=\frac{2}{3}$

Voir **Fiche 7**

7 > **b.** L'inverse de $\frac{8}{5}$ est $\frac{5}{8}=0{,}625$.

Voir **Fiche 8**

8 > **c.** $\frac{9}{20}\div\frac{12}{35}=\frac{9}{20}\times\frac{35}{12}=\frac{\cancel{3}\times3\times7\times\cancel{5}}{\cancel{5}\times4\times\cancel{3}\times4}=\frac{21}{16}$

Voir **Fiche 9**

9 > **a.** $\frac{3}{2}-\frac{1}{2}\div\frac{7}{4}=\frac{3}{2}-\frac{1}{2}\times\frac{4}{7}=\frac{3}{2}-\frac{1}{2}\times\frac{4}{7}=\frac{3}{2}-\frac{1\times2\times\cancel{2}}{7\times\cancel{2}}=\frac{3}{2}-\frac{2}{7}=\frac{3\times2}{2\times7}-\frac{2\times2}{7\times2}$
$=\frac{21}{14}-\frac{4}{14}=\frac{17}{14}$

Voir **Fiches 6, 9**

10 > **b.** $0{,}2^3 = 0{,}2 \times 0{,}2 \times 0{,}2 = 0{,}008$

Voir **Fiche 11**

11 > **b.** $(-2)^4 = -2 \times (-2) \times (-2) \times (-2) = 16$

Voir **Fiche 11**

12 > **b.** $0{,}024 = 2{,}4 \times 10^{-2}$

Voir **Fiche 12**

13 > **c.** $\frac{10^3}{10^5}=10^{3-5}=10^{-2}$

Voir **Fiche 13**

Réduire une expression littérale

☐ À revoir
☐ OK

14

COURS

- Dans une expression, on peut supprimer des parenthèses et le signe qui les précède :

– en changeant tous les signes à l'intérieur des parenthèses quand elles sont précédées du signe – ;

Exemples :

$5x - (3x - 2) = 5x - 3x + 2 = 2x + 2$

$8x^2 - (-3 + 4x) = 8x^2 + 3 - 4x = 8x^2 - 4x + 3$

– en ne changeant pas les signes à l'intérieur des parenthèses quand elles sont précédées du signe +.

Exemples :

$8 + (-2x - 3) = 8 - 2x - 3 = -2x + 5$

$4x + (7x + 2) = 4x + 7x + 2 = 11x + 2$

EXERCICE RÉSOLU 1

Énoncé

Supprimer les parenthèses puis réduire les expressions littérales suivantes.

$A = 15 - (4x - 3)$ $B = (7x - 6) + (9 - 4x)$ $C = (5 - 2x) - (3x + 2)$

$D = (4x^2 - 5x - 2) - (7x^2 + 2x - 3)$ $E = 6 + x^2 + (9 - 6x + x^2)$

Résolution

$A = 15 - (4x - 3)$
$= 15 - 4x + 3$
$= 18 - 4x$

$B = (7x - 6) + (9 - 4x)$
$= 7x - 6 + 9 - 4x$
$= 3x + 3$

$C = (5 - 2x) - (3x + 2)$
$= 5 - 2x - 3x - 2$
$= -5x + 3$

$D = (4x^2 - 5x - 2) - (7x^2 + 2x - 3)$
$= 4x^2 - 5x - 2 - 7x^2 - 2x + 3$
$= -3x^2 - 7x + 1$

$E = 6 + x^2 + (9 - 6x + x^2)$
$= 6 + x^2 + 9 - 6x + x^2$
$= 2x^2 - 6x + 15$

EXERCICE RÉSOLU 2

Énoncé

En suivant la règle ci-contre, compléter chacune des briques du mur ci-après.

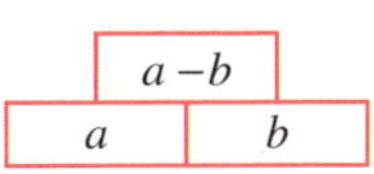

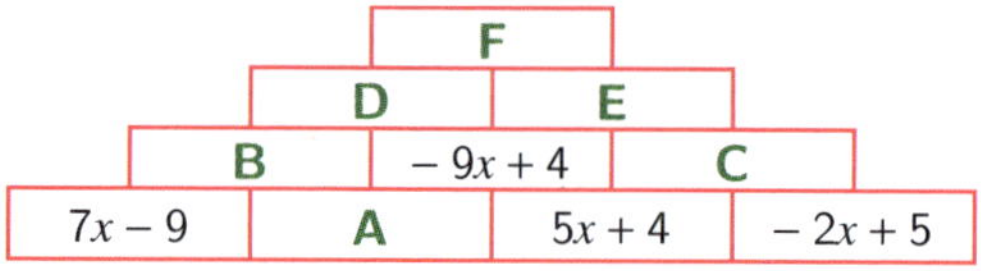

Résolution

A. $(-9x+4)+(5x+4)=-9x+4+5x+4=-4x+8$
B. $(7x-9)-(-4x+8)=7x-9+4x-8=11x-17$
C. $(5x+4)-(-2x+5)=5x+4+2x-5=7x-1$
D. $(11x-17)-(-9x+4)=11x-17+9x-4=20x-21$
E. $(-9x+4)-(7x-1)=-9x+4-7x+1=-16x+5$
F. $(20x-21)-(-16x+5)=20x-21+16x-5=36x-26$

EXERCICE RÉSOLU 3

Énoncé

En exécutant les programmes ci-dessous, quelle conjecture peut-on émettre ? La démontrer.

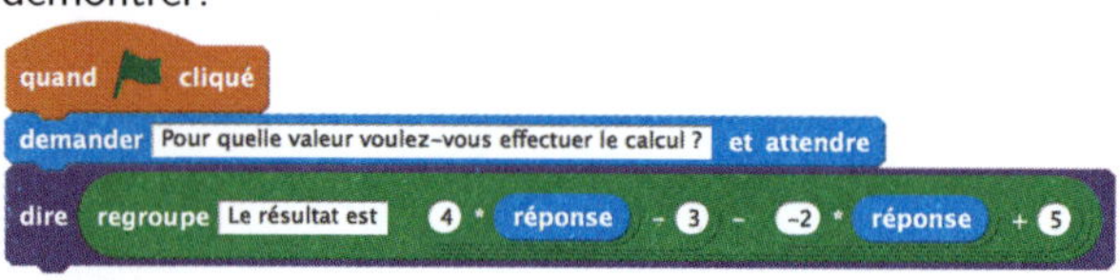

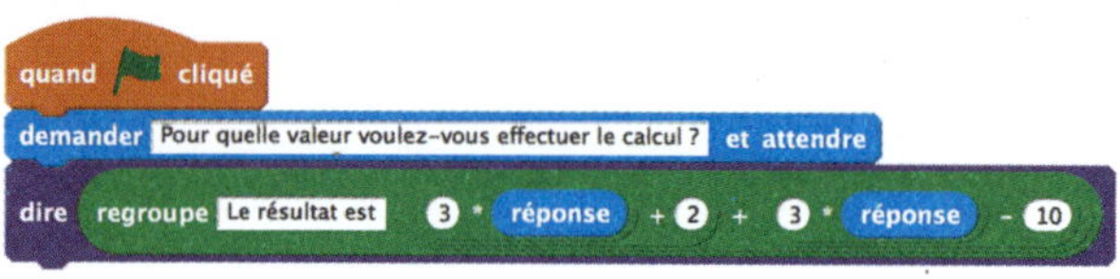

Résolution

En exécutant chacun des deux programmes pour différentes valeurs, on peut émettre la conjecture qu'ils donnent le même résultat quelle que soit la valeur saisie.

Si on note x le nombre saisi au début de chacun des programmes :

– le résultat du premier programme est $(4x-3)-(-2x+5)$;

– le résultat du second programme est $(3x+2)+(3x-10)$.

Or, $(4x-3)-(-2x+5)=4x-3+2x-5=6x-8$ et

$(3x+2)+(3x-10)=3x+2+3x-10=6x-8$.

Ainsi, les deux programmes donnent le même résultat quel que soit le nombre choisi au départ.

Développer en utilisant la simple distributivité

- À revoir
- OK

15

COURS

- **Développer** une expression, c'est **l'écrire sous forme d'une somme**.
- Si a, b et k sont trois nombres relatifs, alors $k(a + b) = ka + kb$.

Le nombre k, qui dans le membre de droite de l'identité ci-dessus, multiplie les nombres a et b, est appelé le facteur commun.

- Quand on utilise cette identité de la gauche vers la droite, on **développe** en utilisant la simple distributivité.

Exemple :

$$A = 5x(4x - 3) = 5x \times 4x + 5x \times (-3) = 20x^2 - 15x$$

EXERCICE RÉSOLU 1

Énoncé

Développer et réduire les expressions littérales suivantes.

$A = -5(x + 2)$ $\quad$ $B = (4x - 3) \times 2$ $\quad$ $C = x(x - 8)$

$D = 7x(5x + 2)$ $\quad$ $E = (8 - 2x) \times x$ $\quad$ $F = -3x(4x - 1)$

Résolution

$A = -5(x + 2)$
$= -5 \times x - 5 \times 2$
$= -5x - 10$

$B = (4x - 3) \times 2$
$= 2 \times 4x + 2 \times (-3)$
$= 8x - 6$

$C = x(x - 8)$
$= x \times x + x \times (-8)$
$= x^2 - 8x$

$D = 7x(5x + 2)$
$= 7x \times 5x + 7x \times 2$
$= 35x^2 + 14x$

$E = (8 - 2x) \times x$
$= x \times 8 + x \times (-2x)$
$= 8x - 2x^2$

$F = -3x(4x - 1)$
$= -3x \times 4x - 3x \times (-1)$
$= -12x^2 + 3x$

EXERCICE RÉSOLU 2

Énoncé

Développer et réduire les expressions littérales suivantes.

$A = 7x - x(x - 5)$ $\quad$ $B = 5(3x + 2) + 3x(2x - 5)$

$C = 2x(x - 4) + 7x(3 - 4x)$ $\quad$ $D = 2x(2x + 1) - 2x(2x - 1)$

Résolution

A $= 7x - x(x - 5)$
$= 7x - x \times x - x \times (-5)$
$= 7x - x^2 + 5x$
$= -x^2 + 12x$

B $= 5(3x + 2) + 3x(2x - 5)$
$= 5 \times 3x + 5 \times 2 + 3x \times 2x + 3x \times (-5)$
$= 15x + 10 + 6x^2 - 15x$
$= 15x + 10 + 6x^2 - 15x$
$= 6x^2 + 10$

C $= 2x(x - 4) + 7x(3 - 4x)$
$= 2x \times x + 2x \times (-4) + 7x \times 3 + 7x \times (-4x)$
$= 2x^2 - 8x + 21x - 28x^2$
$= -26x^2 + 13x$

D $= 2x(2x + 1) - 2x(2x - 1)$
$= 2x \times 2x + 2x \times 1 - 2x \times 2x - 2x \times (-1)$
$= 4x^2 + 2x - 4x^2 + 2x$
$= 4x$

EXERCICE RÉSOLU 3

Énoncé

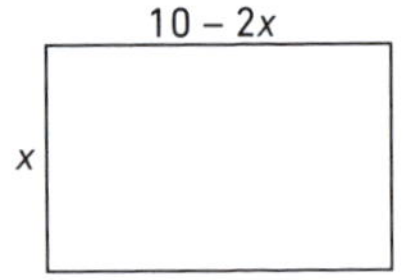

Parmi les expressions littérales suivantes, quelles sont celles qui représentent une grandeur du rectangle ci-contre ?
Préciser laquelle.

1. $x(10 - 2x)$
2. $2(10 - x)$
3. $x \times 10 - 2x$
4. $10x - 2x^2$
5. $2x + 2(10 - 2x)$
6. $20 - 2x$

Résolution

$x(10 - 2x)$ est le produit de la largeur du rectangle par la longueur du rectangle donc cette expression représente l'aire du rectangle.
De plus, $x(10 - 2x) = x \times 10 + x \times (-2x) = 10x - 2x^2$ donc les expressions **1.** et **4.** représentent l'aire du rectangle.
$2x + 2(10 - 2x)$ est la somme du double de la largeur et du double de la longueur du rectangle donc c'est le périmètre du rectangle.
De plus, $2x + 2(10 - 2x) = 2x + 2 \times 10 + 2 \times (-2x) = 2x + 20 - 4x = 20 - 2x$ et $2(10 - x) = 2 \times 10 + 2 \times (-x) = 20 - 2x$ donc les expressions **2.**, **5.** et **6.** représentent le périmètre du rectangle.
L'expression **3.** ne représente rien de particulier pour ce rectangle.

Développer en utilisant la double distributivité

☐ À revoir
☐ OK

16

COURS

- Si a, b, c et d sont quatre nombres relatifs, alors :

$$(a+b)(c+d) = ac + ad + bc + bd$$

Quand on utilise cette identité de la gauche vers la droite, on développe en utilisant la double distributivité.

Exemple : $B = (2x - 1)(3x + 7)$

$= 2x \times 3x + 2x \times 7 - 1 \times 3x - 1 \times 7$
$= 6x^2 + 14x - 3x - 7$
$= 6x^2 + 11x - 7$

EXERCICE RÉSOLU 1

Énoncé

Développer et réduire les expressions littérales suivantes.

$A = (x+3)(x+2)$ $\quad B = (x-5)(x+1)$ $\quad C = (x-4)(x-9)$
$D = (2x+1)(x-7)$ $\quad E = (3x-4)(2x-5)$ $\quad F = (8x-3)(7x+9)$

Résolution

$A = (x+3)(x+2)$
$= x \times x + x \times 2 + 3 \times x + 3 \times 2$
$= x^2 + 2x + 3x + 6$
$= x^2 + 5x + 6$

$B = (x-5)(x+1)$
$= x \times x + x \times 1 - 5 \times x - 5 \times 1$
$= x^2 + x - 5x - 5$
$= x^2 - 4x - 5$

$C = (x-4)(x-9)$
$= x \times x + x \times (-9) - 4 \times x - 4 \times (-9)$
$= x^2 - 9x - 4x + 36$
$= x^2 - 13x + 36$

$D = (2x+1)(x-7)$
$= 2x \times x + 2x \times (-7) + 1 \times x + 1 \times (-7)$
$= 2x^2 - 14x + x - 7$
$= 2x^2 - 13x - 7$

$E = (3x-4)(2x-5)$
$= 3x \times 2x + 3x \times (-5) - 4 \times 2x - 4 \times (-5)$
$= 6x^2 - 15x - 8x + 20 = 6x^2 - 23x + 20$

$F = (8x-3)(7x+9)$
$= 8x \times 7x + 8x \times 9 - 3 \times 7x - 3 \times 9$
$= 56x^2 + 72x - 21x - 27 = 56x^2 + 51x - 27$

EXERCICE RÉSOLU 2

Énoncé

Développer et réduire les expressions littérales suivantes.

$A = (2x - 1)(3x + 5) - 2x(x - 3)$ $\qquad$ $B = (4x - 5)(x + 8) + (2x - 3)(5x - 1)$

$C = (7x + 4)(4x - 3) - (x + 2)(8x + 1)$

Résolution

$A = (2x - 1)(3x + 5) - 2x(x - 3)$
$= 2x \times 3x + 2x \times 5 - 1 \times 3x - 1 \times 5 - 2x \times x - 2x \times (-3)$
$= 6x^2 + 10x - 3x - 5 - 2x^2 + 6x$
$= 4x^2 + 13x - 5$

$B = (4x - 5)(x + 8) + (2x - 3)(5x - 1)$
$= 4x \times x + 4x \times 8 - 5 \times x - 5 \times 8 + 2x \times 5x + 2x \times (-1) - 3 \times 5x - 3 \times (-1)$
$= 4x^2 + 32x - 5x - 40 + 10x^2 - 2x - 15x + 3 = 14x^2 + 10x - 37$

$C = (7x + 4)(4x - 3) - (x + 2)(8x + 1)$
$= (7x \times 4x + 7x \times (-3) + 4 \times 4x + 4 \times (-3)) - (x \times 8x + x \times 1 + 2 \times 8x + 2 \times 1)$
$= (28x^2 - 21x + 16x - 12) - (8x^2 + x + 16x + 2)$
$= (28x^2 - 5x - 12) - (8x^2 + 17x + 2)$
$= 28x^2 - 5x - 12 - 8x^2 - 17x - 2 = 20x^2 - 22x - 14$

EXERCICE RÉSOLU 3

Énoncé

Deux nombres ont une somme égale à 500. Quand on augmente chacun de ces deux nombres de 12, de combien augmente leur produit ?

Résolution

Si on choisit 388 et 112, alors $388 \times 112 = 43\,456$.
$(388 + 12)(112 + 12) = 400 \times 124 = 49\,600$
Or, $47005 - 43\ 456 = 6\ 144$
À l'aide de quelques exemples supplémentaires, on peut conjecturer que lorsqu'on augmente chacun de ces nombres de 12, leur produit augmente de 6 144. Il faut maintenant le démontrer dans tous les cas.
Soit a et b ces deux nombres.
Leur somme est égale à 500, donc $a + b = 500$. Leur produit est ab.

$(a + 12)(b + 12) = a \times b + a \times 12 + 12 \times b + 12 \times 12$
$= ab + 12\text{a} + 12\text{b} + 144 = ab + 12(\text{a} + \text{b}) + 144$
$= ab + 12 \times 500 + 144 = ab + 6\,000 + 144$
$= ab + 6\,144$

Factoriser

☐ À revoir
☐ OK

17

COURS

▶ Vidéo

- **Factoriser** une expression, c'est **l'écrire sous forme d'un produit**.
- Quand on utilise l'identité $k(a+b) = ka + kb$, où a, b et k sont trois nombres relatifs, de la droite vers la gauche, on **factorise** en utilisant la **simple distributivité par reconnaissance du facteur commun k**.

Exemples :

$A = 12x^2 + 8x$
$= 4x \times 3x + 4x \times 2$
$= 4x(3x+2)$

$B = (2x+1)(x-3) - (2x+1)(2x+5)$
$= (2x+1)[(x-3) - (2x+5)]$
$= (2x+1)(x-3-2x-5)$
$= (2x+1)(-x-8)$

- Si a et b sont des nombres relatifs alors $(a+b)(a-b) = a^2 - b^2$. Quand on utilise cette identité de la droite vers la gauche, on factorise en utilisant une identité remarquable.

Exemples :

$A = x^2 - 9$
$= x^2 - 3^2$
$= (x+3)(x-3)$

$B = 16x^2 - 25$
$= (4x)^2 - 5^2$
$= (4x+5)(4x-5)$

$C = (2x-3)^2 - (x+5)^2$
$= [(2x-3) + (x+5)][(2x-3) + (x+5)]$
$= (2x-3+x+5)(2x-3-x-5)$
$= (3x+2)(x-8)$

EXERCICE RÉSOLU 1

Énoncé

Factoriser les expressions suivantes.

$A = 24x - 16$ $B = x^2 - 7x$ $C = 5x^2 + 15x$

Résolution

$A = 24x - 16$
$= 8 \times 3x - 8 \times 2$
$= 8(3x-2)$

$B = x^2 - 7x$
$= x \times x - x \times 7$
$= x(x-7)$

$C = 5x^2 + 15x$
$= 5x \times x + 5x \times 3$
$= 5x(x+3)$

EXERCICE RÉSOLU 2

Énoncé

Factoriser les expressions suivantes.

$A = (x-3)(4x-5) + (x-3)(3x+2)$ $C = (2x+1)^2 - (2x+1)(8x+7)$

Résolution

$A = (x-3)(4x-5) + (x-3)(3x+2)$
$= (x-3)[(4x-5) + (3x+2)]$
$= (x-3)(4x-5+3x+2)$
$= (x-3)(7x-3)$

$C = (2x+1)^2 - (2x+1)(8x+7)$
$= (2x+1)(2x+1) - (2x+1)(8x+7)$
$= (2x+1)[(2x+1) - (8x+7)]$
$= (2x+1)(2x+1-8x-7)$
$= (2x+1)(-6x-6)$

EXERCICE RÉSOLU 3

Énoncé

Factoriser les expressions suivantes.

$A = x^2 - 49$ $B = 4x^2 - 81$ $C = x^2 - 64$

Résolution

$A = x^2 - 49$
$= x^2 - 7^2$
$= (x+7)(x-7)$

$B = 4x^2 - 81$
$= (2x)^2 - 9^2$
$= (2x+9)(2x-9)$

$C = x^2 - 64$
$= x^2 - 8^2$
$= (x+8)(x-8)$

EXERCICE RÉSOLU 4

Énoncé

Factoriser les expressions suivantes.

$A = (x-2)^2 - 25$ $B = (2x-3)^2 - (x+3)^2$

Résolution

$A = (x-2)^2 - 25$
$= (x-2)^2 - 5^2$
$= [(x-2)+5][(x-2)-5]$
$= [x-2+5][x-2-5]$
$= (x+3)(x-7)$

$B = (2x-3)^2 - (x+3)^2$
$= [(2x-3)+(x+3)][(2x-3)-(x+3)]$
$= (2x-3+x+3)(2x-3-x-3)$
$= 3x(x-6)$

EXERCICE RÉSOLU 5

Énoncé

Calculer mentalement.

1. $142 \times 73 + 27 \times 142$
2. $51^2 - 49^2$

Résolution

1. $142 \times 73 + 27 \times 142 = 142 \times (73 + 27) = 142 \times 100 = 14\ 200$
2. $51^2 - 49^2 = (51 + 49) \times (51 - 49) = 100 \times 2 = 200$

Utiliser le calcul littéral pour démontrer un résultat général

- [ ] À revoir
- [ ] OK

18

COURS

● Le calcul littéral est un outil efficace pour démontrer un résultat général, c'est-à-dire un résultat valable pour tous les nombres vérifiant les mêmes propriétés.

Exemple : On peut démontrer que le carré d'un nombre pair est pair en utilisant le calcul littéral.

Soit n un entier pair quelconque.

n est un multiple de 2 donc il peut s'écrire sous la forme $2k$ où k est un entier quelconque. Le carré de n est donc égal à $(2k)^2$.

Ainsi, $n^2 = (2k)^2 = 2k \times 2k = 4k^2 = 2 \times 2k^2$ donc n^2 est un multiple de 2. n^2 est donc pair.

Le raisonnement précédent ne dépendant pas de la valeur de l'entier n choisi, il est donc valable pour tous les entiers pairs.

On a ainsi démontré que le carré d'un entier pair est pair.

EXERCICE RÉSOLU 1

Énoncé

Démontrer que la somme de trois entiers consécutifs est un multiple de 3.

Résolution

Soit n le plus petit des trois entiers consécutifs. L'entier du « milieu » est donc $n + 1$ et le plus grand est $n + 2$.

La somme de ces trois entiers consécutifs est :

$n + (n + 1) + (n + 2) = n + n + 1 + n + 2 = 3n + 3 = 3(n + 1)$

La somme de ces trois entiers consécutifs est le triple de l'entier $n + 1$ donc c'est un multiple de 3.

Ainsi, la somme de trois entiers consécutifs est un multiple de 3.

EXERCICE RÉSOLU 2

Énoncé

La différence des carrés de deux entiers consécutifs est-elle paire ? impaire ? ni l'un ni l'autre ?

Résolution

$5^2 - 4^2 = 25 - 16 = 9$ $\quad$ $31^2 - 30^2 = 961 - 900 = 61$

$212^2 - 211^2 = 44\,944 - 44\,521 = 423$

$1524^2 - 1523^2 = 2\,322\,576 - 2\,319\,529 = 3\,047$

À partir de ces essais, on peut donc émettre la conjecture que la différence des carrés de deux entiers consécutifs est impaire.

Soit n le plus petit des deux entiers. Celui qui le suit est $n + 1$.

La différence des carrés de ces deux entiers est $(n + 1)^2 - n^2$.

Or, $(n + 1)^2 - n^2 = n^2 + 2n + 1 - n^2 = n^2 + 2n + 1 - n^2 = 2n + 1$

La différence des carrés des entiers $n + 1$ et n est donc un entier impair.

Ainsi, la différence des carrés de deux entiers consécutifs est impaire.

EXERCICE RÉSOLU 3

Énoncé

On isole un carré quelconque de 3 jours par 3 jours dans un calendrier d'ordinateur. On effectue ensuite le produit des deux cases vertes auquel on soustrait le produit des deux cases bleues.

Quelle conjecture peut-on émettre sur cette différence quel que soit le carré choisi ? Démontrer la conjecture émise.

lu	ma	me	je	ve	sa	di
29	30	31	1	2	3	4
5	6	7	8	9	10	11
12	13	14	15	16	17	18
19	20	21	22	23	24	25
26	27	28	29	30	1	2

Résolution

En effectuant des essais pour différents carrés, on peut émettre la conjecture que cette différence est toujours égale à 28. Par exemple, pour le carré de l'énoncé, cette différence est $9 \times 21 - 7 \times 23 = 28$.

Démontrons cette conjecture pour n'importe quel carré de 3 jours par 3 jours choisi dans un calendrier quelconque de ce format.

n		$n + 2$
$n + 14$		$n + 16$

Notons n le numéro du jour dont le numéro est le plus petit. Le suivant est $n + 2$. Le suivant est $n + 14$ et le dernier est $n + 16$.

La différence entre les produits des entiers situés aux extrémités des diagonales est :

$$\begin{aligned}(n + 2)(n + 14) - n \times (n + 16) &= n \times n + n \times 14 + 2 \times n + 2 \times 14 - n \times n - n \times 16 \\ &= n^2 + 14n + 2n + 28 - n^2 - 16n \\ &= 28\end{aligned}$$

Ainsi, quel que soit le carré de 3 jours par 3 jours choisi, la différence des produits des entiers situés aux diagonales est toujours égale à 28.

Les équations

☐ À revoir
☐ OK

19

COURS

- Une **équation d'inconnue x** est une **égalité** qui peut être vraie ou fausse selon les valeurs de x.

Exemples :

$3x - 4 = -2x + 6$, $(3x + 5)(4x - 1) = 0$ et $2x^2 - 3x + 2 = 2x - 1$ sont des équations d'inconnue x.

- On appelle **solution de l'équation** toute valeur de l'inconnue qui rend l'égalité vraie.

Exemple :

Si $x = \frac{3}{2}$, alors $2x^2 - 3x + 2 = 2$ et $2x - 1 = 2$, donc $2x^2 - 3x + 2 = 2x - 1$.

Ainsi, $\frac{3}{2}$ est une solution de l'équation $2x^2 - 3x + 2 = 2x - 1$.

EXERCICE RÉSOLU 1

Énoncé

Répondre aux questions suivantes sans résoudre les équations.

1. 1 est-il solution de l'équation $4x - 3 = 5$?

2. $-4{,}4$ est-il solution de l'équation $-2x - 7 = 3x + 15$?

3. $\frac{1}{3}$ est-il solution de l'équation $3x^2 + x - 1 = -4x + 1$?

4. $\frac{2}{7}$ est-il solution de l'équation $(x - 1)(7x + 2) = 0$?

Résolution

1. Si $x = 1$, $4x - 3 = 4 \times 1 - 3 = 4 - 3 = 1$, donc 1 n'est pas une solution de l'équation.

2. Si $x = -4{,}4$, $-2x - 7 = -2 \times (-4{,}4) - 7 = 8{,}8 - 7 = 1{,}8$

$3x + 15 = 3 \times (-4{,}4) + 15 = -13{,}2 + 15 = 1{,}8$,

donc $-4{,}4$ est une solution de l'équation.

3. Si $x = \frac{1}{3}$, $3x^2 + x - 1 = 3\left(\frac{1}{3}\right)^2 + \frac{1}{3} - 1 = 3 \times \frac{1}{9} + \frac{1}{3} - 1 = \frac{1}{3} + \frac{1}{3} - 1 = -\frac{1}{3}$

$-4x + 1 = -4 \times \frac{1}{3} + 1 = -\frac{4}{3} + 1 = -\frac{1}{3}$, donc $\frac{1}{3}$ est une solution de l'équation.

4. Si $x = \frac{2}{7}$, $(x-1)(7x+2) = \left(\frac{2}{7} - 1\right)\left(7 \times \frac{2}{7} + 2\right) = \left(-\frac{5}{7}\right)(2+2) = -\frac{20}{7}$,

donc $\frac{2}{7}$ n'est pas une solution de l'équation.

EXERCICE RÉSOLU 2

Énoncé

Jade a réalisé la feuille de calcul ci-dessous.

	A	B	C
1	**x**	**7x - 2**	**5x + 3**
2	-3	-23	-12
3	-2,5	-19,5	-9,5
4	-2	-16	-7
5	-1,5	-12,5	-4,5
6	-1	-9	-2
7	-0,5	-5,5	0,5
8	0	-2	3
9	0,5	1,5	5,5
10	1	5	8
11	1,5	8,5	10,5
12	2	12	13
13	2,5	15,5	15,5
14	3	19	18
15	3,5	22,5	20,5
16	4	26	23

1. Quelle formule a-t-elle écrite dans la cellule B2 puis recopiée vers le bas ?

2. Quelle formule a-t-elle écrite dans la cellule C2 puis recopiée vers le bas ?

3. En utilisant la feuille de calcul de Jade, déterminer une solution à chacun des équations suivantes :

a. $7x - 2 = 8{,}5$

b. $5x + 3 = -2$

c. $7x - 2 = 5x + 3$

Résolution

1. Jade a écrit la formule = 7*A2 – 2 dans la cellule B2.

2. Jade a écrit la formule = 5*A2 + 3 dans la cellule C2.

3. a. Une solution de l'équation $7x - 2 = 8{,}5$ se situe dans la cellule A11. C'est 1,5.

b. Une solution de l'équation $5x + 3 = -2$ se situe dans la cellule A6.
C'est – 1.

c. Une solution de l'équation $7x - 2 = 5x + 3$ se situe dans la cellule A13. C'est 2,5.

Résoudre une équation du premier degré

☐ À revoir
☐ OK

20

COURS

- Résoudre une équation, c'est trouver **toutes les solutions de l'équation**.
- Une équation est dite du **premier degré** quand elle peut s'écrire sous la forme $ax + b = cx + d$ où a, b, c et d sont quatre nombres tels que $a \neq c$.

Exemples : $3x + 4 = -2x - 6$ et $3(4x - 5) = 8x + 3$ sont des équations du premier degré.

- On ne change pas les solutions d'une équation quand :

– on **additionne ou soustrait un même nombre** dans ses deux membres ;
– on **multiplie ou divise ses deux membres par un même nombre** non nul.

Exemple :

$3x + 4 = -2x - 6$
$3x + 4 + 2x = -2x + 6 + 2x$
$5x + 4 = -6$

En additionnant $2x$ dans les deux membres, on obtient l'équation $5x + 4 = -6$ qui a les mêmes solutions que l'équation $3x + 4 = -2x - 6$.

$5x + 4 - 4 = -6 - 4$
$5x = -10$

En soustrayant 4 dans les deux membres, on obtient l'équation $5x = -10$ qui a les mêmes solutions que l'équation $5x + 4 = -6$.

$\frac{5x}{5} = \frac{-10}{5}$
$x = -2$

En divisant par 5 les deux membres, on obtient l'équation $x = -2$ qui a les mêmes solutions que l'équation $5x = -10$.

La solution de l'équation est 2.

EXERCICE RÉSOLU 1

Énoncé

Associer entre elles les équations qui ont les mêmes solutions.

1. $5x - 3 = 2x + 7$ ▪	▪ **a.** $7x - 3 = 7$
2. $2x + 8 = 5$ ▪	▪ **b.** $x = 2$
3. $4x - 3 = 2x + 1$ ▪	▪ **c.** $3x - 3 = 7$
4. $5x - 3 = -2x + 7$ ▪	▪ **d.** $2x = 13$
5. $2x + 1 = 2$ ▪	▪ **e.** $2x = -3$
6. $-x - 5 = -3x + 8$ ▪	▪ **f.** $x = 0{,}5$

Résolution

1. et **c.** **2.** et **e.** **3.** et **b.** **4.** et **a.** **5.** et **f.** **6.** et **d.**

EXERCICE RÉSOLU 2

Énoncé

Compléter les résolutions d'équations suivantes.

1. $11x+4=5x-8$

$11x+4 \ldots = 5x-8 \ldots$

$6x+4=-8$

$6x+4 \ldots = -8 \ldots$

$6x=-12$

$6x \ldots = -12 \ldots$

$x=-2$

2. $3x-4=-2x+6$

$3x-4 \ldots = -2x+6 \ldots$

$5x-4=6$

$5x-4 \ldots = 6 \ldots$

$5x=10$

$5x \ldots = 10 \ldots$

$x=2$

Résolution

1. $11x+4=5x-8$

$11x+4-\mathbf{5x}=5x-8-\mathbf{5x}$

$6x+4=-8$

$6x+4-\mathbf{4}=-8-\mathbf{4}$

$6x=-12$

$\frac{6x}{\mathbf{6}}=\frac{-12}{\mathbf{6}}$

$x=-2$

2. $3x-4=-2x+6$

$3x-4+\mathbf{2x}=-2x+6+\mathbf{2x}$

$5x-4=6$

$5x-4+\mathbf{4}=6+\mathbf{4}$

$5x=10$

$\frac{5x}{\mathbf{5}}=\frac{10}{\mathbf{5}}$

$x=2$

EXERCICE RÉSOLU 3

Énoncé

Résoudre les équations suivantes.

1. $7x-9=4x$

2. $2x-4=3x+4$

Résolution

1. $7x-9=4x$

$7x-9-\mathbf{7x}=4x-\mathbf{7x}$

$-9=-\mathbf{3x}$

$\frac{-9}{\mathbf{-3}}=\frac{-3x}{\mathbf{-3}}$

$3=x$

La solution de l'équation est 3.

2. $2x-4=3x+4$

$2x-4-\mathbf{3x}=3x+4-\mathbf{3x}$

$-x-4=4$

$-x-4+\mathbf{4}=4+\mathbf{4}$

$-x=8$

$x=-8$

La solution de l'équation est -8.

Résoudre une équation se ramenant à une équation du premier degré

- À revoir
- OK

21

COURS

● En utilisant le calcul littéral, on peut ramener la résolution de certaines équations à celle d'une équation du premier degré.

Exemple :

$(x-3)(2x-8)=2x(x-2)$

$x\times 2x+x\times(-8)-3\times 2x-3\times(-8)=2x\times x+2x\times(-2)$

$2x^2-8x-6x+24=2x^2-4x$

$2x^2-14x+24=2x^2-4x$

$2x^2-14x+24-\mathbf{2x^2}=2x^2-4x-\mathbf{2x^2}$

$-14x+24=-4x$

$-14x+24+\mathbf{14x}=-4x+\mathbf{14x}$

$24=10x$

$\frac{24}{\mathbf{10}}=\frac{10x}{\mathbf{10}}$

$2{,}4=x$

La solution de l'équation est 2,4.

EXERCICE RÉSOLU 1

Énoncé

Résoudre les équations suivantes.

1. $-3x+6=7(x-2)$
2. $8x-(8+2x)=3(x+4)$
3. $4x^2-6x+20=4x(4+x)$
4. $13-(-2x+6)=7x-8$

Résolution

1. $-3x+6=7(x-2)$

$-3x+6=7\times x+7\times(-2)$

$-3x+6=7x-14$

$-3x+6\mathbf{-7x}=7x-14\mathbf{-7x}$

$-10x+6=-14$

$-10x+6\mathbf{-6}=-14\mathbf{-6}$

$-10x=-20$

$\frac{-10x}{\mathbf{-10}}=\frac{-20}{\mathbf{-10}}$

$x=2$

La solution de l'équation est 2.

2. $8x-(8+2x)=3(x+4)$

$8x-8-2x=3\times x+3\times 4$

$6x-8=3x+12$

$6x-8\mathbf{-3x}=3x+12\mathbf{-3x}$

$3x-8=12$

$3x-8\mathbf{+8}=12\mathbf{+8}$

$3x=20$

$\frac{3x}{\mathbf{3}}=\frac{20}{\mathbf{3}}$

$x=\frac{20}{3}$

La solution de l'équation est $\frac{20}{3}$.

3. $4x^2 - 6x + 20 = 4x(4 + x)$
$4x^2 - 6x + 20 = 4x \times 4 + 4x \times x$
$4x^2 - 6x + 20 = 16x + 4x^2$
$4x^2 - 6x + 20 \mathbf{- 4x^2} = 16x + 4x^2 \mathbf{- 4x^2}$
$- 6x + 20 = 16x$
$- 6x + 20 \mathbf{+ 6x} = 16x \mathbf{+ 6x}$
$20 = 22x$
$\frac{20}{\mathbf{22}} = \frac{22x}{\mathbf{22}}$
$\frac{10}{\mathbf{11}} = x$
La solution de l'équation est $\frac{10}{11}$.

4. $13 - (- 2x + 6) = 7x - 8$
$13 + 2x - 6 = 7x - 8$
$7 + 2x = 7x - 8$
$7 + 2x \mathbf{- 7x} = 7x - 8 \mathbf{- 7x}$
$7 - 5x = - 8$
$7 - 5x \mathbf{- 7} = - 8 \mathbf{- 7}$
$- 5x = - 15$
$\frac{- 5x}{\mathbf{- 5}} = \frac{- 15}{\mathbf{- 5}}$
$x = 3$
La solution de l'équation est 3.

EXERCICE RÉSOLU 2

Énoncé

Résoudre les équations suivantes.

1. $(4x + 1)(2x - 1) = 8x^2 - 6x$

2. $x^2 + 25 = (6 - x)^2 + 9$

Résolution

1. $(4x + 1)(2x - 1) = 8x^2 - 6x$
$8x^2 - 4x + 2x - 1 = 8x^2 - 6x$
$8x^2 - 2x - 1 = 8x^2 - 6x$
$8x^2 - 2x - 1 \mathbf{- 8x^2} = 8x^2 - 6x \mathbf{- 8x^2}$
$- 2x - 1 = - 6x$
$- 2x - 1 \mathbf{+ 2x} = - 6x \mathbf{+ 2x}$
$- 1 = - 4x$
$\frac{- 1}{\mathbf{- 4}} = \frac{- 4x}{\mathbf{- 4}}$
$\frac{1}{4} = x$
La solution de l'équation est $\frac{1}{4}$.

2. $x^2 + 25 = (6 - x)^2 + 9$
$x^2 + 25 = 36 - 12x + x^2 + 9$
$x^2 + 25 = 45 - 12x + x^2$
$x^2 + 25 \mathbf{- x^2} = 45 - 12x + x^2 \mathbf{- x^2}$
$25 = 45 - 12x$
$25 \mathbf{- 45} = 45 - 12x \mathbf{- 45}$
$- 20 = - 12x$
$\frac{- 20}{\mathbf{- 12}} = \frac{- 12x}{\mathbf{- 12}}$
$\frac{5}{3} = x$
La solution de l'équation est $\frac{5}{3}$.

Modéliser une situation par une équation du premier degré

☐ À revoir
☐ OK

22

COURS

● Pour être résolus, certains problèmes peuvent être modélisés par une équation. La résolution du problème suit alors les quatre étapes :

1. Choix de l'inconnue
2. Mise en équation
3. Résolution de l'équation
4. Interprétation de la solution de l'équation

Exemple :

Où faut-il placer le point M sur le segment [AB] pour que le carré et le triangle équilatéral ci-contre aient le même périmètre ?

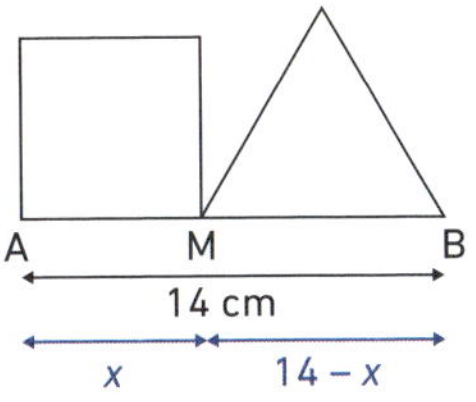

1. On note x la longueur AM.
2. Le périmètre du carré est $4x$. La longueur MB est égale à $14 - x$ donc le périmètre du triangle équilatéral est $3(14 - x)$.

Pour que les périmètres du carré et du triangle équilatéral soient égaux, il faut que $4x = 3(14 - x)$.

3. $4x = 3(14 - x)$

$4x = 3 \times 14 + 3 \times (-x)$

$4x = 42 - 3x$

$4x + 3x = 42 - 3x + 3x$

$7x = 42$

$\frac{7x}{7} = \frac{42}{7}$

$x = 6$

La solution de l'équation est 6.

4. Il faut placer le point M à 6 cm du point A sur le segment [AB].

EXERCICE RÉSOLU 1

Énoncé

Sur le schéma ci-contre, le nombre écrit sur une brique du mur est la somme des nombres des deux briques se trouvant sous elle.

Quel même nombre peut-on écrire sur les trois briques bleues pour que le nombre au sommet du mur soit égal à la somme des nombres de la première ligne de briques ?

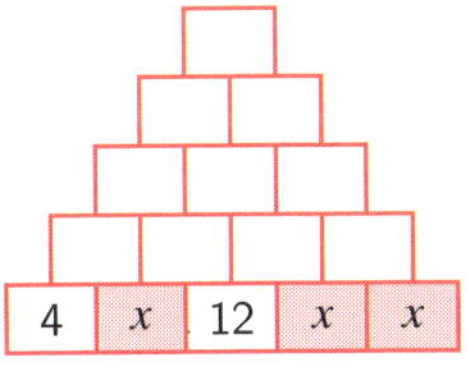

Résolution

1. Soit x le même nombre se trouvant dans les briques bleues.

2. On peut écrire sur chaque brique du mur :

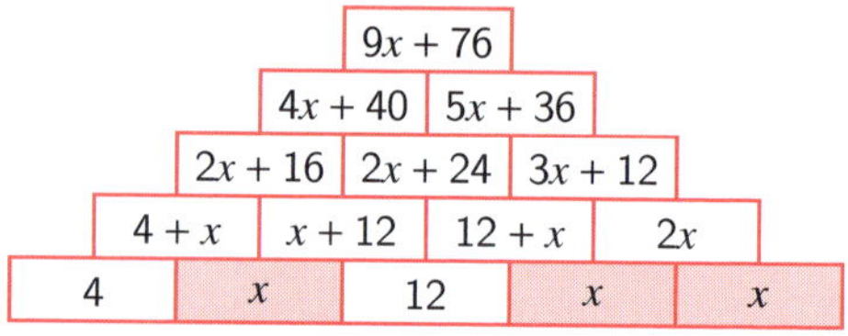

La somme des nombres de la première ligne du mur est :
$4 + x + 12 + x + x = 3x + 16$.
On peut donc résoudre l'équation $9x + 76 = 3x + 16$ pour trouver le nombre à écrire sur les briques bleues.

3. $9x + 76 = 3x + 16$
$9x + 76 \mathbf{- 3x} = 3x + 16 \mathbf{- 3x}$
$6x + 76 = 16$
$6x + 76 \mathbf{- 76} = 16 \mathbf{- 76}$
$6x = -60$
$\frac{6x}{\mathbf{6}} = \frac{-60}{\mathbf{6}}$
$x = -10$
La solution de l'équation est -10.

4. Il faut écrire -10 sur les briques jaunes pour que le nombre au sommet du mur soit égal à la somme des nombres de la première ligne de briques.

EXERCICE RÉSOLU 2

Énonce

Trois triangles équilatéraux identiques sont découpés dans les coins d'un triangle équilatéral de côté 6 cm. La somme des périmètres des trois petits triangles est égale au périmètre de l'hexagone jaune restant. Quelle est la mesure du côté des petits triangles ?

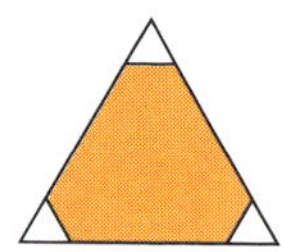

Pondichéry, 2015

Résolution

1. Soit x la longueur du côté des petits triangles.

2. Le périmètre d'un des petits triangles est $3x$ donc la somme des périmètres des trois petits triangles est $3 \times 3x = 9x$.
L'hexagone a trois côtés qui mesurent x cm et trois autres qui mesurent $6 - 2x$ cm donc son périmètre est :
$3x + 3 \times (6 - 2x) = 3x + 3 \times 6 + 3 \times (-2x) = 3x + 18 - 6x = 18 - 3x$
On peut donc résoudre l'équation $9x = 18 - 3x$ pour trouver la longueur du côté des petits triangles.

3. $9x = 18 - 3x$
$9x \mathbf{+ 3x} = 18 - 3x \mathbf{+ 3x}$
$12x = 18$
$\frac{12x}{\mathbf{12}} = \frac{18}{\mathbf{12}}$
$x = 1{,}5$
La solution de l'équation est 1,5.

4. La mesure du côté des petits triangles est 1,5 cm.

Résoudre une équation produit

☐ À revoir
☐ OK

23

COURS

● Dire qu'un produit de facteurs est nul revient à dire qu'un au moins de ses facteurs est nul.

Si a et b sont deux nombres relatifs, **dire que $a \times b = 0$ revient à dire que $a = 0$ ou $b = 0$**.

Application :

Le résultat précédent peut être utilisé pour résoudre l'équation $(3x+5)(4x-1)=0$, appelée équation produit nul, car son membre de gauche est le produit des deux facteurs $3x+5$ et $4x-1$ et son membre de droite est égal à 0.

Dire que $(3x+5)(4x-1)=0$ revient donc à dire que $3x+5=0$ ou $4x-1=0$. Ainsi :

$(3x+5)(4x-1)=0$

$3x+5=0$ ou $4x-1=0$

$3x=-5$ ou $4x=1$

$x=-\frac{5}{3}$ ou $x=\frac{1}{4}$

Les solutions de l'équation sont $-\frac{5}{3}$ et $\frac{1}{4}$.

EXERCICE RÉSOLU 1

Énoncé

Résoudre les équations suivantes.

1. $(3x+9)(4x-5)=0$

2. $x(5x-3)=0$

Résolution

1. $(3x+9)(4x-5)=0$

$3x+9=0$ ou $4x-5=0$

$3x=-9$ ou $4x=5$

$x=-\frac{9}{3}=-3$ ou $x=\frac{5}{4}$

Les solutions de l'équation sont -3 et $\frac{5}{4}$.

2. $x(5x-3)=0$

$x=0$ ou $5x-3=0$

$x=0$ ou $5x=3$

$x=0$ ou $x=\frac{3}{5}$

Les solutions de l'équation sont 0 et $\frac{3}{5}$.

EXERCICE RÉSOLU 2

Énoncé

Factoriser le membre de gauche des équations suivantes afin de les résoudre.

1. $7x^2 - 21x = 0$

2. $(x-3)^2 - 16 = 0$

Résolution

1. $7x^2 - 21x = 0$

$7x \times x - 7x \times 3 = 0$

$7x(x-3) = 0$

$7x = 0$ ou $x - 3 = 0$

$x = \frac{0}{7} = 0$ ou $x = 3$

Les solutions de l'équation sont 0 et 3.

2. $(x-3)^2 - 16 = 0$

$(x-3)^2 - 4^2 = 0$

$(x-3+4)(x-3-4) = 0$

$(x+1)(x-7) = 0$

$x + 1 = 0$ ou $x - 7 = 0$

$x = -1$ ou $x = 7$

Les solutions de l'équation sont -1 et 7.

EXERCICE RÉSOLU 3

Énoncé

Résoudre les équations suivantes.

1. $7x^2 - 3x + 8 = 4(x+2)$

2. $3x^2 - 2x - 9 = x(2 - x)$

Résolution

1. $7x^2 - 3x + 8 = 4(x+2)$

$7x^2 - 3x + 8 = 4x + 4 \times 2$

$7x^2 - 3x + 8 = 4x + 8$

$7x^2 - 3x = 4x$

$7x^2 - 3x - 4x = 0$

$7x^2 - 7x = 0$

$7x \times x - 7x \times 1 = 0$

$7x(x-1) = 0$

$7x = 0$ ou $x - 1 = 0$

$x = \frac{0}{7} = 0$ ou $x = 1$

Les solutions de l'équation sont 0 et 1.

2. $3x^2 + 2x - 9 = x(2-x)$

$3x^2 + 2x - 9 = x \times 2 + x \times (-x)$

$3x^2 + 2x - 9 = 2x - x^2$

$3x^2 + 2x - 9 - 2x = 2x - x^2 - 2x$

$3x^2 - 9 = -x^2$

$3x^2 - 9 + x^2 = 0$

$4x^2 - 9 = 0$

$(2x)^2 - 3^2 = 0$

$(2x+3)(2x-3) = 0$

$2x + 3 = 0$ ou $2x - 3 = 0$

$2x = -3$ ou $2x = 3$

$x = -\frac{3}{2}$ ou $x = \frac{3}{2}$

Les solutions de l'équation sont $-\frac{3}{2}$ et $\frac{3}{2}$.

Modéliser une situation par une équation

- À revoir
- OK

24

COURS

Vidéo

- La résolution des problèmes suivants nécessite la mobilisation conjointe des compétences en résolution d'équations et en calcul littéral.

Exemple :

« Deux tours élevées l'une de 30 pas, l'autre de 40 sont distantes de 50 pas. Entre les deux se trouve une fontaine vers le centre de laquelle deux oiseaux descendant des sommets des deux tours se dirigent du même vol et parviennent en même temps. Quelles sont les distances horizontales du centre de la fontaine aux deux tours ? »

Leonardo Fibonacci

Résolution :

- La situation est représentée ci-contre.

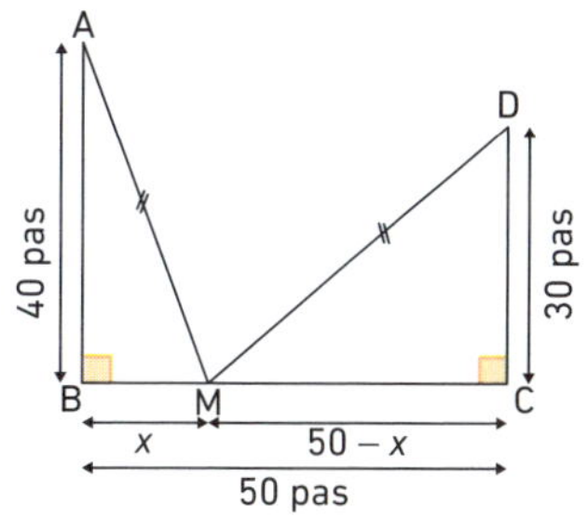

- On note x la distance du point M, centre de la fontaine au pied B de la plus grande tour. La distance du centre M de la fontaine au pied C de la plus petit tour est donc $50 - x$.

Les deux oiseaux se dirigent d'un même vol et parviennent en même temps au centre de la fontaine donc ils parcourent la même distance.

Ainsi, AM = DM.

Le triangle ABM est rectangle en M donc :

$AM^2 = BA^2 + BM^2 = 40^2 + x^2 = 1\ 600 + x^2$

Le triangle DCM est rectangle en M donc :

$DM^2 = CM^2 + CD^2 = (50 - x)^2 + 30^2 = (50 - x)^2 + 900$

AM = DM donc $AM^2 = DM^2$.

- On peut donc résoudre l'équation $1\ 600 + x^2 = (50 - x)^2 + 900$ pour trouver la valeur de x.

$1\ 600 + x^2 = (50 - x)^2 + 900$

$1\ 600 + x^2 = 50^2 - 2 \times 50 \times x + x^2 + 900$

$1\ 600 + x^2 = 2\ 500 - 100x + x^2 + 900$

$1\ 600 + x^2 = 3\ 400 - 100x + x^2$

$1\ 600 + x^2 - x^2 = 3\ 400 - 100x + x^2 - x^2$

$1\ 600 = 3\ 400 - 100x$

$1\ 600 - 3\ 400 = 3\ 400 - 100x - 3\ 400$

$-1\ 800 = -100x$

$\frac{-1800}{-100} = \frac{-100x}{-100}$

$18 = x$

La solution de l'équation est 18.

- La distance du centre de la fontaine au pied de la plus grande tour est 18 pas et la distance du pied de la fontaine au pied de la plus petite tour est 32 pas.

EXERCICE RÉSOLU 1

Énoncé

Quel même nombre doit-on additionner au numérateur et au dénominateur de la fraction $\frac{7}{16}$ pour doubler la valeur de cette fraction ?

Résolution

Soit x le nombre à additionner au numérateur et au dénominateur de la fraction.

$\frac{7+x}{16+x}=2\times\frac{7}{16}$

$\frac{7+x}{16+x}=\frac{14}{16}$

$16 \times (7 + x) = 14 \times (16 + x)$

$16 \times 7 + 16 \times x = 14 \times 16 + 14 \times x$

$112 + 16x = 224 + 14x$

$112 + 16x - \mathbf{14x} = 224 + 14x - \mathbf{14x}$

$112 + 2x = 224$

$112 + 2x - \mathbf{112} = 224 - \mathbf{112}$

$2x = 112$

$\frac{2x}{2}=\frac{112}{2}$

$x = 56$

La solution de l'équation est 56.

Le nombre à additionner au numérateur et au dénominateur de la fraction est 56.

EXERCICE RÉSOLU 2

Énoncé

Des archéologues ont retrouvé un fragment d'une assiette ronde. Ils ont pu mesurer les longueurs données sur la figure ci-contre. Calculer le diamètre de cette assiette.

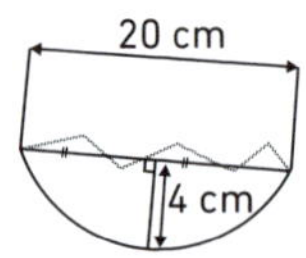

Résolution

Soit R le rayon de l'assiette.

Le triangle OAB est rectangle en A donc $OB^2 = AO^2 + AB^2$

$R^2 = (R - 4)^2 + 10^2$

$R^2 = R^2 - 2 \times R \times 4 + 4^2 + 100$

$R^2 = R^2 - 8R + 16 + 100$

$R^2 = R^2 - 8R + 116$

$R^2 - \mathbf{R^2} = R^2 - 8R + 116 - \mathbf{R^2}$

$0 = -8R + 116$

$0 + \mathbf{8R} = -8R + 116 + \mathbf{8R}$

$8R = 116$

$\frac{8R}{\mathbf{8}}=\frac{116}{\mathbf{8}}$

$R = 14{,}5$

La solution de l'équation est 14,5 cm.

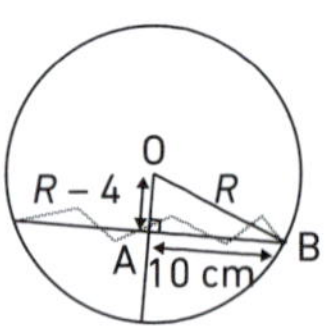

Le rayon de l'assiette est 14,5 cm donc son diamètre est 29 cm.

Résoudre une inéquation du premier degré

☐ À revoir
☐ OK

25

COURS

● Une inéquation d'inconnue x est une inégalité qui peut être vraie ou fausse selon les valeurs de x.

Exemples : $2x - 7 < -4x + 5$ et $5 \times (2x - 3) \geqslant 3x + 2$ sont des inéquations d'inconnue x.

● Résoudre une inéquation, c'est trouver toutes les valeurs de l'inconnue qui rendent l'inégalité vraie. Ces valeurs sont appelées les solutions de l'inéquation.

Exemple :

Si $x = 1$ alors $2x - 7 = 2 \times 1 - 7 = -5$ et $-4x + 5 = -4 \times 1 + 5 = 1$ donc : $2x - 7 < -4x + 5$. Ainsi, 1 est une solution de l'inéquation $2x - 7 < -4x + 5$.

● On ne change pas les solutions d'une équation quand on **additionne ou soustrait un même nombre** dans ses deux membres.

On ne change pas les solutions d'une inéquation quand on **multiplie ou divise ses deux membres** :

– par **un même nombre strictement positif en conservant le sens de l'inégalité** ;

– par **un même nombre strictement négatif en changeant le sens de l'inégalité**.

Exemples :

$2x - 7 < -4x + 5$

$2x - 7 - 2x < -4x + 5 - 2x$

$-7 < -6x + 5$

$-7 - 5 < -6x + 5 - 5$

$-12 < -6x$

$\dfrac{-12}{-6} > \dfrac{-6x}{-6}$

$-2 > x$

$\dfrac{x}{2} + 1 \geqslant 4$

$\dfrac{x}{2} + 1 - 1 \geqslant 4 - 1$

$\dfrac{x}{2} \geqslant 3$

$2 \times \dfrac{x}{2} \geqslant 2 \times 3$

$x \geqslant 6$

EXERCICE RÉSOLU 1

Énoncé

Sans les résoudre, entourer les nombres qui sont solutions des inéquations suivantes.

1.	$8 - x \leqslant 7$	7	3	1	– 3
2.	$-4x \geqslant 16$	0	– 2	– 4	– 7
3.	$7x - 3 < 18$	5	3	0	– 2
4.	$5x - 8 > 7x + 2$	2	– 3	– 5	– 6

Résolution

1. 7 ; 3 ; 1 **2.** – 4 ; – 7 **3.** 0 ; – 2 **4.** – 6

EXERCICE RÉSOLU 2

Énoncé

Résoudre les inéquations suivantes.

1. $8x > 5x - 9$ **2.** $-x - 5 \geqslant 13$ **3.** $4x - 7 > 8x + 9$

4. $7x + 7 \leqslant 2x - 3$ **5.** $\frac{2x}{3} - 1 \geqslant 5$ **6.** $2(-x + 2) < x - 5$

Résolution

1. $8x > 5x - 9$

$8x - \mathbf{5x} > 5x - 9 - \mathbf{5x}$

$3x > -9$

$\frac{3x}{3} > \frac{-9}{3}$

$x > -3$

2. $-x - 5 \geqslant 13$

$-x - 5 + \mathbf{5} \geqslant 13 + \mathbf{5}$

$-x \geqslant 18$

$x \leqslant -18$

3. $4x - 7 > 8x + 9$

$4x - 7 - \mathbf{8x} > 8x + 9 - \mathbf{8x}$

$-4x - 7 > 9$

$-4x - 7 + \mathbf{7} > 9 + \mathbf{7}$

$-4x > 16$

$\frac{-4x}{-4} < \frac{16}{-4}$

$x < -4$

4. $7x + 7 \leqslant 2x - 3$

$7x + 7 - \mathbf{2x} \leqslant 2x - 3 - \mathbf{2x}$

$5x + 7 \leqslant -3$

$5x + 7 - \mathbf{7} \leqslant -3 - \mathbf{7}$

$5x \leqslant -10$

$\frac{5x}{5} \leqslant \frac{-10}{5}$

$x \leqslant -2$

5. $\frac{2x}{3} - 1 \geqslant 5$

$\frac{2x}{3} - 1 + \mathbf{1} \geqslant 5 + \mathbf{1}$

$\frac{2x}{3} \geqslant 6$

$\frac{2x}{3} \times \mathbf{3} \geqslant 6 \times \mathbf{3}$

$2x \geqslant 18$

$\frac{2x}{2} \geqslant \frac{18}{2}$

$x \geqslant 9$

6. $2(-x + 2) < x - 5$

$2 \times (-x) + 2 \times 2 < x - 5$

$-2x + 4 < x - 5$

$-2x + 4 - \boldsymbol{x} < x - 5 - \boldsymbol{x}$

$-3x + 4 < -5$

$-3x + 4 - \mathbf{4} < -5 - \mathbf{4}$

$-3x < -9$

$\frac{-3x}{-3} > \frac{-9}{-3}$

$x > 3$

Modéliser une situation par une inéquation du premier degré

☐ À revoir
☐ OK

26

COURS

● De même que pour les équations, pour être résolus, certains problèmes peuvent être modélisés par une inéquation. La résolution du problème suit également les quatre étapes :

1. Choix de l'inconnue
2. Mise en inéquation
3. Résolution de l'inéquation
4. Interprétation de la solution de l'inéquation

Exemple : Un cuisiniste propose deux possibilités de rémunération mensuelle à ses commerciaux :

Proposition 1 : 1 500 € bruts auxquels s'ajoutent 5 % du montant des ventes réalisées.

Proposition 2 : 1 950 € bruts auxquels s'ajoutent 2 % du montant des ventes réalisées.

À partir de quel montant de ventes un commercial a-t-il intérêt à choisir la première proposition de rémunération ?

1. Soit x le montant des ventes réalisées par le commercial.
2. Avec la proposition 1, le commercial touche $1\,500 + 0{,}05x$ € par mois.

Avec la proposition 2, le commercial touche $1\,950 + 0{,}02x$ € par mois.

La proposition 1 est plus intéressante que la proposition 2 si le salaire perçu est plus élevé donc si $1\,500 + 0{,}05x > 1\,950 + 0{,}02x$.

3. $1\,500 + 0{,}05x > 1\,950 + 0{,}02x$

$1\,500 + 0{,}05x - \mathbf{0{,}02x} > 1\,950 + 0{,}02x - \mathbf{0{,}02x}$

$1\,500 + 0{,}03x > 1\,950$

$1\,500 + 0{,}03x - \mathbf{1500} > 1\,950 - \mathbf{1500}$

$0{,}03x > 450$

$\dfrac{0{,}03x}{\mathbf{0{,}03}} > \dfrac{450}{\mathbf{0{,}03}}$

$x > 15\,000$

4. Il faut que le commercial réalise au minimum 15 000 € de ventes pour que la proposition 1 soit plus avantageuse.

EXERCICE RÉSOLU 1

Énoncé

Un cinéma propose deux tarifs à ses spectateurs :

- Tarif Famille : la place coûte 6,50 €.
- Tarif Passion : après avoir payé une adhésion annuelle de 18 €, la place coûte 5,30 €.

Quel est le nombre minimum de places qu'il faut acheter sur une année pour que le tarif Passion soit plus intéressant que le tarif Famille ?

Résolution

1. Soit x le nombre de places de cinéma achetées.

2. Le prix avec le tarif Famille est $6{,}5x$. Le prix avec le tarif Passion est $18 + 5{,}3x$. Le tarif Passion est plus intéressant que le tarif Famille si $6{,}5x > 18 + 5{,}3x$.

3. $6{,}5x > 18 + 5{,}3x$

$6{,}5x - \mathbf{5{,}3x} > 18 + 5{,}3x - \mathbf{5{,}3x}$

$1{,}2x > 18$

$\frac{1{,}2x}{\mathbf{1{,}2}} > \frac{18}{\mathbf{1{,}2}}$

$x > 15$

4. Il faut acheter au moins 16 places sur une année pour que le tarif Passion soit plus intéressant que le tarif Famille.

EXERCICE RÉSOLU 2

Énoncé

Une famille de 4 personnes consomme 20 000 kWh d'électricité par an.
Son fournisseur d'énergie lui propose les tarifs suivants :

	abonnement annuel TTC	prix du kWh TTC - heures pleines	prix du kWh TTC - heures creuses
tarif de base (€)	96,50	0,144 9	
tarif HC/HP (€)	100,51	0,156	0,127

Quelle est la consommation minimale sur ces heures creuses que doit réaliser cette famille pour que le choix du tarif « Heures creuses/Heures pleines » soit rentable ?

Résolution

1. Soit x la consommation annuelle d'électricité en kWh de cette famille sur les heures creuses.

2. Cette famille consomme alors $20\ 000 - x$ kWh d'électricité sur les heures pleines. Elle paye $0{,}127x$ € pour sa consommation en heures creuses et $(20\ 000 - x) \times 0{,}156$ € pour sa consommation en heures pleines. Le prix total à payer pour sa consommation annuelle est alors $0{,}127x + (20\ 000 - x) \times 0{,}156 + 100{,}51$ € puisqu'il faut ajouter l'abonnement annuel.

Si elle choisit le tarif de base, elle paye $96{,}5 + 0{,}144\,9 \times 20\ 000$ € par an.

Le tarif « Heures creuses/Heures pleines » est plus intéressant que le tarif de base si $0{,}127x + (20\ 000 - x) \times 0{,}156 + 100{,}51 < 96{,}5 + 0{,}144\,9 \times 20\ 000$.

3. $0{,}127x + (20\ 000 - x) \times 0{,}156 + 100{,}51 < 2\ 994{,}5$

$0{,}127x + 20\ 000 \times 0{,}156 - x \times 0{,}156 + 100{,}51 < 2\ 994{,}5$

$3\ 220{,}51 - 0{,}029x < 2994{,}5$ soit $-0{,}029x < -226{,}01$ soit $x > \frac{226{,}01}{0{,}029}$

4. $\frac{226{,}01}{0{,}029} \approx 7\ 794$; la consommation minimale doit être 7 794 kWh.

Je me teste sur...

EXPRESSIONS LITTÉRALES

1 $(15 - 2x) - (5x - 4) =$

☐ **a.** $3x + 11$ ☐ **b.** $-7x + 19$ ☐ **c.** $12x$

2 $7x(x - 3) =$

☐ **a.** $7x^2 - 3$ ☐ **b.** $7x^2 - 21x$ ☐ **c.** $21x^2$

3 $(x + 4)(x - 5) =$

☐ **a.** $x^2 - 20$ ☐ **b.** $-x$ ☐ **c.** $x^2 - x - 20$

4 $(3x - 2)(2x - 3) =$

☐ **a.** $6x^2 - 13x + 6$ ☐ **b.** $4x^2 + 6$ ☐ **c.** $4x^2 - 13x - 6$

5 **La forme factorisée de l'expression $3x^2 - 6x$ est :**

☐ **a.** $3x(x - 2)$ ☐ **b.** $3x(x - 6)$ ☐ **c.** $3x(x - 6x)$

6 **La forme factorisée de l'expression $(5x - 2)^2 - (5x - 2)(2x + 3)$ est :**

☐ **a.** $(5x - 2)(2x + 3)$ ☐ **b.** $(5x - 2)(3x - 5)$ ☐ **c.** $(5x - 2)(7x + 1)$

7 **1 est une solution de l'équation :**

☐ **a.** $5x - 2 = 4x + 3$ ☐ **b.** $3x^2 = x + 2$ ☐ **c.** $x(x + 3) = 3$

8 **La solution de l'équation $2x - 4 = 3x - 5$ est :**

☐ **a.** -1 ☐ **b.** $\frac{5}{9}$ ☐ **c.** 1

9 **L'équation $(2x - 4)(4x + 5) = 0$ a pour solutions :**

☐ **a.** 2 et –1,25 ☐ **b.** –2 et 1,25 ☐ **c.** 1 et 2

10 **L'équation $x^2 - 2x = 0$ a pour solution(s) :**

☐ **a.** 0 ☐ **b.** 0 et 2 ☐ **c.** 0 et –2

11 **Les solutions de l'inéquation $3x - 2 > 5x + 6$ sont :**

☐ **a.** Les nombres strictement inférieurs à –4
☐ **b.** Les nombres strictement supérieurs à –4
☐ **c.** Les nombres strictement supérieurs à 0,5

Corrigés au verso

Corrigés

1 > b. $(15 - 2x) - (5x - 4) = 15 - 2x - 5x + 4$
$= -7x + 19$

Voir **Fiche 14**

2 > b. $7x(x - 3) = 7x \times x + 7x \times (-3)$
$= 7x^2 - 21x$

Voir **Fiche 15**

3 > c. $(x + 4)(x - 5) = x \times x + x \times (-5) + 4 \times x + 4 \times (-5)$
$= x^2 - 5x + 4x - 20$
$= x^2 - x - 20$

Voir **Fiche 16**

4 > a. $(3x - 2)(2x - 3) = 3x \times 2x + 3x \times (-3) - 2 \times 2x - 2 \times (-3)$
$= 6x^2 - 9x - 4x + 6$
$= 6x^2 - 13x + 6$

Voir **Fiche 16**

5 > a. $3x^2 - 6x = 3x \times x - 3x \times 2$
$= 3x(x - 2)$

Voir **Fiche 17**

6 > b. $(5x - 2)^2 - (5x - 2)(2x + 3) = (5x - 2)(5x - 2) - (5x - 2)(2x + 3)$
$= (5x - 2)[(5x - 2) - (2x + 3)]$
$= (5x - 2)(5x - 2 - 2x - 3)$
$= (5x - 2)(3x - 5)$

Voir **Fiche 17**

7 > b. Si $x = 1$, $3x^2 = 3 \times 1^2 = 3 \times 1 = 3$ et $x + 2 = 1 + 2 = 3$.

Voir **Fiche 19**

8 > c. $2x - 4 = 3x - 5$
$2x - 3x - 4 = -5$
$-x - 4 = -5$
$-x = -5 + 4$
$-x = -1$
$x = 1$

Voir **Fiche 20**

9 > a. $(2x - 4)(4x + 5) = 0$
$2x - 4 = 0$ ou $4x + 5 = 0$
$2x = 4$ ou $4x = -5$
$x = \frac{4}{2} = 2$ ou $x = -\frac{5}{4} = -1,25$

Voir **Fiche 23**

10 > b. $x^2 - 2x = 0$
$x \times x - x \times (-2) = 0$
$x(x - 2) = 0$
$x = 0$ ou $x - 2 = 0$
$x = 0$ ou $x = 2$

Voir **Fiche 23**

11 > a. $3x - 2 > 5x + 6$
$3x - 5x - 2 > 6$
$-2x - 2 > 6$
$-2x > 6 + 2$
$-2x > 8$
$\frac{-2x}{-2} < \frac{8}{-2}$
$x < 4$

Voir **Fiche 25**

Notion de fonction, image et antécédent

- À revoir
- OK

27

COURS

● On appelle fonction tout processus qui, à un nombre, fait correspondre un autre nombre. Ce processus peut être :
– une formule : expression algébrique ;
– un tableau : tableau de valeurs ;
– une courbe : représentation graphique.

● Si cette fonction est notée f, elle fait correspondre, au nombre x, appelé la **variable**, le nombre, noté $f(x)$, appelé l'image de x par la fonction f.
On dit alors que x est un antécédent de $f(x)$ par la fonction f et on note $f : x \mapsto f(x)$ cette fonction.

Exemple : Le processus qui, à un nombre x, associe $2x + 6$ est une fonction qui est notée $f : x \mapsto 2x + 6$.
L'image de x par cette fonction est $f(x) = 2x + 6$.
$f(1) = 2 \times 1 + 6 = 2 + 6 = 8$ donc l'image de 1 par cette fonction est 8 et 1 est un antécédent de 8 par la fonction f.

EXERCICE RÉSOLU 1

Énoncé

Dans chacun des cas suivants, donner une expression de l'image de x par la fonction f.
1. f est la fonction qui, à un nombre x, fait correspondre le double de son carré.
2. Pour convertir en degrés Fahrenheit une température donnée en degrés Celsius, il faut la multiplier par 1,8 puis ajouter 32. f est la fonction qui, à la température x en degré Celsius, fait correspondre la température en degrés Fahrenheit.
3. f est la fonction qui, à la longueur x (en cm) du côté d'un cube, fait correspondre son volume (en cm^3).
4. f est la fonction qui, à un nombre strictement positif x, fait correspondre son inverse.

Résolution

1. $f : x \mapsto 2x^2$ et l'image de x par la fonction f est $f(x) = 2x^2$.
2. $f : x \mapsto 1{,}8x + 32$ et l'image de x par la fonction f est $f(x) = 1{,}8x + 32$.
3. $f : x \mapsto x^3$ et l'image de x par la fonction f est $f(x) = x^3$.
4. $f : x \mapsto \frac{1}{x}$ et l'image de x par la fonction f est $f(x) = \frac{1}{x}$.

EXERCICE RÉSOLU 2

Énoncé

On considère la fonction $f : x \mapsto -4x + 3$.

1. Calculer $f(-1)$.

2. Quelle est l'image de 5 par la fonction f ?

3. Résoudre l'équation $f(x) = 23$.

4. Quel est l'antécédent de -7 par la fonction f ?

Résolution

1. $f(-1) = -4 \times (-1) + 3 = 4 + 3 = 7$.
L'image de -1 par la fonction f est 7.

2. $f(5) = -4 \times 5 + 3 = -20 + 3 = -17$.
L'image de 5 par la fonction f est -17.

3. $f(x) = 23$
$-4x + 3 = 23$
$-4x = 23 - 3$
$-4x = 20$
$x = \dfrac{20}{-4} = -5$
La solution de l'équation est -5.

4. $f(x) = -7$
$-4x + 3 = -7$
$-4x = -7 - 3$
$-4x = -10$
$x = \dfrac{-10}{-4} = 2{,}5$
L'antécédent de -7 par la fonction f est 2,5.

EXERCICE RÉSOLU 3

Énoncé

On considère la fonction g qui, à la longueur x (en m), fait correspondre l'aire (en m^2) du rectangle ci-contre.

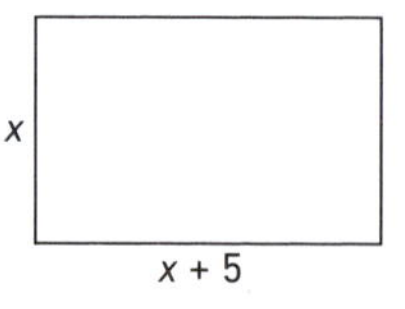

1. Déterminer l'expression de $g(x)$.

2. Quelle est l'image de 8 par la fonction g ?

3. 7,5 est-il un antécédent de 94 par la fonction g ?

Résolution

1. $g(x)$ est l'aire du rectangle donc c'est le produit de la largeur du rectangle par sa longueur. Ainsi, $g(x) = x(x + 5)$.

2. $g(8) = 8 \times (8 + 5) = 8 \times 13 = 104$. L'image de 8 par la fonction g est 104.

3. $g(7{,}5) = 7{,}5 \times (7{,}5 + 5) = 7{,}5 \times 12{,}5 = 93{,}75$.
Ainsi, 7,5 n'est pas un antécédent de 94 par la fonction g.

Tableau de valeurs d'une fonction

☐ À revoir
☐ OK

28

COURS

- Une fonction peut être donnée par un tableau de valeurs.

Dans ce cas, les antécédents figurent sur la première ligne du tableau et les images correspondantes figurent sur la seconde ligne.

Exemple :

antécédent →	x	-1	0	1	2	3	4	5
image →	$f(x)$	4	1	2	7	16	29	46

EXERCICE RÉSOLU 1

Énoncé

On considère la fonction g dont un tableau de valeurs est donné ci-après.

x	-3	-2	-1	0	1	2	3
$g(x)$	3	1	-2	-4	-3	-2	0

1. Quelle est l'image de 0 par la fonction g ?
2. Quel est l'antécédent de -3 par la fonction g ?
3. Quelle est la valeur de $g(3)$?
4. Quelles sont les valeurs de x pour lesquelles $g(x) = -2$?

Résolution

1. L'image de 0 par la fonction g est -4.
2. L'antécédent de -3 par la fonction g est 1.
3. $g(3) = 0$.
4. Les valeurs de x pour lesquelles $g(x) = -2$ sont -1 et 2.

EXERCICE RÉSOLU 2

Énoncé

Saïd a écrit le programme ci-après.

1. Expliquer le rôle de ce programme à l'aide d'une fonction f que l'on précisera.

2. Compléter un tableau de valeurs de la fonction f à partir des valeurs obtenues à l'exécution du programme.

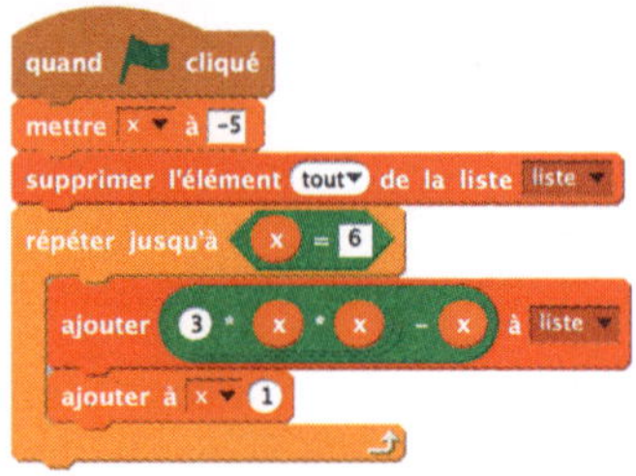

Résolution

1. Ce programme écrit dans la liste nommée « liste » les images par la fonction :
$x \mapsto 3x^2 - x$ des valeurs de la variable x pour les valeurs entières entre – 5 à 5.

2.

x	– 5	– 4	– 3	– 2	– 1	0	1	2	3	4	5
$f(x)$	80	52	30	14	4	0	2	10	24	44	70

EXERCICE RÉSOLU 3

On considère les fonctions f et g définies par $f(x) = 2x + 1$ et $g(x) = x^2 + 4x - 5$.
Léa souhaite étudier les fonctions f et g à l'aide d'un tableur. Elle a donc rempli les formules qu'elle a ensuite « étirées » pour obtenir le calcul de toutes les valeurs.
Voici une capture d'écran de son travail :

B3 fx =B1*B1+4*B1-5

	A	B	C	D	E	F	G	H
1	x	-3	-2	-1	0	1	2	3
2	f(x)	-5	-3	-1	1	3	5	7
3	g(x)	-8		-8	-5	0	7	16
4								

1. Quelle est l'image de 3 par la fonction f ?

2. Calculer le nombre qui doit apparaître dans la cellule C3.

3. Quelle formule Léa a-t-elle saisie dans la cellule B2 ?

4. À l'aide de la copie d'écran et sans justifier, donner une solution de l'inéquation $2x + 1 < x^2 + 4x - 5$.

D'après Asie, 2016

Résolution

1. L'image de 3 par la fonction f est 7. C'est le nombre écrit en H2.

2. Le nombre qui doit apparaître dans la cellule C3 est l'image de – 2 par la fonction g.
$g(-2) = (-2)^2 + 4 \times (-2) - 5 = 4 - 8 - 5 = -9$

3. Léa a saisi la formule =2*B1+1 dans la cellule B2.

4. Il suffit de chercher les valeurs de x données dans le tableau pour lesquelles $f(x) < g(x)$. On peut donner 2 et 3.

Représentation graphique d'une fonction

À revoir
OK

29

COURS

● On appelle **représentation graphique d'une fonction** la courbe constituée de tous les points de coordonnées $(x\ ;f(x))$.
Les coordonnées $(x\ ;\ y)$ d'un point de cette représentation graphique vérifient donc l'égalité $y = f(x)$, l'ordonnée y étant l'image $f(x)$ de l'abscisse x par la fonction f.

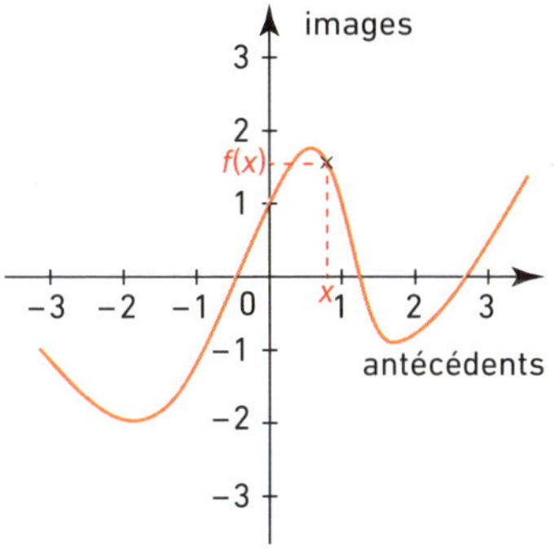

EXERCICE RÉSOLU 1

Énoncé

On considère la fonction f dont la représentation graphique est donnée ci-contre.
Répondre aux questions suivantes avec la précision permise par le graphique.

1. Quelle est l'image de – 1 par la fonction f ?
2. Quels sont les antécédents de – 1 par la fonction f ?
3. Quelle est la valeur de $f(3)$?
4. Combien 2 a-t-il d'antécédents par la fonction f ?
5. Quelles sont les solutions de l'équation $f(x) = 4$?

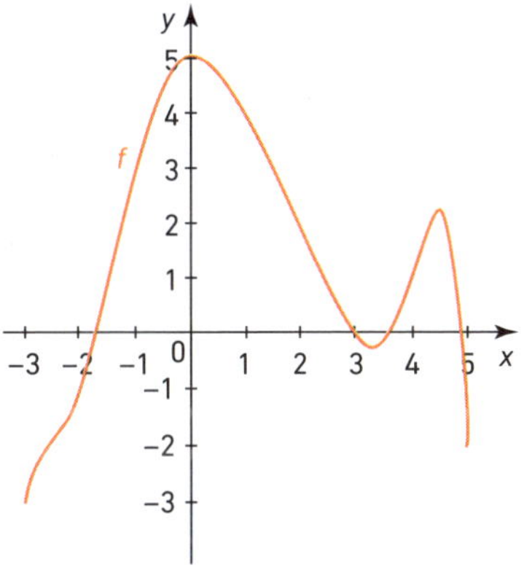

Résolution

1. L'image de – 1 par la fonction f est 3.
2. Les antécédents de – 1 par la fonction f sont – 2 et 4,95.
3. $f(3) = 0$.
4. 2 a quatre antécédents par la fonction f.
5. Les solutions de l'équation $f(x) = 4$ sont – 0,7 et 1.

EXERCICE RÉSOLU 2

Énoncé

Dans le repère ci-après, placer les points de la représentation graphique de la fonction $f : x \mapsto x^2 - 4x - 3$ dont les abscisses sont des entiers compris entre – 2 et 6.

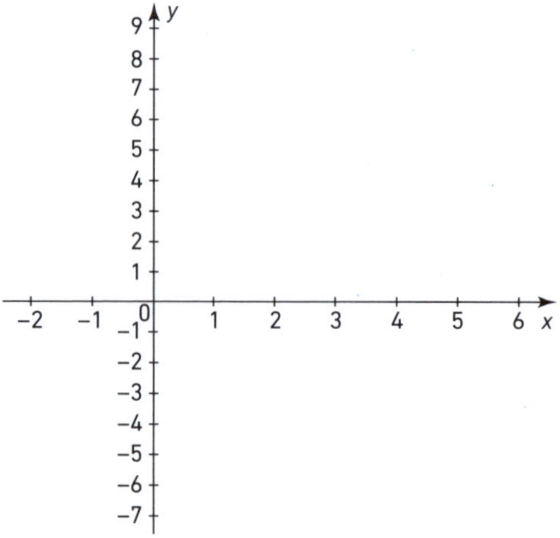

Résolution

On construit un tableau de valeurs de la fonction pour placer ces points, soit en utilisant directement l'outil de la calculatrice, soit en effectuant les calculs.

x	– 2	– 1	0	1	2	3	4	5	6
$f(x)$	9	2	– 3	– 6	– 7	– 6	– 3	2	9

Il reste à placer ces points de coordonnées $(x\ ; f(x))$ dans le repère.

Modéliser une situation par une fonction

☐ À revoir
☐ OK

30

COURS

- Modéliser une situation par une fonction, c'est associer à cette situation une fonction qui permettra de la décrire et, le cas échant, de résoudre le problème auquel elle est liée.

EXERCICE RÉSOLU 1

Énoncé

Lors d'une course en motocross, après avoir franchi une rampe, Gaëtan a effectué un saut record en moto.

Le saut commence dès que Gaëtan quitte la rampe.

On note t la durée (en secondes) de ce saut.

La hauteur (en mètres) est déterminée en fonction de la durée t par la fonction h suivante :

$$h : t \mapsto (-5t - 1{,}35)(t - 3{,}7)$$

La courbe représentative de cette fonction h est donnée ci-contre.

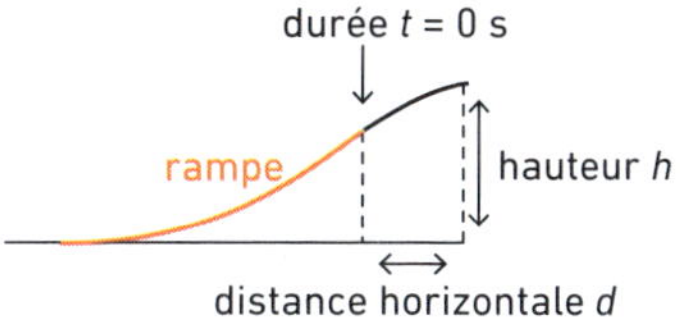

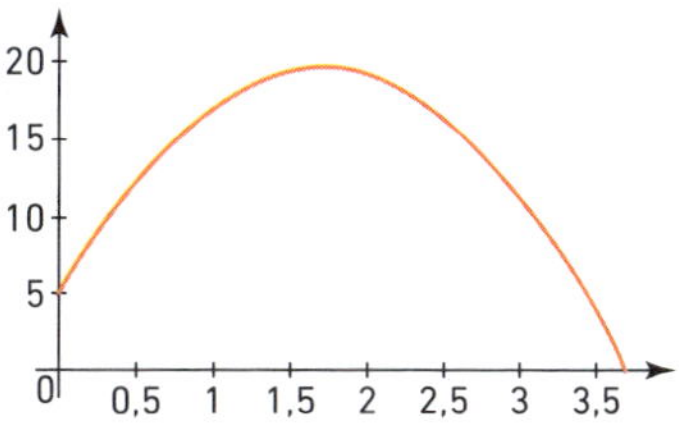

Les affirmations suivantes sont-elles vraies ou fausses ? Justifier en utilisant soit le graphique soit des calculs.

1. Lorsqu'il quitte la rampe, Gaëtan est à 3,8 m de hauteur.
2. Le nombre 3,5 est un antécédent du nombre 3,77 par la fonction h.
3. Gaëtan a obtenu la hauteur maximale avant 1,5 seconde.

D'après Pondichéry, avril 2016

Résolution

1. Faux. En lisant l'ordonnée du point d'abscisse 0 de la représentation graphique de la fonction h, on peut estimer que $h(0) = 5$.
Par le calcul, $h(0) = (-5 \times 0 - 1{,}35)(0 - 3{,}7) = -1{,}35 \times (-3{,}7) = 4{,}995$
Lorsqu'il quitte la rampe, Gaëtan est donc à 4,995 m de hauteur.
2. Vrai. $h(3{,}5) = (-5 \times 3{,}5 - 1{,}35)(3{,}5 - 3{,}7) = -18{,}85 \times (-0{,}2) = 3{,}77$
L'image de 3,5 par la fonction h est 3,77 donc le nombre 3,5 est un antécédent du nombre 3,77 par la fonction h.

3. Faux. D'après la représentation graphique de la fonction h, Gaëtan a obtenu la hauteur maximale aux environs de 1,75 seconde.

EXERCICE RÉSOLU 2

Énoncé

Armel est vendeur de beignets sur les plages pendant l'été. Il vend 150 beignets par jour, généralement à 2 € pièce.

Il a cependant constaté qu'à chaque fois qu'il baisse le prix de ses beignets de 0,05 €, il en vend 5 de plus. Aidons-le à optimiser sa recette journalière.

1. Quelle est actuellement sa recette journalière ?

2. On note R la fonction qui, à la réduction x du prix de ses beignets en €, associe la recette journalière en €. Justifier que $R(x) = (2 - x)(150 + 100x)$.

3. En utilisant la calculatrice, un tableur ou un grapheur, déterminer la valeur de la réduction pour laquelle Armel rend maximale sa recette journalière.

Résolution

1. Il vend actuellement 150 beignets par jour à 2 euros pièce donc il gagne :
$150 \times 2 = 300$ euros par jour.

2. S'il fait subir une réduction de x € au prix unitaire de ses beignets, chaque beignet coûte alors $2 - x$ €. À chaque réduction de 0,05 €, il vend 5 beignets de plus donc pour une réduction de x euros, il vend $100x$ beignets de plus. Il en vend donc $150 + 100x$ en tout. La recette est le produit de $2 - x$ et $150 + 100x$ donc $R(x) = (2 - x)(150 + 100x)$.

3. Ci-dessous l'image d'une feuille de calcul permettant de déterminer la recette maximale. On a saisi 0 dans la cellule B1 et la formule =B1+0,05 dans la cellule C1. Cette formule a été ensuite copiée vers la droite. Dans la cellule B2 a été saisie puis copiée vers la droite la formule =(2-B1)*(150+100*B1). On observe que la recette journalière maximale est obtenue pour une réduction de 0,25 € sur le prix des beignets. Elle est alors de 306,25 €.

	A	B	C	D	E	F	G	H	I	J	K	L
1	Réduction en euros	0	0,05	0,1	0,15	0,2	0,25	0,3	0,35	0,4	0,45	0,5
2	Recette en euros	300	302,25	304	305,25	306	306,25	306	305,25	304	302,25	300

On peut effectuer un travail équivalent en utilisant un tableau de valeurs fourni par la calculatrice. On peut également tracer la représentation graphique de la fonction R sur un grapheur (GeoGebra par exemple).

Fonction linéaire

À revoir
OK

31

COURS

- Soit a un nombre. On appelle fonction linéaire de coefficient a la fonction qui, à un nombre x, fait correspondre le nombre ax.
On note $x \mapsto ax$ cette fonction.

- Dans le cas d'une fonction linéaire de coefficient a, les images sont proportionnelles aux antécédents et le coefficient de proportionnalité est a.
Réciproquement, toute situation de proportionnalité peut être modélisée par une fonction linéaire.

Exemple :

Le périmètre d'un carré est proportionnel à la longueur de son côté. Le coefficient de proportionnalité est **4**.

La fonction linéaire P de coefficient **4** qui, à la longueur x du côté d'un carré fait correspondre son périmètre, modélise cette situation. Le tableau de valeurs suivant est donc un tableau de proportionnalité.

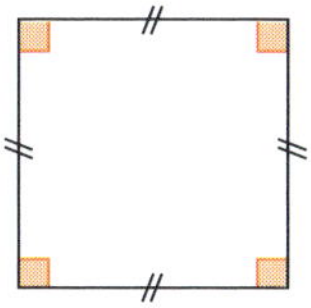

x	0	0,5	1	1,5	2	2,5	3
$P(x)$	0	2	4	6	8	10	12

× 4

EXERCICE RÉSOLU 1

Énoncé

Dans chacun des cas suivants, donner l'expression algébrique de la fonction linéaire qui modélise la situation.

1. Au marché, les tomates sont vendues 3,20 € le kilogramme.
Donner l'expression algébrique de la fonction qui, à la masse x de tomates achetées (en kg), associe le prix à payer (en €).

2. Un cycliste roule à la vitesse constante de 35 km/h.
Donner l'expression algébrique de la fonction qui, au temps t de parcours (en h), associe la distance parcourue (en km/h).

Résolution

1. $x \mapsto 3{,}2x$.

2. $t \mapsto 35t$.

EXERCICE RÉSOLU 2

Énoncé

Soit f la fonction linéaire $x \mapsto -3x$.

1. Calculer l'image de 4 par la fonction f.

2. Le point de coordonnées (– 3 ; – 6) appartient-il à la représentation graphique de la fonction f ?

3. Déterminer l'antécédent de – 18 par la fonction f.

Résolution

1. $f(4) = -3 \times 4 = -12$. L'image de 4 par la fonction f est – 12.

2. $f(-3) = -3 \times (-3) = 9$ donc le point de coordonnées (– 3 ; – 6) n'appartient pas à la représentation graphique de la fonction f.

3. $f(x) = -18$

$-3x = -18$

$\frac{-3x}{-3} = \frac{-18}{-3}$

$x = 6$

L'antécédent de – 18 par la fonction f est 6.

EXERCICE RÉSOLU 3

Énoncé

Sur Terre, le poids d'un objet, exprimé en Newton (N) est proportionnel à sa masse exprimée en kg. Le coefficient de proportionnalité est appelé l'accélération de la pesanteur et est environ égal à 9,81 (m/s^2).

On note P la fonction qui, à une masse m en kg, associe son poids en Newton.

1. Déterminer l'expression de $P(m)$ en fonction de m.

2. Calculer l'image de 74 par la fonction P.

3. Déterminer l'antécédent de 29 430 par la fonction P.

4. Que signifient en pratique les résultats trouvés aux questions **2.** et **3.** ?

Résolution

1. $P(m) = 9{,}81m$.

2. $P(74) = 9{,}81 \times 74 = 725{,}94$. L'image de 74 par la fonction P est 725,94.

3. $P(m) = 29\,430$

$9{,}81m = 29\,430$

$\frac{9{,}81m}{9{,}81} = \frac{29\,430}{9{,}81}$

$m = 3\,000$

L'antécédent de 29 430 par la fonction P est 3 000.

4. Un objet ayant une masse de 74 kg a un poids de 725,94 N sur Terre. Un objet ayant un poids de 29 430 N sur Terre a une masse de 3 000 kg soit 3 tonnes.

Fonction affine

☐ À revoir
☐ OK

32

COURS

- Soit a et b deux nombres.

On appelle fonction affine toute fonction qui, à un nombre x, fait correspondre le nombre $ax + b$. On note $x \mapsto ax + b$ cette fonction.

Cas particuliers :

- Si $b = 0$, la fonction $x \mapsto ax + b$ s'écrit $x \mapsto ax$ donc les fonctions linéaires sont des fonctions affines particulières.
- Si $a = 0$, la fonction $x \mapsto ax + b$ s'écrit $x \mapsto b$ et associe toujours à x le même nombre b. Ces fonctions sont donc appelées fonctions constantes.

Exemple : La pression de l'air à la surface des océans est égale à 1,033 kg/cm^2. Cette pression augmente régulièrement, avec la profondeur, de 0,1 kg/cm^2 tous les mètres.

La fonction qui, à la profondeur x en mètres, fait correspondre la pression de l'eau en kg/cm^2 est la fonction affine $x \mapsto 0{,}1x + 1{,}033$.

EXERCICE RÉSOLU 1

Énoncé

Dans chacun des cas suivants, donner l'expression algébrique de la fonction affine qui modélise la situation.

1. Une baignoire contient déjà 20 litres d'eau. Pour la remplir, on ouvre au maximum le robinet qui débite 12 litres par minute. Donner l'expression algébrique de la fonction affine qui, au temps t d'ouverture (en min), associe le volume d'eau dans la baignoire (en L).
2. Une entreprise de plomberie facture 35 € le déplacement et 40 € l'heure de travail, toute heure entamée étant due. Donner l'expression algébrique de la fonction affine qui, au temps t de travail (en h), associe le prix à payer (en €) hors coût éventuel du matériel.

Résolution

1. La baignoire contient déjà 20 L d'eau auxquels s'ajoutent 12 L par minute donc l'expression algébrique de la fonction est $t \mapsto 12t + 20$.
2. L'entreprise facture 35 € auxquels s'ajoutent 40 € par heure de travail donc l'expression algébrique de la fonction est $t \mapsto 35t + 40$.

EXERCICE RÉSOLU 2

Énoncé

f est la fonction affine définie par $f(x) = 2x - 9$.

1. Calculer $f(-4)$.

2. Le point de coordonnées (1,5 ; – 6) appartient-il à la représentation graphique de la fonction f ?

3. Déterminer l'antécédent de 11 par la fonction f.

Résolution

1. $f(-4) = 2 \times (-4) - 9 = -8 - 9 = -17$

L'image de – 4 par la fonction g est – 17.

2. $f(1{,}5) = 2 \times 1{,}5 - 9 = 3 - 9 = -6$

donc le point de coordonnées (1,5 ; – 6) appartient à la représentation graphique de la fonction f.

3. $f(x) = 11$

$2x - 9 = 11$

$2x = 20$

$x = 10$

L'antécédent de 11 par la fonction f est 10.

EXERCICE RÉSOLU 3

Énoncé

Tom, le taxi parisien, applique le tarif suivant de 10 h à 17 h du lundi au samedi : 2,60 € pour la prise en charge puis 1,06 € par kilomètre parcouru.

On note C la fonction qui, à la distance x parcourue (en km), associe le prix à payer (en €).

1. Déterminer l'expression de $C(x)$ en fonction de x.

2. Quel est le prix à payer pour une course de 12,5 km ?

3. Quelle distance a-t-on parcourue si on a payé 26,98 € ?

Résolution

1. Le fait de monter dans le taxi coûte 2,6 € auxquels s'ajoutent 1,06 € par kilomètre parcouru, donc :

$C(x) = 1{,}06x + 2{,}6$

2. $C(12{,}5) = 1{,}06 \times 12{,}5 + 2{,}6 = 15{,}8$

L'image de 12,5 par la fonction C est 15,8. On paye ainsi 15,8 € pour une course de 12,5 km.

3. Soit x la distance parcourue en km.

Ainsi, $C(x) = 26{,}98$

$1{,}06x + 2{,}6 = 26{,}98$

$1{,}06x = 24{,}38$

$x = 23$

L'antécédent de 26,98 par la fonction C est 23. Si on a payé 26,98 €, la distance parcourue durant la course était de 23 km.

Représentation graphique d'une fonction linéaire et d'une fonction affine

☐ À revoir
☐ OK

33

COURS

● Dans un repère, la représentation graphique d'une fonction linéaire $x \mapsto ax$ est une **droite**.

Elle **passe par l'origine du repère et le point de coordonnées (1 ; a)**.

Le nombre a est appelé **coefficient directeur** de cette droite.

Exemple :

$x \mapsto -2x$

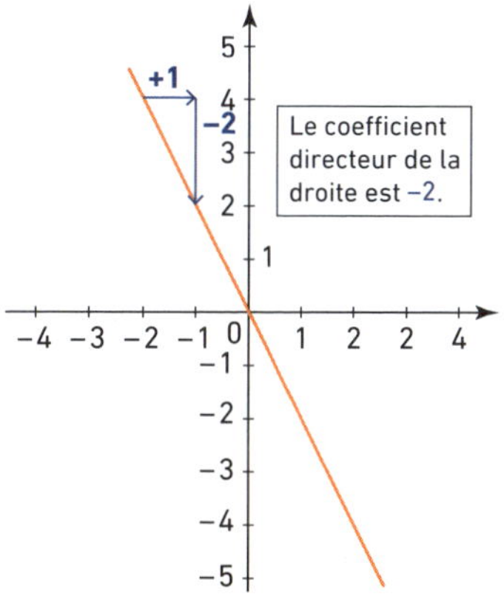

● Dans un repère, la représentation graphique d'une fonction affine $x \mapsto ax + b$ est une **droite**.

Elle **passe par le point de coordonnées (0 ; b)**

Le nombre a est appelé **coefficient directeur** de cette droite et le nombre b **ordonnée à l'origine**.

Exemple :

$x \mapsto 4x + 1$

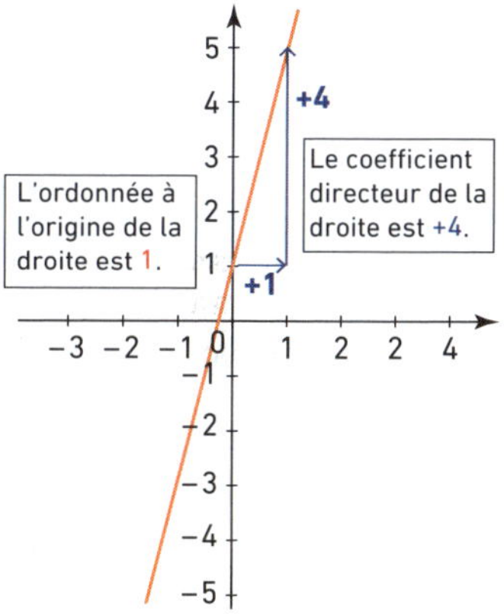

EXERCICE RÉSOLU 1

Énoncé

Dans le même repère, tracer les représentations graphiques des fonctions suivantes :

$f : x \mapsto -4x$ $\quad$ $g : x \mapsto 3x + 2$ $\quad$ $h : x \mapsto \frac{1}{3}x$ $\quad$ $k : x \mapsto -2x - 1$

Résolution

On peut, au choix :

– placer deux points de la représentation graphique de chaque fonction en calculant les images de deux nombres par la fonction ;

– utiliser l'ordonnée à l'origine, égale à zéro quand la fonction est linéaire, et le coefficient directeur.

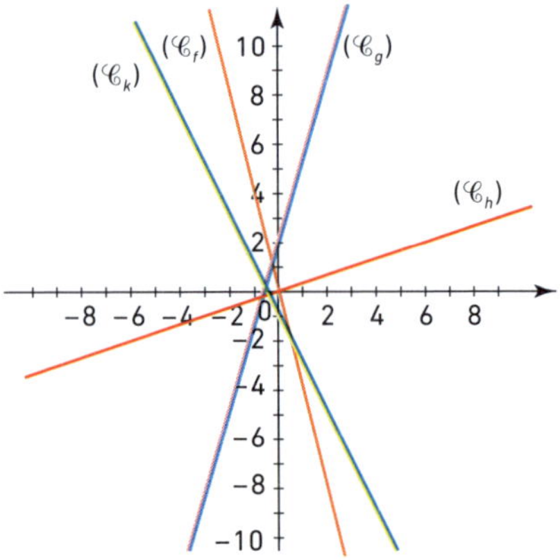

EXERCICE RÉSOLU 2

Énoncé

Déterminer graphiquement les expressions algébriques des fonctions f_1, f_2, f_3 et f_4 dont les droites (d_1), (d_2), (d_3) et (d_4) sont les représentations graphiques respectives.

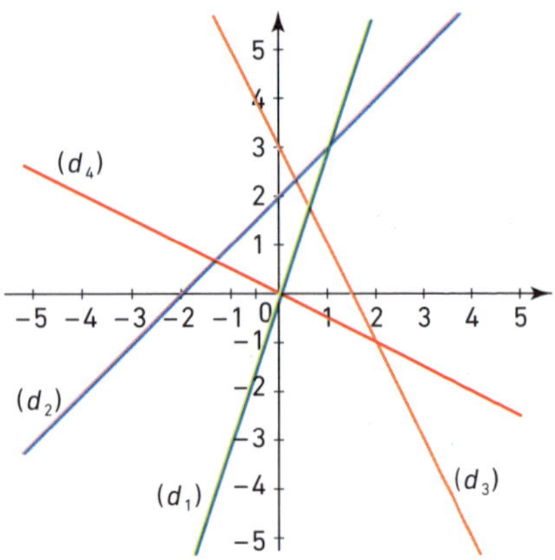

Résolution

Il faut lire, pour chaque droite, l'ordonnée à l'origine et le coefficient directeur.

$f_1 : x \mapsto 3x$

$f_2 : x \mapsto x + 2$

$f_3 : x \mapsto -2x + 3$

$f_4 : x \mapsto -\frac{1}{2}x$

Pourcentages et fonctions linéaires

☐ À revoir
☐ OK

34

COURS

- Prendre **5** % d'une quantité x revient à la multiplier par $\frac{5}{100} = \mathbf{0{,}05}$.

Cette situation de proportionnalité est modélisée par la fonction linéaire $x \mapsto \mathbf{0{,}05}x$.

- Augmenter une quantité x de **5** % revient à la multiplier par

$1 + \frac{5}{100} = 1 + 0{,}05 = \mathbf{1{,}05}$.

Cette situation de proportionnalité est modélisée par la fonction linéaire $x \mapsto \mathbf{1{,}05}x$.

- Diminuer une quantité x de **5** % revient à la multiplier par

$1 - \frac{5}{100} = 1 - 0{,}05 = \mathbf{0{,}95}$.

Cette situation de proportionnalité est modélisée par la fonction linéaire $x \mapsto \mathbf{0{,}95}x$.

EXERCICE RÉSOLU 1

Énoncé

Compléter le tableau suivant en associant à chaque situation un coefficient multiplicateur et la fonction linéaire qui la modélise.

	coefficient multiplicateur	fonction linéaire
1. Prendre 25 % d'une quantité x.	....	$x \mapsto$ x
2. Diminuer de 20 % une quantité x.	....	$x \mapsto$ x
3. Augmenter de 18 % une quantité x.	....	$x \mapsto$ x

Résolution

1. Prendre 25 % d'une quantité x revient à multiplier cette quantité par $\frac{25}{100} = 0{,}25$. La fonction linéaire qui modélise cette situation est $x \mapsto 0{,}25x$.

2. Diminuer de 20 % une quantité x revient à multiplier cette quantité par $1 - \frac{20}{100} = 0{,}8$. La fonction linéaire qui modélise cette situation est $x \mapsto 0{,}8x$.

3. Augmenter de 18 % une quantité x revient à multiplier cette quantité par $1 + \frac{18}{100} = 1{,}18$. La fonction linéaire qui modélise cette situation est $x \mapsto 1{,}18x$.

EXERCICE RÉSOLU 2

Énoncé

En 2012, la part des 12-17 ans équipés d'un smartphone a augmenté d'environ 20 %.

1. Quelle est la fonction linéaire qui modélise cette augmentation ?

2. Au début de l'année 2012, le pourcentage des 12-17 ans qui possédaient un smartphone était de 46 % alors qu'au début de l'année 2015, il était de 81 %. L'augmentation s'est-elle poursuivie, en moyenne, au même rythme que lors de l'année 2012 ?

Résolution

1. Si x désigne la part des 12-17 équipés d'un smartphone, cette fonction linéaire est $x \mapsto 1{,}2x$ car $1{,}2 = 1 + \frac{20}{100}$.

2. En supposant que l'augmentation s'est poursuivie en moyenne au rythme de 20 % par an :

$1{,}2 \times 46 = 55{,}2$ $\quad$ $1{,}2 \times 55{,}2 = 66{,}24$ $\quad$ $1{,}2 \times 66{,}24 = 79{,}488$

Successivement en début d'années 2013, 2014 puis 2015, ce pourcentage était de 55,2 %, 66,24 % puis 79,488 %.

Étant donné que 79,488 % est proche de 81 %, on peut donc considérer que l'augmentation s'est poursuivie en moyenne au rythme de 20 % par an.

EXERCICE RÉSOLU 3

Énoncé

Lors des soldes, Rami, qui accompagne sa mère et s'ennuie un peu, compare trois étiquettes pour passer le temps :

Valeur 120 € Soldé 105 €	Robe rouge 45 € – 30 %	SOLDES **SOLDES** *SOLDES* 25 € – 12,50 €

1. Quel est le plus fort pourcentage de remise ?

2. Est-ce que la plus forte remise en euros est la plus forte en pourcentage ?

D'après Pondichéry, avril 2016

Résolution

1. Le plus fort pourcentage de remise est celui de l'étiquette de droite car c'est la moitié du prix, soit 50 %.

2. La remise en euros sur l'étiquette de gauche est $120 - 105 = 15$ €.

Sur l'étiquette centrale, la remise en euros est $\frac{30}{100} \times 45 = 0{,}3 \times 45 = 13{,}5$€.

Sur l'étiquette de droite, la remise est 12,5 €.

Ainsi, la plus forte remise en euros n'est pas la plus forte en pourcentage.

FONCTIONS

1 **L'image de 5 par la fonction f définie par $f(x) = x^2 - 4$ est :**

☐ **a.** 6 ☐ **b.** 3 ☐ **c.** 21

2 **L'antécédent de -3 par la fonction $f : x \mapsto 2x - 1$ est :**

☐ **a.** -1 ☐ **b.** -7 ☐ **c.** -2

Pour les questions 3 et 4, on considère le tableau de valeurs ci-contre d'une fonction g :

x	−2	−1	0	1	2	3
$g(x)$	7	2	1	3	−2	−5

3 **L'image de 1 par la fonction g définie par le tableau de valeurs ci-dessus est :**

☐ **a.** 3 ☐ **b.** 0 ☐ **c.** 1

4 **L'antécédent de 2 par la fonction g définie par le tableau de valeurs ci-dessus est :**

☐ **a.** -2 ☐ **b.** -1 ☐ **c.** 2

Pour les questions 5 et 6, on considère une fonction h dont la représentation graphique est donnée ci-contre :

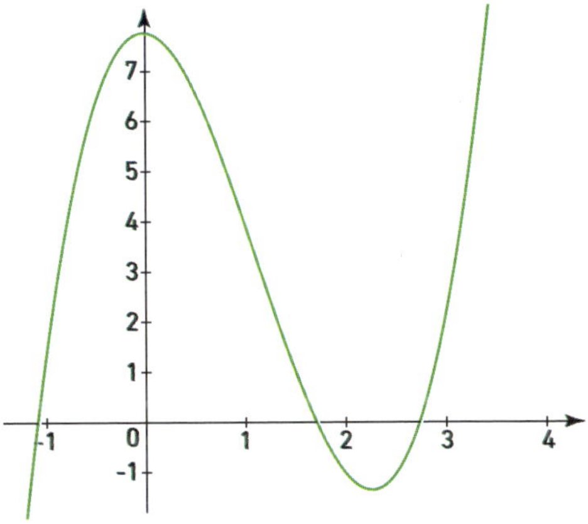

5 **L'image de 1 par la fonction h est :**

☐ **a.** -1
☐ **b.** 1,5
☐ **c.** 4

6 **Un antécédent de 2 par la fonction h est :**

☐ **a.** -1
☐ **b.** 3
☐ **c.** 1

7 **Parmi les fonctions suivantes, celle qui est linéaire est la fonction :**

☐ **a.** $f : x \mapsto 2x^2$ ☐ **b.** $g : x \mapsto 4x$ ☐ **c.** $h : x \mapsto -5x + 1$

Corrigés au verso

Corrigés

1 > **c.** $f(5) = 5^2 - 4$
$= 25 - 4$
$= 21.$

L'image de 5 par la fonction f est donc 21.

Voir **Fiche 27**

2 > **a.** On résout l'équation $f(x) = -3$.

$2x - 1 = -3$

$2x = -3 + 1$

$2x = -2$

$x = \frac{-2}{2} = -1$

Voir **Fiche 27**

3 > **a.** On cherche la valeur de x égale à 1 sur la première ligne du tableau. On lit son image dans la case de la même colonne de la seconde ligne du tableau. L'image de 1 par la fonction g est donc 3.

Voir **Fiche 28**

4 > **b.** On cherche une valeur de $g(x)$ égale à 2 sur la seconde ligne du tableau. On lit son antécédent dans la case de la même colonne de la première ligne du tableau. L'antécédent de 2 par la fonction g est donc -1.

Voir **Fiche 28**

5 > **c.** On cherche sur la représentation graphique de la fonction h le point dont l'abscisse est 1, et on lit son ordonnée qui est égale à 4. L'image de 1 par la fonction h est donc 4.

Voir **Fiche 29**

6 > **b.** On cherche sur la représentation graphique de la fonction h un point dont l'ordonnée est 2, et on lit son abscisse. Un antécédent de 2 par la fonction h est donc 3.

Voir **Fiche 29**

7 > **b.** La fonction f n'est pas linéaire car il y a x^2 dans l'expression littérale de son image. La fonction h est affine. La fonction linéaire est donc la fonction g car son image est bien de la forme ax.

Voir **Fiche 31**

Moyenne et étendue d'une série statistique

- [ ] À revoir
- [ ] OK

35

COURS

- La **moyenne** d'une série statistique est égale à la somme des valeurs de la série divisée par l'effectif total.

Pour une même somme de toutes les valeurs d'une série statistique, si toutes les valeurs de la série étaient égales, elles seraient toutes égales à la moyenne.

- L'**étendue** d'une série statistique est la différence entre la plus grande et la plus petite des valeurs de la série.

L'étendue permet d'évaluer la **dispersion** d'une série statistique : plus l'étendue est grande, plus les valeurs de la série sont dispersées.

Exemple :

On considère la série statistique suivante :

5 ; 8 ; 10 ; 10 ; 12 ; 13 ; 14 ; 15 ; 17 ; 17 ; 18

$$\frac{5+8+10+10+12+13+14+15+17+17+18}{11} \approx 12,6$$

La moyenne de cette série statistique est environ 12,6.

L'étendue de cette série statistique est $18 - 5 = 13$.

EXERCICE RÉSOLU 1

Énoncé

Une cible de tir à l'arc est formée de 10 cercles concentriques numérotés de 1 à 10 points.

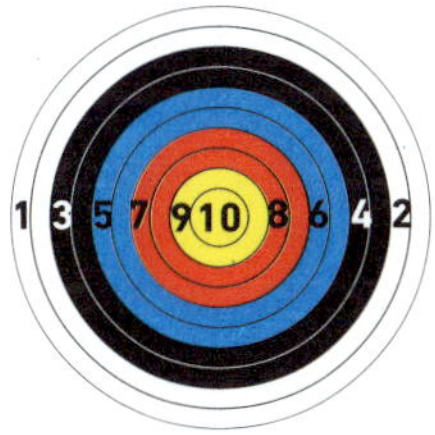

Lors de la finale des Jeux Olympiques de Rio en 2016, le français Jean-Charles Valladont, médaillé d'argent, a atteint les zones indiquées dans le tableau ci-dessous :

zone	8	9	10
effectif	3	6	6

Peut-il être néanmoins satisfait de sa finale sachant que la moyenne de ses tirs lors des matches précédents était d'environ 8,95 points ?

Résolution

$3 + 6 + 6 = 15.$

Cet archer a tiré 15 flèches.

$$\frac{3\times8+6\times9+6\times10}{15} = 9,2$$

La moyenne de ses tirs est 9,2 donc il a mieux tiré en finale que dans les tours précédents. Il peut donc être satisfait de sa finale.

EXERCICE RÉSOLU 2

Énoncé

Des élèves font germer des graines de soja. Le diagramme en bâtons ci-contre donne la taille des 100 plantules obtenues 7 jours après la germination.

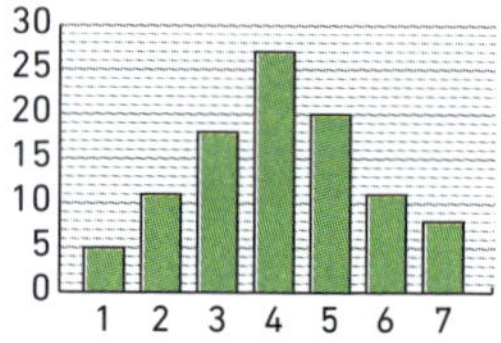

1. Y a-t-il des graines qui n'ont pas germé ?

2. Quelle est la taille moyenne des plantules obtenues ?

3. Quelle est l'étendue de cette série statistique ? À quoi correspond-elle ?

Résolution

1. Toutes les graines ont germé car aucune plantule ne mesure 0 cm.

2. $\dfrac{5\times1+11\times2+18\times3+27\times4+20\times5+11\times6+8\times7}{100}=4{,}11$

La taille moyenne des plantules obtenues est 4,11 cm.

3. L'étendue de cette série statistique est $7-1=6$ cm. Elle correspond à la différence de taille entre la plus grande plantule et la plus petite.

EXERCICE RÉSOLU 3

Énoncé

Le tableau ci-dessous donne la répartition de la population française en classes d'âge pour la France entière en 2015.

âge	$n<20$	$20\leqslant n<40$	$40\leqslant n<60$	$60\leqslant n<80$	$80\leqslant n<100$	$100\leqslant n$
effectif (en millions)	15,66	15,48	17,20	12,15	3,77	0,02

Source : Insee

Calculer l'âge moyen arrondi au dixième de la population française en 2015 (on pourra limiter la dernière classe d'âge à 110 ans).

Résolution

$15{,}66+15{,}48+17{,}20+12{,}15+3{,}77+0{,}03=64{,}28$

En 2015, il y avait environ 64,28 millions d'habitants en France.

$\dfrac{15{,}66\times10+15{,}48\times30+17{,}20\times50+12{,}15\times70+3{,}77\times90+0{,}03\times105}{64{,}28}\approx41{,}6$

En 2015, l'âge moyen de la population française était environ 41,6 ans.

Médiane d'une série statistique

☐ À revoir
☐ OK

COURS

- Les valeurs d'une série statistique étant rangées dans l'ordre croissant, la médiane de cette série est une valeur qui partage la série en deux séries de même effectif :

— si la série est d'effectif impair, égal à $2n + 1$, la médiane est la $(n + 1)$-ième valeur, c'est-à-dire la valeur rangée au centre de la série ;

— si la série est d'effectif pair, égal à $2n$, la médiane est la moyenne des n-ième et $(n + 1)$-ième valeurs, c'est-à-dire la moyenne des deux valeurs rangées au centre de la série.

Exemples :

On considère la série statistique suivante d'effectif impair :
L'effectif est égal à $11 = 2 \times \mathbf{5} + 1$.

5 ; 8 ; 10 ; 10 ; 12 ; **13** ; 14 ; 15 ; 17 ; 17 ; 18

5 valeurs — 5 valeurs

médiane : **13**

On considère la série statistique suivante d'effectif pair :
L'effectif est égal à $12 = 2 \times \mathbf{6}$.

5 ; 8 ; 10 ; 10 ; 12 ; **13 ; 14** ; 15 ; 17 ; 17 ; 18 ; 19

6 valeurs — 6 valeurs

médiane : $\frac{13 + 14}{2} = \mathbf{13{,}5}$

EXERCICE RÉSOLU 1

Énoncé

Le graphique ci-contre montre l'évolution du SMIC horaire brut (en euros) de l'année 2007 à l'année 2016 (source INSEE).
Quelle est la médiane de cette série statistique ?

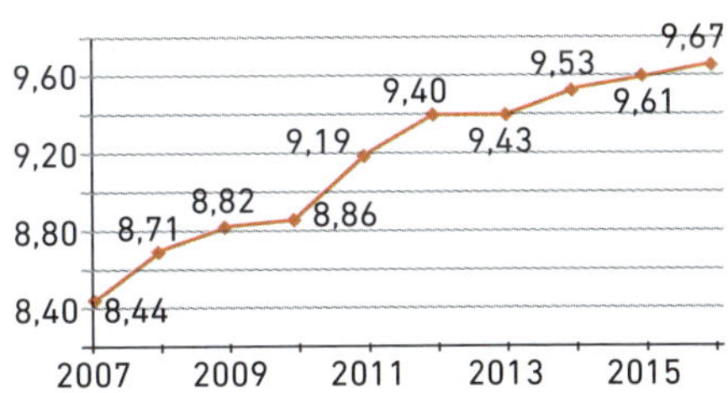

Résolution

L'effectif est pair, égal à 10. La médiane est donc la moyenne des deux valeurs rangées au centre de la série, c'est-à-dire de la 5-ième et de la 6-ième valeur.

$\frac{9,19+9,40}{2}=9,295.$ La médiane de cette série statistique est 9,295 (euros).

EXERCICE RÉSOLU 2

Énoncé

Le tableau ci-dessous donne la répartition des médailles d'or par pays médaillés d'or aux Jeux Olympiques de Rio en 2016.

nombre de médailles d'or	46	27	26	19	17	12	10	9	8	7	6	5	4	3	2	1
effectif	1	1	1	1	1	1	1	1	4	2	2	2	3	6	11	21

Quel est le nombre médian de médailles d'or reçues par ces pays ?

Résolution

L'effectif est impair, égal à 59. La médiane est donc la valeur rangée au centre de la série. $59 = 2 \times 29 + 1$, donc c'est la 30-ième valeur de la série.

La médiane est égale à 2.

EXERCICE RÉSOLU 3

Énoncé

Le tableau ci-dessous donne la réparation des ménages en France en fonction du nombre de personnes qui les composent.

nombre de personnes du ménage	1	2	3	4	5	6 et plus
nombre de ménages (en milliers)	9 512,2	9 115,7	3 941,4	3 314,7	1 228,8	455,2

Source : INED

Calculer la médiane de cette série statistique et l'interpréter.

Résolution

9 512,2 + 9 115,7 + 3 941,4 + 3 314,7 + 1 228,8 + 455,2 = 27 568,0

Il y a 27 568 milliers de ménages en France.

L'effectif de la série est pair. La médiane est donc la moyenne des deux valeurs rangées au centre de la série. Ces deux valeurs sont des 2. La médiane est donc égale à 2. Au moins la moitié des ménages français sont constitués de 2 personnes ou plus.

Étudier une série statistique

À revoir
OK

37

COURS

- La moyenne et la médiane d'une série statistique sont des caractéristiques de position : ce sont des valeurs autour desquelles sont positionnées les autres valeurs de la série.
- L'étendue est une caractéristique de dispersion : elle mesure l'éparpillement des valeurs de la série.

Exemple : La documentaliste d'un collège a calculé que, pour une année scolaire, le nombre moyen de livres empruntés est 15, le nombre médian de livres empruntés est 8 et l'étendue des livres empruntés est 32.

Un élève de ce collège qui a emprunté 10 livres peut donc se dire qu'il emprunte plus de livres qu'au moins 50 % des élèves, puisque la médiane est 8. Dans un même temps, il peut également se dire que si tout le monde empruntait le même nombre de livres, il en emprunterait 5 de plus par an, puisque la moyenne est 15. Enfin, il peut trouver une explication à l'écart important entre le nombre moyen et le nombre médian de livres empruntés par le fait que l'étendue est importante.

EXERCICE RÉSOLU 1

Énoncé

Un professeur estime que le temps de réaction à une stimulation augmente quand on écoute de la musique et souhaite le prouver à ses élèves.

Il leur fait donc passer 100 tests de réactivité : 50 sans musique et 50 avec musique.

Les résultats sont représentés ci-contre par un diagramme en bâtons.

Le professeur a-t-il raison de penser ainsi ?

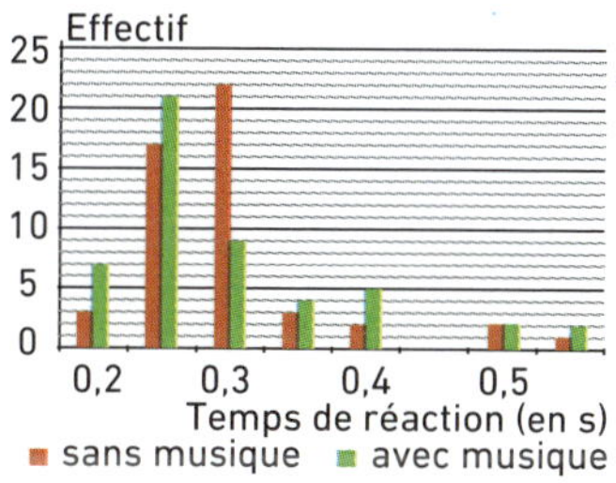

Résolution

$$\frac{3\times 0{,}2+17\times 0{,}25+\ldots+2\times 0{,}5+1\times 0{,}55}{50}=0{,}297$$

$$\frac{7\times 0{,}2+21\times 0{,}25+\ldots+2\times 0{,}5+2\times 0{,}55}{50}=0{,}297$$

Les temps de réaction moyens sont les mêmes avec ou sans musique.

Les deux séries statistiques sont d'effectifs pairs, égaux à 50. Dans chacun des cas, la médiane est donc la moyenne des deux valeurs rangées au centre de chaque série, c'est-à-dire la moyenne des 25-ième et 26-ième valeurs.

$\frac{0,3+0,3}{2}=0,3$ donc le temps de réaction médian sans musique est 0,3 s.

$\frac{0,25+0,25}{2}=0,25$ donc le temps de réaction médian avec musique est 0,25 s.

Le professeur a donc tort de penser que l'écoute de la musique augmente le temps de réaction.

EXERCICE RÉSOLU 2

Énoncé

Document 1

Le salaire moyen brut[1] des Français s'établissait en 2010 à 2 764 € par mois.

Étude publiée par l'INSEE en juin 2012

(1) *Le salaire moyen brut est le salaire non soumis aux charges*

Document 2

La population française est estimée en 2010 à 65 millions d'habitants.

Document 3

« Encore un peu moins d'argent dans le porte-monnaie des Français en 2010. Le salaire médian brut est égal à 1 610 € par mois et le niveau de vie des français a baissé par rapport à 2009.

D'ailleurs, le taux de pauvreté enregistré en cette année 2010 est le plus haut jamais observé depuis 1997. Il concerne 8,6 millions de Français qui vivent donc en dessous du seuil de pauvreté évalué à 964 € par mois. »

Extrait d'un reportage diffusé sur BFMTV en septembre 2012

1. En France, le salaire que touche effectivement un employé est égal au salaire brut, diminué de 22 % et est appelé le salaire net. Montrer que le salaire net moyen que percevait un Français en 2010 était de 2 155,92 €.

2. Expliquer à quoi correspond le salaire médian brut.

3. Comparer le salaire médian brut et le salaire moyen brut des Français. Comment peut-on expliquer cette différence ? *D'après Amérique du sud, novembre 2013*

Résolution

1. $1-\frac{22}{100}=0,78$. $0,78\times 2\,764=2\,155,92$

Ainsi, le salaire net moyen que percevait un Français en 2010 était 2 155,92 €.

2. Le salaire médian brut est le salaire qui partage la population française en deux séries d'effectifs égaux : au moins la moitié des Français gagne moins de 1 610 € par mois et au moins la moitié gagne plus.

3. $2\,764-1\,610=1\,154$. Le salaire moyen brut était supérieur de 1 154 € au salaire médian brut. Cela s'explique par de fortes disparités salariales en France. Les personnes qui gagnent plus que le salaire moyen brut gagnent pour un grand nombre d'entre elles nettement plus de 2 764 € par mois en 2010.

Expérience aléatoire et événement

☐ À revoir
☐ OK

38

COURS

● On appelle expérience aléatoire une expérience qui vérifie les deux conditions suivantes :

— plusieurs résultats, appelés issues, sont possibles ;

— on ne peut pas prévoir à l'avance quel en sera le résultat.

Exemple : expérience aléatoire 1

Tirer une boule dans l'urne ci-contre où les boules, numérotées de 1 à 5, sont indiscernables au toucher et observer le nombre obtenu est une expérience aléatoire dont les issues sont 1, 2, 3, 4 et 5.

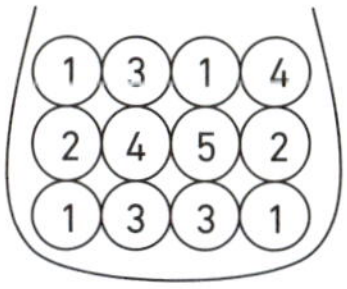

● On appelle événement un ensemble d'issues d'une expérience aléatoire.

Exemple : expérience aléatoire 1

« Obtenir un nombre pair » est un événement constitué des issues 2 et 4. « Obtenir un nombre premier » est un événement constitué des issues 2, 3 et 5. « Obtenir un 3 » est un événement constitué de la seule issue 3.

● Un événement est dit certain s'il se réalise nécessairement.

Un événement est dit impossible s'il ne peut pas se réaliser.

Deux événements sont dits incompatibles s'ils ne peuvent pas se réaliser en même temps.

● L'événement contraire d'un événement est celui qui se réalise lorsque l'événement n'a pas lieu.

Exemple : expérience aléatoire 1

« Obtenir un nombre positif » et « Obtenir un entier compris entre 1 et 5 » sont des événements certains.

« Obtenir un nombre négatif » et « Obtenir un nombre strictement supérieur à 5 » sont des événements impossibles.

Les événements « Obtenir un nombre pair » et « Obtenir un multiple de 3 » sont incompatibles.

Les événements « Obtenir un nombre pair » et « Obtenir un nombre impair » sont des événements contraires.

EXERCICE RÉSOLU 1

Énoncé

Les expériences ci-après sont-elles des expériences aléatoires ? Si c'est le cas, donner toutes les issues.

Expériences aléatoires :

1. On lance une fléchette sur une cible circulaire puis on observe si la cible est atteinte et en quelle zone.
2. On lance sans viser une pièce de monnaie sur un sol carrelé et on observe si la pièce touche le bord d'un carreau.

Résolution

L'expérience 1. n'est pas une expérience aléatoire car la fléchette n'est pas lancée sans regarder la cible. L'expérience 2. est une expérience aléatoire. Les issues de l'expérience 2. sont « la pièce touche le bord d'un carreau » et « la pièce ne touche pas le bord d'un carreau ».

EXERCICE RÉSOLU 2

Énoncé

On lance un dé à 8 faces numérotées de 1 à 8. Pour chacun des événements suivants, citer toutes les issues qui permettent de le réaliser.

1. « Obtenir un nombre pair ».
2. « Obtenir un multiple de 2 ou de 3 ».
3. « Obtenir un nombre premier ».
4. « Obtenir un multiple de 2 et de 3 ».

Résolution

1. Les issues sont 2 ; 4 ; 6 et 8.
2. Les issues sont 2 ; 3 ; 4 ; 6 et 8.
3. Les issues sont 2 ; 3 ; 5 et 7.
4. L'issue est 6.

EXERCICE RÉSOLU 3

Énoncé

On tire au hasard une carte dans un jeu de 32 cartes indiscernables au toucher.

1. Les événements « Obtenir un roi » et « Obtenir un carreau » sont-ils incompatibles ?
2. Quel est l'événement contraire de l'événement « Tirer une figure » ?

Résolution

1. Les événements « Obtenir un roi » et « Obtenir un carreau » ne sont pas incompatibles car on peut tirer le roi de carreau.
2. L'événement contraire de l'événement « Tirer une figure » est « Tirer un 7 ou un 8 ou un 9 ou un 10 ou un as ».

Probabilité d'un événement

☐ À revoir
☐ OK

39

▶ Vidéo

COURS

● Lorsqu'on répète un très grand nombre de fois une expérience aléatoire, la fréquence de chaque issue se rapproche d'une valeur particulière. Cette valeur est la probabilité de cette issue.

Exemple : expérience aléatoire 1 (voir fiche 41)

En répétant 10 000 fois cette expérience aléatoire, on obtient les fréquences suivantes des issues 1, 2, 3, 4 et 5.

issue	1	2	3	4	5
fréquence	0,3363	0,1694	0,2446	0,1667	0,083

Ces fréquences se rapprochent de valeurs théoriques qui peuvent être obtenues par comparaison du nombre de boules de chaque numéro présentes dans l'urne. Ces valeurs sont les probabilités des issues 1, 2, 3, 4 et 5.

issue	1	2	3	4	5
probabilité	$\frac{4}{12}$	$\frac{2}{12}$	$\frac{3}{12}$	$\frac{2}{12}$	$\frac{1}{12}$

● La probabilité d'un événement A est égale à la somme des probabilités des issues qui réalisent cet événement. Cette probabilité est notée $p(\text{A})$.

EXERCICE RÉSOLU 1

Énoncé

Une bouteille opaque et impossible à ouvrir contient 35 billes qui sont soit bleues soit rouges. Seul un petit trou dans le bouchon permet de voir la couleur d'une seule bille à la fois quand on renverse la bouteille.

Ahmed sait que la bouteille contient 35 billes et, pour connaître la proportion de chaque type de bille, organise, sur plusieurs jours avec ses amis, 10 000 répétitions de l'expérience aléatoire qui consiste à renverser la bouteille et noter la couleur de la bille qu'on voit par le trou du bouchon.

Il a obtenu les fréquences suivantes :

couleur de la bille	Rouge	Bleue
fréquence	0,400 3	0,599 7

1. Quelle estimation du nombre de billes de chaque couleur peut-on faire ?

2. Donner une estimation de la probabilité de tirer une bille rouge et une estimation de la probabilité de tirer une bille bleue.

Résolution

1. $0{,}4003 = \frac{4\,003}{10\,000}$ donc on peut estimer qu'environ $\frac{4\,003}{10\,000}$ième des billes sont rouges. $\frac{4\,003}{10\,000} \times 35 = 14{,}010\,5$ donc il doit y avoir 14 billes rouges dans la bouteille. Il y a donc vraisemblablement 21 billes rouges dans la bouteille.

2. On peut ainsi estimer que la probabilité de tirer une bille rouge est donc $\frac{14}{35}$ et la probabilité de tirer une bille bleue est $\frac{21}{35}$.

EXERCICE RÉSOLU 2

Énoncé

Un bus transporte des élèves pour une compétition multisports. Il y a là 10 joueurs de ping-pong, 12 coureurs de fond et 18 gymnastes. Lors d'un arrêt, ils sortent du bus en désordre.

1. Quelle est la probabilité que le premier sportif à sortir du bus soit un joueur de ping-pong ?

2. Quelle est la probabilité que le premier sportif à sortir du bus soit un coureur ou un gymnaste ?

3. Après cet arrêt, ils remontent dans le bus et ils accueillent un groupe de nageurs. Sachant que la probabilité que ce soit un nageur qui descende du bus en premier est de $\frac{1}{5}$, déterminer le nombre de nageurs présents dans le bus.

Asie, juin 2015

Résolution

1. Il y a 40 sportifs dans le bus dont 10 joueurs donc la probabilité que le premier sportif à sortir du bus soit un joueur de ping-pong est $\frac{10}{40}$.

2. Il y a 30 sportifs qui sont des coureurs ou des gymnastes donc la probabilité que le premier sportif à sortir du bus soit un coureur ou un gymnaste est $\frac{30}{40}$.

3. Soit x le nombre de nageurs qui se joignent au groupe. Il y a alors $x + 40$ personnes dans le bus et la probabilité que ce soit un nageur qui descende en premier du bus est alors $\frac{x}{x+40}$. Cette probabilité est égale à $\frac{1}{5}$ donc $\frac{x}{x+40} = \frac{1}{5}$.

10 nageurs sont présents dans le bus.

STATISTIQUES ET PROBABILITÉS

Pour les questions 1, 2 et 3, on considère la série statistique suivante :

4 ; 2 ; 9 ; 10 ; 4 ; 6 ; 7

1 La moyenne de cette série est :

- [ ] **a.** 36
- [ ] **b.** Environ 6,3
- [ ] **c.** 6

2 La médiane de cette série statistique est :

- [ ] **a.** 6
- [ ] **b.** 10
- [ ] **c.** 6,5

3 L'étendue de cette série statistique est :

- [ ] **a.** 3
- [ ] **b.** 8
- [ ] **c.** 5,5

Pour les questions 4, 5 et 6, on considère la série statistique donnée par le tableau suivant :

Valeur	1	2	3	4	5
Effectif	4	6	2	3	5

4 La moyenne de cette série est :

- [ ] **a.** 2,95
- [ ] **b.** 7,5
- [ ] **c.** 0,75

5 La médiane de cette série statistique est :

- [ ] **a.** 3
- [ ] **b.** 2,5
- [ ] **c.** 2

6 L'étendue de cette série statistique est :

- [ ] **a.** 1
- [ ] **b.** 5
- [ ] **c.** 4

7 En lançant un dé équilibré à 6 faces numérotées de 1 à 6, la probabilité d'obtenir un nombre premier est :

- [ ] **a.** $\frac{1}{6}$
- [ ] **b.** 0,5
- [ ] **c.** $\frac{2}{3}$

8 En lançant un dé équilibré à 6 faces numérotées de 1 à 6, Taïna a obtenu un 6. Elle relance le dé. La probabilité qu'elle obtienne à nouveau un 6 est :

- [ ] **a.** Plus petite
- [ ] **b.** La même
- [ ] **c.** Plus grande

9 On lance un dé équilibré à 6 faces et on obtient 3. En relançant le dé, la probabilité que l'on obtienne à nouveau 3 :

- [ ] **a.** augmente
- [ ] **b.** reste la même
- [ ] **c.** diminue

10 Une urne contient 5 boules rouges et 3 boules noires. On tire une boule au hasard : c'est une noire. Sans la remettre dans l'urne, on tire une autre boule. La probabilité que cette boule soit rouge.

- [ ] **a.** augmente
- [ ] **b.** reste la même
- [ ] **c.** diminue

Corrigés au verso

Corrigés

1 > c. $\frac{4+2+9+10+4+6+7}{7}=6$

La moyenne de cette série statistique est 6.

Voir **Fiche 35**

2 > a. On ordonne la série statistique : 2 ; 4 ; 4 ; 6 ; 7 ; 9 ; 10.
L'effectif est impair, égal à 7, donc la médiane est la valeur de rang central, c'est-à-dire la 4e valeur. La médiane est 6.

Voir **Fiche 36**

3 > b. $10 - 2 = 8$

L'étendue de cette série statistique est 8.

Voir **Fiche 35**

4 > a. $\frac{1\times4+2\times6+3\times2+4\times3+5\times5}{4+6+2+3+5}=2,95$

La moyenne de cette série statistique est 2,95.

Voir **Fiche 35**

5 > b. L'effectif est pair, égal à 20 donc la médiane est la moyenne est deux valeurs de rangs centraux, c'est-à-dire la moyenne des 10e et 11e valeurs.
La médiane est donc $\frac{2+3}{2}=2,5$.

Voir **Fiche 36**

6 > c. $5 - 1 = 4$

L'étendue de cette série statistique est 4.

Voir **Fiche 35**

7 > b. Les nombres premiers compris entre 1 et 6 sont 2 ; 3 et 5. La probabilité d'obtenir un nombre premier est donc $\frac{3}{6}=0,5$.

Voir **Fiche 39**

8 > b. La probabilité d'obtenir un 6 est $\frac{1}{6}$ au premier lancer et ne change pas au second lancer.

Voir **Fiche 39**

9 > b. Les deux événements sont indépendants, donc la probabilité ne change pas. Au premier lancer, la probabilité d'obtenir un 3 est $\frac{1}{6}$. Au second lancer, cette probabilité est toujours $\frac{1}{6}$.

Voir **Fiche 39**

10 > a. Les deux événements ne sont pas indépendants, donc la probabilité change. Au premier tirage, la probabilité d'obtenir une boule rouge est $\frac{5}{8}$. Au second tirage, cette probabilité est $\frac{5}{7}$.

Voir **Fiche 39**

Le théorème de Pythagore

☐ À revoir
☐ OK

40

COURS

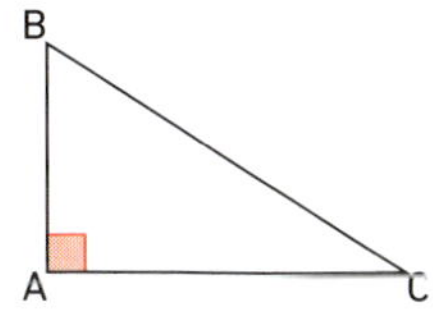

- Si un triangle est rectangle, alors le carré de la longueur de son hypoténuse est égal à la somme des carrés des longueurs des deux autres côtés.
Si ABC est un triangle rectangle en A, alors $BC^2 = AB^2 + AC^2$.

EXERCICE RÉSOLU 1

Énoncé

DEF est un triangle rectangle en F tel que DE = 7,1 cm et DF = 4,8 cm.
Calculer la longueur EF arrondie au millimètre.

Résolution

Le triangle DEF est rectangle en F donc :

$DE^2 = FE^2 + FD^2$

$7{,}1^2 = FE^2 + 4{,}8^2$

$50{,}41 = FE^2 + 23{,}04$

$FE^2 = 50{,}41 - 23{,}04$

$FE^2 = 27{,}37$

$FE = \sqrt{27{,}37} \approx 5{,}2$

La longueur FE est environ égale à 5,2 cm.

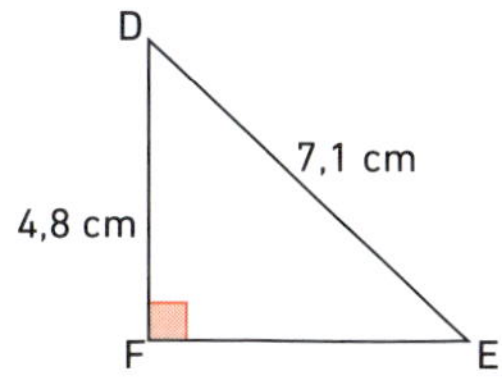

EXERCICE RÉSOLU 2

Énoncé

Joël et Latifa veulent tourner le lit de leur chambre à coucher de façon à ce que la tête du lit soit sous la fenêtre. Latifa dit à Joël que ce ne sera pas possible sans défaire et redresser le lit. A-t-elle raison ? Pourquoi ?

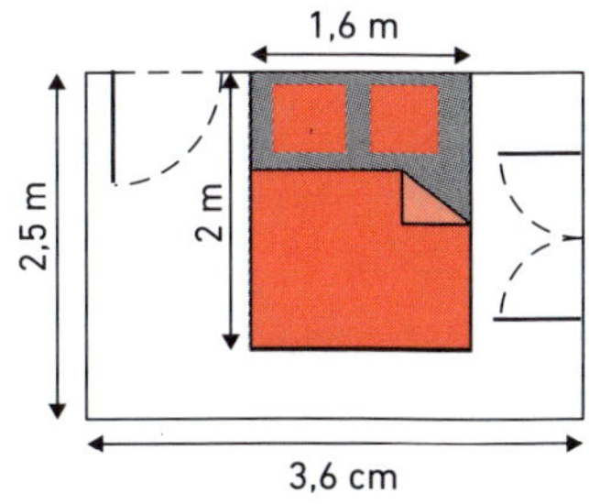

Résolution

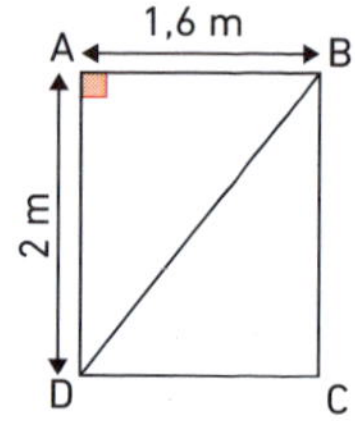

Le lit peut tourner sans être redressé si la diagonale du rectangle que forme le lit n'est pas plus longue que la largeur de la chambre.

Le triangle ABD est rectangle en A donc :

$BD^2 = AB^2 + AD^2 = 1{,}6^2 + 2^2 = 2{,}56 + 4 = 6{,}56$

$BD = \sqrt{6{,}56} \approx 2{,}56$

La longueur BD est environ égale à 2,56 m. On ne peut donc pas tourner le lit sans le redresser.

Latifa a donc raison.

EXERCICE RÉSOLU 3

Énoncé

ABCDEFGH est un pavé droit tel que AB = 6 cm et AE = AD = 4 cm.

Le rectangle MNPQ est la section de ce pavé droit par le plan parallèle à l'arête [EH] passant respectivement par les milieux M et N des arêtes [AE] et [EF].

Calculer l'aire du rectangle arrondie au dixième.

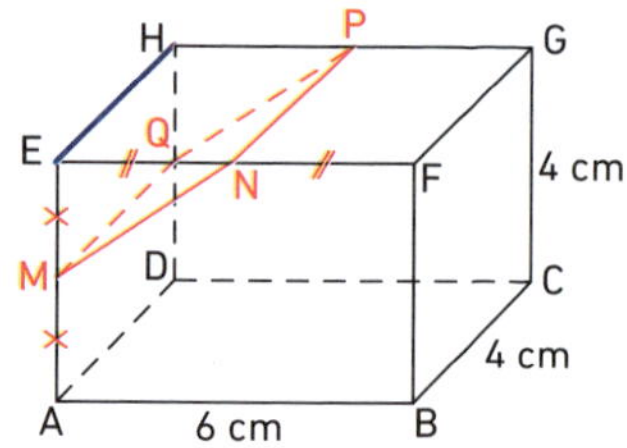

Résolution

Le triangle EMN est rectangle en E donc :

$MN^2 = EM^2 + EN^2 = 2^2 + 3^2 = 4 + 9 = 13$

$MN = \sqrt{13} \approx 3{,}6$

La longueur MN est environ égale à 3,6 cm.

Le segment [MQ] a la même longueur que l'arête [EH] du pavé droit donc MQ = 4 cm.

$\mathscr{A}(MNPQ) = MN \times MQ \approx 3{,}6 \times 4 \approx 14{,}4\ cm^2$.

L'aire du rectangle MNPQ est environ égale à 14,4 cm².

Déterminer si un triangle est rectangle connaissant ses trois longueurs

☐ À revoir
☐ OK

41

COURS

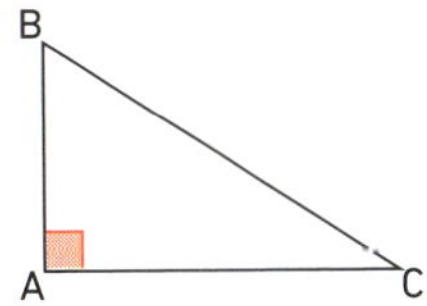

• Réciproque du théorème de Pythagore : si le carré de la longueur d'un côté d'un triangle est égal à la somme des carrés des longueurs des deux autres côtés, alors ce triangle est rectangle et a pour hypoténuse ce côté.
Si ABC est un triangle tel que $\mathbf{BC^2 = AB^2 + AC^2}$, alors le **triangle ABC est rectangle en A**.

• Si le carré de la longueur du plus grand côté d'un triangle n'est pas égal à la somme des carrés des longueurs des deux autres côtés, alors ce triangle n'est rectangle.
Si ABC est un triangle, de plus grand côté [BC], tel que $BC^2 \neq AB^2 + AC^2$, alors le triangle ABC n'est pas rectangle.

EXERCICE RÉSOLU 1

Énoncé

JKL est un triangle tel que JK = 3,3 cm, KL = 6,5 cm et JL = 5,6 cm.
Ce triangle est-il rectangle ?

Résolution

$$KL^2 = 6{,}5^2$$
$$= 42{,}25$$
$$JK^2 + JL^2 = 3{,}3^2 + 5{,}6^2$$
$$= 10{,}89 + 31{,}36$$
$$= 42{,}25$$

$KL^2 = JK^2 + JL^2$ donc le triangle JKL est rectangle en J.

À noter

Si on peut construire une figure en vraie grandeur pour émettre une conjecture sur la nature du triangle JKL, il faut prendre garde aux apparences : un triangle peut sembler rectangle sans l'être. Une figure à main levée est cependant d'une aide précieuse pour visualiser la situation.

EXERCICE RÉSOLU 2

Énoncé

GHI est un triangle tel que GH = 7,1 cm, HI = 4,9 cm et GI = 8,6 cm.
Ce triangle est-il rectangle ?

Résolution

$GI^2 = 8,6^2 = 73,96$ $GH^2 + HI^2 = 7,1^2 + 4,9^2 = 50,41 + 24,01 = 74,42$
$GI^2 \neq GH^2 + HI^2$ donc le triangle GHI n'est pas rectangle.

EXERCICE RÉSOLU 3

Énoncé

Assembler dans le bon ordre les blocs suivants afin d'écrire un programme qui, quand on saisit les longueurs des trois côtés d'un triangle dans l'ordre croissant, indique si ce triangle est rectangle ou non.

1. demander [Quelle est la longueur du côté intermédiaire ?] et attendre
2. mettre [c] à (réponse)
3. mettre [b] à (réponse)
4. demander [Quelle est la longueur du plus grand côté ?] et attendre
5. dire [Ce triangle n'est pas rectangle]
6. mettre [a] à (réponse)
7. demander [Quelle est la longueur du plus petit côté ?] et attendre
8. si < (a * a) = (b * b) + (c * c) > alors
   sinon
9. quand (drapeau) cliqué
10. dire [Ce triangle est rectangle]

Résolution

Un ordre possible est **9.**, **7.**, **2.**, **1.**, **3.**, **4.**, **6.**, **8.**, **10.**, **5.**

Les variables a, b et c étant respectivement les longueurs du plus grand côté, du côté intermédiaire et du plus petit côté, on peut intervertir les variables b et c mais pas la variable a qui désigne nécessairement la longueur du plus grand côté en raison du test < (a * a) = (b * b) + (c * c) >

On teste donc l'égalité $a^2 = b^2 + c^2$ soit $a \times a = b \times b + c \times c$ puisque le carré n'existe pas dans Scratch. Si elle est vraie, alors le triangle est rectangle. Dans le cas contraire, il ne l'est pas.

Le théorème de Thalès

☐ À revoir
☐ OK

42

▶ Vidéo

COURS

- Soit (BN) et (AM) deux droites sécantes en O. Si les droites (MN) et (AB) sont parallèles, alors $\frac{OM}{OA} = \frac{ON}{OB} = \frac{MN}{AB}$.

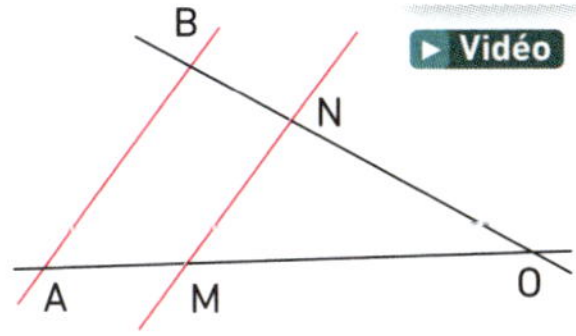

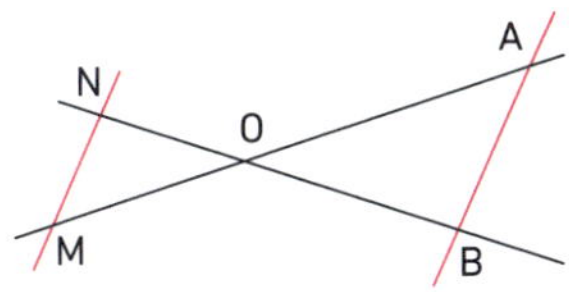

- Les longueurs des côtés du triangle OMN sont proportionnelles aux longueurs des côtés du triangle OAB.

Le tableau ci-dessous est un tableau de proportionnalité :

OM	ON	MN
OA	OB	AB

EXERCICE RÉSOLU 1

Énoncé

Sur la figure ci-contre, les droites (JK) et (LM) sont parallèles. On sait que IJ = 5,6 cm, IK = 6,4 cm, IL = 9,8 cm et LM = 7,7 cm.

Calculer les longueurs IM et JK.

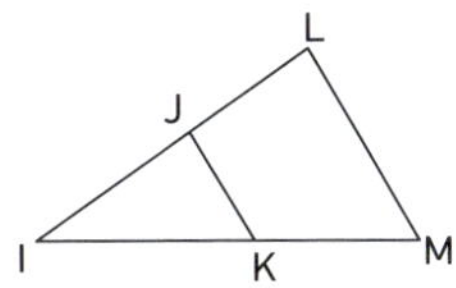

Résolution

Les droites (LJ) et (MK) sont sécantes en I et les droites (JK) et (LM) sont parallèles, donc :

$\frac{IJ}{IL} = \frac{IK}{IM} = \frac{JK}{LM}$ donc $\frac{5,6}{9,8} = \frac{6,4}{IM} = \frac{JK}{7,7}$

$\frac{5,6}{9,8} = \frac{6,4}{IM}$

$5,6 \times IM = 9,8 \times 6,4$

$5,6 \times IM = 62,72$

$IM = \frac{62,72}{5,6} = 11,2$

$\frac{5,6}{9,8} = \frac{JK}{7,7}$

$9,8 \times JK = 5,6 \times 7,7$

$9,8 \times JK = 43,12$

$JK = \frac{43,12}{9,8} = 4,4$

La longueur IM est égale à 11,2 cm et la longueur JK est égale à 4,4 cm.

EXERCICE RÉSOLU 2

Énoncé

Sur la figure ci-contre, les droites (AB) et (KL) sont parallèles.
Calculer les longueurs AB et JK.

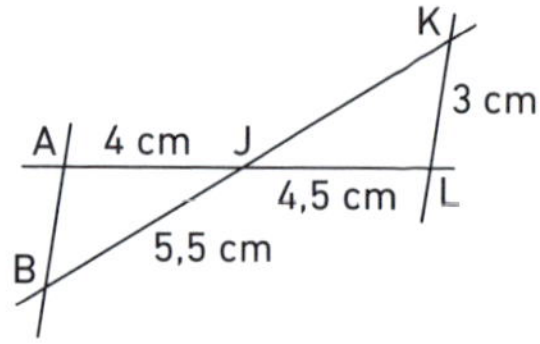

Résolution

Les droites (KB) et (LA) sont sécantes en J et les droites (AB) et (KL) sont parallèles, donc :

$\frac{JB}{JK} = \frac{JA}{JL} = \frac{AB}{KL}$ donc $\frac{5,5}{JK} = \frac{4}{4,5} = \frac{AB}{3}$

$\frac{5,5}{JK} = \frac{4}{4,5}$	$\frac{4}{4,5} = \frac{AB}{3}$
$4 \times JK = 5,5 \times 4,5$	$4,5 \times AB = 4 \times 3$
$JK = \frac{24,75}{4} \approx 6,2$	$AB = \frac{12}{4,5} \approx 2,7$

La longueur JK est environ égale à 6,2 cm et la longueur AB est environ égale à 2,7 cm.

EXERCICE RÉSOLU 3

Énoncé

Dans la figure ci-contre, qui n'est pas à l'échelle :
– les points D, P et A sont alignés et les points K, H et A sont alignés ;
– DA = 60 cm, DK = 11 cm et DP = 45 cm.

1. Calculer la longueur KA au millimètre près.
2. Calculer la longueur HP.

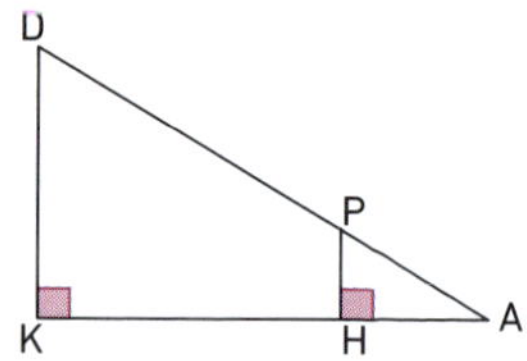

Métropole, juin 2015

Résolution

1. Le triangle DAK est rectangle en K donc $DA^2 = KA^2 + KD^2$, donc $60^2 = KA^2 + 11^2$, soit $3600 = KA^2 + 121$ donc $KA^2 = 3600 - 121 = 3479$. D'où $KA = \sqrt{3\,479} \approx 59,0$, donc la longueur KA est environ égale à 59,0 cm.

2. Les droites (KH) et (DP) sont sécantes en A et les droites (HP) et (KD) sont parallèles, car elles sont perpendiculaires à la droite (KA) donc :
$\frac{AH}{AK} = \frac{AP}{AD} = \frac{HP}{KD}$ donc $\frac{15}{60} = \frac{HP}{11}$, soit $60 \times HP = 11 \times 15$. D'où $HP = \frac{165}{60} = 2,75$ cm.

Déterminer si deux droites sont parallèles

☐ À revoir
☐ OK

43

COURS

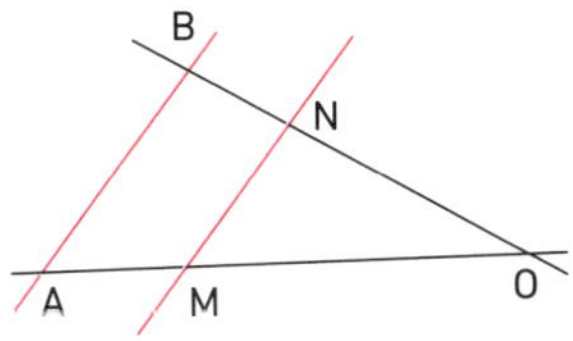

● Réciproque du théorème de Thalès :
Soit (BN) et (AM) deux droites sécantes en O.
Si les points O, M, A et O, N, B sont rangés dans le même ordre et $\frac{OM}{OA} = \frac{ON}{OB}$, alors les droites (MN) et (AB) sont parallèles.

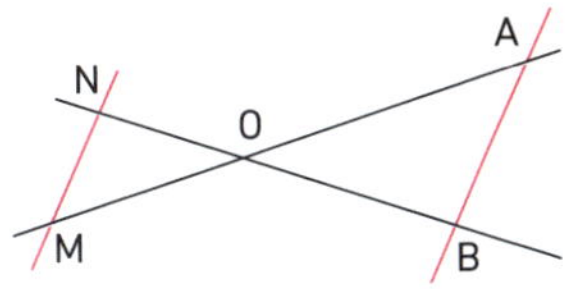

● Soit (BN) et (AM) deux droites sécantes en O.
Si $\frac{OM}{OA} \neq \frac{ON}{OB}$, alors les droites (MN) et (AB) ne sont pas parallèles.

EXERCICE RÉSOLU 1

Énoncé

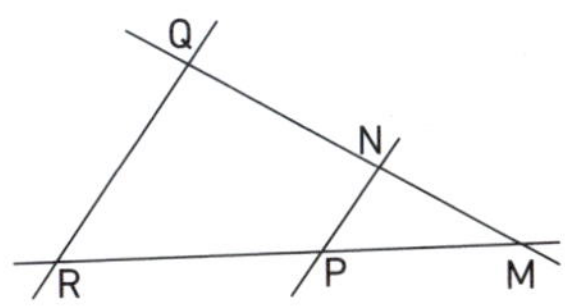

Sur la figure ci-contre, MN = 10,8 cm, MQ = 25,2 cm, MP = 13,2 cm et MR = 30,8 cm.
Les droites (NP) et (QR) sont-elles parallèles ?

Résolution

$\frac{MN}{MQ} = \frac{10,8}{25,2} = \frac{3}{7}$

$\frac{MP}{MR} = \frac{13,2}{30,8} = \frac{3}{7}$

Les droites (RP) et (QN) sont sécantes en M, les points Q, N, M et R, P et M sont rangés dans le même ordre et $\frac{MN}{MQ} = \frac{MP}{MR}$ donc les droites (NP) et (QR) sont parallèles.

EXERCICE RÉSOLU 2

Énoncé

Sur la figure ci-contre, OD = 6 cm, OA = 17,5 cm, OR = 6,9 cm et OB = 20,2 cm.
Les droites (DR) et (BA) sont-elles parallèles ?

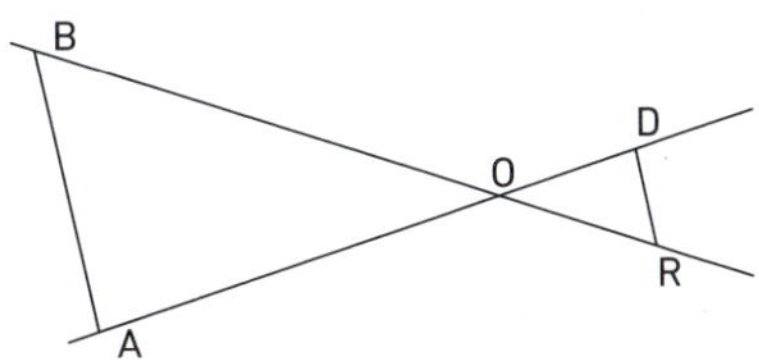

Résolution

$\frac{OD}{OA}=\frac{6}{17,5}\approx 0,343$ $\frac{OR}{OB}=\frac{6,9}{20,2}\approx 0,342$

Les droites (BR) et (AD) sont sécantes en M et $\frac{OD}{OA}\neq\frac{OR}{OB}$ donc les droites (DR) et (BA) ne sont pas parallèles

EXERCICE RÉSOLU 3

Énoncé

Le viaduc de Millau est un pont franchissant la vallée du Tarn, dans le département de l'Aveyron, en France. Il est constitué de 7 pylônes verticaux équipés chacun de 22 câbles appelés haubans.

Le schéma ci-contre, qui n'est pas à l'échelle, représente un pylône et deux de ses haubans.

On dispose des informations suivantes :

AB = 89 m; AC = 76 m; AD = 154 m; FD = 12 m et EC = 5 m.

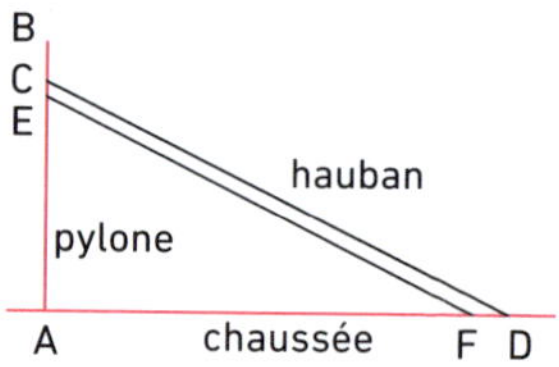

1. Calculer la longueur du hauban [CD]. Arrondir au mètre près.

2. Les haubans [CD] et [EF] sont-ils parallèles ?

D'après Asie, juin 2016

Résolution

1. Le pylône est vertical et la chaussée peut être considérée horizontale donc le triangle ADC est rectangle en A. Ainsi,

$CD^2 = AD^2 + AC^2$

$CD^2 = 154^2 + 76^2$

$CD^2 = 23\,716 + 5\,776$

$CD^2 = 29\,492$

$CD = \sqrt{29\,492}$

$CD \approx 172$

Le hauban [CD] mesure environ 172 mètres.

2. $\frac{AE}{AC}=\frac{71}{76}\approx 0,93$

$\frac{AF}{AD}=\frac{142}{154}\approx 0,92$

Les droites (DF) et (CE) sont sécantes en A et $\frac{AE}{AC}\neq\frac{AF}{AD}$ donc les droites (CD) et (EF) ne sont pas parallèles. Ainsi, les haubans [CD] et [EF] ne sont pas parallèles.

Formules de trigonométrie et calculatrice

☐ À revoir
☐ OK

44

COURS

- Dans le triangle ABC rectangle en A :

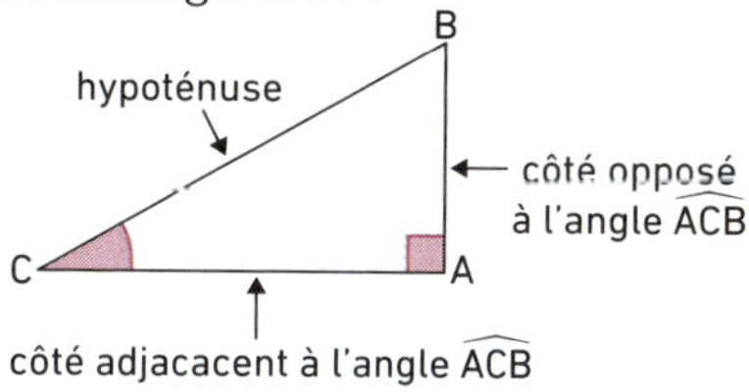

Le sinus de l'angle $\widehat{ACB}$, noté sin $\widehat{ACB}$, est le rapport :

$$\sin \widehat{ACB} = \frac{\textbf{longueur du côté opposé}}{\textbf{longueur de l'hypoténuse}} = \frac{BA}{BC}$$

Le cosinus de l'angle $\widehat{ACB}$, noté cos $\widehat{ACB}$, est le rapport :

$$\cos \widehat{ACB} = \frac{\textbf{longueur du côté adjacent}}{\textbf{longueur de l'hypoténuse}} = \frac{CA}{CB}$$

La tangente de l'angle $\widehat{ACB}$, notée tan $\widehat{ACB}$, est le rapport :

$$\tan \widehat{ACB} = \frac{\textbf{longueur du côté opposé}}{\textbf{longueur du côté adjacent}} = \frac{AB}{AC}$$

- **Utilisation de la calculatrice**

– Calculer une valeur, éventuellement approchée, du cosinus, du sinus ou de la tangente d'un angle dont on connaît la mesure :
on tape sur la touche [cos], [sin] ou [tan] de la calculatrice suivie de la mesure de l'angle.

Exemple : Pour calculer la tangente de 35°, on tape [tan] 35°. Ainsi, tan 35° ≈ 0,70.

– Déterminer une valeur, éventuellement approchée, de la mesure d'un angle dont on connaît le cosinus, le sinus ou la tangente :
on tape sur la touche [2nd], [SECONDE] ou [Shift] selon le modèle de calculatrice suivie de [cos], [sin] ou [tan] puis on saisit la valeur du cosinus, du sinus ou de la tangente de l'angle.

Exemple : Pour déterminer la mesure d'un angle dont le cosinus est 0,3, on tape [SECONDE] [cos] 0,3. Ainsi, cet angle mesure environ 73°.

EXERCICE RÉSOLU 1

Énoncé

Dans le triangle IJK ci-contre, calculer le cosinus, le sinus et la tangente de l'angle $\widehat{KIJ}$.

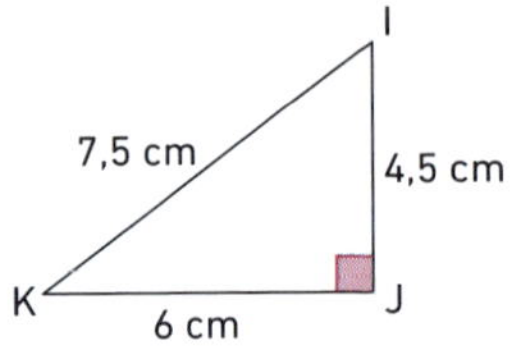

Résolution

Le triangle IJK est rectangle en A donc :

$\cos\widehat{KIJ} = \dfrac{IJ}{IK} = \dfrac{4,5}{7,5} = 0,6$ $\quad \sin\widehat{KIJ} = \dfrac{KJ}{KI} = \dfrac{6}{7,5} = 0,8$ $\quad \tan\widehat{KIJ} = \dfrac{JK}{JI} = \dfrac{6}{4,5} = \dfrac{4}{3}$

EXERCICE RÉSOLU 2

Énoncé

En utilisant la calculatrice, donner une valeur arrondie au centième de :

1. cos 71° **2.** sin 23° **3.** tan 52°

Résolution

1. On tape [cos] 71°. Ainsi, cos 71° ≈ 0,33. **2.** On tape [sin] 23°. Ainsi, sin 23° ≈ 0,39.
3. On tape [tan] 52°. Ainsi, tan 52° ≈ 1,28.

EXERCICE RÉSOLU 3

Énoncé

En utilisant la calculatrice, donner une valeur arrondie au degré de la mesure x de l'angle tel que :

1. $\cos x = 0,43$ **2.** $\sin x = 0,87$ **3.** $\tan x = 0,35$

4. $\cos x = \dfrac{5}{9}$ **5.** $\sin x = \dfrac{11}{17}$ **6.** $\tan x = \dfrac{23}{12}$

Résolution

1. On tape [2nd], [SECONDE] ou [Shift] suivi de [cos] 0,43. Ainsi, $x \approx 65°$.
2. On tape [2nd], [SECONDE] ou [Shift] suivi de [sin] 0,87. Ainsi, $x \approx 60°$.
3. On tape [2nd], [SECONDE] ou [Shift] suivi de [tan] 0,35. Ainsi, $x \approx 19°$.
4. On tape [2nd], [SECONDE] ou [Shift] suivi de [cos] $\dfrac{5}{9}$. Ainsi, $x \approx 56°$.
5. On tape [2nd], [SECONDE] ou [Shift] suivi de [sin] $\dfrac{11}{17}$. Ainsi, $x \approx 40°$.
6. On tape [2nd], [SECONDE] ou [Shift] suivi de [tan] $\dfrac{23}{12}$. Ainsi, $x \approx 62°$.

Calculer une longueur

☐ À revoir
☐ OK

45

COURS

- Dans un triangle rectangle, quand on connaît la mesure d'un des angles aigus du triangle et la longueur d'un de ses côtés, on peut calculer la longueur des autres côtés du triangle.

Exemple : Dans le triangle ABC rectangle en A, on souhaite calculer la longueur du côté [AC].
On connaît la mesure de l'angle $\widehat{ACB}$ et la longueur du côté [AB] opposé à cet angle : il faut donc utiliser la formule de la tangente.

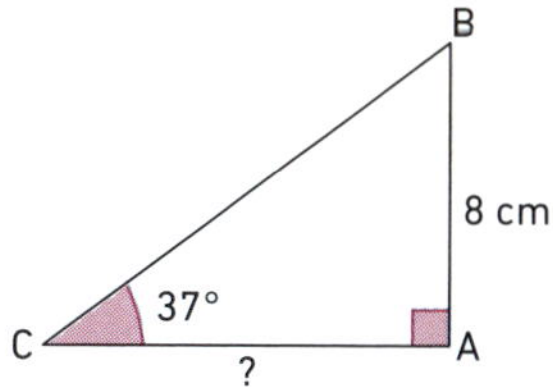

Le triangle ABC est rectangle en A,

$\tan \widehat{ACB} = \dfrac{AB}{AC}$

$\tan 37° = \dfrac{8}{AC}$

$AC \times \tan 37° = 8$

$AC = \dfrac{8}{\tan 37°}$

$AC \approx 10{,}6$ cm

EXERCICE RÉSOLU 1

Énoncé

Calculer la longueur du côté [PM] du triangle MPE ci-contre arrondie au millimètre.

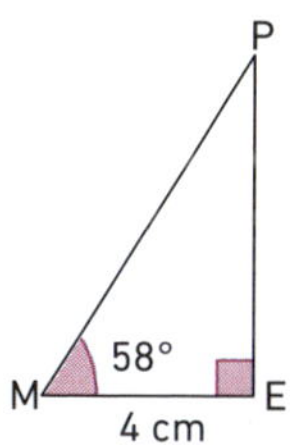

Résolution

Le triangle PME est rectangle en E,

$\cos \widehat{PME} = \dfrac{ME}{MP}$

$\cos 58° = \dfrac{4}{MP}$

$MP \times \cos 58° = 4$

$MP = \dfrac{4}{\cos 58°}$

$MP \approx 7{,}5$ La longueur MP est environ égale à 7,5 cm.

EXERCICE RÉSOLU 2

Énoncé

Calculer la longueur du côté [TV] du triangle TVA ci-contre arrondie au millimètre.

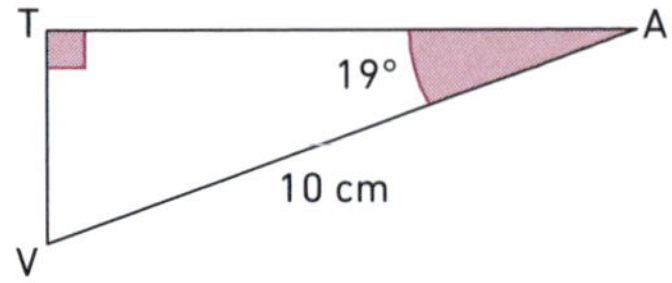

Résolution

Le triangle TVA est rectangle en T,

$\sin \widehat{TAV} = \dfrac{VT}{VA}$

$\sin 19° = \dfrac{VT}{10}$

$VT = 10 \times \sin 19°$

$VT \approx 3{,}3$

La longueur VT est environ égale à 3,3 cm.

EXERCICE RÉSOLU 3

Énoncé

Des ingénieurs de l'Office National des Forêts font le marquage d'un lot de pins destinés à la vente.

Ils estiment la hauteur des arbres de ce lot, en plaçant leur œil au point O.

Ils ont relevé que OA = 15 m, $\widehat{SOA} = 45°$ et $\widehat{AOP} = 25°$.

Calculer la hauteur h de l'arbre arrondie au mètre.

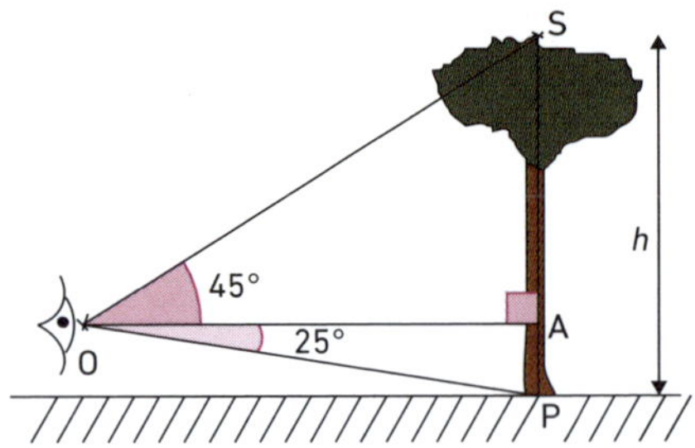

D'après Centres étrangers, juin 2015

Résolution

Le triangle SOA est rectangle en A,

$\tan \widehat{SOA} = \dfrac{AS}{AO}$

$\tan 45° = \dfrac{AS}{15}$

$AS = 15 \times \tan 45° = 15.$

Le triangle POA est rectangle en A,

$\tan \widehat{POA} = \dfrac{AP}{AO}$

$\tan 25° = \dfrac{AP}{15}$

$AP = 15 \times \tan 25° \approx 7.$

Donc $h = AS + AP \approx 15 + 7 \approx 22$

La hauteur h de l'arbre est environ 22 mètres.

Calculer la mesure d'un angle

À revoir
OK

46

▶ Vidéo

COURS

• Dans un triangle rectangle, quand on connaît la longueur de deux côtés, on peut calculer la mesure des angles du triangle.

Exemple :

Dans le triangle ABC rectangle en A, on souhaite calculer la mesure de l'angle $\widehat{ACB}$.

On connaît la longueur du côté [AB] opposé à cet angle et la longueur de l'hypoténuse [BC] : il faut donc utiliser la formule du sinus.

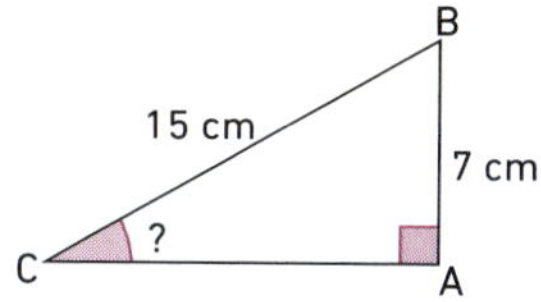

Le triangle ABC est rectangle en A,

$\sin \widehat{ACB} = \dfrac{BA}{BC} = \dfrac{7}{15}$

$\widehat{ACB} \approx 28°$

EXERCICE RÉSOLU 1

Énoncé

Calculer la mesure de l'angle $\widehat{SCG}$, arrondie au degré, du triangle rectangle ci-contre.

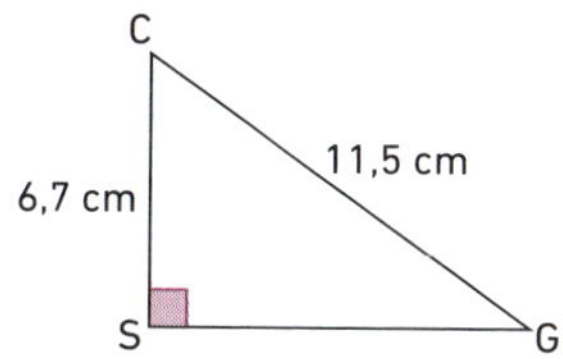

Résolution

Le triangle CSG est rectangle en S,

$\cos \widehat{SCG} = \dfrac{CS}{CG}$ donc $\cos \widehat{SCG} = \dfrac{6,7}{11,5}$.

Ainsi $\widehat{SCG} \approx 54°$.

L'angle $\widehat{SCG}$ mesure environ 54°.

EXERCICE RÉSOLU 2

Énoncé

Calculer la mesure de l'angle $\widehat{FM}$, arrondie au degré, du triangle rectangle ci-contre.

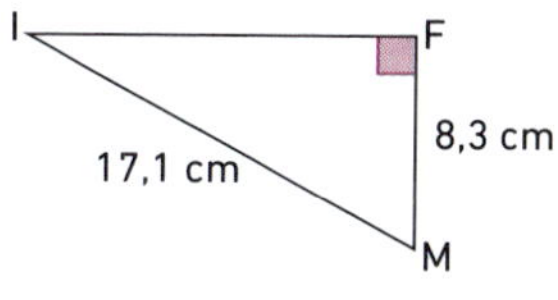

Résolution

Le triangle FMI est rectangle en F,

$\cos\widehat{FMI}=\dfrac{MF}{MI}$ donc $\cos\widehat{FMI}=\dfrac{8,3}{17,1}$. Ainsi $\widehat{FMI}\approx 61°$

L'angle $\widehat{FMI}$ mesure environ 61°.

EXERCICE RÉSOLU 3

Énoncé

Ce panneau routier indique une descente dont la pente est de 10 %. Cela signifie que pour un déplacement horizontal de 100 mètres, le dénivelé est de 10 mètres.

Le schéma ci-contre n'est pas à l'échelle.

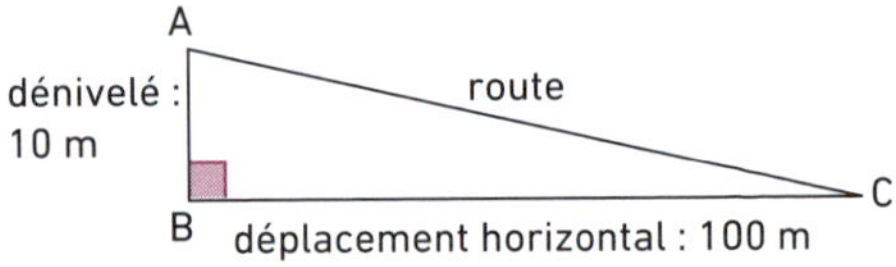

1. Déterminer la mesure de l'angle $\widehat{BCA}$ que fait la route avec l'horizontale. Arrondir la réponse au degré.

2. Dans certains pays, il arrive parfois que la pente d'une route ne soit pas donnée par un pourcentage, mais par une indication telle que « 1 : 5 », ce qui veut alors dire que pour un déplacement horizontal de 5 mètres, le dénivelé est de 1 mètre. Lequel des deux panneaux ci-dessous indique la pente la plus forte ?

Panneau A

Panneau B

Métropole, juin 2015

Résolution

1. Le triangle ABC est rectangle en A,

$\tan\widehat{BCA}=\dfrac{AB}{AC}$

$\tan\widehat{BCA}=\dfrac{10}{100}$

$\widehat{BCA}\approx 6°$

La mesure de l'angle que fait la route avec l'horizontale est 6°.

2. Le déplacement vertical est de 1 mètre pour un déplacement horizontal de 5 mètres donc le pourcentage de la pente est égal à $\dfrac{1}{5}\times 100=20\ \%$.

C'est donc le panneau B qui indique la pente la plus forte.

Translation et rotation

☐ À revoir
☐ OK

47

COURS

• Une translation transforme sans déformation une figure en la faisant glisser parallèlement à une droite, dans un sens et selon une longueur donnés.

Exemple 1 :

Ci-contre, la figure blanche est l'image de la figure grise par la translation qui transforme A en A'. Cette translation, effectuée parallèlement à la droite (AA') dans le sens de la flèche bleue et selon la longueur AA', transforme également B en B'.

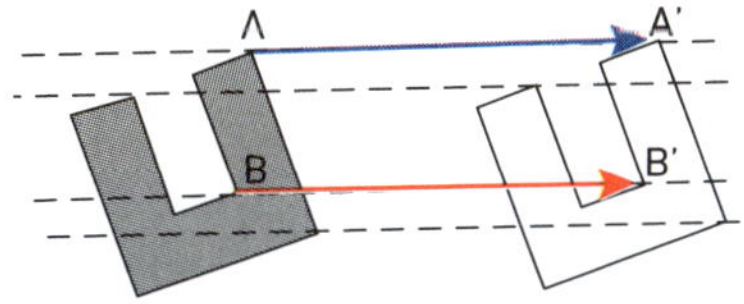

• Une rotation transforme sans déformation une figure en la faisant tourner autour d'un point, dans un sens et selon un angle donnés.

Exemple 2 :

Ci-contre, la figure blanche est l'image de la figure grise par la rotation de centre O et d'angle 60° dans le sens inverse des aiguilles d'une montre. Cette rotation transforme A en A' et B en B'.

• Les translations et les rotations conversent les longueurs, les mesures des angles, l'alignement et les aires.

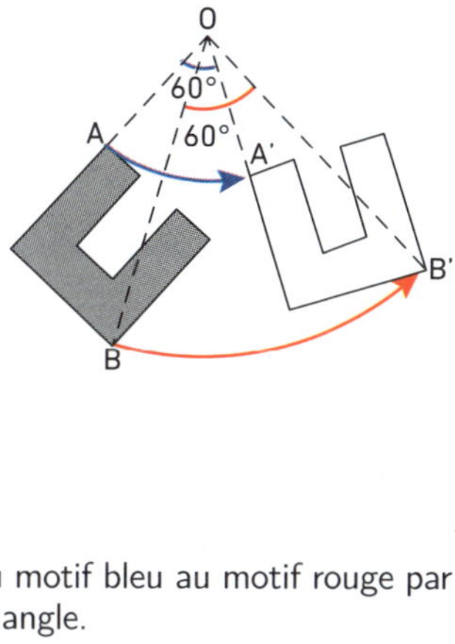

EXERCICE RÉSOLU 1

Énoncé

Dans chacun des cas suivants, dire si l'on passe du motif bleu au motif rouge par une translation ou une rotation dont on précisera l'angle.

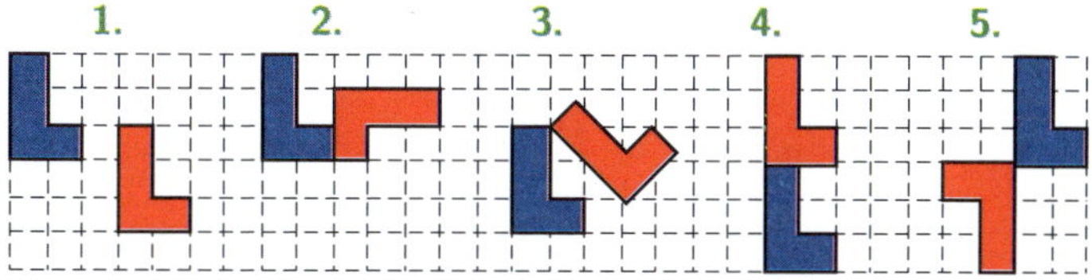

Résolution

1. Translation.
2. Rotation d'angle 90° dans le sens des aiguilles d'une montre.
3. Rotation d'angle 45° dans le sens inverse des aiguilles d'une montre.
4. Translation. 5. Rotation d'angle 180° (ou symétrie centrale).

EXERCICE RÉSOLU 2

Énoncé

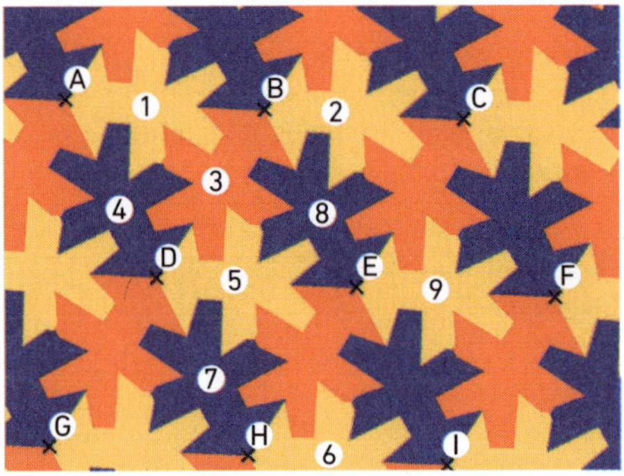

Sur le pavage ci-contre, parmi les motifs numérotés de 1 à 9, indiquer en quel motif est transformé :

1. Le motif 2 par :

a. la translation qui transforme B en E.

b. la rotation de centre B et d'angle 120° dans le sens des aiguilles d'une montre.

2. Le motif 7 par :

a. la translation qui transforme I en E.

b. par la rotation de centre D et d'angle 120° dans le sens inverse des aiguilles d'une montre

3. Le motif 1 par :

a. la translation qui transforme A en H.

b. par la rotation de centre B et d'angle 120° dans le sens inverse des aiguilles d'une montre.

Résolution

1. **a.** La translation qui transforme B en E transforme le motif 2 en le motif 9.

b. La rotation de centre B et d'angle 120° dans le sens des aiguilles d'une montre transforme le motif 2 en le motif 3.

2. **a.** La translation qui transforme I en E transforme H en D et le motif 7 en le motif 4.

b. La rotation de centre D et d'angle 120° dans le sens inverse des aiguilles d'une montre transforme le point H en le point B et le motif 7 en le motif 3.

3. **a.** La translation qui transforme A en H transforme le motif 1 en le motif 6.

b. Par la rotation de centre B et d'angle 120° dans le sens inverse des aiguilles d'une montre transforme le point A en le point E et le motif 1 en le motif 8.

Homothétie

À revoir
OK

48

COURS

- Une homothétie de centre O et de rapport k, où k est un nombre relatif non nul, transforme une figure en l'agrandissant ou en la réduisant à partir du point O :
– sans la retourner dans un rapport de k si $k > 0$.
– en la retournant dans un rapport de $-k$ si $k < 0$.

Exemples :

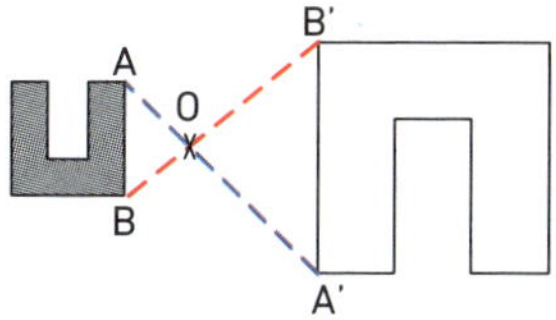

▪ Ci-contre, la figure blanche est l'image de la figure grise par l'homothétie de centre O et de rapport -2. Elle est retournée par rapport à la figure grise et ses longueurs sont celles de la figure grise multipliées par 2.

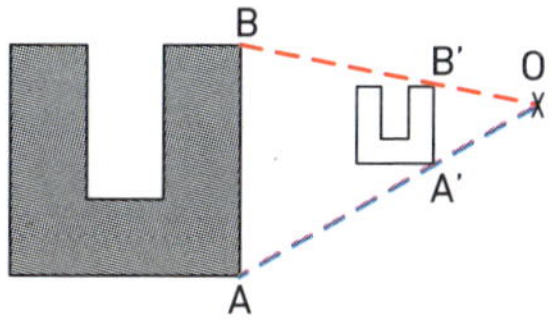

▪ Ci-contre, la figure blanche est l'image de la figure grise par l'homothétie de centre O et de rapport $\frac{1}{3}$. Elle n'est pas retournée par rapport à la figure grise et ses longueurs sont celles de la figure grise multipliées par $\frac{1}{3}$.

EXERCICE RÉSOLU 1

Énoncé

Dans chacun des cas suivants, le motif rouge est l'image du motif bleu par une homothétie. Préciser si le rapport k de l'homothétie est positif ou négatif puis si $k < -1$, si $-1 < k < 0$, si $0 < k < 1$ ou si $k > 1$.

1.

2.

3.

Résolution

1. La figure rouge est retournée donc le rapport est négatif. Elle est plus petite que la figure bleue donc $-1 < k < 0$.

2. La figure rouge est retournée donc le rapport est négatif. Elle est plus grande que la figure bleue donc $k < -1$.

3. La figure rouge n'est pas retournée donc le rapport est positif. Elle est plus petite que la figure bleue donc $0 < k < 1$.

EXERCICE RÉSOLU 2

Énoncé

Dans chacun des cas suivants, une homothétie de centre O transforme le triangle OMN en le triangle OAB. En préciser le rapport.

1.

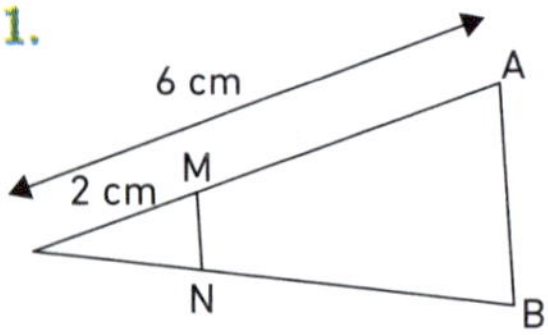

2.

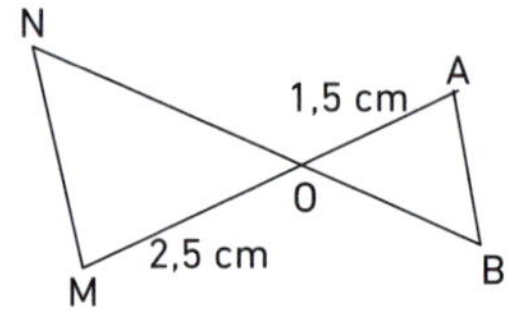

Résolution

1. Le triangle OMN n'est pas retourné par rapport au triangle AOB donc le rapport est positif. $\frac{OM}{OA}=\frac{1}{3}$ donc le rapport de l'homothétie est $\frac{1}{3}$.

2. Le triangle OMN est retourné par rapport au triangle AOB donc le rapport est négatif. $\frac{OM}{OA}=\frac{2,5}{1,5}=\frac{5}{3}$ donc le rapport de l'homothétie est $-\frac{5}{3}$.

EXERCICE RÉSOLU 3

Énoncé

1. Construire l'image du rectangle par l'homothétie de centre O et de rapport $\frac{2}{3}$.

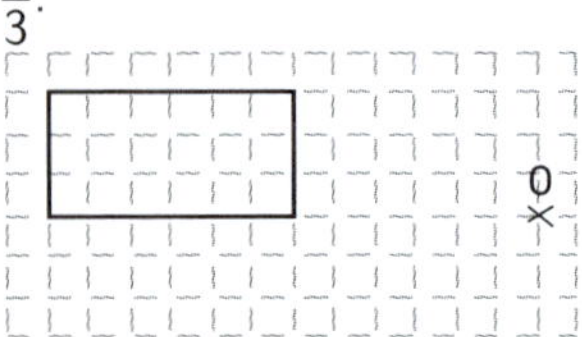

2. Construire l'image du triangle par l'homothétie de centre O et de rapport – 2.

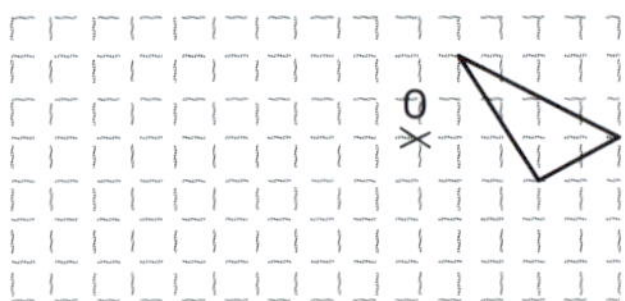

Résolution

1.

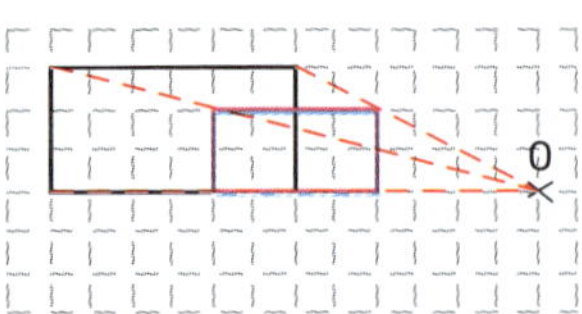

2.

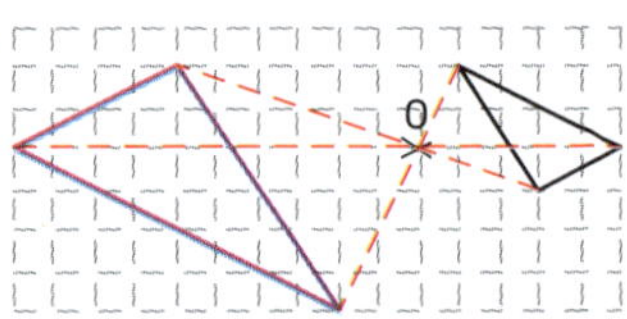

GÉOMÉTRIE

1 **ABC est un triangle rectangle en A tel que AB = 5,3 cm et BC = 7,6 cm. La longueur AC, arrondie au dixième de cm, est égale à :**

- ☐ **a.** 5,4 cm
- ☐ **b.** 9,3 cm
- ☐ **c.** 2,1 cm

2 **Parmi les triangles suivants, lequel n'est pas rectangle ?**

- ☐ **a.** ABC tel que AB = 10,4 cm, AC = 19,5 cm et BC = 22,1 cm.
- ☐ **b.** DEF tel que DE = 4,2 cm, DF = 6,7 cm et EF = 7,8 cm.
- ☐ **c.** GHI tel que GH = 2,7 cm, HI = 12 cm et GI = 12,3 cm.

3 **Sur la figure ci-contre, les droites (MN) et (PQ) sont parallèles. On peut affirmer que :**

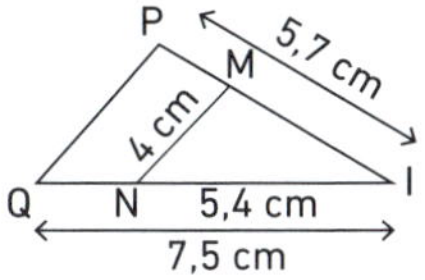

- ☐ **a.** IM ≈ 7,9 cm et PQ ≈ 2,9 cm.
- ☐ **b.** IM ≈ 7,9 cm et PQ ≈ 5,6 cm.
- ☐ **c.** IM ≈ 4,1 cm et PQ ≈ 5,6 cm.

4 **Les longueurs sont données en cm.**
Sur la figure ci-contre, on peut affirmer que :

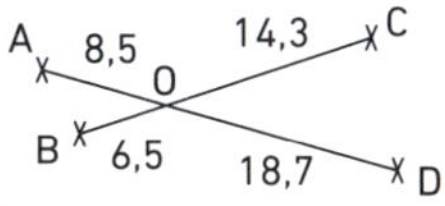

- ☐ **a.** Les droites (AB) et (CD) sont parallèles.
- ☐ **b.** Les droites (AC) et (BD) sont parallèles.
- ☐ **c.** Les droites (AB) et (CD) ne sont pas parallèles.

5 **ABC est un triangle rectangle en A tel que AB = 5,2 cm et AC = 7,8 cm. La mesure de l'angle $\widehat{ABC}$ arrondie au degré est :**

- ☐ **a.** 34°
- ☐ **b.** 42°
- ☐ **c.** 56°

6 **MNO est un triangle rectangle en M tel que MN = 5 cm et $\widehat{MON}$ = 37°. La longueur ON, arrondie au cm, est égale à :**

- ☐ **a.** 3,0 cm
- ☐ **b.** 6,3 cm
- ☐ **c.** 8,3 cm

7 **L'image d'un angle de 60° par une rotation d'angle 30° est un angle qui mesure :**

- ☐ **a.** 30°
- ☐ **b.** 60°
- ☐ **c.** 90°

8 **L'image d'un segment de longueur 5 cm par une homothétie de rapport – 2 est un segment de longueur :**

- ☐ **a.** – 10 cm
- ☐ **b.** 2,5 cm
- ☐ **c.** 10 cm

Corrigés au verso

Corrigés

1 > **a.** ABC est un triangle rectangle en A, donc, d'après le théorème de Pythagore :

$BC^2 = AB^2 + AC^2$

$7{,}6^2 = 5{,}3^2 + AC^2$

$57{,}76 = 28{,}09 + AC^2$

$AC^2 = 57{,}76 - 28{,}09 = 29{,}67$

$AC = \sqrt{29{,}67} \approx 5{,}4$

Voir **Fiche 40**

2 > **b.** $EF^2 = 60{,}84$ et $DE^2 + DF^2 = 4{,}2^2 + 6{,}7^2$
$= 17{,}64 + 44{,}89$
$= 62{,}53$

$EF^2 \neq DE^2 + DF^2$ donc le triangle DEF n'est pas rectangle.

Voir **Fiche 41**

3 > **c.** Les droites (PM) et (QN) sont sécantes en I et les droites (MN) et (PQ) sont parallèles donc, d'après le théorème de Thalès : $\frac{IM}{IP} = \frac{IN}{IQ} = \frac{MN}{PQ}$.

$\frac{IM}{5{,}7} = \frac{5{,}4}{7{,}5} = \frac{4}{PQ}$ donc $IM = \frac{5{,}7 \times 5{,}4}{7{,}5} \approx 4{,}1$ cm et $PQ = \frac{7{,}5 \times 4}{5{,}4} \approx 5{,}6$ cm.

Voir **Fiche 42**

4 > **a.** $\frac{OA}{OD} = \frac{8{,}5}{18{,}7} = \frac{5}{11}$ $\qquad$ $\frac{OB}{OC} = \frac{6{,}5}{14{,}3} = \frac{5}{11}$

Les droites (AD) et (BC) sont sécantes en O, les points A, O, D et B, O, C sont rangés dans le même ordre et $\frac{OA}{OD} = \frac{OB}{OC}$, donc, d'après la réciproque du théorème de Thalès, les droites (AB) et (CD) sont parallèles.

Voir **Fiche 43**

5 > **a.** Le triangle ABC est rectangle en A donc :

$\tan \widehat{ABC} = \frac{AB}{AC} = \frac{5{,}2}{7{,}8}$ donc $\widehat{ABC} \approx 24°$.

Voir **Fiche 45**

6 > **c.** Le triangle MNO est rectangle en M donc :

$\sin \widehat{MON} = \frac{NM}{NO}$ donc $\sin 37° = \frac{NM}{5}$ donc $NM = \frac{5}{\sin 37°} \approx 8{,}3$ cm.

Voir **Fiche 46**

7 > **b.** La rotation conserve la mesure des angles, donc l'image d'un angle de 60° par une rotation d'angle 30° est un angle qui mesure 60°.

Voir **Fiche 47**

8 > **c.** Le rapport de l'homothétie est – 2, donc les longueurs sont multipliées par 2.

Voir **Fiche 48**

Effets d'un agrandissement et d'une réduction sur les aires et les volumes

☐ À revoir
☐ OK

49

COURS

● Une figure $\mathcal{F}$ est un agrandissement ou une réduction d'une figure $\mathcal{F}'$ de même nature quand les longueurs de $\mathcal{F}$ sont proportionnelles aux longueurs de $\mathcal{F}'$.
Le coefficient de proportionnalité est appelé coefficient d'agrandissement ou de réduction.

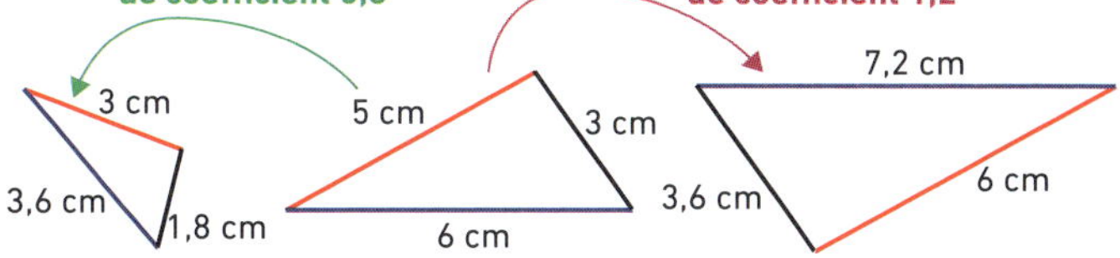

● Lors d'un agrandissement ou d'une réduction de coefficient k :
– les longueurs sont multipliées par k ;
– les aires des surfaces sont multipliées par k^2 ;
– les volumes des solides sont multipliés par k^3.

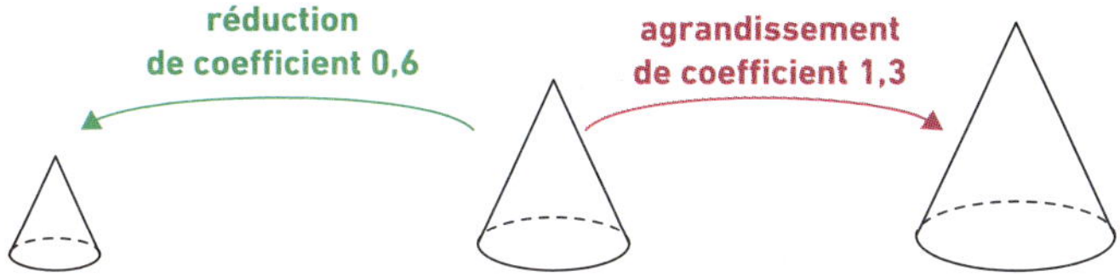

$0,6 \times \mathcal{P}$	$\mathcal{P}$: périmètre de la base	$1,3 \times \mathcal{P}$
$(0,6)^2 \times \mathcal{B}$	$\mathcal{B}$: aire de la base	$(1,3)^2 \times \mathcal{B}$
$(0,6)^3 \times \mathcal{V}$	$\mathcal{V}$: volume de la base	$(1,3)^3 \times \mathcal{V}$

EXERCICE RÉSOLU 1

Énoncé

Voici quelques ingrédients essentiels d'une pâtisserie dont la recette est donnée pour un plat rond de 20 cm de diamètre :
4 œufs, 160 g de sucre, 40 g de farine, 170 g de beurre, 20 cL de crème, 200 g de chocolat noir.
Quelles sont les quantités de chaque ingrédient qu'il faut prévoir si l'on veut réaliser ce gâteau sans changer son épaisseur pour un plat rond de 30 cm de diamètre ?

Résolution

Le diamètre du plat est multiplié par 1,5 car $1{,}5 \times 20 = 30$. Mais l'épaisseur du gâteau ne change pas. C'est donc uniquement l'aire du plat qu'il faut considérer et non le volume du gâteau. Ainsi, il faut multiplier la quantité de chaque ingrédient par $1{,}5^2 = 2{,}25$.

Il faut donc prévoir $4 \times 2{,}25 = 9$ œufs, $160 \times 2{,}25 = 360$ g de sucre, $40 \times 2{,}25 = 90$ g de farine, $170 \times 2{,}25 = 382{,}5$ g de beurre, $20 \times 2{,}25 = 45$ cL de crème et $200 \times 2{,}25 = 450$ g de chocolat noir.

EXERCICE RÉSOLU 2

Énoncé

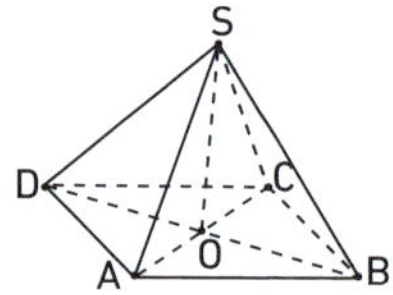

En visite à Paris, Paul admire la Pyramide, réalisée en verre feuilleté au centre de la cour intérieure du Louvre. Cette pyramide régulière a :

– pour base un carré ABCD de côté 35 mètres ;

– pour hauteur le segment [SO] de longueur 22 mètres.

Paul a tellement apprécié cette pyramide qu'il achète comme souvenir de sa visite une lampe à huile dont le réservoir en verre est une réduction à l'échelle $\frac{1}{500}$ de la vraie pyramide. Le mode d'emploi de la lampe précise que, une fois allumée, elle brûle 4 cm^3 d'huile par heure.

Au bout de combien de temps ne restera-t-il plus d'huile dans le réservoir ? Arrondir à l'unité d'heures.

D'après Centres étrangers, 2014

Résolution

$\mathcal{V}_{SABCD} = \frac{1}{3} \times AB^2 \times SO = \frac{1}{3} \times 35^2 \times 22 \approx 8\,983 \text{ m}^3$.

Le volume de la Pyramide du Louvre est environ égal à 8 983 m^3.

La réduction de Paul est à l'échelle $\frac{1}{500}$ donc le volume de sa pyramide est égal à celui de la Pyramide du Louvre multiplié par $\left(\frac{1}{500}\right)^3$.

$\left(\frac{1}{500}\right)^3 \times 8\,983 = 0{,}000071864 \text{ m}^3$.

$0{,}000071864 \text{ m}^3 = 0{,}071864 \text{ dm}^3 = 71{,}864 \text{ cm}^3$.

Le volume de la réduction de Paul est environ 71,864 cm^3.

$\frac{71{,}864}{4} = 17{,}966$

Il ne restera donc plus d'huile dans le réservoir au bout de 18 heures.

Grandeur produit et grandeur quotient

À revoir
OK

50

COURS

- Une grandeur produit est une grandeur obtenue en multipliant deux grandeurs.

Exemples :

grandeur 1	grandeur 2	grandeur produit	exemple d'unité
longueur	longueur	aire	$m \times m = m^2$
puissance	durée	énergie électrique	$kW \times h = kWh$

- Une grandeur quotient est une grandeur obtenue en divisant deux grandeurs.

Exemples :

grandeur 1	grandeur 2	grandeur produit	exemple d'unité
volume de liquide	durée	débit	m^3/s
volume de carburant	distance parcourue	consommation moyenne	L/100 km

EXERCICE RÉSOLU 1

Énoncé

Un fournisseur d'accès à Internet propose une connexion avec un débit de 240 Mbit/s (Mégabit/seconde).
Sachant qu'un octet est formé de 8 bits, combien de temps faut-il pour télécharger un fichier de 2,1 Go avec une telle connexion ?

Résolution

240 Mbit/s $= \frac{240}{8}$ Mo/s = 30 Mo/s.

La connexion permet de télécharger 30 Mo par seconde.

2,1 Go = 2 100 Mo donc $\frac{2\,100}{30} = 70$ s.

Il faut 70 secondes pour télécharger un fichier de 2,1 Go avec une telle connexion.

EXERCICE RÉSOLU 2

Énoncé

Le barrage des Trois-Gorges, la plus grande centrale hydroélectrique au monde. Elle produit $9{,}88 \times 10^4$ GWh (Gigawatt-heure) d'énergie électrique par an.

La consommation annuelle moyenne d'électricité d'un Chinois en 2013 était de 3 760 kWh et la population chinoise était de 1,357 milliards d'habitants. Quel pourcentage de la consommation électrique des Chinois cette centrale assurait-elle ?

Résolution

$9{,}88 \times 10^4$ GWh $= 9{,}88 \times 10^4 \times 10^6$ kWh $= 9{,}88 \times 10^{10}$ kWh.

La centrale hydroélectrique des Trois-Gorges produit $9{,}88 \times 10^{10}$ kWh d'énergie électrique par an.

$\dfrac{9{,}88\times10^{10}}{3\,760} \approx 2{,}63\times10^7$. Cette centrale couvre les besoins en énergie électrique d'environ 26,3 millions d'habitants.

La population chinoise est d'environ 1,357 milliard d'habitants soit environ $1{,}357 \times 10^9$ habitants.

$\dfrac{2{,}63\times10^7}{1{,}357\times10^9}\times100 \approx 1{,}94$. Cette centrale assure donc environ 1,94 % de la consommation électrique des Chinois.

EXERCICE RÉSOLU 3

Énoncé

Le fleuve Amazone est celui qui possède le débit moyen le plus important au monde. Il est d'environ 190 000 m^3/s.

En France, un foyer de 3 personnes consomme en moyenne 10 000 L d'eau par mois.

Donner un ordre de grandeur du nombre de ces foyers que pourrait alimenter ce fleuve en un an.

Amérique du Sud, novembre 2013

Résolution

$190\,000 \times 60 \times 60 \times 24 \times 365 = 5{,}991\,84 \times 10^{12}$ m^3.

En un an, $5{,}991\,84 \times 10^{12}$ m^3 d'eau s'écoulent par le fleuve Amazone.

10 000 L = 10 000 dm^3 = 10 m^3.

Un foyer de 3 personnes consomme en moyenne 10 m^3 par mois soit 120 m^3 par an.

$\dfrac{5{,}991\,84\times10^{12}}{120} \approx 4{,}9932\times10^{10} \approx 5\times10^{10} = 50\,000\,000\,000$

L'Amazone pourrait alimenter environ 50 milliards de foyer par an !

Vitesse moyenne

- À revoir
- OK

51

COURS

● La vitesse moyenne v sur un trajet est le quotient de la distance d parcourue par la durée t du trajet :

$$v = \frac{d}{t}$$

Exemple :

La vitesse moyenne en km/h d'une voiture ayant parcouru 320 km en 4 h est :

$$v = \frac{d}{t} = \frac{320}{4} = 80 \text{ km/h}$$

EXERCICE RÉSOLU 1

Énoncé

Saïd a couru le semi-marathon de Paris, long d'environ 21,1 km, en 1 h 36 min. Quelle a été sa vitesse moyenne sur cette course (arrondie au km/h) ?

Résolution

$1 \text{ h } 36 \text{ min} = 1 \text{ h} + \frac{36}{60} \text{ h} = 1 \text{ h} + 0{,}6 \text{ h} = 1{,}6 \text{ h}$

Saïd a couru pendant 1,6 h.

$v = \frac{d}{t} = \frac{21{,}1}{1{,}6} \approx 13{,}2 \text{ km/h}$

Saïd a couru à la vitesse moyenne de 13,2 km/h.

EXERCICE RÉSOLU 2

Énoncé

Lors d'un orage, Leïla voit, de la fenêtre de sa chambre, un éclair frapper le paratonnerre du clocher de l'église de son village et entend le tonnerre retentir 8 secondes plus tard. Sachant que la vitesse de propagation du son dans l'air est d'environ 340 m/s, à quelle distance, en mètres, se situe-t-elle de l'église ?

Résolution

$v = \frac{d}{t}$ donc $340 = \frac{d}{8}$. Ainsi, $d = 340 \times 8 = 2\ 720$ m.

Leïla habite donc à 2 720 m de l'église de son village.

EXERCICE RÉSOLU 3

Énoncé

Bertrand doit se rendre de Nantes à Bordeaux. Pour cela, il va devoir parcourir 312 km sur autoroute. Il estime pouvoir parcourir cette distance à la vitesse constante de 130 km/h grâce à son régulateur de vitesse.

La sécurité routière conseillant de prendre une pause de 15 minutes toutes les deux heures, combien de temps, en heures et minutes, va-t-il passer sur l'autoroute ?

Résolution

$v=\frac{d}{t}$ donc $130=\frac{312}{t}$ donc $130t=312$. Ainsi, $t=\frac{312}{130}=2{,}4$.

Bertrand doit donc rouler pendant 2,4 heures.

$2{,}4\text{ h} = 2\text{ h} + 0{,}4\text{ h} = 2\text{ h} + 0{,}4 \times 60\text{ min} = 2\text{ h }24\text{ min}$

Bertrand va rouler plus de 2 heures. Il devra donc prendre une pause de 15 minutes. Ainsi, il passera 2 h 39 min sur l'autoroute.

EXERCICE RÉSOLU 4

Énoncé

Victor Hugo disait qu'en baie du Mont Saint-Michel, la mer emplissait l'estran « à la vitesse d'un cheval au galop ».

La plus grande vitesse observée de la marée en ce lieu est environ 1,7 m/s et un cheval au galop court en moyenne à 24 km/h. Est-ce que Victor Hugo exagérait ?

Résolution

$1{,}7\text{ m/s} = 1{,}7 \times 3\ 600\text{ m/h} = 6\ 120\text{ m/h} = 6{,}12\text{ km/h}$.

La mer emplit donc l'estran beaucoup moins vite qu'un cheval au galop. Victor Hugo exagérait vraiment !

À noter

On peut aussi effectuer la conversion des vitesses en m/s.

$24\text{ km/h} = 24\ 000\text{ m/h} = \frac{24\,000}{3\,600}\text{ m/s} \approx 6{,}7\text{ m/s}$

Je me teste sur…

GRANDEURS ET MESURES

1 **Lors d'un agrandissement de coefficient 2,5 d'une figure, son aire est multipliée par :**

☐ **a.** 2,5 ☐ **b.** 6,25 ☐ **c.** 15,625

2 **Lors d'une réduction de coefficient 0,5 d'un solide, son volume est multiplié par :**

☐ **a.** 0,5 ☐ **b.** 0,25 ☐ **c.** 0,125

3 **Suite à un agrandissement, une figure d'aire 4 cm² a été transformée en une figure d'aire 36 cm². Le coefficient d'agrandissement est :**

☐ **a.** 9 ☐ **b.** 3 ☐ **c.** 32

4 **Une ampoule LED a une puissance de 7 W. Si elle reste allumée pendant 3 h 30 min, sa consommation électrique est :**

☐ **a.** 2 Wh ☐ **b.** 23,1 Wh ☐ **c.** 24,5 Wh

5 **Une connexion internet permet de télécharger 34 Mo/s. Pour télécharger un fichier de 6,8 Go, il faut :**

☐ **a.** 3 min 20 s ☐ **b.** 3 min 51 s ☐ **c.** 3 min 8 s

6 **Un cycliste roule à 30 km/h de moyenne pendant 2 h 15 min. Il parcourt :**

☐ **a.** 64,5 km ☐ **b.** 67,5 km ☐ **c.** 60 km

7 **Un train parcourt 292,5 km en 1 h 30 min. Sa vitesse moyenne est :**

☐ **a.** 380,25 km/h ☐ **b.** 195 km/h ☐ **c.** 225 km/h

8 **Une vitesse de 18 km/h est égale à une vitesse de :**

☐ **a.** 5 m/s ☐ **b.** 0,3 m/s ☐ **c.** 64,8 m/s

9 **Une vitesse de 10 m/s est égale à une vitesse de :**

☐ **a.** 10 km/h ☐ **b.** 2,7 km/h ☐ **c.** 36 km/h

Corrigés au verso

Corrigés

1 > b. Lors d'un agrandissement de coefficient 2,5, les longueurs sont multipliées par 2,5 et les aires par $2{,}5^2 = 6{,}25$.

Voir **Fiche 49**

2 > c. Lors d'une réduction de coefficient 0,5, les longueurs sont multipliées par 0,5, les aires par $0{,}5^2 = 0{,}25$ et les volumes par $0{,}5^3 = 0{,}125$.

Voir **Fiche 49**

3 > b. $\frac{36}{4} = 9 = 9$ donc les aires ont été multipliées par 9. Les longueurs ont donc été multipliées par $\sqrt{9} = 3$, donc le coefficient d'agrandissement est 3.

Voir **Fiche 49**

4 > c. 3 h 30 min = 3 h + $\frac{30}{60}$ h = 3 h + 0,5 h = 3,5 h.

7 W × 3,5 h = 24,5 Wh, donc la consommation électrique de l'ampoule est 24,5 Wh.

Voir **Fiche 50**

5 > a. 6,8 Go = 6,8 × 1 000 Mo = 6 800 Mo.

$\frac{6\,800}{34} = 200$.

Il faut donc 200 s pour télécharger le fichier.

200 s = 3 × 60 s + 20 s = 3 min 20 s.

Pour télécharger un fichier de 6,8 Go, il faut donc 3 min 20 s.

Voir **Fiche 50**

6 > b. 2 h 15 min = = 2 h + $\frac{15}{60}$ h = 2 h + 0,25 h = 2,25 h.

$v = \frac{d}{t}$ donc $30 = \frac{d}{2{,}25}$ donc $d = 30 \times 2{,}25 = 67{,}5$.

Le cycliste a parcouru 67,5 km.

Voir **Fiche 51**

7 > b. 1 h 30 min = 1 h + $\frac{30}{60}$ h = 1 h + 0,5 h = 1,5 h.

$v = \frac{d}{t}$ donc $v = \frac{229{,}5}{1{,}5} = 195$.

Le train roule à la vitesse moyenne de 195 km/h.

Voir **Fiche 51**

8 > a. 18 km/h = 18 000 m/h = $\frac{18\,000}{3\,600}$ m/s = 5 m/s.

Voir **Fiche 51**

9 > c. 10 m/s = 10 × 3 600 m/h = 36 000 m/h = $\frac{36\,000}{1\,000}$ km/h = 36 km/h.

Voir **Fiche 51**

Températures de changement d'état

À revoir
OK

1

COURS

a Température de changement d'état d'un corps pur

- Lors du changement d'état d'un corps pur, sa température reste constante pendant toute la durée du changement. Cette température est caractéristique du corps pur.

Exemple 1 : Lors de la solidification du cyclohexane, la température reste constante et égale à 6 °C : c'est la **température de solidification** du cyclohexane.

Exemple 2 : Lors de la fusion de l'eau pure, la température reste constante et égale à 0 °C : c'est la **température de fusion** de l'eau.

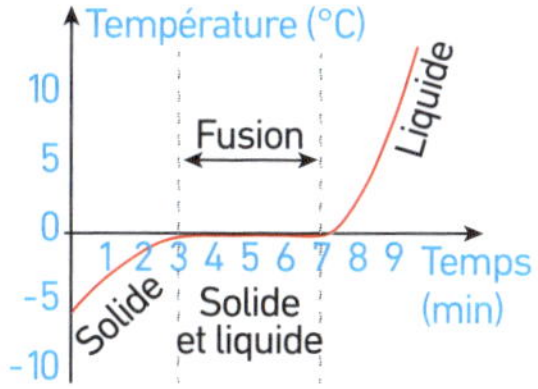

Fusion de l'eau

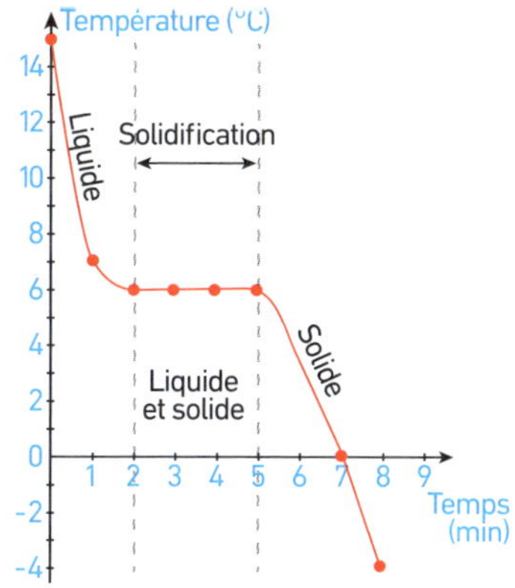

Solidification du cyclohexane

b Température de changement d'état d'un mélange

- Contrairement au changement d'état d'un corps pur, le changement d'état d'un mélange ne se fait pas à température constante.

Exemple : La solidification de l'eau salée ne fait pas un **palier**.

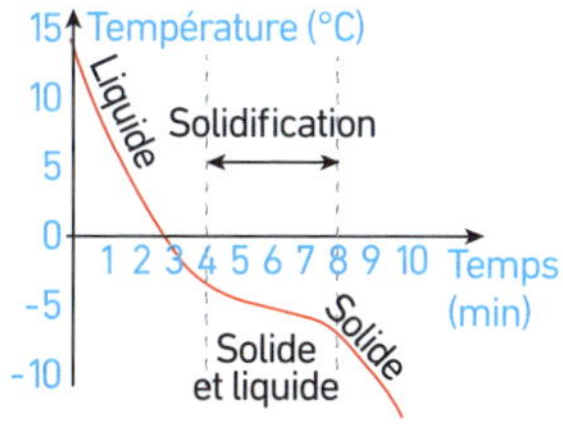

Solidification de l'eau salée

EXERCICE RÉSOLU 1

Énoncé

Indiquer, pour chaque graphique, s'il correspond au changement d'état d'un corps pur ou à celui d'un mélange. Donner le nom du changement d'état.

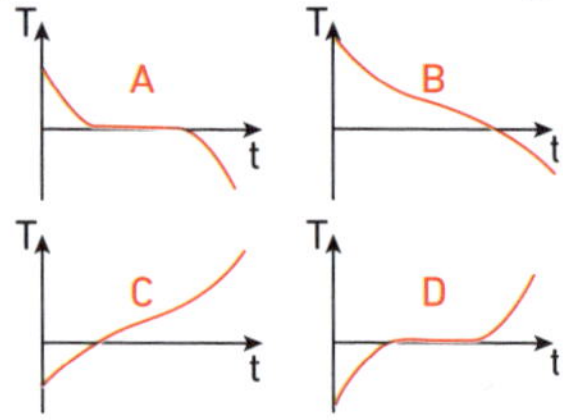

Résolution

A : corps pur, solidification. B : mélange, solidification.

C : mélange, fusion. D : corps pur, fusion.

EXERCICE RÉSOLU 2

Énoncé

1. Classer les trois images dans l'ordre (deux cas possibles).

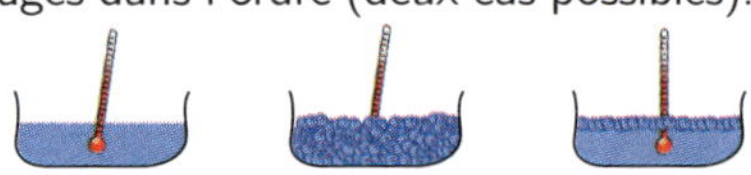

A : Eau liquide B : Glace C : Eau + glace

2. Dans chacun des deux cas, de quel changement d'état s'agit-il ?
3. À quelle(s) étape(s) le thermomètre indique-t-il une température de 0 °C ? Justifier.
4. Dessiner la courbe correspondant à ce changement d'état.

Résolution

1. Cas 1 : B, C, A. Cas 2 : A, C, B.
2. Dans le cas 1, il s'agit de la fusion de l'eau. Dans le cas 2, il s'agit de la solidification de l'eau.
3. Le thermomètre indique une température de 0 °C à l'étape C. L'eau est un corps pur, donc sa température reste constante pendant toute la période de fusion.
4. Voir ci-contre.

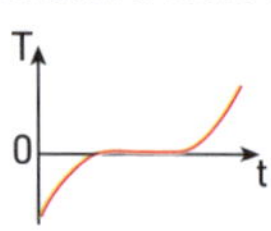

Conversion de la masse et du volume

- À revoir
- OK

2

COURS

a La masse

- La masse d'un corps représente la quantité de matière qu'il contient. Elle s'exprime **en kilogrammes (kg), en grammes (g) et en leurs multiples et sous-multiples**.

Exemple : 1 kg = 10 hg, 10 dag ou 1 000 g.

t			**kg**	hg	dag	g	dg	cg	mg
			1	0	0	0			

- La masse d'un liquide ou d'un solide se mesure à l'aide d'une balance.

– On pose un récipient vide (bécher pour un liquide et coupelle pour un solide) sur une balance, puis on appuie sur le bouton « Tare » pour annuler la masse du récipient.

– On ajoute ensuite le liquide ou le solide dans le récipient et on lit la masse du liquide ou du solide.

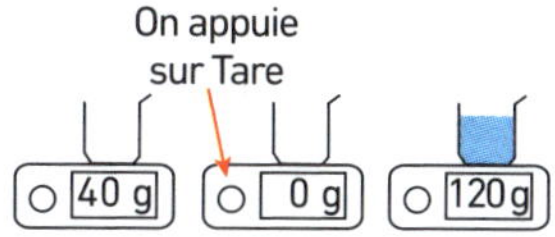

Mesure de la masse avec une balance

b Le volume

- Le volume d'un corps correspond à l'espace occupé par celui-ci. Il s'exprime en **mètres cubes (m^3), en litres (L) ou en leurs multiples et sous-multiples**.

Exemple : 1 L = 1 dm^3, 10 dL, 100 cL, 1 000 mL ou 1 000 cm^3.

hm^3			dam^3			m^3			dm^3			cm^3			mm^3		
											L	dL	cL	mL			
											1	0	0	0			

- La mesure du volume d'un liquide ou d'un solide s'effectue à l'aide d'une éprouvette graduée (en mL).

Remarque : La surface du liquide dans l'éprouvette est incurvée vers le bas : c'est le ménisque. Pour effectuer une bonne lecture du volume, il faut regarder face au bas du ménisque.

- Pour mesurer le volume d'un solide :

– on remplit une éprouvette graduée avec un volume V_1 d'eau ;

– on insère le solide dans l'éprouvette et on lit le nouveau volume V_2 ;

– on détermine le volume V du solide : $V = V_2 - V_1$.

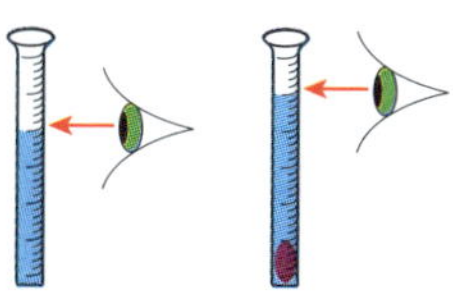

EXERCICE RÉSOLU

Énoncé

Selma veut mesurer la masse de 50 mL de différents liquides : eau, lait, huile et vinaigre. Elle dispose pour cela d'une éprouvette graduée de 50 mL et d'une balance.

1. Comment Selma doit-elle procéder pour mesurer la masse d'un liquide avec le matériel dont elle dispose ?
2. Quelle précaution faut-il prendre pour lire le volume d'un liquide dans une éprouvette graduée ?
3. Selma obtient les résultats suivants.

Liquide	Eau	Lait	Huile	Vinaigre
Masse de 50 ml	50 g	59 g	46 g	57 g

Quelle est la masse d'un litre de chaque liquide ?

Résolution

1. Selma doit poser l'éprouvette graduée vide sur la balance, puis appuyer sur « Tare ». Elle remplit ensuite l'éprouvette jusqu'à la graduation 50 mL avec chacun des liquides.
2. Pour effectuer une bonne lecture, l'œil doit être face au bas de la partie incurvée à la surface du liquide (ménisque).
3. 1 L = 1000 mL, donc 1 litre contient 20 fois 50 mL. Pour trouver la masse d'un litre de liquide, il faut multiplier par 20 la valeur obtenue pour 50 mL.

Liquide	Eau	Lait	Huile	Vinaigre	
Masse de 50 mL	50 g	59 g	46 g	57 g	× 20
Masse de 1 L	1 000 g	1 180 g	920 g	1 140 g	

Masse volumique

- À revoir
- OK

3

COURS

- La masse et le volume sont liés par la grandeur physique ρ (rhô) appelée masse volumique : $\rho = \frac{m}{V}$

m est la masse en grammes (g) ou en kilogrammes (kg).
V est le volume en millilitres (mL) ou en litres (L).

- La masse volumique ρ s'exprime en g/ml ou en kg/L.
- Un corps est d'autant plus dense que sa masse volumique est grande.

a Détermination de la masse volumique d'un liquide

Pour déterminer la masse volumique d'un liquide :
– poser une éprouvette graduée sur une balance ;
– appuyer sur tare pour annuler sa masse ;
– verser un volume précis *V* du liquide dans l'éprouvette graduée ;
– noter la masse *m* de ce liquide ;
– diviser la masse *m* obtenue de liquide par son volume *V*.

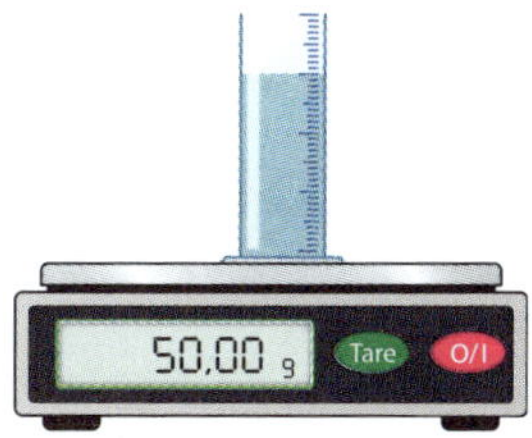

Détermination de la masse volumique d'un liquide

b Détermination de la masse volumique d'un solide

- Pour déterminer la masse volumique d'un solide :

– peser la masse *m* du solide à l'aide d'une balance ;
– remplir une éprouvette graduée avec un volume V_1 d'eau ;
– insérer le solide dans l'éprouvette et noter le volume V_2 ;
– déterminer le volume *V* du solide : $V = V_2 - V_1$;
– diviser la masse *m* du solide par son volume *V*.

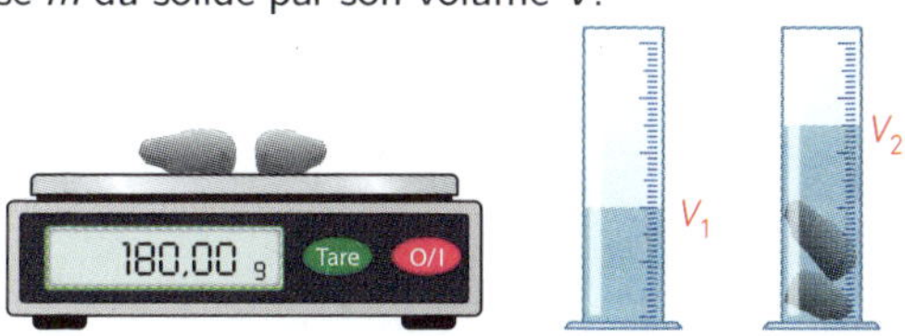

Détermination de la masse volumique d'un solide

Exemples : La masse volumique de l'eau pure (ou distillée) est de 1 kg/L ou 1 g/ml.
La masse volumique de l'essence est de 0,95 kg/L ou 0,95 g/ml.

EXERCICE RÉSOLU 1

Énoncé

La masse de 100 mL d'alcool est de 76,5 g et la masse de 100 mL d'huile est de 89,7 g.

1. Calculer la masse volumique de l'alcool et celle de l'huile en g/L.
2. Lequel de ces deux liquides est le plus dense ?
3. Qu'observe-t-on si on mélange lentement les deux liquides ?

Résolution

1. On convertit d'abord 100 mL = 0,1 L, puis on applique $\rho = \frac{m}{V}$.

$\rho = \frac{76,5}{0,1} = 765$ g/L pour l'alcool.

$\rho = \frac{89,7}{0,1} = 897$ g/L pour l'huile.

2. L'huile est plus dense, car sa masse volumique est plus grande que celle de l'alcool.
3. Si on mélange les deux liquides, l'alcool reste au-dessus et l'huile en dessous.

EXERCICE RÉSOLU 2

Énoncé

Un litre d'eau de mer pèse 1,030 kg.

1. Calculer la masse volumique de l'eau de mer en g/mL.
2. Rappeler la masse volumique de l'eau distillée.
3. Déduire des questions précédentes la masse du sel dans 1 litre d'eau de mer.
4. Calculer la quantité de sel dans un verre d'eau de mer de volume 20 cL.

Résolution

1. On effectue d'abord les conversions : 1,030 kg = 1030 g ; 1 L = 1000 mL.

On applique $\rho = \frac{m}{v} = \frac{1\,030}{1\,000} = 1{,}030$ g/mL.

2. L'eau distillée a une masse volumique de 1 g/mL.
3. 1 litre d'eau de mer pèse 1030 g et 1 litre d'eau distillée (pure) pèse 1000 g. Donc 1 litre d'eau de mer contient 1030 − 1000 = 30 g de sel.
4. 1 L = 100 cL, donc 1 L équivaut à cinq fois 20 cL. Dans 1 L d'eau de mer, il y a 30 g de sel, donc dans 20 cL il y en aura cinq fois moins. 30 : 5 = 6, il y a 6 g de sel dans un verre de 20 cL d'eau de mer.

Atome et ions

- À revoir
- OK

COURS

a L'atome

- Un atome est la plus petite entité élémentaire de la matière. Il est constitué d'un noyau contenant des particules chargées positivement (les protons) et des particules sans charge (les neutrons), autour duquel gravitent des électrons chargés négativement.
- Il y a autant de protons que d'électrons dans un atome, il est donc électriquement neutre.
- Le diamètre d'un atome est de l'ordre de 10^{-10} m et celui de son noyau est de l'ordre de 10^{-15} m.

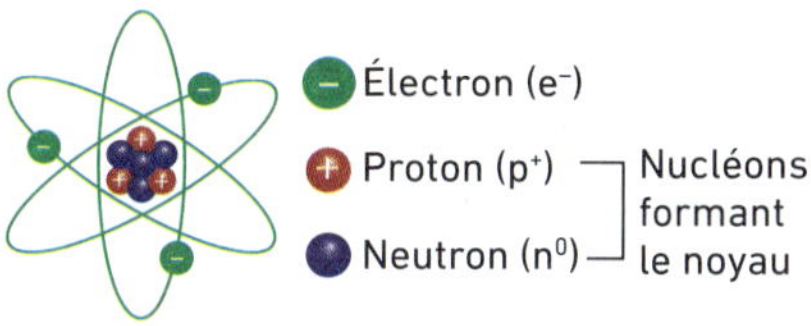

Structure d'un atome

b L'ion

- Un ion est un atome qui a perdu ou gagné un ou plusieurs électrons.
- Lorsque l'atome perd des électrons, il se charge positivement et devient un cation.

Exemple : Dans l'atome d'aluminium, il y a 13 protons (13 charges positives) et 13 électrons (13 charges négatives) : l'atome est donc électriquement neutre. Dans l'ion aluminium, il y a toujours 13 protons, mais seulement 10 électrons : l'ion aluminium est donc chargé positivement (+3).

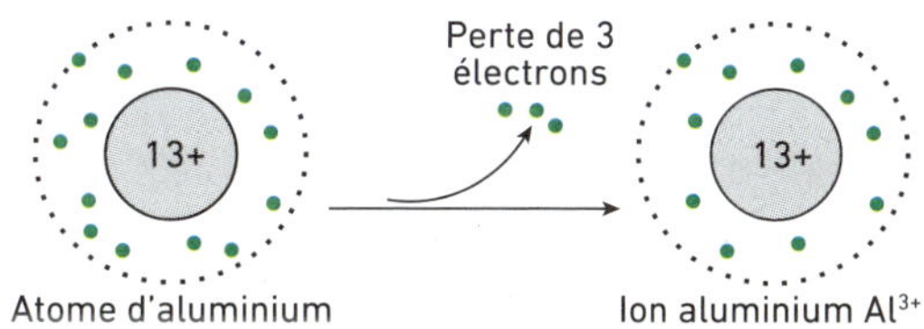

Atome devenant un cation

- Lorsque l'atome gagne des électrons, il se charge négativement et devient un anion.

Exemple : Dans l'atome du chlore, il y a 17 protons (17 charges positives) et 17 électrons (17 charges négatives) : l'atome est donc électriquement neutre. Dans l'ion chlorure, il y a toujours 17 protons, mais cette fois 18 électrons : l'ion chlorure est donc chargé négativement (–1).

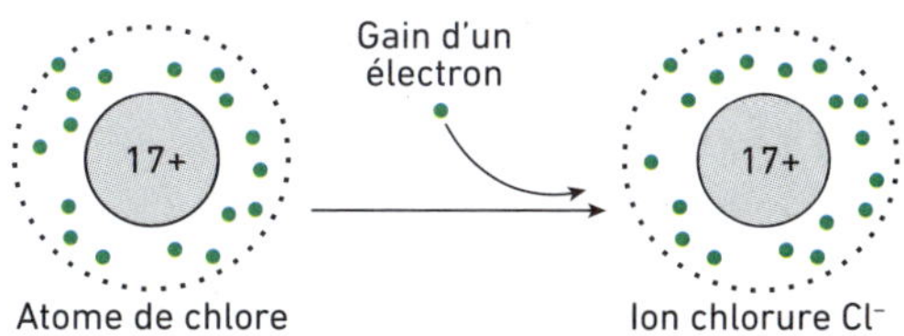

Atome devenant un anion

EXERCICE RÉSOLU 1

Énoncé

1. Donner la constitution d'un atome et faire un schéma.
2. Quel constituant de l'atome porte la charge positive ?
3. Quel constituant de l'atome porte la charge négative ?
4. Quelle est la charge d'un atome ? Expliquer.
5. Quel est l'ordre de grandeur du diamètre d'un atome et de son noyau ?

Résolution

1. Un atome est constitué d'un noyau contenant des protons et des neutrons autour duquel gravitent des électrons.
2. C'est le proton qui porte la charge positive.
3. C'est l'électron qui porte la charge négative.
4. Un atome est neutre, car il possède autant de protons que d'électrons.
5. L'ordre de grandeur du diamètre d'un atome est de 10^{-10} m et celui de son noyau est de 10^{-15} m.

EXERCICE RÉSOLU 2

Énoncé

1. L'ion sodium Na^+ contient 10 électrons. Quel est le nombre d'électrons et de protons de l'atome de sodium Na ? Justifier.
2. L'atome du chlore Cl contient 17 électrons. Il donne l'ion Cl^-.

a. S'agit-il d'un gain ou d'une perte d'électron ?
b. L'ion obtenu est-il un cation ou un anion ?
c. Combien d'électrons possède l'ion Cl^- ?

Résolution

1. Pour se transformer en Na^+, l'atome de sodium a perdu un électron ; il était donc constitué de $10 - 1 = 11$ électrons.
L'atome étant électriquement neutre, il contient 11 protons.

2. **a.** Il s'agit d'un gain d'électron.
b. Cl^- est un anion.
c. Cl^- possède 18 électrons $(17 + 1)$.

Identification des ions dans les solutions aqueuses

- À revoir
- OK

5

COURS

a Solution aqueuse ionique

● Une solution est un **mélange homogène** d'un **soluté** (solide) et d'un **solvant** (liquide). Si le solvant est de l'eau, la solution est dite **aqueuse**.

● Lorsque le solide se dissout dans le solvant, il donne naissance à des ions (cations et anions). La solution est qualifiée alors de **solution ionique**.

Exemple : Quand on dissout du chlorure de sodium NaCl dans de l'eau, on obtient une solution aqueuse ionique de chlorure de sodium (Na^+, Cl^-).

b Identification de l'ion chlorure Cl^-

● Pour identifier l'**ion chlorure** Cl^-, on utilise une solution de **nitrate d'argent** (Ag^+, NO_3^-). On obtient un précipité blanc qui noircit à la lumière.

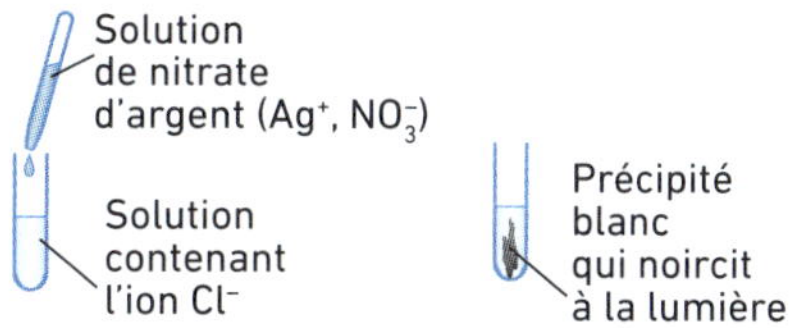

Test d'identification de l'ion chlorure Cl^-

c Identification des ions métalliques

● Pour identifier les **ions métalliques** Fe^{2+}, Fe^{3+}, Cu^{2+} et Zn^{2+}, on utilise une solution de **soude**, ou hydroxyde de sodium, de formule (Na^+, HO^-). On obtient alors des précipités de couleur caractéristique.

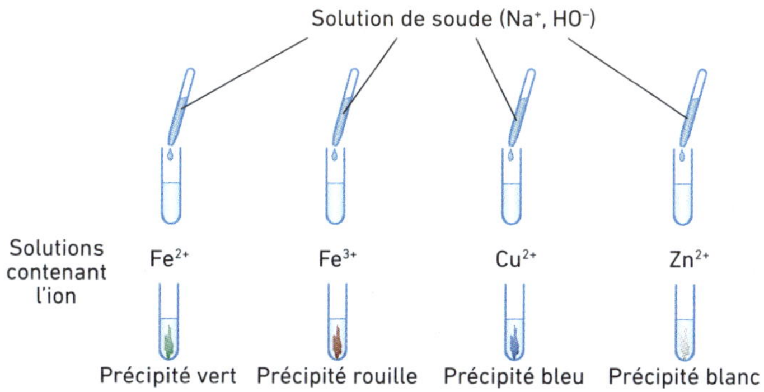

Tests d'identification de divers ions métalliques

EXERCICE RÉSOLU 1

Énoncé

Compléter le tableau suivant.

Nom et formule de l'ion	Ion fer II	Ion fer III	Ion cuivre	Ion chlorure
Réactif versé				
Couleur du précipité				

Résolution

Nom et formule de l'ion	Ion fer II	Ion fer III	Ion cuivre	Ion chlorure
Réactif versé	Soude	Soude	Soude	Nitrate d'argent
Couleur du précipité	Vert	Rouille	Bleu	Blanc

EXERCICE RÉSOLU 2

Énoncé

Afin de découvrir les deux types d'ions présents dans une solution S, on réalise les tests suivants.

1. Dans un tube à essais contenant la solution S, on verse quelques gouttes d'une solution de nitrate d'argent. On obtient un précipité blanc. Quel est le nom et la formule de l'ion caractérisé ?
2. Dans un autre tube à essais contenant la solution S, on verse quelques gouttes de soude. On obtient un précipité vert. Quel est le nom et la formule de l'ion caractérisé ?
3. Donner le nom et la formule de la solution S.

Résolution

1. Le précipité blanc obtenu après avoir versé du nitrate d'agent dans la solution S est caractéristique de l'ion chlorure Cl^-.
2. Le précipité vert obtenu après avoir versé de la soude dans la solution S est caractéristique de l'ion fer II ou Fe^{2+}.
3. La solution S est du chlorure de fer, de formule (Fe^{2+}, Cl^-).

6 Solutions acides et basiques, mesure de pH

- À revoir
- OK

COURS

a Solutions acides et basiques

- Les proportions des ions hydrogène H^+ et hydroxyde HO^- dans les solutions déterminent leur caractère acide ou basique.
- Une solution acide contient plus d'ions H^+ que d'ions HO^-.

Exemple : Le vinaigre, le citron.

Une solution basique contient plus d'ions HO^- que d'ions H^+.

Exemple : L'eau de javel, le bicarbonate de sodium.

b Mesure du pH

- Pour évaluer l'acidité ou la basicité d'une solution aqueuse (le solvant est l'eau), on utilise une grandeur sans unité comprise entre 0 et 14 appelée pH.
- Plus le pH est proche de 0, plus la solution est acide ; plus le pH est proche de 14, plus elle est basique.
- Quand on dilue une solution, qu'elle soit acide ou basique, son pH se rapproche de 7, qui correspond à un pH neutre.

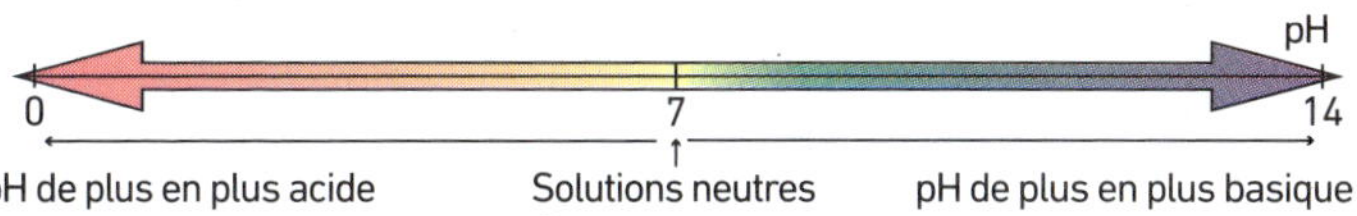

Échelle de pH

- Le pH se mesure à l'aide de papier pH ou d'un pH-mètre.

pH-mètre et papier pH

EXERCICE RÉSOLU 1

Énoncé

Une solution de chlorure de sodium a un pH de 7.
Une solution d'hydroxyde de sodium a un pH de 10.

Une solution de chlorure d'hydrogène (acide chlorhydrique) a un pH de 1.

1. Quels sont les ions contenus dans chacune de ces solutions ?
2. Quels sont les ions responsables de l'acidité ?

Résolution

1. Les ions présents dans la solution de chlorure de sodium sont : Na^+ et Cl^- ; dans la solution d'hydroxyde de sodium : Na^+ et HO^- ; dans la solution de chlorure d'hydrogène : H^+ et Cl^-.
2. L'ion responsable de l'acidité est H^+.

EXERCICE RÉSOLU 2

Énoncé

1. Pour diluer 10 fois une solution acide de pH égal à 3, dans quel volume d'eau doit-on verser 10 mL de cette solution ?
2. Le pH de la solution obtenue est-il égal à 1, 4 ou 8 ?
3. Vers quelle valeur tend le pH lorsqu'on ajoute de plus en plus d'eau ?
4. Après la dilution, la solution contiendra plus d'ions H^+, moins d'ions H^+ ou la même quantité d'ions H^+ ? Justifier.

Résolution

1. On doit verser les 10 mL d'acide dans 90 mL d'eau pour obtenir un volume total de 100 mL.
2. Le pH de la solution obtenue est égal à 4.
3. Quand on dilue une solution, son pH se rapproche de 7.
4. Après dilution, la solution contiendra la même quantité d'ions H^+, car on ne rajoute que de l'eau, qui est neutre.

EXERCICE RÉSOLU 3

Énoncé

Répondre par vrai ou faux aux affirmations suivantes et corriger celles qui sont fausses.

1. Une solution aqueuse est basique si son pH est inférieur à 7.
2. Lorsqu'on dilue une solution acide, son pH augmente.
3. Le vinaigre à un pH inférieur à 7.
4. Pour mesurer le pH d'une solution, on utilise un pH-mètre.

Résolution

1. Faux : une solution aqueuse est basique si son pH est supérieur à 7.
2. Vrai : il tend vers un pH égal à 7.
3. Vrai : le vinaigre est une solution légèrement acide.
4. Vrai : on peut également utiliser du papier pH.

Les réactions chimiques

À revoir
OK

7

COURS

a Réaction chimique

- La réaction chimique est la transformation de substances chimiques appelées réactifs en d'autres substances chimiques appelées produits.

Réactifs $\longrightarrow$ **Produits**

- Lors d'une réaction chimique, il y a conservation des éléments chimiques, cela signifie que la nature et le nombre d'atomes de chacun des réactifs sont conservés après transformation. La masse totale des réactifs reste égale à la masse totale des produits.

Exemple : La réaction de combustion se produit entre un combustible et un comburant en présence d'une source de chaleur.

Combustion du carbone : $C + O_2 \longrightarrow CO_2$

Combustion du méthane : $CH_4 + 2\,O_2 \longrightarrow CO_2 + 2\,H_2O$

- Les réactions de combustion dégagent de la chaleur et peuvent présenter des risques d'explosion ou d'incendie.
- En cas de manque de dioxygène O_2, elles peuvent également produire du monoxyde de carbone (CO) qui est un gaz toxique.

b Identification des ions

- Pour identifier les ions métalliques Fe^{2+}, Fe^{3+} et Cu^{2+}, on utilise une solution de soude qui contient l'ion hydroxyde (HO^-).

$Fe^{2+} + 2\,HO^- \longrightarrow Fe(HO)_2$ (précipité de couleur verte)

$Fe^{3+} + 3\,HO^- \longrightarrow Fe(HO)_3$ (précipité de couleur rouille)

$Cu^{2+} + 2\,HO^- \longrightarrow Cu(HO)^2$ (précipité de couleur bleue)

- Pour identifier l'ion chlorure Cl^-, on utilise le nitrate d'argent qui contient l'ion argent Ag^+.

$Cl^- + Ag^+ \longrightarrow AgCl$ (précipité blanc qui noircit à la lumière)

EXERCICE RÉSOLU 1

Énoncé

La combustion du méthane CH_4 dans le dioxygène O_2 produit du dioxyde de carbone CO_2 et de l'eau H_2O.

1. Écrire l'équation de la réaction et l'équilibrer en utilisant le principe de conservation des éléments.

2. Dans cette combustion, lequel est le combustible et lequel est le comburant ?

3. Sachant que les masses des réactifs utilisés respectent les proportions de l'équation, compléter en justifiant le tableau ci-après.

Espèces chimiques	Méthane CH_4	Dioxygène O_2	Dioxyde de carbone CO_2	Eau H_2O
Masses (g)	16	64	44	...

Résolution

1. $CH_4 + O_2 \longrightarrow CO_2 + H_2O$ Il y a autant d'atome de carbone à gauche qu'à droite : les atomes de carbone sont donc équilibrés.

$CH_4 + O_2 \longrightarrow CO_2 + \mathbf{2}\ H_2O$ Il y a quatre atomes d'hydrogène à gauche et seulement deux atomes d'hydrogène à droite : on multiplie donc H_2O par 2 pour avoir quatre atomes d'hydrogène de chaque côté de l'équation.

$CH_4 + \mathbf{2}\ O_2 \longrightarrow CO_2 + \mathbf{2}\ H_2O$ Le nombre d'atome d'oxygène à droite est de 4 : on multiplie donc O_2 par 2 pour en avoir 4 également à gauche.

2. Dans cette combustion, le combustible est le dioxygène O_2 et le comburant est le méthane CH_4.

3. Lors d'une réaction chimique, la masse totale des réactifs est égale à la masse totale des produits : $m_{CH_4} + m_{O_2} = m_{CO_2} + m_{H_2O}$.

Donc $m_{H_2O} = m_{CH_4} + m_{O_2} - m_{CO_2}$

D'où : $36 = 16 + 64 - 44$

Espèces chimiques	Méthane CH_4	Dioxygène O_2	Dioxyde de carbone CO_2	Eau H_2O
Masses (g)	16	64	44	**36**

EXERCICE RÉSOLU 2

Énoncé

Équilibrer les équations des réactions chimiques suivantes.

1. $Zn^{2+} + \ldots\ HO^- \longrightarrow Zn(HO)_2$

2. $\ldots C + O_2 \longrightarrow \ldots\ CO$

3. $C_3H_8 + \ldots\ O_2 \longrightarrow \ldots\ CO_2 + \ldots\ H_2O$

4. $O_2 + \ldots\ H_2 \longrightarrow \ldots\ H_2O$

Résolution

1. $Zn^{2+} + 2\ HO^- \longrightarrow Zn(HO)_2$

2. $2\ C + O_2 \longrightarrow 2\ CO$

3. $C_3H_8 + 5\ O_2 \longrightarrow 3\ CO_2 + 4\ H_2O$

4. $O_2 + 2\ H_2 \longrightarrow 2\ H_2O$

Structure de l'Univers et du système solaire

- À revoir
- OK

8

COURS

a L'Univers

● L'Univers est tout ce qui existe de l'infiniment petit (atome) à l'infiniment grand (galaxie). Pour simplifier, on peut décrire l'Univers à l'aide de plusieurs échelles : échelle microscopique (10^{-6} à 10^{-15} m), échelle humaine ou macroscopique (10^{0} m) et échelle cosmique (10^{-16} à 10^{24} m).

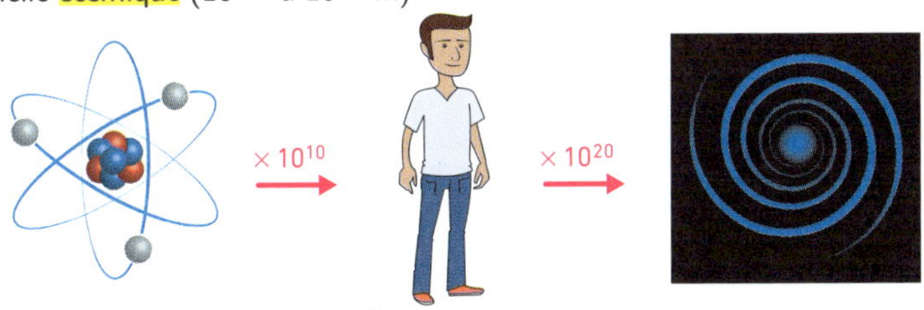

Atome — Être humain — Galaxie

De l'infiniment petit à l'infiniment grand

● Au niveau cosmique comme au niveau microscopique, la matière est essentiellement constituée de vide : on dit que la structure de l'Univers et celle de la matière sont lacunaires.

● Le tableau ci-dessous récapitule les multiples et sous-multiples du mètre utilisés pour exprimer les longueurs dans l'Univers.

Échelle microscopique	Nanomètre (nm) Micromètre (Mm)	1 nm = 10^{-9} m 1 Mm = 10^{-6} m
Échelle humaine	Millimètre (mm) Mètre (m) Kilomètre (km)	1 mm = 10^{-3} m 1 m = 10^{0} m 1km = 10^{3} m
Échelle cosmique	Mégamètre (Mm) Gigamètre (Gm) Année lumière (a.l.)	1 Mm = 10^{6} m 1 Gm = 10^{9} m 1 a.l. = 10^{16} m

b Le système solaire

● Le système solaire est constitué d'une étoile, le Soleil, et de huit planètes qui gravitent autour de lui : Mercure, Vénus, la Terre, Mars, Jupiter, Saturne et Neptune. Cet équilibre est dû à l'attraction qui s'exerce entre les différentes planètes et le Soleil.

EXERCICE RÉSOLU 1

Énoncé

Convertir en mètres les diamètres des différents éléments donnés dans le tableau ci-dessous et donner leur écriture scientifique.

Élément	Diamètre	Diamètre (m)	Écriture scientifique (m)
Atome	10^{-6} nm		
Cellule	5 Mm		
Terre	1 275 km		
Mercure	4 900 km		
Vénus	12 000 000 m		
Saturne	$1,2 \times 10^5$ km		
Soleil	$1,4 \times 10^6$ km		

Résolution

Élément	Diamètre	Diamètre (m)	Écriture scientifique (m)
Atome	10^{-6} nm	$10^{-6} \times 10^{-9} + 10^{-15}$	$1,0 \times 10^{-15}$
Cellule	5 Mm	5×10^{-6}	$5,0 \times 10^{-6}$
Terre	1 275 km	1 275 000	$1,275 \times 10^6$
Mercure	4 900 km	4 900 000	$4,9 \times 10^6$
Vénus	12 000 000 m	12 000 000	$1,2 \times 10^7$
Saturne	$1,2 \times 10^5$ km	$1,2 \times 10^5 \times 10^3$	$1,2 \times 10^8$
Soleil	$1,4 \times 10^6$ km	$1,4 \times 10^6 \times 10^3$	$1,4 \times 10^9$

EXERCICE RÉSOLU 2

Énoncé

Classer dans l'ordre de taille croissante les éléments suivants.

1. Diamètre d'une goutte d'eau : 2 mm.
2. Diamètre d'un virus de grippe : 90 nm.
3. Diamètre du noyau d'un atome : 10^{-15} m.
4. Diamètre d'un grain de pollen : 33 µm.

Résolution

On convertit d'abord tous les diamètres en mètres, puis on les classe.

1. 2 mm $= 2 \times 10^{-3}$ m. **2.** 0,90 nm $= 0,90 \times 10^{-9}$ m $= 9,0 \times 10^{-10}$ m.
3. 10^{-15} m $= 1,0 \times 10^{-14}$ m. **4.** 33 µm $= 33 \times 10^{-6}$ m $= 3,3 \times 10^{-5}$ m.

On a donc, du plus petit au plus grand : 3, 2, 4 et 1.

TRANSFORMATIONS DE LA MATIÈRE

1 La température de fusion d'un corps pur :

▢ **a.** caractérise le corps pur. ▢ **b.** est de 0 °C. ▢ **c.** n'est pas constante.

2 On mesure 0,75 litre d'eau :

▢ **a.** à l'aide d'une balance. ▢ **b.** c'est-à-dire 750 mL d'eau.
▢ **c.** c'est-à-dire 75 g d'eau.

3 La masse d'un litre d'eau de mer est de 1 030 g. Sa masse volumique est donc :

▢ **a.** 1 030 g/mL. ▢ **b.** 1,030 kg/mL. ▢ **c.** 1,030 kg/L.

4 Le noyau d'un atome est constitué de :

▢ **a.** protons et neutrons. ▢ **b.** protons et électrons.
▢ **c.** électrons et neutrons.

5 Un anion contient :

▢ **a.** autant d'électrons que de protons.
▢ **b.** plus d'électrons que de protons.
▢ **c.** moins d'électrons que de protons.

6 Une solution aqueuse est :

▢ **a.** une solution dont le soluté est l'eau.
▢ **b.** un mélange homogène contenant des ions.
▢ **c.** une solution dont le solvant est l'eau.

7 Pour vérifier la présence d'ions métalliques dans une solution, on ajoute à la solution quelques gouttes :

▢ **a.** de nitrate d'argent pour former un précipité blanc qui noircit à la lumière.
▢ **b.** d'eau de chaux pour former un précipité blanc.
▢ **c.** de soude pour former un précipité.

8 Une solution acide contient :

▢ **a.** plus d'ions OH^- que d'ions H^+. ▢ **b.** autant d'ions OH^- que d'ions H^+.
▢ **c.** moins d'ions OH^- que d'ions H^+.

9 Une solution acide a un pH :

▢ **a.** inférieur à 7. ▢ **b.** égal à 7. ▢ **c.** supérieur à 7.

10 Lors d'une réaction chimique :

▢ **a.** il y a autant de réactifs que de produits.
▢ **b.** le volume total des réactifs est égal au volume total des produits.
▢ **c.** la masse totale des réactifs est égale à la masse totale des produits.

Corrigés au verso

Corrigés

1 > **a.** caractérise le corps pur. La température de changement d'état est une caractéristique du corps pur.

Voir **Fiche 1**

2 > **b.** c'est-à-dire 750 mL d'eau. La balance est l'instrument de mesure de la masse qui s'exprime en grammes (g) ou kilogrammes (kg).

Voir **Fiche 2**

3 > **c.** 1,030 kg/L. Il faut convertir la masse d'un litre en kilogrammes.

Voir **Fiche 3**

4 > **a.** protons et neutrons. Le noyau est constitué de protons, chargés positivement, et de neutrons, particules de même masse mais sans charge (neutres). Les électrons, chargés négativement, sont en orbite autour du noyau.

Voir **Fiche 4**

5 > **b.** plus d'électrons que de protons. Un anion est un ion chargé négativement, il contient donc plus d'électrons que de protons. Un atome est électriquement neutre et contient autant d'électrons que de protons.

Voir **Fiche 4**

6 > **c.** une solution dont le solvant est l'eau. Une solution est un mélange homogène de soluté dissous dans un solvant. On dit que la solution est aqueuse si le solvant est l'eau (du latin « aqua »).

Voir **Fiche 5**

7 > **c.** de soude pour former un précipité. La soude forme des précipités de couleur caractéristique avec les ions métalliques. Le nitrate d'argent caractérise l'ion chlorure et l'eau de chaux le dioxyde de carbone.

Voir **Fiche 5**

8 > **c.** moins d'ions OH^- que d'ions H^+. Les proportions d'ions hydrogène H^+ et hydroxyde OH^- déterminent le caractère acide ou basique de la solution. Si elles sont égales, la solution est neutre, s'il y a plus d'ion OH^- que d'ions H^+, la solution est dite basique.

Voir **Fiche 6**

9 > **a.** inférieur à 7. Si le pH est égal à 7 la solution est neutre, s'il est supérieur à 7, elle est basique.

Voir **Fiche 6**

10 > **c.** la masse totale des réactifs est égale à la masse totale des produits. Lors d'une réaction chimique, il y a conservation de la matière. Comme disait Lavoisier : « Rien ne se perd, rien ne se crée, tout se transforme. ».

Voir **Fiche 7**

Caractéristiques du mouvement

- À revoir
- OK

9

COURS

a Mouvement

- Pour étudier le mouvement d'un objet, il faut tenir compte :
– du référentiel, de l'objet pris comme référence ;
– de la trajectoire, de l'ensemble des points décrits lors du mouvement de l'objet ;
– de l'évolution de la vitesse de l'objet au cours du temps.

b Caractéristiques du mouvement

- On considère un objet en mouvement se déplaçant de A vers B.
- Si la trajectoire de l'objet est une droite, son mouvement est qualifié de rectiligne.

Trajectoire en ligne droite

Si la trajectoire de l'objet est une courbe, son mouvement est qualifié de curviligne.

Trajectoire courbe ou curviligne

- Si la trajectoire de l'objet est un cercle, son mouvement est qualifié de circulaire.

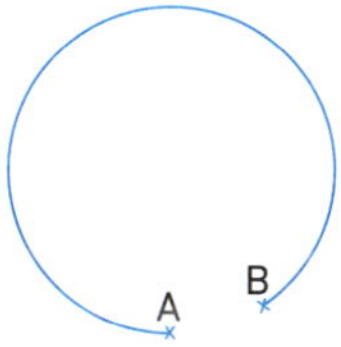

Trajectoire circulaire

c Vitesse

- La vitesse est une grandeur vectorielle qui est caractérisée par son sens, sa direction et sa valeur.
- Le **sens** du vecteur vitesse peut être : d'un point A vers un point B, de gauche à droite, du bas vers le haut.
- La **direction** du vecteur vitesse est soit horizontale, soit verticale, soit en diagonale.

d Évolution de la vitesse

● Si la vitesse de l'objet reste constante tout au long du trajet, le mouvement est dit uniforme.

Exemple : Le motard a un mouvement uniforme : les distances entre les positions successives du motard photographié à des intervalles de temps égaux sont identiques.

Mouvement uniforme

● Si la vitesse de l'objet augmente régulièrement, le mouvement est dit accéléré.

Le motard a un mouvement accéléré : les distances entre les positions successives du motard photographié à des intervalles de temps égaux sont de plus en plus grandes.

Mouvement accéléré

● Si la vitesse de l'objet diminue régulièrement, le mouvement est dit ralenti.

Le motard a un mouvement ralenti : les distances entre les positions successives du motard photographié à des intervalles de temps égaux sont de plus en plus petites.

Mouvement ralenti

EXERCICE RÉSOLU

Énoncé

1. Que doit-on préciser avant de commencer l'étude du mouvement d'un objet ? En donner une définition.
2. Décrire la trajectoire :
- d'un ascenseur ;
- d'un manège ;
- d'une voiture sur un virage.

Résolution

1. Avant de commencer l'étude du mouvement d'un objet, on doit préciser le référentiel : il s'agit d'un solide par rapport auquel on étudie l'état de mouvement ou de repos de l'objet.

2. L'ascenseur se déplace en ligne droite, sa trajectoire est donc rectiligne.

Un manège tourne autour d'un axe central, sa trajectoire est circulaire.

Une voiture dans un virage dessine une courbe, sa trajectoire est curviligne.

Forces et diagramme objet-interactions

À revoir
OK

10

COURS

a Définition d'une force

● Une force est l'action mécanique d'un corps appelé acteur sur un autre corps appelé receveur. Elle est notée F_A et est représentée par un vecteur, que l'on caractérise par :
- une origine (le point d'application de la force) ;
- un sens (du receveur vers l'acteur) ;
- une direction (horizontale, verticale ou oblique) ;
- une longueur (proportionnelle à la valeur de la force).

Exemple : Une voiture (acteur) tracte une remorque (receveur).

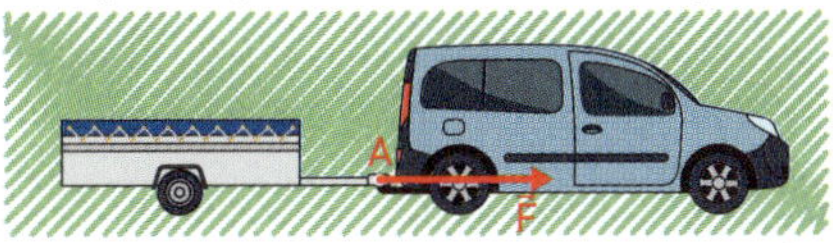

L'origine de la force est le point de contact A entre la voiture et la remorque.
Le sens va de la remorque vers la voiture.
La direction est celle de la route (horizontale).
La valeur de la force est exprimée en newtons (N).

● On adopte une échelle, par exemple 1 cm pour 100 N. Si la force vaut 500 N, la longueur du vecteur sera de 5 cm.

b Types d'actions

● Une action est de contact si les deux corps (l'acteur et receveur) sont en contact.
Exemples : La voiture et sa remorque, le vent et le voilier, la réaction d'une table sur laquelle est posée un objet...

● Pour une action à distance, il n'y a pas de contact entre l'acteur et le receveur.
Exemples : L'action d'un aimant sur une bille en acier, l'action de la Terre sur un parachutiste...

c Diagramme objet-interactions

● On appelle digramme objet-interactions la représentation de l'objet que l'on a choisi d'étudier et ses interactions, de contact ou à distance avec les autres objets.

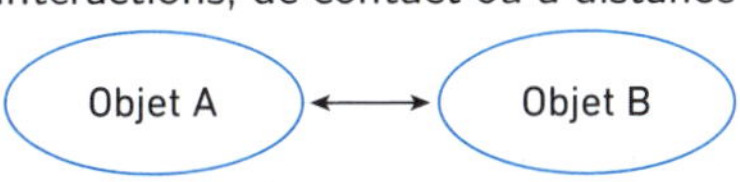

Représentation d'une interaction de contact

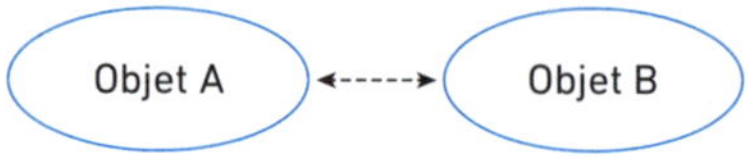

Représentation d'une interaction à distance

Exemple : Dans le cas d'un livre posé sur une table, le livre subit l'action de la table et de la Terre, celle de la table est une action de contact et celle de la Terre est une action à distance.

Diagramme objet-interactions d'un livre posé sur une table

EXERCICE RÉSOLU

Énoncé

On représente ci-dessous la réaction $\vec{R}$ exercée par la table sur une boîte.
Échelle : 1 cm représente 10 N.

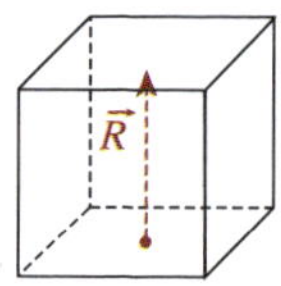

1. Quelle sont les caractéristiques de cette force ?
2. Quelle autre force s'exerce sur la boîte ?
3. En déduire les caractéristiques du poids de la boîte.
4. Représenter le diagramme objet-interactions de la boîte.

Résolution

1. La réaction $\vec{R}$ est une interaction de contact caractérisée par :
– son origine : point de contact boîte/table ;
– son sens : du bas vers le haut ;
– sa direction : verticale ;
– sa valeur : $R = 2{,}5 \times 10 = 25$ N.

2. L'autre force est le poids : c'est une interaction à distance exercée par la Terre sur la boîte.

3. Les caractéristiques du poids de la boîte sont :
– son origine : centre de gravité de la boîte ;
– son sens : du haut vers le bas ;
– sa direction : verticale ;
– sa valeur : $P = 2{,}5 \times 10 = 25$ N.

4.

Diagramme objet-interactions de la boîte posée sur la table

Force gravitationnelle et force de pesanteur

- À revoir
- OK

11

COURS

a Force gravitationnelle

- Deux corps ponctuels de masses m et m' exercent l'un sur l'autre des forces $\vec{F}$ et $\vec{F'}$ attractives de même valeur :

$$F = F' = G \frac{m \cdot m'}{d^2}$$

F et F' s'expriment en newtons.
G est la constante de gravitation est égale à : $6{,}67 \times 10^{-11}\ N \cdot kg^{-2} \cdot m^2$
d est la distance séparant les masses m et m' ; d s'exprime en mètres (m)
m et m' s'expriment en kilogrammes (kg).

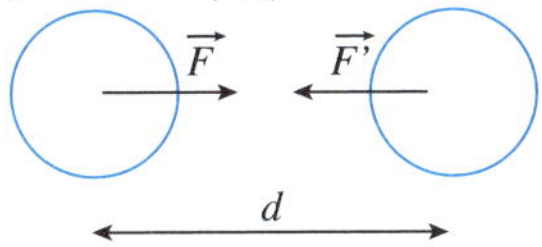

Forces gravitationnelles s'exerçant entre deux corps

Exemple : Effectuons le calcul de la force de gravitation s'exerçant sur deux masses ponctuelles de 10,0 g séparées et distantes de 5,0 cm. Avant de commencer le calcul, il faut convertir les masses en kg et la distance en m.

$m = m' = 10{,}0\ g = 10 \times 10^{-3}\ kg$ ou $0{,}010\ kg$

$d = 5{,}0\ cm = 5{,}0 \times 10^{-2}\ m$ ou $0{,}050\ m$

$G = 6{,}67 \times 10^{-11}\ N \cdot kg^{-2} \cdot m^2$

$F = F' = G \cdot \frac{m \cdot m'}{d^2}$ (il ne s'agit pas de vecteurs mais bien des intensités)

$F = 6{,}67 \times 10^{-11} \times (10 \times 10^{-3} \times 10 \times 10^{-3})/(5{,}0 \times 10^{-2})^2 = 2{,}67 \times 10^{-12}\ N.$

b Force de pesanteur

- La force de pesanteur est la force exercée par la Terre sur un corps de masse m situé à la surface ou au voisinage de la Terre.
- La force de pesanteur n'est autre que le poids de l'objet que nous développerons dans la fiche 13.

EXERCICE RÉSOLU

Énoncé

L'un des satellites de la planète Mars s'appelle Phobos. Celui-ci a une trajectoire quasi circulaire autour du centre de gravité de Mars. Le rayon de la trajectoire est de $R = 9\,378$ km.

La masse de Mars est $m_M = 6{,}42 \times 10^{23}$ kg, la masse de Phobos est $m_P = 9{,}5 \times 10^{15}$ kg et la constante de gravitation vaut $G = 6{,}67 \times 10^{-11}$ N·kg^{-2}·m^2.

1. Faire un schéma légendé.
2. Donner l'expression de la valeur de la force $F_{M/P}$ exercée par Mars sur Phobos.
3. Calculer la valeur de cette force.
4. Déterminer la valeur de la force $F_{P/M}$ exercée par Phobos sur Mars.
5. Représenter sur un schéma les deux forces $F_{M/P}$ et $F_{P/M}$ en prenant comme échelle 1 cm pour $1{,}00 \times 10^{19}$ N.

Résolution

1.

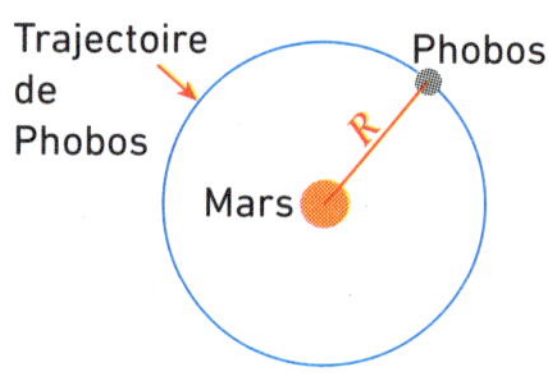

2. $$F_{M/P} = G \cdot \frac{m_M \cdot m_P}{R^2}$$

$F_{M/P}$ est la force exercée par Mars sur Phobos.

m_M est la masse de la Terre.

m_P est la masse de Phobos.

R est le rayon de la trajectoire qui correspond à la distance entre les centre de Mars et de Phobos.

3. $$F_{M/P} = 6{,}67 \times 10^{-11} \times \frac{6{,}42 \times 10^{23} \times 9{,}5 \times 10^{15}}{(9378 \times 10^3)^2} = 4{,}34 \times 10^{19} \text{ N.}$$

4. Le calcul est le même pour $F_{P/M}$: $F_{P/M} = F_{M/P} = 4{,}34 \times 10^{19}$ N.

5. La longueur de chaque vecteur est de 4,34 cm.

Les deux vecteurs forces ont la même longueur, la même direction et sont de sens opposés.

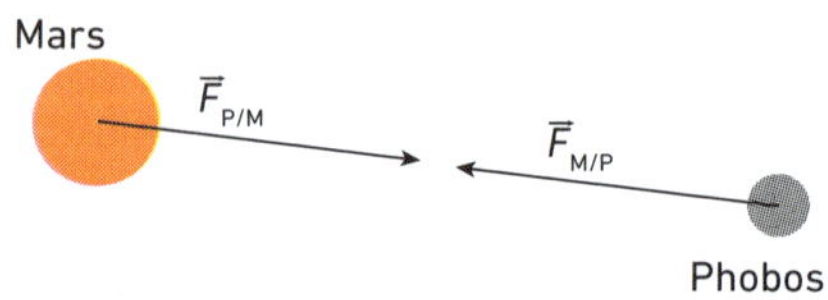

Relation entre poids et masse

- À revoir
- OK

12

COURS

● La masse et le poids d'un objet sont deux grandeurs de nature différente ; ils n'ont pas les mêmes caractéristiques et ne se mesurent pas avec les mêmes appareils.
⚠ **Attention :** On utilise souvent le terme de poids dans la vie courante, alors que l'on parle de la masse.

a La masse

● La masse m d'un objet est la quantité de matière correspondant au nombre d'atomes de l'objet. Elle se mesure à l'aide une balance et s'exprime en grammes (g) ou en kilogrammes (kg).

● La masse d'un objet est la même, quel que soit l'endroit où on effectue la mesure.

La masse d'un objet est mesurée par une balance

b Le poids

● La Terre exerce une force à distance sur tous les objets qui l'entourent. Cette force est appelée le poids de l'objet.

● Le poids d'un objet se mesure à l'aide d'un dynamomètre. Il est caractérisé par :
– son sens, du haut vers le bas ;
– sa direction, toujours verticale ;
– sa valeur, qui s'exprime en newtons (N).

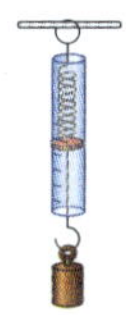

Le poids d'un objet est mesuré par un dynamomètre

c Relation entre poids et masse

● On donne dans le tableau suivant les poids P de différentes masses m, ainsi que le rapport P/m.

Objet	Cartable	Smartphone	Livre	Table
Masse m (en kg)	6,30	0,130	0,680	5,70
Poids P (en N)	63	1,30	6,80	57
P/m (en N/kg)	10	10	10	10

● On remarque que le rapport P/m est constant et égal à 10 N/kg. On peut donc dire que **le poids d'un objet est proportionnel à sa masse** :

$$P/m = g \text{ ou } P = m \times g$$

g est l'intensité de la pesanteur ; elle s'exprime en newtons par kilogramme (N/kg).

Le poids d'un objet sur la Lune est beaucoup plus faible que sur Terre. La masse d'un objet étant constante, c'est l'intensité de pesanteur g qui varie, car elle dépend du lieu de la mesure.

Voici quelques valeurs de l'intensité de pesanteur g pour différentes planètes.

Planète	Terre	Lune	Mercure	Vénus	Mars	Jupiter	Saturne
g (N/kg)	9,8	1,6	2,9	8,3	3,6	26	11,5

EXERCICE RÉSOLU 1

Énoncé

1. Qu'indique la balance de Lucile ?
2. Cette grandeur dépend-elle du lieu de mesure ?
3. Sachant que l'intensité de pesanteur est $g = 9{,}8$ N/kg, calculer le poids de Lucile.
4. Représenter sans soucis d'échelle les forces exercées sur Lucile.

Résolution

1. La balance indique la masse de Lucile (et non son poids).
2. La masse d'un objet est constante, elle ne dépend pas du lieu de mesure.
3. P_T (poids de Lucile sur Terre) $=$ m (masse de Lucile) $\times$ g_T (intensité de la pesanteur sur Terre) ; $P = 45 \times 9{,}8 = 441$ N.
4.

EXERCICE RÉSOLU 2

Énoncé

La valeur de l'intensité de pesanteur sur la Lune g_L vaut 1,6 N/kg.

1. Calculer le poids de Lucile sur la Lune.
2. Calculer le rapport des poids de Lucile sur la Terre et sur la Lune. Conclure.

Résolution

1. P_L (poids de Lucile sur la Lune) $=$ m (masse de Lucile) $\times$ g_L (intensité de la pesanteur sur la Lune) ; $P_L = 45 \times 1{,}6 = 72$ N.
2. P_T (poids de Lucile sur Terre) $/P_L$ (poids de Lucile sur la Lune) $= 441/72 = 6{,}125$.
Le poids de Lucile est 6,125 fois plus élevé sur Terre que sur la Lune.

Circuits en série et circuits en dérivation

- À revoir
- OK

13

COURS

a Circuit en série

- Un circuit en série est un circuit en boucle simple. Tous les dipôles sont branchés les uns derrière les autres et forment une boucle simple.
- Le courant électrique ne peut suivre qu'un seul chemin.
- Si l'un des dipôles cesse de fonctionner, tous les autres dipôles du circuit cesseront également de fonctionner.

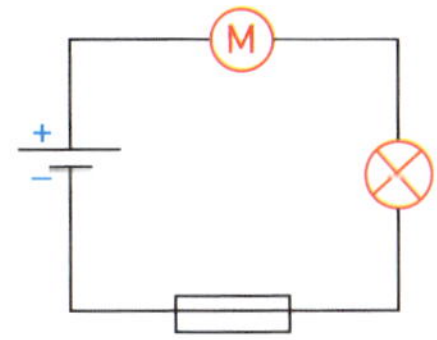

Exemple de circuit en série

- La position des dipôles dans le circuit n'a pas d'importance.

b Circuit en dérivation

- Un circuit en dérivation est constitué de plusieurs boucles.
- Un nœud est un point du circuit où le courant peut se séparer en plusieurs courants dérivés ou inversement.
Une branche est une partie du circuit comprise entre deux nœuds.
- Le courant électrique emprunte toutes les boucles fermées.

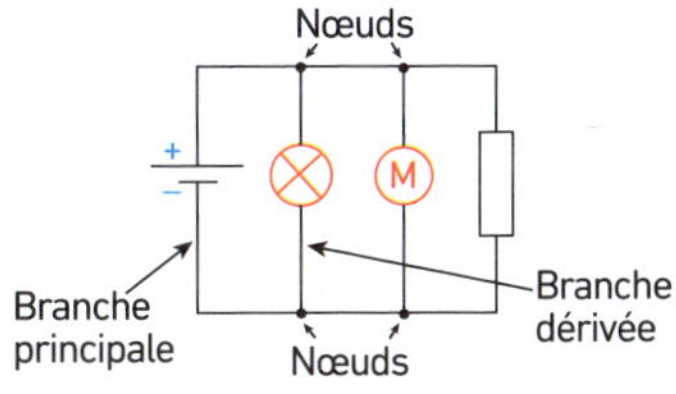

Exemple de circuit en dérivation

- Lorsqu'un dipôle cesse de fonctionner, les autres dipôles fonctionnent encore.
- La position des dipôles dans le circuit n'a pas d'importance.

EXERCICE RÉSOLU 1

Énoncé

Pour alimenter sa voiture électrique, Gaston réalise le circuit électrique suivant.

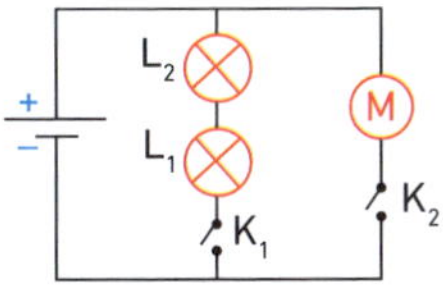

1. Indiquer sur le schéma par un A et un B les différents nœuds du circuit.

2. Indiquer sur le circuit la branche principale et la branche contenant les lampes L_1 et L_2.

3. Que se passerait-il si tous les interrupteurs étaient fermés ?

4. Comment devrait-il faire pour que le moteur fonctionne sans que les lampes soient allumées ?

5. Dans le cas où tous les interrupteurs sont fermés, que se passerait-il si la lampe L_1 était cassée ? Justifier.

Résolution

1.

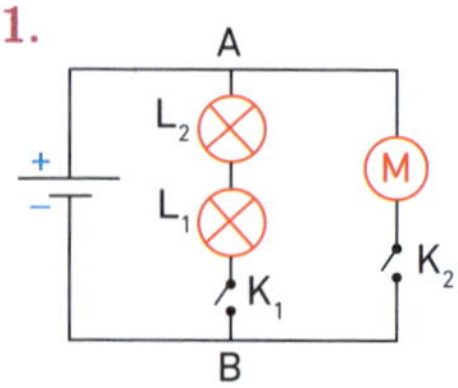

2.

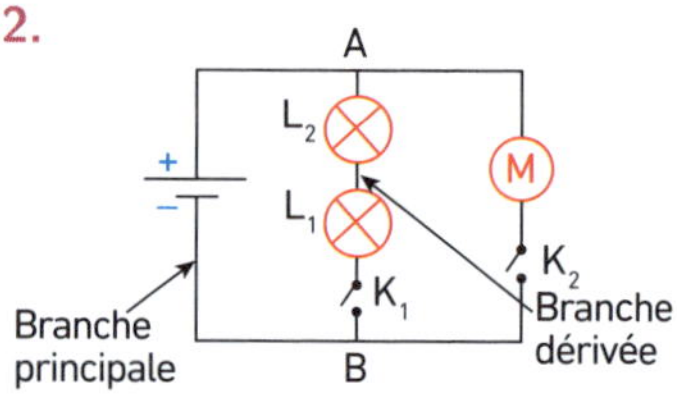

3. Si tous les interrupteurs étaient fermés, le moteur et les deux lampes L_1 et L_2 fonctionneraient.

4. Pour que le moteur fonctionne sans que les lampes ne s'allument, il faut fermer l'interrupteur K_2 et ouvrir l'interrupteur K_1. Ainsi, le courant circulerait uniquement dans la boucle contenant le moteur et ne traverserait pas les deux lampes : le courant n'entre pas dans une branche « ouverte ».

5. Si la lampe L_1 était cassée, seul le moteur fonctionnerait. C'est comme si la branche était ouverte. Le courant ne passe plus. La lampe L_2 ne fonctionnerait pas non plus. Le moteur continuerait de fonctionner, car le courant pourrait toujours circuler dans la branche qui le contient.

EXERCICE RÉSOLU 2

Énoncé

Dans une maison, les lampes sont-elles branchées en dérivation ou en série ? Justifier.

Résolution

Dans une maison, les lampes (et tous les appareils électriques) sont branchés en dérivation.

Si on éteint une lampe (interrupteur ouvert) dans une pièce, les autres appareils ne cessent pas de fonctionner.

L'intensité du courant électrique et sa mesure

- À revoir
- OK

14

COURS

a L'intensité électrique

● L'intensité d'un courant électrique est la quantité d'électricité qui traverse un point du circuit par seconde.

● L'intensité électrique se note I et a pour unité l'ampère (A).

Exemple : $I = 10$ A.

Remarque : Une intensité, comme toutes grandeurs physiques, peut s'exprimer au moyen de multiples ou de sous-multiples :

kiloampères (kA), milliampères (mA) ou microampères (μA).

Exemples :

$$1 \text{ mA} = 0{,}001 \text{ A} \ ; \ 1 \text{ μA} = 0{,}001 \text{ mA}.$$

b Mesure d'intensité

● L'intensité électrique se mesure avec un ampèremètre, dont le symbole normalisé est : 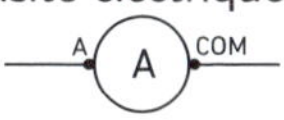

● L'ampèremètre se branche en série dans le circuit : si le courant entre par la borne A et sort par la borne COM, l'intensité mesurée est positive. Dans le cas contraire, elle est négative.

● Un ampèremètre conduit le courant comme un fil de connexion, il ne faut donc jamais le brancher en dérivation, car il provoquerait un court-circuit.

● Un **multimètre** est un appareil de mesure permettant de mesurer plusieurs **grandeurs électriques (intensité, tension, résistance)**.

● Si l'on utilise un multimètre pour mesurer l'intensité d'un courant continu, il faut positionner le sélecteur de calibre dans la zone DCA. On sélectionne le calibre le plus élevé, puis on branche les fils de connexion dans les bornes A et COM.

Si le calibre est beaucoup plus grand que la mesure attendue, on le baisse progressivement pour avoir une mesure plus précise. Il ne faut pas utiliser un calibre trop faible par rapport au courant mesuré, sinon l'ampèremètre affiche un message d'erreur.

De plus, une surintensité peut détériorer l'ampèremètre et le rendre inutilisable.

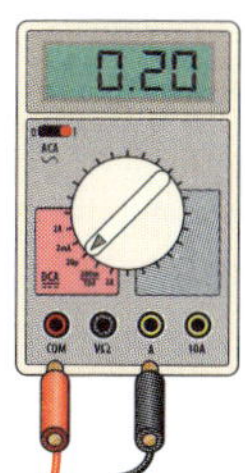

Multimètre fonctionnant en ampèremètre

EXERCICE RÉSOLU 1

Énoncé

Convertir les mesures d'intensité suivantes.

1. 0,28 A = ... mA
2. 13,7 mA = ... A
3. 0,048 A = ... mA
4. 2,9 A = ... mA
5. 0,5 mA = ... A
6. 170 mA = ... A
7. 13 343 mA = ... A
8. 44 A = ... mA

Résolution

1. 0,28 A = 280 mA
2. 13,7 mA = 0,0137 A
3. 0,048 A = 48 mA
4. 2,9 A = 2 900 mA
5. 0,5 mA = 0,0005 A
6. 170 mA = 0,17 A
7. 13 343 mA = 13,343 A
8. 44 A = 44 000 mA

EXERCICE RÉSOLU 2

Énoncé

Marcel fabrique une voiture électrique et réalise un circuit comportant une pile, un moteur et une lampe. Il voudrait savoir si l'intensité du courant qui passe d'abord dans le moteur sera plus élevée que celui qui passe ensuite dans la lampe. Son père lui fournit un ampèremètre.

Schématiser le (ou les) circuit(s) que Marcel doit réaliser pour vérifier si son hypothèse est juste.

Résolution

Le courant circule de la borne + vers la borne –. Pour qu'il passe d'abord par le moteur et ensuite par la lampe, il faut donc réaliser le circuit ci-contre :

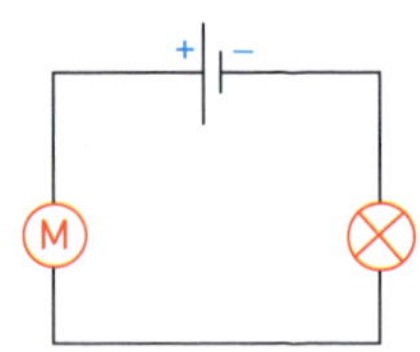

Il place ensuite l'ampèremètre 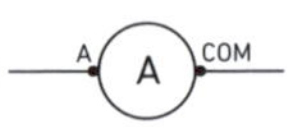

à deux endroits du circuit, en respectant les bornes A et COM pour vérifier son hypothèse.

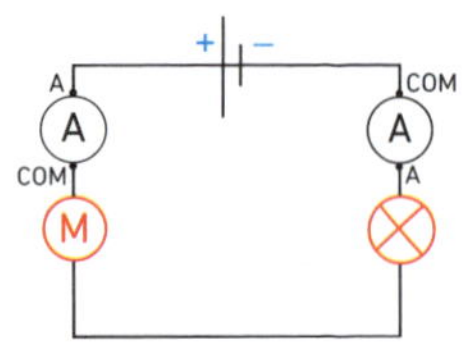

La tension du courant électrique et sa mesure

■ À revoir
■ OK

15

COURS

a La tension électrique

- La tension électrique est la différence d'état électrique entre deux points du circuit.
- La tension se note U et a pour unité le volt (V).

Exemple : $U = 10$ V.

- Une tension, comme toutes grandeurs physiques, peut s'exprimer au moyen de multiples et de sous-multiples :

kilovolts (kV), millivolts (mV) ou mégavolts (MV).

Exemple :

1 mV = 0,001 V ; 1 V = 0,001 kV ; 1 kV = 0,001 MV.

Remarque : On peut comparer un circuit électrique avec un circuit hydraulique :
– l'intensité électrique serait le débit de l'eau ;
– la tension électrique serait la différence de pression entre deux points du circuit.

b Mesure de tension

- La tension se mesure avec un voltmètre, dont le symbole normalisé est :

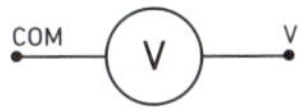

- Le voltmètre se branche en dérivation dans le circuit. Si le courant entre par la borne V et sort par la borne COM, la tension mesurée est positive. Dans le cas contraire, elle est négative.
- Un voltmètre conduit très peu le courant, il se comporte comme un interrupteur ouvert.
- Si l'on utilise un multimètre pour mesurer la tension d'un courant continu, il faut positionner le sélecteur de calibre dans la zone DCV. On sélectionne le calibre le plus élevé, on branche les fils de connexion dans les bornes V et COM. Si possible, on baisse progressivement le calibre pour avoir une mesure plus précise. Il ne faut pas utiliser un calibre trop faible par rapport au courant mesuré, sinon le voltmètre affiche un message d'erreur.
De plus, une surtension peut détériorer le voltmètre et le rendre inutilisable.

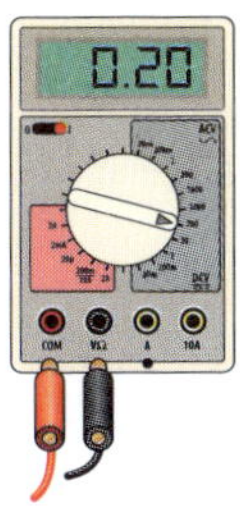

Multimètre fonctionnant en voltmètre

EXERCICE RÉSOLU 1

Énoncé

Convertir les mesures de tension suivantes.

1. 17 mV = ... V
2. 18 V = ... mV
3. 4,356 V = ... kV
4. 4357 kV = ... MV
5. 0,009 mV = ... V
6. 0,343 kV = ... V
7. 5 432 mV = ... MV
8. 0,6543 MV = ... mV

Résolution

1. 17 mV = 0,017 V
2. 18 V = 18 000 mV
3. 4,356 V = 0,004356 kV
4. 4357 kV = 4,357 MV
5. 0,009 mV = 0,000 009 V
6. 0,343 kV = 343 V
7. 5 432 mV = 0,000 005 432 MV
8. 0,6543 MV = 654 300 000 mV

EXERCICE RÉSOLU 2

Énoncé

Rosalie invente un ventilateur lumineux. Pour cela, elle réalise un circuit en dérivation contenant une pile, un moteur et une lampe. Elle voudrait savoir si la tension aux bornes de la lampe et celle aux bornes du moteur seront différentes. Son père lui fournit un voltmètre afin qu'elle vérifie son hypothèse.

Schématiser le circuit qu'elle devra réaliser en indiquant les bornes de branchement du multimètre.

Résolution

Rosalie devra réaliser le circuit suivant :

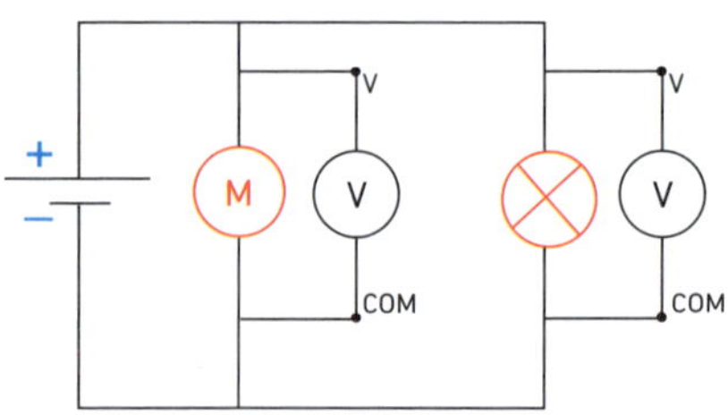

Loi de l'intensité dans les circuits en série et en dérivation

- À revoir
- OK

16

COURS

a Loi d'unicité de l'intensité dans un circuit en série

- L'intensité du courant électrique est la même en tout point d'un circuit qui ne compte que des dipôles en série. On peut donc écrire : $I_1 = I_2 = I_3$.

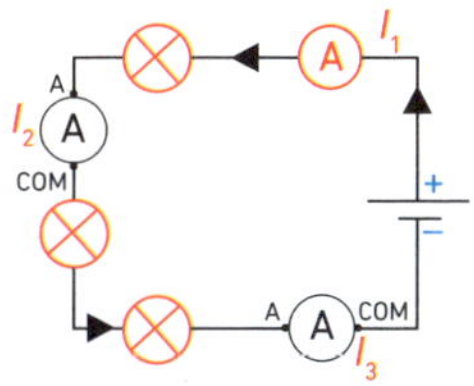

Mesures d'intensités dans un circuit en série

b Loi d'additivité des intensités dans un circuit en dérivation

- Dans un circuit en dérivation, l'intensité circulant dans la branche principale (contenant le générateur) est égale à la somme des intensités circulant dans les branches dérivées. On peut donc écrire : $I_1 = I_2 + I_3$.

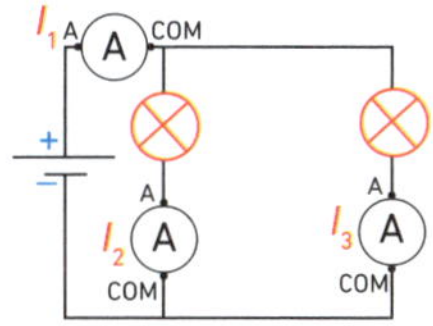

Mesures d'intensités dans un circuit en dérivation

EXERCICE RÉSOLU 1

Énoncé

Marcel fabrique une voiture électrique et réalise un circuit comportant une pile, un moteur et une lampe. Le schéma correspondant au circuit est le suivant.

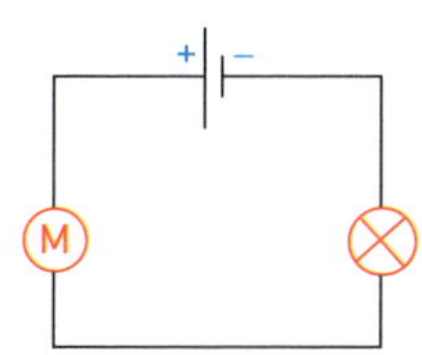

Il mesure une intensité de 250 mA pour le courant traversant le moteur, mais le multimètre tombe en panne. Quelle serait l'intensité du courant traversant la lampe ?

Résolution

D'après la loi d'unicité de l'intensité dans un circuit en série, l'intensité serait la même, c'est-à-dire 250 mA.

EXERCICE RÉSOLU 2

Énoncé

Anne demande à l'électricien de réaliser le circuit suivant :
- une lampe et une machine à laver doivent pouvoir fonctionner séparément ;
- ces deux dipôles doivent être branchés sur un générateur de 220 V.

1. Schématiser le circuit demandé. On pourra symboliser la machine à laver par un moteur et le générateur par une pile.
2. Pour vérifier l'intensité du courant dans la branche principale, l'électricien dispose d'un ampèremètre. Schématiser le circuit en représentant les bornes A et COM.
3. Lorsque la machine à laver fonctionne, l'intensité du courant la traversant est de 4 ampères ; lorsque la lampe fonctionne, l'intensité du courant la traversant est de 2 ampères.

Quelle est l'intensité du courant dans la branche principale :

a. lorsque seule la lampe fonctionne ?

b. lorsque seule la machine à laver fonctionne ?

c. lorsque les deux fonctionnent en même temps ?

4. L'ampèremètre dispose des calibres 10 A, 2 A, 200 mA, 20 mA et 2 mA.

Pour chaque cas (**a**, **b** et **c**), donner le bon calibre à utiliser pour effectuer la mesure.

Résolution

1. Schéma du circuit :

Rajouter des interrupteurs dans chacune des branches dérivées pour commander séparément la lampe et la machine à laver.

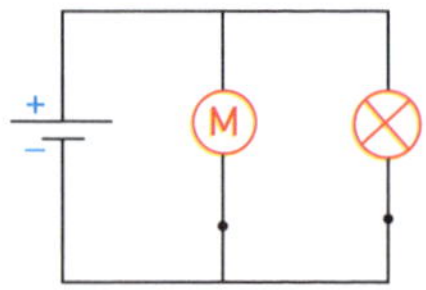

2. Schéma du circuit :

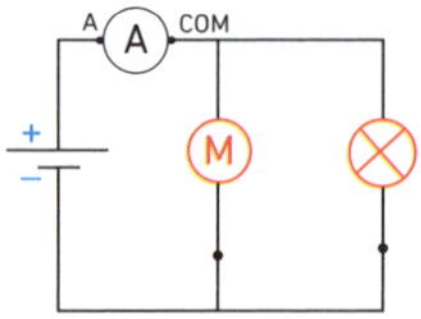

3. **a.** L'intensité est de 2 A (loi d'unicité).

b. L'intensité est de 4 A (loi d'unicité).

c. L'intensité est de $4 + 2 = 6$ A (loi d'additivité).

4. Cas **a**, on utilise le calibre 2 A ; cas **b** et **c**, on utilise le calibre 10 A.

Loi de la tension dans les circuits en série

- À revoir
- OK

17

COURS

Loi d'additivité des tensions dans les circuits en série

- La tension aux bornes de dipôles associés en série est égale à la somme des tensions des différents dipôles. On peut donc écrire : $U_G = U_1 + U_2$.

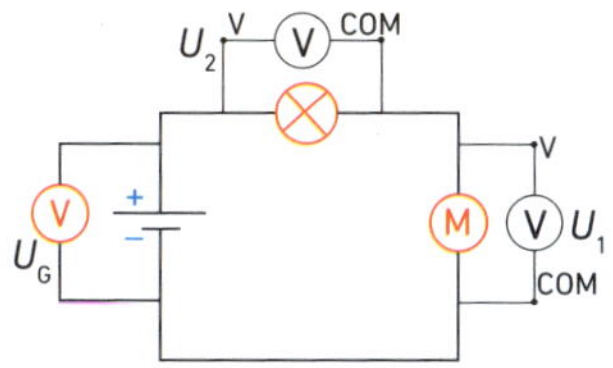

Mesures de tensions dans un circuit en série

EXERCICE RÉSOLU 1

Énoncé

Rosalie réalise le circuit d'un ventilateur lumineux et installe un voltmètre à chaque dipôle. Le schéma correspondant est le suivant.

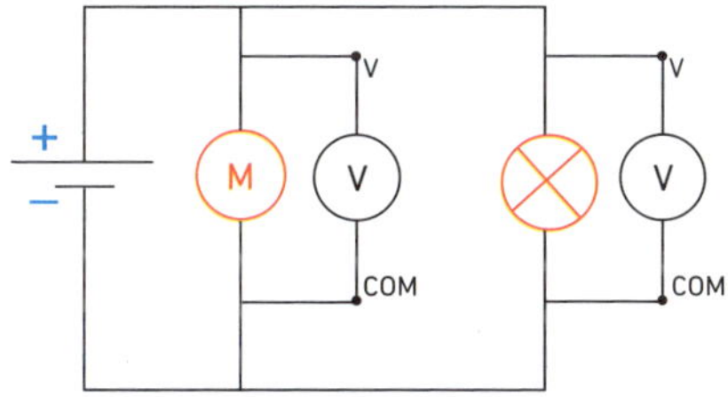

Elle mesure la tension aux bornes du moteur et obtient 4,5 V.
Quelle sera la tension aux bornes de la lampe ?

Résolution

La tension sera aussi de 4,5 V d'après la loi d'unicité des tensions dans les circuits en dérivation.

EXERCICE RÉSOLU 2

Énoncé

Sabine fabrique une guirlande électrique pour décorer son sapin de Noël.

Elle dispose de plusieurs lampes fonctionnant toutes sous une tension de 6 V, de fils de connexion et d'un générateur de 240 V (prise de courant).

Si la tension aux bornes d'une lampe est supérieure à 6 V, la lampe grille ; si la tension est inférieure à 6 V, la lampe ne brille pas.

1. Comment devra-t-elle associer les lampes pour qu'elles ne grillent pas ?
2. Combien devra-t-elle en mettre pour que la guirlande fonctionne ?
3. Que se passerait-il si une des lampes grillait ?
4. Comment pourrait-elle identifier la lampe défaillante ?

Résolution

1. Les lampes devront être associées en série pour que la tension aux bornes de chaque lampe soit plus faible que 240 V.

2. Dans un circuit en série, la somme des tensions aux bornes des lampes est égale à la tension aux bornes du générateur, il faut donc 40 lampes pour que la somme des tensions soit égale à 240 V.

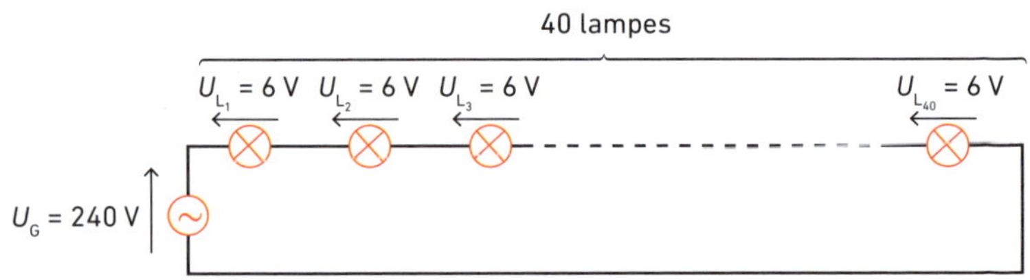

3. Si une des lampes grillait, toutes les autres lampes ne fonctionneraient plus, car le courant ne pourrait plus circuler.

4. Pour identifier la lampe défectueuse, elle pourrait brancher un fil de connexion aux bornes de chaque lampe (court-circuit) jusqu'à ce que la guirlande brille à nouveau. La lampe court-circuitée serait alors la lampe à remplacer.

Les dangers du courant électrique

À revoir
OK

18

COURS

a Court-circuit

● Lorsqu'on court-circuite un dipôle, on branche un fil de connexion aux deux bornes du dipôle. Le courant ne traverse plus le dipôle, mais circule dans le fil de connexion.

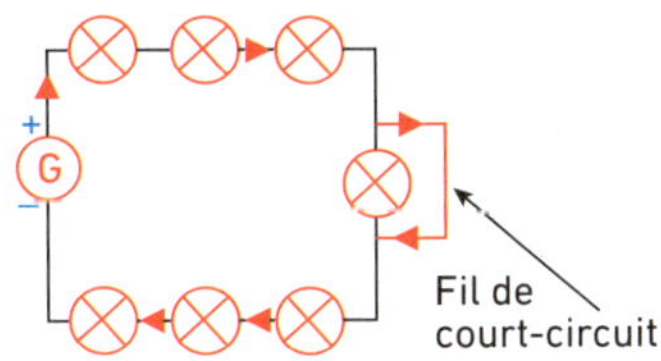

Court-circuit dans un circuit en série

Exemple : Dans une guirlande électrique où les lampes sont branchées en série, lorsqu'**on court-circuite une lampe, elle ne brille plus** mais les autres brillent plus fort.

● Lorsque le générateur est court-circuité, le courant va directement d'une borne du générateur à l'autre. Toute l'énergie électrique est délivrée directement et le fil de connexion s'échauffe rapidement : il y a risque d'incendie.

Exemple : Lorsqu'on court-circuite une lampe dans un circuit où les lampes sont branchées en dérivation, le courant passe directement d'une borne du générateur à l'autre : le générateur est également court-circuité. **Toutes les lampes s'éteignent**, le fil chauffe et il y a risque d'incendie.

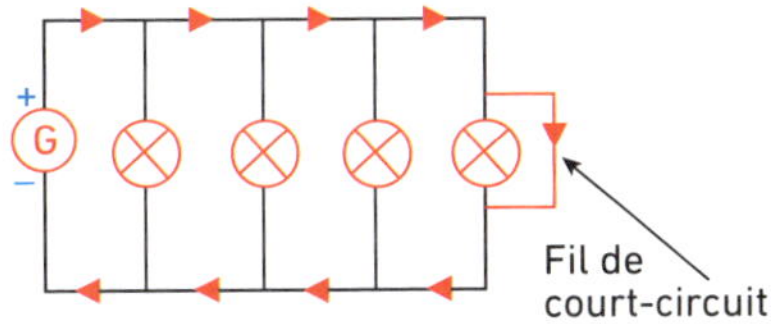

Court-circuit dans un circuit en dérivation

b Surintensité

● Dans la plupart des habitations, les appareils électriques sont branchés en dérivation, directement sur le générateur, qui a une tension de 230 V.

● Lorsqu'un des appareils électriques (dipôles) est court-circuité, le générateur l'est aussi et l'intensité du courant électrique augmente fortement : on parle de surintensité. Les fils électriques peuvent s'échauffer fortement et provoquer un incendie.

● Pour se protéger des risques d'incendie, on utilise des fusibles ou des disjoncteurs qui s'ouvrent en cas de surintensité, coupant ainsi la circulation du courant.

● Une surintensité peut également survenir lorsqu'on branche trop d'appareils électriques en même temps. D'après la loi d'additivité des intensités dans un circuit en dérivation, l'intensité dans la branche principale peut augmenter jusqu'à détériorer les fils électriques.

EXERCICE RÉSOLU

Énoncé

Pour son mariage, Lionel branche en dérivation des appareils fonctionnant tous sous une tension de 230 V et utilisant une intensité nominale (de bon fonctionnement) donnée dans le tableau ci-dessous.

Appareil	Intensité nominale (en ampères)
Haut-parleur	7
Spot	2,7
Machine à fumée	1,5

Il branche tous ces appareils sur une prise de courant protégée par un fusible de 10 A.

1. Schématiser le circuit réalisé par Lionel.

Aide : On symbolisera les haut-parleurs et la machine à fumée par des moteurs ; les spots par une lampe. Le fusible a pour symbole :

2. En début de soirée, il n'utilise que les haut-parleurs et les spots.

Calculer l'intensité du courant circulant dans la branche principale.

3. Après le dessert, il utilise tous les appareils au maximum d'intensité et tout s'éteint soudainement. Expliquer pourquoi.

Résolution

1. Schéma du circuit.

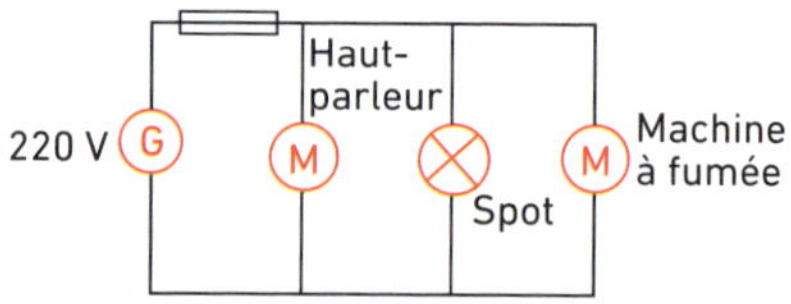

2. D'après la loi d'additivité des intensités dans un circuit en dérivation, l'intensité dans la branche principale est : $I = 7 + 2,7 = 9,7$ A.

3. Lorsqu'il rajoute la machine à fumée, l'intensité dans la branche principale devient : $I = 7 + 2,7 + 1,5 = 11,2$ A.

Le fusible coupe alors le circuit au niveau de la branche principale et tous les appareils ne sont plus alimentés et cessent de fonctionner.

Relation tension-courant, loi d'Ohm

- À revoir
- OK

19

COURS

a Le conducteur ohmique

- Le conducteur ohmique ou résistance est un dipôle qui permet de faire baisser l'intensité du courant électrique. Il ressemble à un petit cylindre sur lequel apparaissent des anneaux de couleur.
- La capacité à s'opposer au passage du courant et à faire baisser l'intensité s'appelle la résistance électrique. C'est une grandeur électrique, de symbole R, qui s'exprime en ohms, de symbole Ω.
- On mesure la résistance électrique à l'aide d'un multimètre calibré sur le secteur ohmmètre. La mesure de résistance se fait en dehors du circuit.

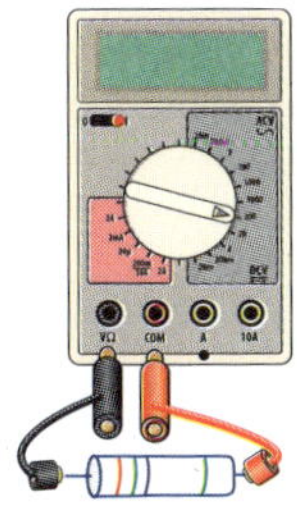

Multimètre fonctionnant en ohmmètre

b Loi d'Ohm

- Lorsque l'on fait circuler un courant électrique à travers un conducteur ohmique et que l'on fait varier la tension et l'intensité à ses bornes, on remarque que les grandeurs sont liées par la relation, appelée loi Ohm, suivante :

$$U = R \times I$$

avec U, la tension aux bornes du conducteur ohmique, en volts (V), R, la résistance, en ohms (Ω) et I, l'intensité, en ampères (A).

Cette formule peut également s'écrire sous la forme :

$$I = \frac{U}{R}$$

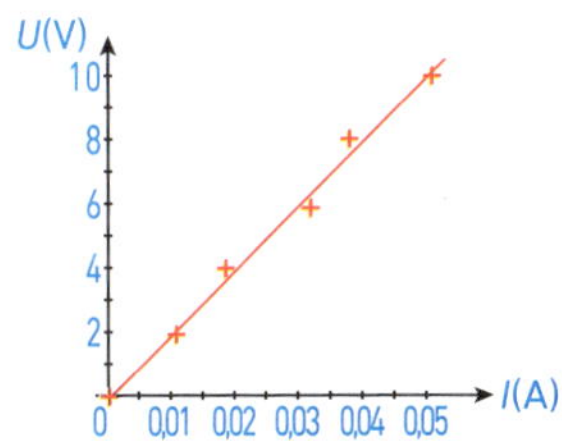

Droite de proportionnalité (passant par l'origine)

- Si l'on trace la caractéristique du dipôle ohmique (graphique représentant la tension en fonction de l'intensité), on obtient une droite de proportionnalité.

EXERCICE RÉSOLU 1

Énoncé

Thierry utilise un tournevis testeur pour vérifier la présence de courant sur un fil du tableau électrique de sa maison. Le tournevis testeur est constitué d'une résistance de 3 MΩ et d'une DEL (diode électroluminescente) de résistance nulle.

Le tournevis s'allume lorsqu'il entre en contact avec un courant électrique. Quelle intensité traverse le tournevis lorsque la tension est de 230 V ?

Résolution

D'après la loi d'Ohm, l'intensité traversant le tournevis est :

$I = \frac{U}{R} = \frac{230}{3000000} = 0{,}000\ 077$, soit 0,077 mA ou 77 µA.

Cette intensité est très faible, Thierry ne risque donc pas l'électrocution.

EXERCICE RÉSOLU 2

Énoncé

Sébastien a trouvé dans son atelier un dipôle en forme de cylindre. Pour savoir si c'est un conducteur ohmique, il décide de réaliser un circuit comportant un générateur de tension variable de symbole , deux multimètres et des fils de connexion.

1. Schématiser le circuit que doit réaliser Sébastien pour connaître la tension et l'intensité aux bornes du dipôle.

2. En faisant varier la tension de sortie du générateur, il relève les valeurs suivantes.

Tension (V)	0	2	4	6	8	10
Intensité (A)	0	0,011	0,019	0,032	0,038	0,051

Tracer la caractéristique tension-intensité du dipôle sur du papier millimétré.

3. Le dipôle peut-il être qualifié de dipôle ohmique ?

4. Si oui, déterminer la valeur de la résistance du dipôle.

Résolution

1. Schéma du circuit :

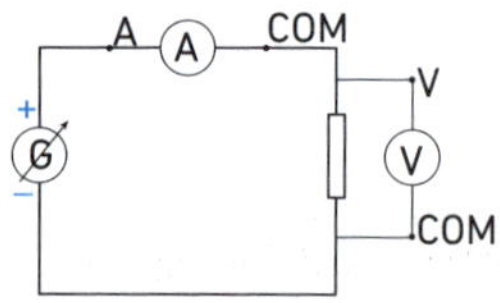

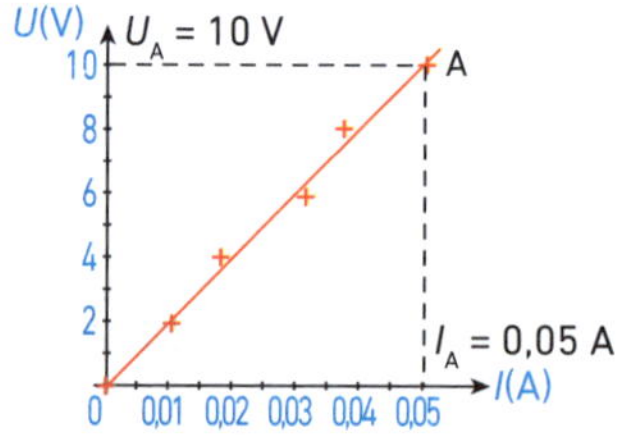

2. Caractéristique du dipôle :

3. Le dipôle peut être qualifié de dipôle ohmique, car la droite passe par l'origine. C'est une droite de proportionnalité, la tension est proportionnelle à l'intensité (loi d'Ohm).

4. La valeur de la résistance est donc : $R = \frac{U}{I} = \frac{10}{0{,}05} = 200\ \Omega$.

Puissance électrique et énergie électrique

☐ À revoir
☐ OK

20

COURS

a La puissance électrique

- La puissance nominale d'un appareil électrique est la puissance d'un appareil soumis à sa tension nominale (c'est-à-dire de bon fonctionnement).

- C'est une grandeur électrique qui a pour symbole *P* et qui s'exprime en watts, de symbole W. La puissance électrique caractérise la puissance de l'appareil.

Exemple : Un aspirateur d'une puissance de 1700 W aspirera moins fort qu'un aspirateur de 2700 W.

- Ordres de grandeur de puissance électrique :
  - 10 W : téléphone portable, console de jeux, lampe basse consommation ;
  - 100 W : chaîne Hifi, téléviseur ;
  - 1000 W : fer à repasser, radiateur électrique, four, plaques de cuisson.

- La relation entre la puissance, la tension et l'intensité est : $\boldsymbol{P = U \times I}$ avec *P* en watts (W), *U* en volts (V) et *I* en ampères (A).

- Tous les appareils électriques d'une habitation fonctionnent sous une tension nominale de 230 V. On peut trouver l'intensité du courant circulant dans les appareils en « retournant » la formule précédente : $\boldsymbol{I = \frac{P}{U}}$ et en utilisant $U = 230$ V.

b L'énergie électrique

- L'énergie électrique est définie par la formule : $\boldsymbol{E = P \times t}$ avec *E*, l'énergie en joules (J), *P*, la puissance en watts (W) et *t*, le temps en secondes (s).

- **L'énergie augmente lorsque la puissance ou la durée augmente**. La facture d'électricité dépend de l'énergie électrique consommée. En effet, plus la puissance des appareils et leur durée d'utilisation seront élevés, plus le coût en électricité sera élevé.

- L'énergie électrique se mesure également en kilowattheures (kWh). Cette unité d'énergie, plus adaptée, correspond à l'énergie consommée par un appareil d'une puissance de 1 kW (1000 W) pendant 1 heure. Un kilowattheure correspond également à 3 600 000 joules.

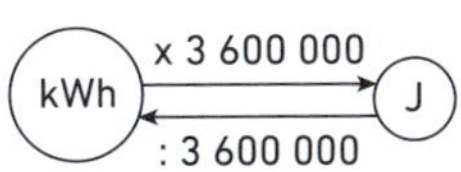

Conversion kilowattheure-joule

EXERCICE RÉSOLU 1

Énoncé

1. Laure utilise les appareils électriques suivants :

Appareils	Aspirateur	Radiateur	Lampes	Four électrique	Réfrigérateur	Chaîne Hifi
Puissance (W)	1 700	2 000	200	3 500	750	110

Tous ces appareils fonctionnent sous une tension nominale de 230 V.
Calculer la puissance totale de ces appareils.

2. Quelle est l'intensité circulant dans la branche principale ?
3. Un fusible de 30 A est-il adapté ?

Résolution

1. La puissance totale $P = 1\ 700 + 2\ 000 + 200 + 3\ 500 + 750 + 110 = 8\ 260$ W.
2. L'intensité circulant dans la branche principale est : $I = \frac{8260}{230} = 35{,}9$ A.
3. Le fusible de 30 A n'est pas adapté, sa valeur est trop faible.

EXERCICE RÉSOLU 2

Énoncé

Sabine branche une guirlande de Noël pendant 31 jours 24 h sur 24. La puissance de cette guirlande est de 40 W et sa tension nominale de 230 V.
Quelle est l'énergie électrique consommée pendant ces 31 jours ?
On donnera le résultat en joules puis en kilowattheures.

Résolution

Pour calculer l'énergie électrique en joules, il faut exprimer la puissance en watts et la durée en secondes.
Comme $P = 40$ W et $t = 31 \times 24 \times 60 \times 60 = 2\ 678\ 400$ s, l'énergie est donc $E = P \times t = 40 \times 2\ 678\ 400 = 107\ 136\ 000$ J.
On convertit les joules en kilowattheures :

$$E = \frac{107\,136\,000}{3\,600\,000} = 29{,}76 \text{ kWh.}$$

Énergies mécaniques et autres formes d'énergie

À revoir
OK

21

COURS

a Énergies mécaniques

- L'énergie cinétique est l'énergie qu'acquiert un corps en mouvement. La formule de l'énergie cinétique est la suivante :

$$E_c = \frac{1}{2} \times m \times v^2$$

avec E_C l'énergie cinétique, en joules (J), m la masse en kilogrammes (kg) et v la vitesse en mètres par seconde (m/s).

- La vitesse est souvent donnée en kilomètres par heure (km/h). Pour la convertir en mètres par seconde, on la divise par 3,6.

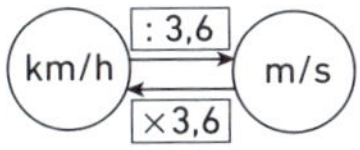

Conversion km/s-m/s

- L'énergie potentielle, aussi appelée énergie de position, est l'énergie d'un objet lorsqu'il est en hauteur. Sa formule est :

$$E_p = m \times g \times h$$

avec E_p l'énergie potentielle en joules (J), g l'intensité de pesanteur (g =9,8 N/kg), h la hauteur en mètres (m).

b Les autres formes d'énergie

Énergie thermique : énergie que possède un corps porté à une certaine température. On l'appelle également chaleur.

Énergie électrique : énergie consommée ou fournie par un appareil électrique.

Énergie chimique : énergie libérée ou consommée lors d'une réaction chimique.

Énergie nucléaire : énergie libérée lors d'une réaction nucléaire.

Énergie lumineuse : énergie transportée par l'onde lumineuse.

- L'unité d'énergie du système international est le joule, mais d'autres unités sont utilisées comme le kilowattheure (kWh), la tonne équivalent pétrole (tep), la calorie (cal) ou l'électron-volt (eV).

- La relation énergie-puissance $E = P \times t$ (voir fiche 19) est valable pour toutes ces formes d'énergie.

EXERCICE RÉSOLU 1

Énoncé

Paul, qui pèse 90 kg, court 10 km en 45 minutes.

1. Quelle est sa vitesse moyenne ?
2. En supposant que sa vitesse est constante, quelle est son énergie cinétique ?
3. Il monte une colline d'une altitude de 100 mètres. Quelle est son énergie potentielle lorsqu'il est au sommet de la colline ?

Donnée : $g = 9{,}8$ N/kg.

4. Sachant que l'énergie musculaire développée lors de sa course est essentiellement due à la combustion du glucose contenu dans son sang avec le dioxygène, quelle est la forme d'énergie qu'utilise Paul ?

Résolution

1. Pour calculer la vitesse moyenne en km/h, il faut convertir la durée en heures : $t = \frac{45}{60} = 0{,}75$ h.

La vitesse moyenne de Paul est donc : $v = \frac{d}{t} = \frac{10}{0{,}75} = 13{,}33$ km/h

2. Pour calculer l'énergie cinétique, il faut convertir la vitesse en mètres par seconde : $v = \frac{13{,}33}{3{,}6} = 3{,}7$ m/s.

L'énergie cinétique est donc :

$$E_c = \frac{1}{2} \times m \times v^2 = \frac{1}{2} \times 90 \times 3{,}7^2 = 616 \text{ J}.$$

3. Au sommet de la colline, l'énergie potentielle sera :

$$E_P = m \times g \times h = 90 \times 9{,}8 \times 100 = 88\,200 \text{ J}.$$

4. L'énergie musculaire est développée grâce à l'énergie chimique libérée par la réaction entre le glucose et le dioxygène.

EXERCICE RÉSOLU 2

Énoncé

Usain Bolt, lors de son record du monde à Berlin, a couru un 100 m en 9,58 secondes.
Il a dépensé une énergie musculaire de 81,58 kJ.
Quelle est la puissance développée par Usain Bolt ?

Résolution

La puissance développée par Usain Bolt est :

$$p = \frac{E}{t} = \frac{81\,580}{9{,}58} = 8\,516 \text{ W}.$$

Bilan énergétique : source, transferts, conversion, conservation

- À revoir
- OK

22

COURS

a Définitions

● L'être humain a besoin d'énergie pour vivre. Il la puise dans des ressources comme le bois, le charbon, l'eau, le vent, etc.

● Certaines sources d'énergie, comme l'uranium, le pétrole ou le charbon, sont épuisables : ce sont des énergies dites non renouvelables.

● D'autres sources d'énergie, comme le vent, l'eau ou le Soleil, sont inépuisables à l'échelle humaine : ce sont des énergies dites renouvelables.

● Lorsque l'énergie d'un corps est transmise à un autre corps, on parle de transfert d'énergie.

Exemple : L'atmosphère transfère une partie de l'énergie thermique reçue par le rayonnement du Soleil vers la Terre, l'autre partie est transférée vers l'Univers.

● Lorsque l'énergie d'un corps change de forme, il y a conversion d'énergie.

Exemple : Le moteur à essence convertit l'énergie chimique en énergie thermique. Ce moteur à combustion produit entre autres du dioxyde de carbone qui participe à l'effet de serre.

b Bilan énergétique

● Le principe énoncé par Lavoisier – « Rien ne se perd, rien ne se crée, tout se transforme » – s'applique aussi à l'énergie.

● Lorsque l'énergie d'un corps diminue, elle est soit transmise à d'autres corps, soit convertie sous une autre forme d'énergie.

● Le bilan énergétique (ou chaîne d'énergie) est un schéma qui montre les sources d'énergie ainsi que les transferts ou les conversions d'énergie qui s'effectuent d'un système à un autre.

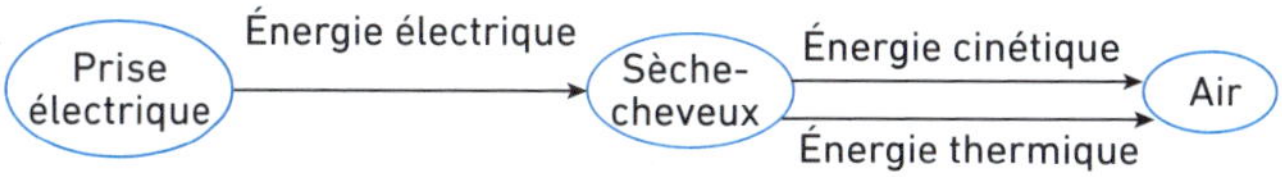

Chaîne d'énergie du sèche-cheveux

● Dans certains cas, l'énergie peut se conserver.

Exemple : Lorsqu'un corps chute dans le vide, son énergie potentielle se convertit totalement en énergie cinétique.

- Mais dans la plupart des cas, une partie de l'énergie se dissipe dans d'autres systèmes environnants.

Exemple : Lorsqu'un corps chute dans l'air, une partie de l'énergie potentielle se convertit en énergie thermique sous l'action des frottements sur l'air.

- Beaucoup d'efforts sont faits aujourd'hui pour lutter contre les pertes et le gaspillage d'énergie afin de réaliser des économies d'énergie.

EXERCICE RÉSOLU

Énoncé

Pour chacune de ces situations, citer les sources, les transferts et les conversions d'énergie.

Situation	Sources	Transferts	Conversions
Une perceuse électrique	*Prise électrique, perceuse*	Non	Énergie électrique → énergie cinétique
Un panneau solaire			
Une lampe électrique			
Une boule de billard qui heurte une autre boule			

Résolution

Situation	Sources	Transferts	Conversions
Une perceuse électrique	Prise électrique, perceuse	Non	Énergie électrique → énergie cinétique
Un panneau solaire	Soleil, panneau solaire	Non	Énergie lumineuse → énergie électrique
Une lampe électrique	Prise électrique, lampe	Non	Énergie électrique → énergie lumineuse
Une boule de billard qui heurte une autre boule	Boule 1, Boule 2	Énergie cinétique de la boule 1 vers la boule 2	Non

L'ÉNERGIE ET SES CONVERSIONS

1 Un circuit série est constitué :
- ▢ **a.** de plusieurs boucles.
- ▢ **b.** d'une boucle simple.
- ▢ **c.** de plusieurs nœuds.

2 Dans une maison, tous les appareils électriques sont branchés en :
- ▢ **a.** série.
- ▢ **b.** dérivation.
- ▢ **c.** respectant le sens du courant.

3 Pour mesurer l'intensité, on utilise :
- ▢ **a.** un ampèremètre branché en dérivation.
- ▢ **b.** un voltmètre branché en dérivation.
- ▢ **c.** un ampèremètre branché en série.

4 L'appareil de mesure de la tension est un :
- ▢ **a.** un ampèremètre branché en dérivation.
- ▢ **b.** un voltmètre branché en dérivation.
- ▢ **c.** un voltmètre branché en série.

5 Dans un circuit en série :
- ▢ **a.** l'intensité est la même en tout point du circuit.
- ▢ **b.** l'intensité circulant dans la branche principale est égale à la somme des intensités circulant dans les branches dérivées.
- ▢ **c.** l'intensité circulant dans le générateur est égale à la somme des intensités circulant dans les différents dipôles.

6 Peut-on brancher 4 appareils à raclette consommant chacun une intensité de 1 A sur une triplette ayant un système de protection (fusible) de 2 A ?
- ▢ **a.** Oui, car l'intensité sera de 1 A.
- ▢ **b.** Non, car l'intensité sera de 4 A.
- ▢ **c.** Oui, car l'intensité sera de 0,25 A.

7 Dans un circuit en série :
- ▢ **a.** la tension est la même en tout point du circuit.
- ▢ **b.** la tension aux bornes du générateurs est égale à la somme des tensions aux bornes des autres dipôles.
- ▢ **c.** l'intensité circulant dans le générateur est égale à la somme des intensités circulant dans les différents dipôles.

8 La loi d'Ohm s'écrit :
- ▢ **a.** $U = R \times I$
- ▢ **b.** $U = \frac{R}{I}$
- ▢ **c.** $I = \frac{R}{U}$

9 La puissance électrique s'écrit :
- ▢ **a.** $P = U \times I$
- ▢ **b.** $P = \frac{U}{I}$
- ▢ **c.** $E = P \times t$

10 L'énergie cinétique s'écrit :
- ▢ **a.** $E = P \times v$
- ▢ **b.** $E = m \times g \times h$
- ▢ **c.** $E = \frac{1}{2} \times m \times v^2$

Corrigés au verso

Corrigés

1 > **b.** Un circuit série est constitué d'une boucle simple. Dans un circuit série, tous les dipôles sont branchés les uns derrière les autres et forment une boucle simple. Si un des dipôles est en panne, tous les autres ne fonctionnent plus.

Voir **Fiche 13**

2 > **b.** Dans une maison, tous les appareils électriques sont branchés en dérivation. Ils sont branchés directement sur le générateur à une tension de 220 V. Si un des appareils ne fonctionne plus, les autres continuent de fonctionner.

Voir **Fiche 13**

3 > **c.** Pour mesurer l'intensité, on utilise un ampèremètre branché en série. L'intensité du courant électrique s'exprime en ampères de symbole A. L'ampèremètre se comporte comme un fil de connexion et se branche en série dans le circuit.

Voir **Fiche 14**

4 > **b.** L'appareil de mesure de la tension est un voltmètre branché en dérivation. Le voltmètre se comporte comme un interrupteur ouvert, il est donc branché en dérivation et mesure la tension, de symbole U et d'unité le volt de symbole V.

Voir **Fiche 15**

5 > **a.** Dans un circuit en série, l'intensité est la même en tout point du circuit. Un circuit série est une boucle simple, le flux d'électricité est donc le même en tout point, c'est la loi d'unicité de l'intensité pour un circuit série. Pour un circuit en dérivation, l'intensité de la branche principale est égale à la somme des intensités des branches dérivées.

Voir **Fiche 16**

6 > **b.** Non, car l'intensité sera de 4 A. À la maison, les appareils électriques sont branchés en dérivation, c'est la loi d'additivité des intensités dans un circuit en dérivation qui s'applique, l'intensité totale sera donc de 4 A.

Voir **Fiche 18**

7 > **b.** Dans un circuit en série, la tension aux bornes du générateurs est égale à la somme des tensions aux bornes des autres dipôles. C'est la loi d'additivité des tensions dans un circuit en dérivation.

Voir **Fiche 17**

8 > **a.** La loi d'Ohm s'écrit $U = R \times I$. C'est la loi qui relie la tension aux bornes d'une résistance à l'intensité qui la traverse. C'est une relation de proportionnalité de coefficient R où R est la valeur de la résistance exprimée en ohms (Ω).

Voir **Fiche 19**

9 > **a.** La puissance électrique s'écrit $P = U \times I$. La puissance s'exprime en watts de symbole W. La formule $E = P \times t$ définit l'énergie qui s'exprime en joules (J) ou kilowattheures (kWh).

Voir **Fiche 20**

10 > **c.** L'énergie cinétique s'écrit $E = \frac{1}{2} \times m \times v^2$. L'énergie s'exprime en joules (J), la masse en kilogrammes (kg) et la vitesse en mètres par seconde (m/s).

Voir **Fiche 21**

Source primaire de lumière et objet diffusant

- À revoir
- OK

23

COURS

a Sources primaires

- Lorsqu'on allume une bougie, celle-ci émet de la lumière. Lorsqu'on fait circuler du courant électrique dans une lampe, celle-ci brille. Ces deux objets sont des sources primaires de lumière : ils produisent leur propre lumière.
- Il existe dans la nature d'autres sources primaires de lumière, comme le Soleil, les étoiles ou certains animaux comme le ver luisant.

b Objet diffusant

- Lorsqu'on éclaire un objet avec un faisceau lumineux, celui-ci renvoie une partie de la lumière qu'il reçoit dans toutes les directions. On dit qu'il diffuse la lumière.
- Les objets diffusants sont aussi appelés sources secondaires de lumière. Il existe dans la nature des sources secondaires de lumière, comme la Lune ou les planètes qui diffusent la lumière du Soleil.

EXERCICE RÉSOLU 1

Énoncé

Dans le schéma ci-dessous, citer les sources primaires de lumière et les objets diffusants.

Résolution

Sources primaires : tube néon, bougie, télévision, lanterne, lampe torche, lampe de plafond.

Objets diffusants : canapé, plante verte, table, tapis, meuble, lecteur DVD.

EXERCICE RÉSOLU 2

Énoncé

Classer la liste des objets suivants en source primaire de lumière ou en objet diffusant : flamme, Soleil, mur blanc, écran d'ordinateur, lampe allumée, Lune, nuage, coulée de lave, lampe éteinte, écran de cinéma.

Résolution

Sources primaires : flamme, Soleil, écran d'ordinateur, lampe allumée, coulée de lave.

Objets diffusants : mur blanc, Lune, nuage, lampe éteinte, écran de cinéma.

EXERCICE RÉSOLU 3

Énoncé

Rosalie se maquille devant son miroir et Marcel la regarde en étant à côté d'elle.

Il lui demande : « Qu'est-ce que tu fais ? » Elle lui répond : « Mais je me regarde ! » Marcel ne comprend pas qu'elle puisse se voir, car lui ne voit pas Rosalie dans le miroir.

1. Le miroir est-il une source primaire ou un objet diffusant ?
2. À l'aide du schéma ci-contre, expliquer pourquoi Rosalie se voit et ne voit pas Marcel.
3. Le phénomène lumineux produit par le miroir est-il une diffusion ?

Résolution

1. Le miroir est un objet diffusant, car il ne produit pas de lumière.
2. Le miroir reflète la lumière venant du visage de Rosalie dans sa direction. Il ne la renvoie pas vers Marcel.
3. Ce n'est pas une diffusion, car le miroir ne renvoie pas la lumière dans toutes les directions. Ce phénomène lumineux est appelé réflexion.

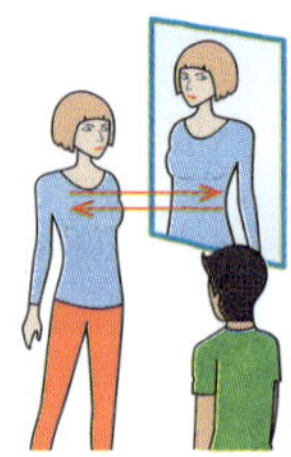

Propagation et vitesse de la lumière

À revoir
OK

24

COURS

a Propagation de la lumière

- La lumière se propage en ligne droite lorsqu'elle ne rencontre pas d'obstacles. On symbolise le rayon lumineux partant d'une source de lumière par un trait avec une flèche représentant le sens de propagation.

- Un faisceau de lumière est un ensemble de rayons lumineux parallèles. Le laser émet une lumière en un faisceau très fin.

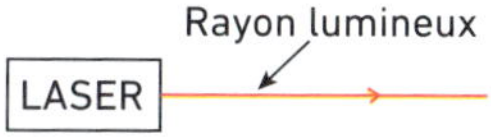

Attention Le faisceau laser est très puissant. Il faut éviter qu'il pénètre directement dans l'œil !

b Vitesse de la lumière

- La vitesse de la lumière est :

$$c = 300\ 000 \text{ km/s ou } 3{,}00 \times 10^8 \text{ m/s.}$$

- Lorsque la lumière entre dans un milieu transparent (eau, verre...), sa vitesse de propagation diminue ; si elle est déviée, on parle de réfraction.

- Lorsqu'elle rencontre un obstacle réfléchissant, elle est renvoyée : on parle de réflexion.

- L'année lumière est une unité de mesure des distances utilisée par les astronomes. Elle représente la distance parcourue par la lumière en une année.

1 al $= (365{,}25 \times 24 \times 60 \times 60) \times 300\ 000$ km $= 9{,}47 \times 10^{12}$ km (9470 milliards de kilomètres) ou $9{,}47 \times 10^{15}$ m.

EXERCICE RÉSOLU 1

Énoncé

Sur ce schéma, le segment AB représente un écran qui ne laisse pas passer la lumière. Le segment A'B' représente l'ombre portée de AB.

Une source de lumière est placée à droite de l'écran AB. Tracer les rayons lumineux et trouver l'emplacement de la source.

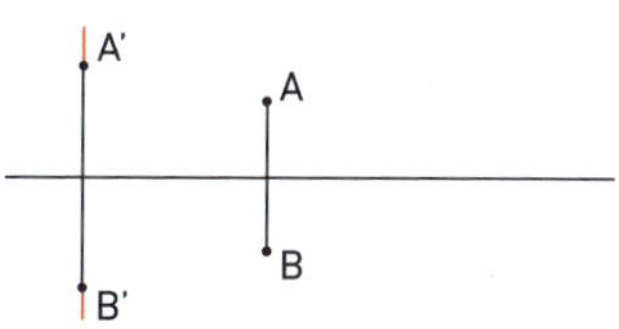

Résolution

La source lumineuse se trouve au point S.

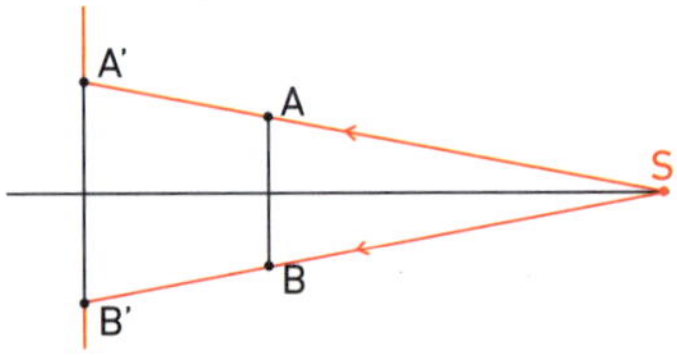

EXERCICE RÉSOLU 2

Énoncé

L'étoile la plus proche de notre système solaire, Alpha du Centaure, se trouve à 4,3 années lumière.

1. Exprimer la distance séparant la Terre d'Alpha du Centaure en kilomètres.
2. La sonde Voyager est le premier engin humain à être sorti du système solaire. Elle se déplace à une vitesse de 61 200 km/h. Combien de temps faudrait-il à Voyager pour faire le trajet Terre-Alpha du Centaure ?

Résolution

1. La distance entre la Terre et Alpha du centaure est :

$d = 4,3$ al $= 4,3 \times 9,47 \times 10^{12} = 4,07 \times 10^{13}$ km.

2. Pour connaître la durée t du voyage, on utilise : $v = \frac{d}{t'}$ donc $t = \frac{d}{v'}$.

Donc $t = \frac{4,07 \times 10^{13}}{61\,200} = 6,6 \times 10^{8}$ heures, soit 75 904 ans...

EXERCICE RÉSOLU 3

Énoncé

Le Soleil est à une distance de 150 000 000 km de la Terre. Combien de temps met la lumière émise par le Soleil pour parvenir jusqu'à nous ?

Résolution

Pour calculer le temps mis par la lumière pour parcourir la distance Terre-Soleil, on utilise la même formule $t = \frac{d}{v} = \frac{150\,000\,000}{300\,000} = 500$ secondes. Ce qui équivaut, en divisant par 60 pour avoir des minutes, à 8 minutes et 30 secondes.

Détermination de la vitesse du son

À revoir
OK

25

COURS

a Propagation du son

- Le son est une onde qui se propage dans un milieu matériel. Il ne peut pas se propager dans le vide. La vibration sonore se propage de proche en proche dans la matière.

- On peut mettre en évidence cette propriété en mettant une source sonore, comme un téléphone portable, dans une cloche à vide : lorsqu'on enlève l'air dans la cloche à vide, on n'entend plus la sonnerie du téléphone.

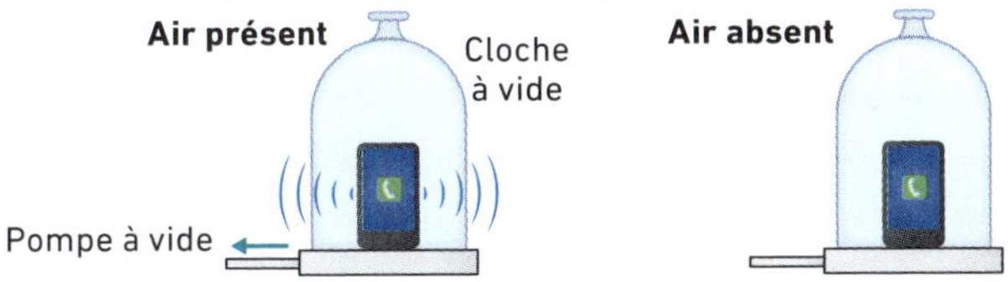

b Vitesse du son

- La vitesse de propagation du son dépend du milieu dans lequel il se propage.

Milieu	Air	Eau	Acier
Vitesse (m/s)	340	1 500	5 800

- La vitesse du son dans l'air dépend de la température et de la pression de l'air.

- La vitesse du son est appelée mur du son par les pilotes d'avion. En effet, lorsqu'un avion dépasse Mach 1, c'est-à-dire environ 1 200 km/h, l'avion se déplace à la même vitesse que le son. Au moment où il dépasse cette vitesse, une forte zone de compression se forme sur l'avion et il se produit une explosion sonore.

- Pour mesurer la vitesse du son, on peut utiliser un dispositif expérimental qui permet de mesurer la durée que met un son à se propager d'un point à un autre, connaissant la distance séparant les deux points.

EXERCICE RÉSOLU 1

Énoncé

Félix pousse un cri en direction de deux microphones. Le microphone le plus proche de Félix est à une distance $d = 34$ cm du microphone le plus éloigné. On enregistre à l'oscilloscope les signaux reçus par les deux microphones.

L'oscillogramme obtenu est le suivant :

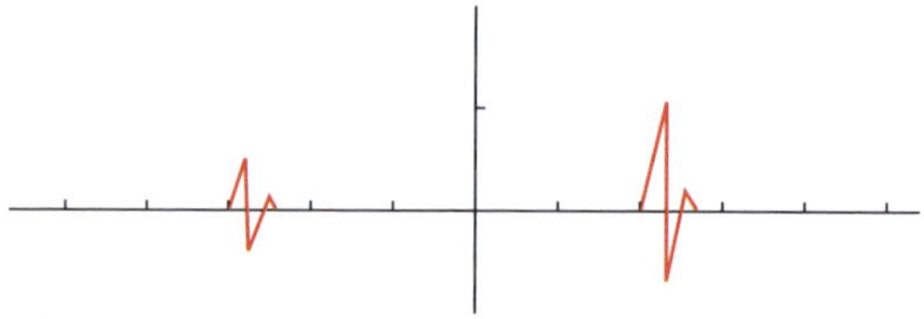

La vitesse de balayage de l'oscilloscope est de 200 microsecondes par division. Quelle est la célérité du son dans l'air ?

Résolution

Pour déterminer la vitesse de propagation du son, on mesure d'abord le retard entre les deux pics de l'onde.

D'après l'oscillogramme, on mesure un décalage de cinq divisions entre les deux signaux reçus. Le retard est donc de $200 \times 5 = 1\,000$ µs, soit 10^{-3} s.

La distance parcourue par l'onde pendant ce temps étant de 34 cm, soit 0,34 m, la célérité de l'onde sonore est de :

$$v = \frac{d}{t} = \frac{0{,}34}{10^{-3}} = 0{,}34 \times 10^{3} = 340 \text{ m/s}.$$

EXERCICE RÉSOLU 2

Énoncé

Danie campe avec sa petite fille Arya. Un orage éclate et, à travers la toile de tente, Arya voit un éclair. Elle a peur et demande à Danie : « Il est tombé loin l'éclair ? ». Danie attend 10 secondes, puis, après avoir entendu le tonnerre, elle répond : « Il est à plus de 3 kilomètres, tu peux dormir tranquille. »

Danie a-t-elle raison ? Justifier.

Données : vitesse du son dans l'air : $v = 340$ m/s ;
vitesse de la lumière : $c = 300\,000$ km/s.

Résolution

La lumière de l'éclair arrive quasi instantanément aux yeux de Danie. En revanche, le son produit par la foudre met 10 secondes pour parvenir aux oreilles de Danie. La foudre est donc tombée à une distance :

$$d = v \times t = 340 \times 10 = 3\,400 \text{ m, soit } 3{,}4 \text{ km}.$$

L'orage est donc bien à plus de 3 km.

Mesure de fréquences sonores

À revoir
OK

26

COURS

a Fréquence et période

● Un son joué par un instrument est une vibration de l'air périodique.

Exemple : Lorsqu'elle est pincée, une corde de guitare oscille avec une certaine fréquence autour de sa position d'équilibre. Cette vibration engendre une onde sonore, qui est amplifiée par la caisse de résonance. Plus la fréquence des battements de la corde sera élevée, plus le son sera aigu.

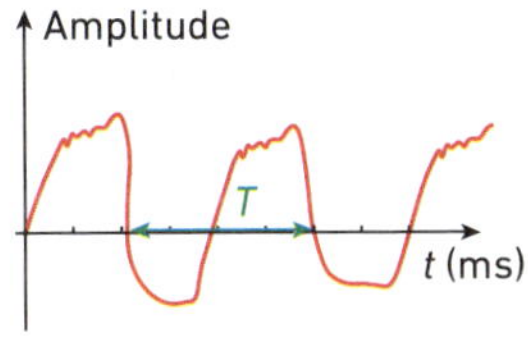

Oscillogramme d'enregistrement du son

● La fréquence de l'onde est le nombre de fois où la corde oscille en une seconde. Elle définit la hauteur du son (plus la fréquence est élevée, plus le son sera aigu).

● Si on enregistre le son, on obtient un oscillogramme qui révèle les caractéristiques du son.

● La période est la durée d'un motif élémentaire qui, en se répétant, reproduit la courbe. Elle est directement liée à la fréquence par la formule :

$$f = \frac{1}{T}$$

f est la fréquence en hertz (Hz) et T est la période en secondes (s).
La période est l'inverse de la fréquence et réciproquement.

b Timbre et niveau sonore

● Le timbre est la « couleur » du son, il caractérise chaque instrument. En effet, deux instruments peuvent jouer une même note, mais leur oscillogramme sera différent. Lorsque le son est pur, le signal est dit sinusoïdal.

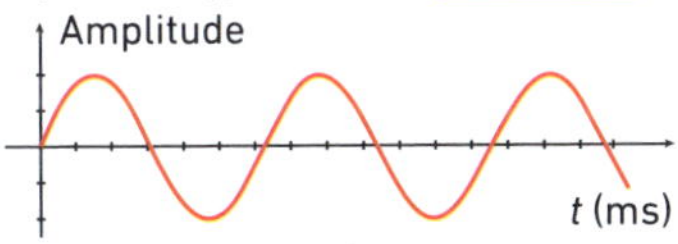

Signal sonore d'allure sinusoïdale

● Le niveau sonore est une grandeur qui caractérise l'intensité sonore. Il s'exprime en décibels, de symbole dB. Lorsque le niveau sonore augmente de 3 dB, l'intensité sonore est multipliée par 2.

Exemple : La limite autorisée en discothèque est de 110 dB ; le seuil de douleur, à partir duquel l'intensité sonore devient douloureuse, est de 130 dB.

EXERCICE RÉSOLU 1

Énoncé

Zoé accorde sa clarinette avec un accordeur électronique. Celui-ci émet un son pur de fréquence 440 Hz. Elle enregistre le son de sa clarinette et celui de l'accordeur, puis visualise les deux oscillogrammes suivants.

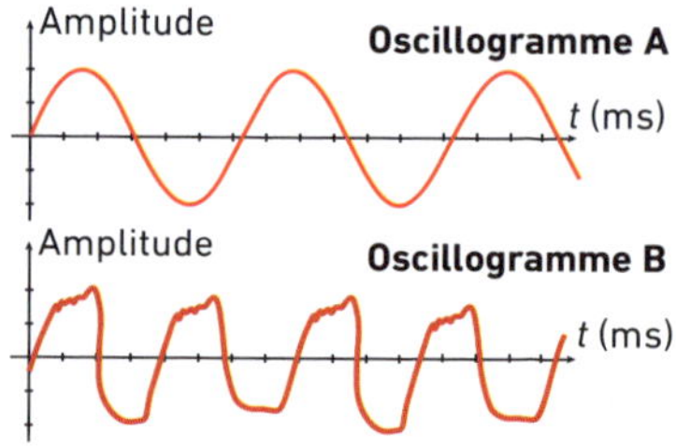

1. Associer à chaque oscillogramme la source sonore.

Instrument	Accordeur	Clarinette
Oscillogramme	A	B

2. Dessiner sur l'oscillogramme B le motif élémentaire.

Résolution

1.

Instrument	Accordeur	Clarinette
Oscillogramme	A	B

2. On peut dessiner plusieurs motifs élémentaires, mais ils ont tous la même durée.

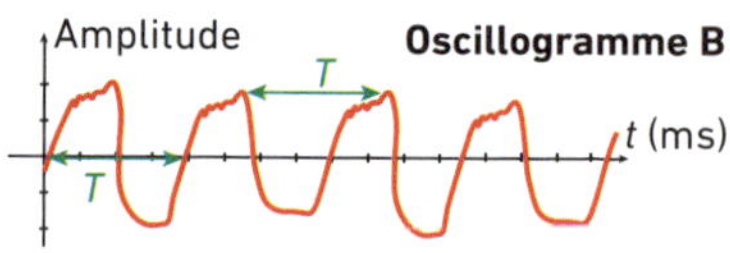

EXERCICE RÉSOLU 2

Énoncé

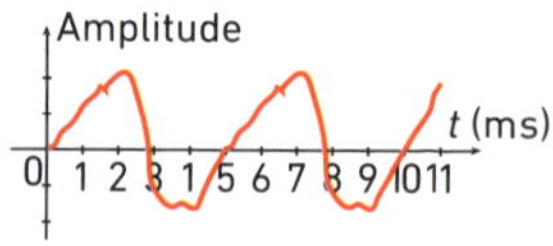

Charlotte pense que son piano est désaccordé.

Elle joue un « la » et visualise le son enregistré sur l'oscillogramme suivant.

Si le piano est accordé, il doit émettre le « la » avec une fréquence de 220 Hz.

Charlotte doit-elle faire accorder son piano ?

Résolution

D'après l'oscillogramme, la période du « la » est de 5 ms.

Sa fréquence est donc : $f = \frac{1}{T} = \frac{1}{5 \times 10^{-3}} = 200$ Hz.

Il faut donc faire accorder le piano.

Je me teste sur...

LES SIGNAUX

1 La Lune est :

- ▢ **a.** une source primaire de lumière.
- ▢ **b.** un objet qui réfléchit la lumière comme un miroir.
- ▢ **c.** un objet diffusant.

2 La propagation de la lumière est représentée par une droite orientée :

- ▢ **a.** appelée faisceau lumineux.
- ▢ **b.** qui va de l'œil de l'observateur vers la source de lumière.
- ▢ **c.** appelée rayon lumineux.

3 La vitesse de la lumière est de :

- ▢ **a.** 340 m/s.
- ▢ **b.** 300 000 000 m/s.
- ▢ **c.** 300 000 km/h.

4 L'année lumière est :

- ▢ **a.** une durée d'environ 365,25 jours.
- ▢ **b.** une distance d'environ $9{,}5 \times 10^{15}$ m.
- ▢ **c.** une vitesse d'environ 300 000 km/s.

5 La réfraction est le fait que la lumière soit :

- ▢ **a.** réfléchie lorsqu'elle rencontre un milieu transparent.
- ▢ **b.** absorbée lorsqu'elle rencontre un milieu transparent.
- ▢ **c.** déviée lorsqu'elle traverse un autre milieu transparent.

6 Le son est une onde qui se propage :

- ▢ **a.** dans un milieu matériel.
- ▢ **b.** à une vitesse de 340 m/s dans tout milieu.
- ▢ **c.** dans le vide.

On donne les enregistrements de deux sons ci-dessous.

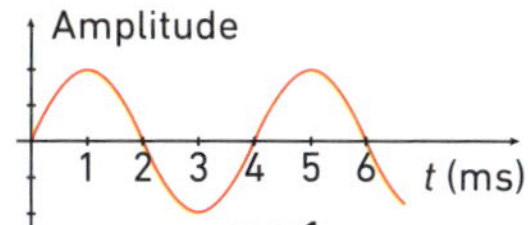

son 1

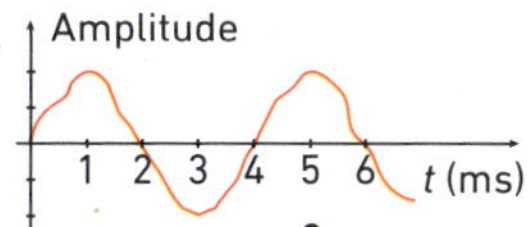

son 2

7 Les sons 1 et 2 ont une période de :

- ▢ **a.** 2 ms. ▢ **b.** 4 ms.
- ▢ **c.** 4 s.

8 Les sons 1 et 2 ont une fréquence de :

- ▢ **a.** 0,5 Hz. ▢ **b.** 0,25 Hz.
- ▢ **c.** 250 Hz.

9 Les sons 1 et 2 ont :

- ▢ **a.** le même timbre et la même hauteur.
- ▢ **b.** la même hauteur.
- ▢ **c.** le même timbre.

10 Le niveau sonore se mesure en :

- ▢ **a.** décibels (dB).
- ▢ **b.** watts (W).
- ▢ **c.** volts (V).

Corrigés au verso

Corrigés

1 > **c.** Un objet diffusant. Un objet diffusant est un objet qui renvoie la lumière émise par une source primaire de lumière ; dans ce cas, la Lune renvoie la lumière du Soleil. Cette lumière est renvoyée dans toutes les directions, on parle de diffusion, ce qui n'est pas le cas du miroir qui renvoie dans une seule direction.

Voir **Fiche 23**

2 > **c.** appelée rayon lumineux. Un faisceau lumineux est un ensemble de rayon lumineux. Le sens de propagation de la lumière part de la source de lumière vers l'observateur.

Voir **Fiche 24**

3 > **b.** 300 000 000 m/s. La vitesse du son dans l'air est de 340 m/s, elle est nettement inférieure à la vitesse de la lumière.

Voir **Fiche 24**

4 > **b.** une distance d'environ $9{,}5 \times 10^{15}$ m. C'est une unité de distance qui correspond à la distance parcourue par la lumière dans le vide pendant une année. Elle est utilisée par les astronomes pour les très grandes distances séparant les objets célestes dans l'Univers.

Voir **Fiche 24**

5 > **c.** déviée lorsqu'elle traverse un autre milieu transparent. La réfraction s'accompagne d'un changement de vitesse de propagation de la lumière.

Voir **Fiche 24**

6 > **a.** dans un milieu matériel. On dit que c'est une onde mécanique car elle a besoin d'un milieu matériel pour se propager. Elle se propage plus rapidement dans des milieux plus denses que l'air comme l'eau ou le métal.

Voir **Fiche 25**

7 > **b.** 4 ms. Un motif élémentaire se décrit sur une durée de 4 ms.

Voir **Fiche 26**

8 > **c.** 250 Hz. On utilise la formule $f = \frac{1}{T}$. En convertissant la période T en seconde, on a donc : $f = \frac{1}{0{,}004} = 250$ Hz

Voir **Fiche 26**

9 > **b.** la même hauteur. Les deux sons ont la même fréquence, donc la même hauteur. Ils n'ont pas le même timbre car leur forme est différente.

Voir **Fiche 26**

10 > **a.** décibels (dB). Le watt est l'unité de puissance et le volt est l'unité de tension électrique.

Voir **Fiche 26**

La Terre sous l'effet du rayonnement solaire

À revoir
OK

1

1 EFFET DE LA FORME DE LA TERRE SUR L'ÉNERGIE SOLAIRE REÇUE À SA SURFACE

- L'énergie solaire reçue à la surface de la Terre est inégale et à l'origine des climats.
- La différence d'énergie reçue dépend de la forme de la Terre, de son inclinaison sur son axe de rotation et de sa position sur son orbite.
- Les rayons émis par le Soleil arrivent, à la surface de la Terre, parallèles entre eux et transportent la même quantité d'énergie et de lumière. Les rayons qui arrivent près de l'équateur se répartissent sur une plus petite surface que ceux arrivant aux pôles, ainsi la température est plus forte à l'équateur qu'aux pôles.

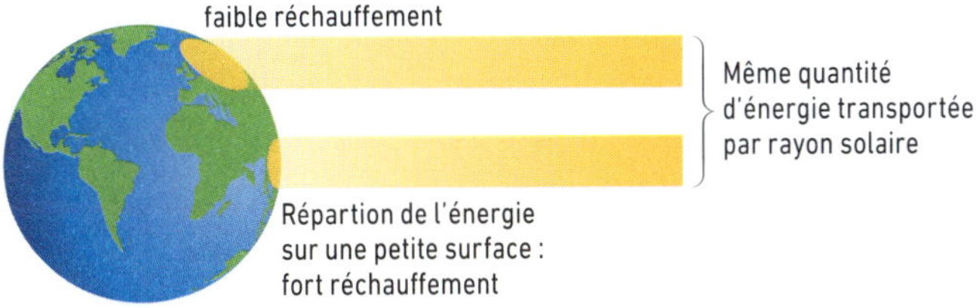

Différence d'énergie solaire reçue selon la latitude

2 EFFET DE L'INCLINAISON DE LA TERRE SUR L'ÉNERGIE SOLAIRE REÇUE À SA SURFACE

- L'énergie solaire reçue à la surface de la Terre est également inégale entre l'hémisphère Nord et l'hémisphère Sud du fait de l'inclinaison de l'axe de rotation de la Terre.
- Lorsque c'est l'hiver dans l'hémisphère Nord, c'est l'été dans l'hémisphère Sud et inversement.
- L'axe de rotation est l'axe autour duquel tourne la Terre. Il passe par les pôles.

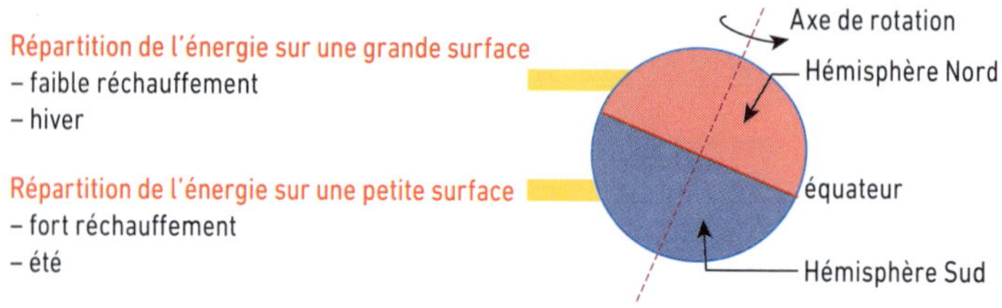

Effet de l'inclinaison de l'axe de rotation de la Terre sur la répartition de l'énergie solaire entre les deux hémisphères

3 EFFET DE L'ORBITE TERRESTRE SUR L'ÉNERGIE SOLAIRE REÇUE À LA SURFACE DE LA TERRE

La Terre, qui tourne sur elle-même, tourne autour du Soleil (orbite) en une année, sans que son axe de rotation ne change d'orientation. Ainsi, selon la position de la Terre autour du Soleil, chaque hémisphère se retrouve tour à tour en été ou en hiver.

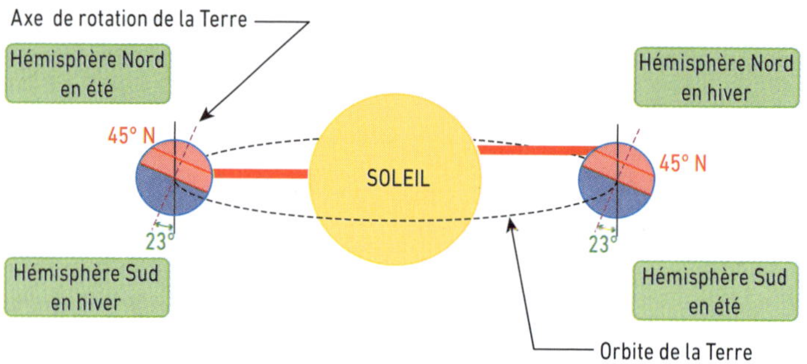

Répartition de l'énergie solaire en fonction de l'orbite terrestre

4 LES GRANDES ZONES CLIMATIQUES

Ces trois facteurs (forme de la Terre, inclinaison de son axe de rotation et position sur son orbite) sont à l'origine d'une répartition de la température selon la latitude. Mais d'autres éléments interviennent dans la répartition des températures et donc des climats, tels que :

- la différence d'énergie solaire reçue selon la latitude ;
- les mouvements d'air (vents) et d'eau (courants océaniques) ;
- la distance aux mers et aux océans ;
- le type de sol et le type de végétation.

Courants atmosphériques et courants océaniques

☐ À revoir
☐ OK

2

1 L'EFFET DU RAYONNEMENT SOLAIRE SUR L'OCÉAN ET L'ATMOSPHÈRE

- La différence d'énergie solaire reçue à la surface de la Terre est à l'origine d'une inégale répartition des températures des océans et de l'atmosphère.
- Les rayons solaires traversent l'atmosphère et réchauffent directement la surface de la Terre (les océans et les sols des continents) qui à son tour réchauffe l'atmosphère ou les océans.

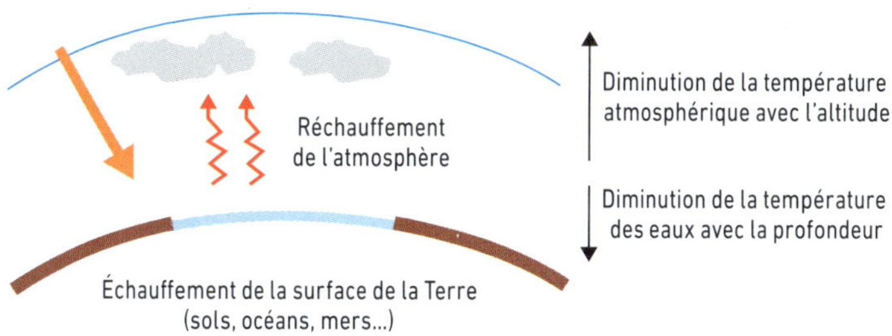

Le rayonnement solaire réchauffe la surface de la Terre

- L'énergie solaire reçue à la surface la Terre est plus élevée près de l'équateur qu'aux pôles ; c'est également vrai pour la température de surface des océans et de la base de l'atmosphère.

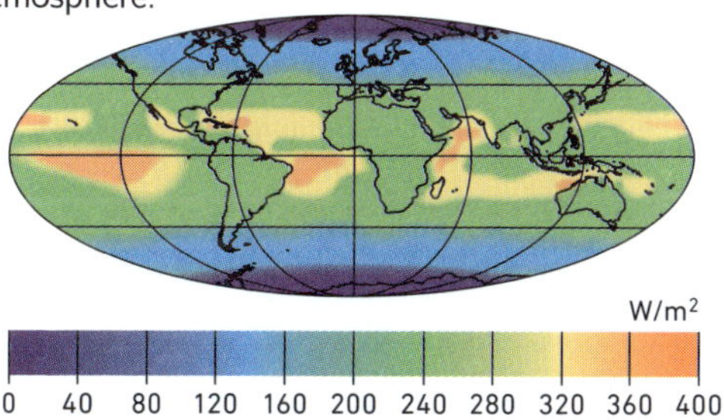

Répartition de l'énergie solaire reçue par le globe terrestre

2 L'ORIGINE DES COURANTS OCÉANIQUES ET ATMOSPHÉRIQUES

La différence de température des eaux et de l'atmosphère, entre l'équateur et les pôles, est à l'origine des mouvements de masses d'air (vents) dans l'atmosphère et de courants dans les océans.

a Courants océaniques

● Les eaux équatoriales, plus chaudes, ont tendance à s'étendre en surface en direction des pôles. Les eaux « chaudes » sont alors remplacées par des eaux froides profondes qui proviennent des pôles.

● En simplifiant, on peut dire qu'il y a une double circulation des masses d'eaux :
– une circulation de surface, de l'équateur vers les pôles ;
– une circulation profonde, des pôles vers l'équateur.

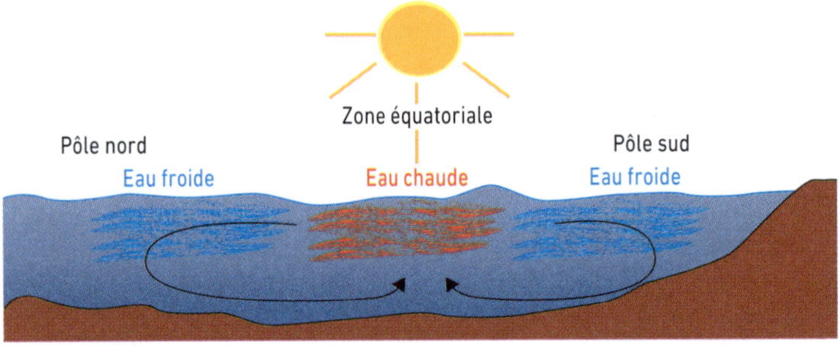

Circulation océanique simplifiée entre l'équateur et les pôles

● Les vents et la rotation de la Terre agissent également sur la circulation océanique en le complexifiant.

b Courants atmosphériques

● Les masses d'air sont également déplacées en raison de l'inégale répartition de l'énergie solaire reçue à la surface de la Terre, par l'effet de la rotation de la terre (force de Coriolis) et de la présence de reliefs terrestres.

● La force de Coriolis est une force créée par la rotation de la Terre qui entraîne la déviation des objets en mouvement vers la droite dans l'hémisphère Nord et vers la gauche dans l'hémisphère Sud.

c Le lien entre courants atmosphériques, courants océaniques et climats

● Les courants océaniques et atmosphériques agissent les uns sur les autres, ce qui modifie encore les variations de températures à la surface de la Terre.

● Si on compare deux villes à la même latitude sur les côtes ouest-françaises et est-américaines, on remarque que l'hiver est plus rude aux États-Unis. En effet, un courant chaud (le Gulf Stream) qui borde nos côtes atlantiques, adoucit le climat. En revanche, côté américain, un courant froid (le courant du Labrador) abaisse la température.

Les climats actuels et les climats passés

À revoir
OK

3

1 LA DÉTERMINATION DES CLIMATS PASSÉS

La connaissance des climats passés repose sur l'accumulation et la comparaison de différents indices.

a Les données apportées par les roches

- Les fossiles contenus dans les roches (roches sédimentaires) sont autant d'indicateurs qui renseignent sur les conditions climatiques de leur mise en place. Par exemple, la présence de coraux indique un climat chaud.
- Les roches en elles-mêmes peuvent fournir des renseignements sur les climats passés puisque certaines de leurs altérations peuvent être reliées à des conditions climatiques spécifiques. Par exemple, certaines roches sous climat tropical se transforment en une roche appelée bauxite.

b Les données palynologiques

L'étude des grains de pollen (palynologie) que l'on retrouve dans les sédiments permet d'identifier les espèces végétales présentes au moment du dépôt des sédiments. La connaissance des aires de répartition, et donc des conditions de vie des végétaux, permet d'établir le climat au moment du dépôt des sédiments.

c Les données chimiques

Il est également possible d'établir assez précisément les climats passés jusqu'à 8000 ans en réalisant des calculs à partir de la composition de l'eau de la glace de la calotte glaciaire.

2 LES FACTEURS À L'ORIGINE DES CHANGEMENTS CLIMATIQUES

a Les variations des paramètres orbitaux

Au cours des temps géologiques, les paramètres orbitaux de la Terre se sont modifiés de manière cyclique (répétée et régulière), entraînant des variations importantes des climats terrestres.

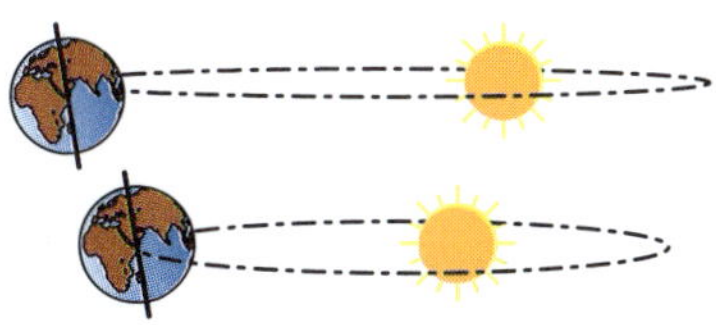

Excentricité de l'orbite terrestre
L'orbite passe d'une ellipse à un cercle avec une période de 100 000 ans.

Variations des paramètre de l'orbite terrestre

Obliquité de l'axe de rotation
L'angle d'inclinaison de l'axe de rotation varie avec une période de 41 000 ans.

Variations des paramètre de l'orbite terrestre (suite)

b L'activité interne de la Terre

- Lors d'éruptions volcaniques, la quantité importante de gaz et de petites particules émises dans l'atmosphère peuvent réduire l'arrivée de l'énergie solaire jusqu'à la surface de la Terre, entraînant un refroidissement important.

c La répartition des continents à la surface de la Terre

- Au cours des temps géologiques, du fait de la tectonique des plaques, les continents se sont plusieurs fois regroupés pour former un unique « supercontinent », puis se sont disloqués.
- Ces répartitions des continents et des océans modifient la répartition de la chaleur à la surface de la Terre et donc la redistribution de la chaleur des zones chaudes vers les zones froides, entraînant de fortes variations climatiques.

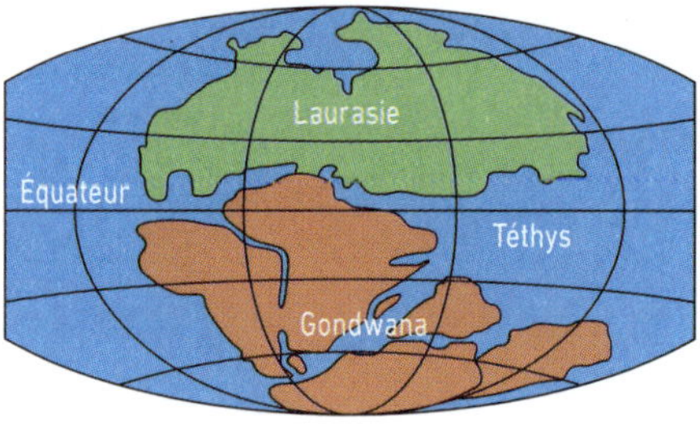

La Pangée : supercontinent du Trias, il y a 200 millions d'années

d Les activités humaines

- L'action de l'homme sur les climats est récente mais très importante ; elle a commencé au milieu du XIXe siècle. Elle est liée majoritairement à l'émission de gaz à effet de serre lors de l'utilisation d'énergies fossiles par l'industrie et les transports.
- À partir des données actuelles et passées, les climatologues tentent de prévoir l'évolution du climat. Globalement, ils s'accordent sur une augmentation de la température globale, mais ne parviennent pas à s'accorder sur l'ampleur de cette augmentation et ses conséquences.

La Terre, une planète animée de mouvements

- À revoir
- OK

4

1 LA TECTONIQUE DES PLAQUES

Selon la théorie de la tectonique des plaques, la lithosphère est découpée en plaques qui sont en mouvement les unes par rapport aux autres. Ces plaques se déplacent sur l'asthénosphère.

2 LA STRUCTURE INTERNE DE LA TERRE

- L'étude du comportement des ondes sismiques et des roches a permis de mieux comprendre la structure interne de notre planète.

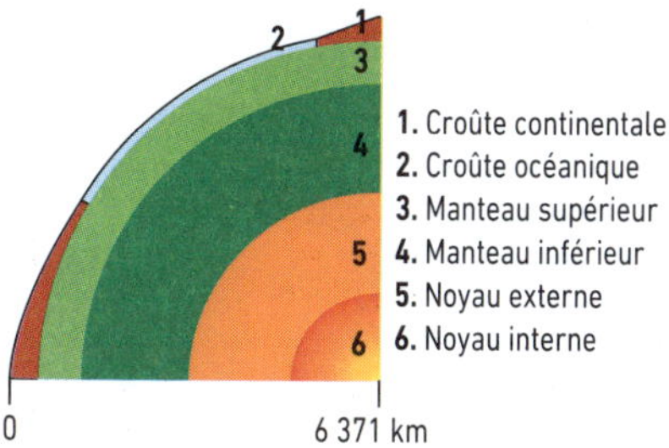

Structure interne du globe (en coupe)

- Des études complémentaires ont permis un nouveau découpage des couches les plus externes.

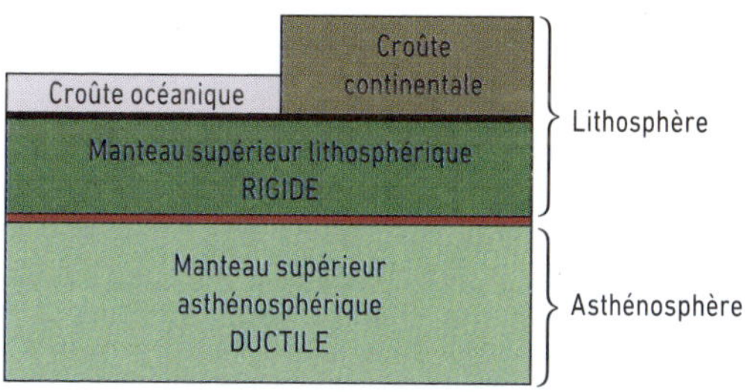

Les couches externes du globe terrestre

- La lithosphère est une couche rigide, formée en surface par la croûte terrestre (continentale ou océanique selon les endroits) et en profondeur par une partie du manteau supérieur. Elle repose sur l'asthénosphère.

● L'épaisseur de la lithosphère est comprise entre 100 et 150 km, car l'épaisseur de la croûte est variable : croûte océanique (7 à 12 km d'épaisseur) ; croûte continentale (30 à 70 km d'épaisseur).

● L'asthénosphère, ou manteau supérieur asthénosphérique, est une couche ductile (solide mais déformable).

3 LES LIMITES DES PLAQUES

La lithosphère est morcelée en une douzaine de plaques de tailles différentes, limitées par trois types de frontières :
– des frontières où les plaques s'écartent (divergent) : dorsales océaniques, zones de rift ;
– des frontières où les plaques se rapprochent (convergent) : zones de subduction, zones de collision ;
– des frontières où les plaques coulissent : failles transformantes.

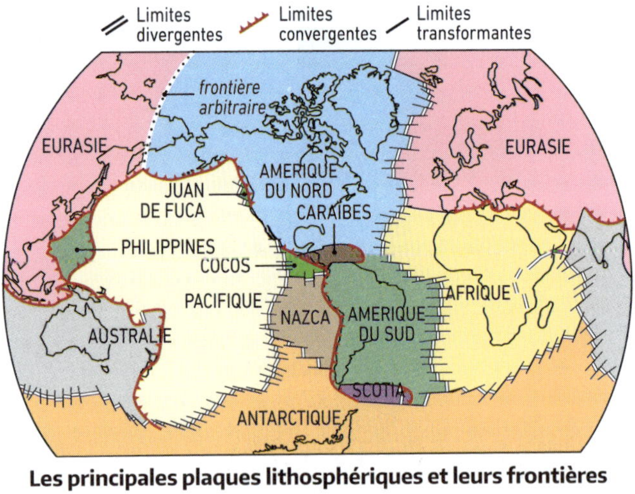

Les principales plaques lithosphériques et leurs frontières

4 LES CONSÉQUENCES DE LA TECTONIQUE DES PLAQUES

● Les mouvements des plaques participent à la création et à la disparition des océans, ainsi qu'à la formation des chaînes de montagnes.

● Le volcanisme et les séismes sont des manifestations associées à ces mouvements.

● Les changements de position des continents ont joué un rôle important dans les modifications des climats, en modifiant la circulation océanique, en permettant la formation de calottes glaciaires, etc.

Le volcanisme

☐ À revoir
☐ OK

5

1 LES MANIFESTATIONS DU VOLCANISME

- Les mouvements entre les plaques lithosphériques peuvent être à l'origine d'éruptions volcaniques. Le volcanisme contribue à la dissipation de l'énergie interne.
- Le volcanisme est à l'origine de nombreux produits :

– des produits gazeux : vapeur d'eau, dioxyde de carbone, dioxyde de soufre... ;
– des produits liquides : quand le magma arrive en surface, après dégazage, on lui donne le nom de lave ;
– des produits solides : ils sont classés en fonction de leur diamètre (cendres < 2 mm < lapillis < 64 mm < bombes/blocs) ou de leur densité (les scories ne flottent pas, les ponces flottent).

- L'accumulation de ces produits contribue à la construction de l'édifice volcanique.

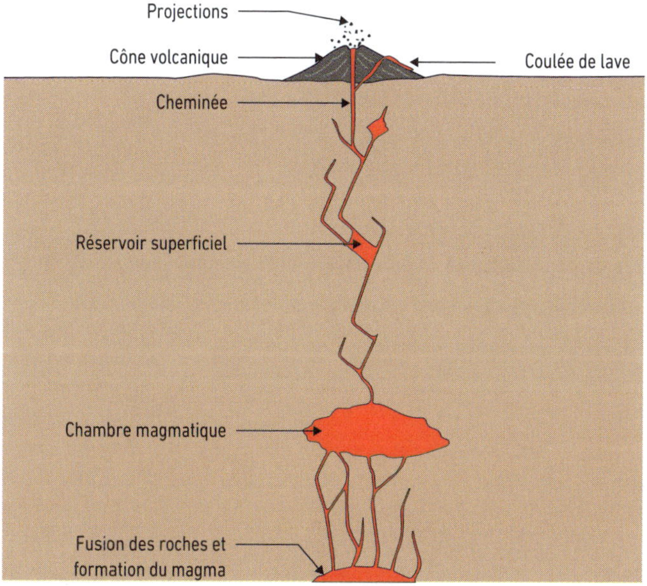

Structure d'un édifice volcanique

- Les volcans peuvent aussi émettre des produits mixtes, comme les nuées ardentes constituées de gaz brûlants transportant, à la suite d'une violente explosion, des masses considérables de débris de lave de toutes tailles (cendres, scories, blocs) et se déplaçant à grande vitesse (100 km/h et plus). Les lahars sont des coulées boueuses qui dévalent les flancs d'un volcan (suite à la fonte du glacier qui recouvrait le volcan, par exemple).

- Divers phénomènes sont associés au volcanisme : les fumerolles, qui sont des jets de vapeur d'eau (riches en dioxyde de carbone et en hydrogène sulfuré), passent à travers des fissures dans les flancs du volcan ; les geysers sont des sources d'eau chaude qui jaillit par intermittence en projetant de l'eau et de la vapeur à haute température et à haute pression.

2 LES DYNAMISMES ÉRUPTIFS

On peut distinguer plusieurs types de dynamisme, en fonction de la viscosité de la lave et de la quantité de gaz présents dans le magma :
- un dynamisme effusif (magma contenant peu ou pas de gaz, lave fluide) ;
- un dynamisme extrusif (lave visqueuse, créant dômes et aiguilles) ;
- un dynamisme explosif (magma riche en gaz, éruption explosive).

3 LA LOCALISATION DES VOLCANS

- Le volcanisme des zones de subduction est localisé à la frontière entre deux plaques lithosphériques, l'une des plaques passant sous l'autre. Ces volcans connaissent une alternance d'éruptions extrusives et explosives.

- Le volcanisme des dorsales océaniques est localisé à la frontière entre deux plaques lithosphériques qui s'écartent l'une de l'autre. Le volcanisme est de type effusif.

- Le volcanisme de point chaud est le seul volcanisme intraplaque.

4 LES RISQUES LIÉS AU VOLCANISME

- L'aléa volcanique est la probabilité, en un endroit donné, qu'une éruption volcanique se produise. L'aléa prend aussi en compte l'intensité de l'éruption.

- Le risque volcanique est l'ensemble des conséquences de l'éruption si elle se produisait. Le passage de l'aléa au risque suppose la prise en compte de la vulnérabilité des constructions, des impacts sur la population...

- Réduire le risque volcanique implique la mise en place d'une prévention (information des populations, exercices d'évacuation) et d'une surveillance des volcans. Le GPS permet de surveiller le gonflement des édifices volcaniques, la spectrométrie permet d'identifier les gaz qui s'échappent, les sismomètres peuvent enregistrer de petits séismes liés à la remontée du magma...

Les séismes

☐ À revoir
☐ OK

6

1 L'ORIGINE DES SÉISMES

● Les séismes ou tremblements de terre sont, comme le volcanisme, des manifestations de l'activité interne de la Terre.

● Lorsqu'un matériau rigide (roche) est soumis à des contraintes de cisaillement, il va d'abord se déformer, puis, lorsqu'il aura atteint sa limite d'élasticité, il va se rompre, en dégageant de façon brusque toute l'énergie qu'il a accumulée.

● Une très grande majorité des séismes est localisée au niveau des failles et à la limite des plaques lithosphériques (dorsales, zones de subduction, failles transformantes). Des séismes peuvent aussi se produire lors de la remontée du magma dans un contexte volcanique.

● L'énergie créée par les frottements au niveau de la faille produisent de l'énergie dissipée d'une part sous forme de chaleur et d'autre part sous forme de vibrations, les ondes sismiques. Celles-ci se propagent dans toutes les directions à partir du foyer, lieu où se produit la rupture des roches en profondeur. Le point en surface situé à la verticale du foyer est appelé épicentre. C'est au niveau de l'épicentre que les secousses enregistrées sont les plus fortes.

2 L'ÉVALUATION D'UN SÉISME

● L'intensité d'un séisme est définie en un lieu par rapport aux effets produits par ce séisme, qu'ils soient seulement observés ou ressentis par l'homme (réveil, chute d'objets, fissures…) ou qu'ils aient causé des dégâts plus ou moins importants aux constructions.

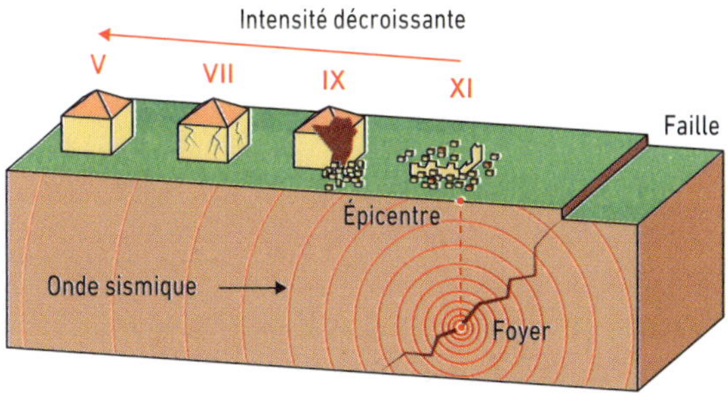

Origine et évaluation d'un séisme

• Plusieurs échelles d'intensité ont été définies. Les plus utilisées sont l'échelle de Mercalli qui date de 1902 (modifiée en 1956) et l'échelle MSK créée en 1964. Une nouvelle échelle a été adoptée par les pays européens en 1998 : l'EMS 98 (European Macroseismic Scale 1998).

3 LA MAGNITUDE D'UN SÉISME

• La magnitude d'un séisme est une estimation (par le calcul) de la quantité d'énergie libérée à l'endroit où le séisme s'est produit.

• L'échelle de Richter est une échelle de la magnitude qui, en théorie, n'est valable que pour les séismes californiens.

4 LES ONDES SISMIQUES

Il existe plusieurs types d'ondes sismiques :
– les ondes P (primaires), qui se propagent le plus rapidement et dans tous les milieux. Le déplacement du sol qui accompagne leur passage se fait par compression-dilatation, parallèlement à la direction de propagation de l'onde ;
– les ondes S (secondaires), qui se propagent plus lentement que les ondes P et ne se propagent pas dans les milieux liquides. Ce sont des ondes de cisaillement.

5 LES RISQUES LIÉS AUX SÉISMES

• Le risque sismique est la combinaison entre l'aléa sismique (probabilité qu'un séisme se produise) et la vulnérabilité des personnes, bâtiments, infrastructures (routes, ponts, conduites de gaz) qui seraient exposées au séisme. Les séismes peuvent engendrer des phénomènes tels que des glissements de terrain, des tsunamis ou raz-de-marée.

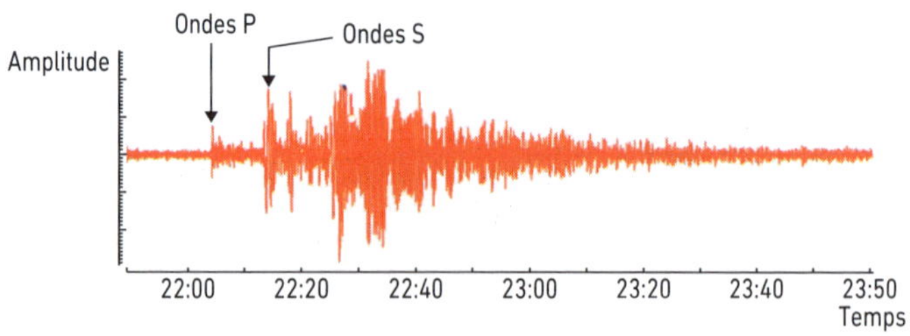

Enregistrement (sismogramme) d'un séisme par un sismomètre

• Réduire le risque sismique implique la mise en place d'une prévention des populations, la construction de bâtiments adaptés (normes parasismiques) et d'une surveillance. Il existe de nombreuses stations munies de sismomètres.

L'exploitation humaine des ressources planétaires

☐ À revoir
☐ OK

7

1 DES RESSOURCES RENOUVELABLES OU NON

- Pour répondre à ses besoins en nourriture, en énergie, etc., l'Homme exploite des ressources naturelles : eau, pétrole, charbon, etc.
- Certaines ressources sont renouvelables (eau, bois), alors que d'autres sont non renouvelables (charbon, pétrole, métaux).
- On dit qu'une ressource est renouvelable quand les stocks peuvent être reconstitués à l'échelle humaine ; or, les gisements de charbon et de pétrole demandent des millions d'années pour être renouvelés.

2 LES RESSOURCES HALIEUTIQUES

- Les ressources halieutiques sont les ressources vivantes de l'océan. L'évolution des techniques de pêche est à l'origine d'une surexploitation de ces ressources. Certaines espèces sont de ce fait menacées d'extinction : c'est le cas du thon rouge.
- La pêche industrielle est aussi à l'origine d'une détérioration des fonds marins et de la destruction accidentelle d'espèces comme les tortues, les dauphins...
- L'aquaculture industrielle permet la production de grandes quantités de poissons, de crustacés, destinés à l'alimentation humaine. Mais ce système de production est polluant, il met en danger les écosystèmes.

3 LES RESSOURCES EN EAU

- L'homme utilise l'eau pour boire, se laver, cuisiner, irriguer ses cultures C'est une ressource vitale. Or cette ressource manque dans certaines régions du globe, alors qu'elle est abondante et gaspillée dans d'autres régions.
- Certaines activités humaines (industries, exploitations agricoles...) polluent l'eau. Il est possible de dépolluer en partie l'eau grâce aux stations d'épuration.
- L'eau potable, eau douce pouvant être consommée par les êtres humains, provient de cours d'eau ou de nappes souterraines. Il est primordial de préserver la qualité de cette ressource et d'anticiper les moments où elle pourrait manquer (périodes de sècheresse...).

4 LES RESSOURCES ÉNERGÉTIQUES

● Les énergies renouvelables sont :
– l'énergie solaire, transformée en électricité grâce à des panneaux photovoltaïques ;
– l'énergie éolienne, produite par des aérogénérateurs qui fonctionnent en utilisant la vitesse des vents ;
– l'énergie hydraulique, l'eau des fleuves ou de l'océan est utilisée pour faire tourner des turbines (barrages, usines marémotrices, hydroliennes…) ;
– la biomasse, le bois qui permet de faire fonctionner des chaudières ou des poêles, le **biogaz** (méthane libéré lors de la fermentation de la matière organique) et les **biocarburants** (éthanol fabriqué à partir de betterave et de céréales, biodiésel fabriqué en utilisant des graines de colza ou de tournesol) ;
– la géothermie, utilisation de la chaleur du sous-sol pour produire de la chaleur ou de l'électricité.

5 LA GESTION DES RESSOURCES

● L'exploitation des ressources naturelles par l'Homme peut modifier les écosystèmes. Un écosystème est, pour un endroit donné, l'ensemble des êtres vivants en prenant en compte les relations que ces êtres vivants ont entre eux et avec leur environnement.

● Pour couvrir ses besoins alimentaires, l'Homme modifie son environnement. Il crée des écosystèmes artificiels tels que les agroécosystèmes. La modification des écosystèmes naturels a des conséquences négatives : introduction ou disparition d'espèces, pollution…

● L'exploitation des ressources devrait faire l'objet d'une gestion raisonnable. L'Homme doit trouver le moyen de préserver l'environnement et doit développer des alternatives à l'utilisation des énergies non renouvelables. Actuellement de nombreuses innovations technologiques sont envisagées pour réduire les émissions de gaz à effet de serre qui contribuent au réchauffement climatique (utilisation de l'énergie éolienne, mise au point de moyens de transport moins polluants, etc.).

● Le développement durable est « un développement qui répond aux besoins du présent sans compromettre la capacité des générations futures à répondre aux leurs », citation de Mme Gro Harlem Brundtland, Premier Ministre norvégien (1987). Un développement est considéré comme durable s'il est économiquement efficace (les besoins des populations sont couverts), socialement équitable (sans exclure certaines populations, en veillant à la santé des populations) et écologiquement soutenable (préserver notre milieu en protégeant la biodiversité, en recyclant les déchets, en préservant la qualité de l'air et de l'eau…).

LA PLANÈTE TERRE

1 À la surface de la Terre, la quantité d'énergie solaire reçue par unité de surface est :

- ☐ a. égale en tout point.
- ☐ b. décroissante de l'équateur vers les pôles.
- ☐ c. plus forte aux pôles qu'à l'équateur.

2 L'inégale répartition de l'énergie solaire sur Terre est à l'origine :

- ☐ a. des phénomènes de marées.
- ☐ b. des mouvements de masses d'air dans l'atmosphère.
- ☐ c. de la force de Coriolis.

3 Les changements climatiques passés :

- ☐ a. ont été provoqués par des variations des paramètres orbitaux du Soleil.
- ☐ b. ont toujours été amplifiés par l'activité humaine.
- ☐ c. peuvent être déterminés grâce à l'étude des grains de pollens retrouvés dans les sédiments.

4 Les plaques lithosphériques :

- ☐ a. se déplacent en glissant sur l'asthénosphère.
- ☐ b. ont toutes la même épaisseur.
- ☐ c. sont constituées d'une croûte et du manteau supérieur.

5 Au niveau des zones de subduction, les plaques lithosphériques :

☐ a. divergent. ☐ b. convergent. ☐ c. coulissent.

6 Le volcanisme explosif est un dynamisme éruptif caractéristique :

- ☐ a. des zones de subduction.
- ☐ b. des dorsales océaniques.
- ☐ c. des volcans de point chaud.

7 L'épicentre d'un séisme est :

- ☐ a. le lieu où se produit la rupture des roches à l'origine du séisme.
- ☐ b. le seul endroit où sont enregistrées des ondes P et S.
- ☐ c. l'endroit situé à la surface où les secousses sont les plus fortes.

8 Le charbon et le pétrole sont des énergies non renouvelables, cela signifie :

- ☐ a. qu'ils ne peuvent plus se former sur Terre.
- ☐ b. qu'ils peuvent être renouvelés uniquement si les stocks sont bien gérés.
- ☐ c. qu'ils ne peuvent pas se renouveler à l'échelle humaine.

Corrigés au verso

Corrigés

1 > b. décroissante de l'équateur vers les pôles. Les rayons émis par le Soleil arrivent, à la surface de la Terre, parallèles entre eux, et transportent la même quantité d'énergie. Ainsi, les rayons qui arrivent près de l'équateur éclairent une plus petite surface que ceux arrivant aux pôles.

Voir **Fiche 1**

2 > b. des mouvements de masses d'air dans l'atmosphère. L'inégale répartition de l'énergie solaire crée des différences de température. L'air chaud a des mouvements ascendants et l'air froid descend.

Voir **Fiche 2**

3 > c. peuvent être déterminés grâce à l'étude des grains de pollens retrouvés dans les sédiments. Les grains de pollen de certaines plantes sont des indicateurs de température et d'hygrométrie car toutes les plantes n'ont pas les mêmes besoins.

Voir **Fiche 3**

4 > a. se déplacent en glissant sur l'asthénosphère. Les plaques lithosphériques sont rigides alors que l'asthénosphère, située juste en dessous, est ductile (déformable), et elle est animée de mouvements.

Voir **Fiche 4**

5 > b. convergent. Au niveau d'une zone de subduction, une plaque lithosphérique océanique se dirige vers une autre plaque et plonge dans l'asthénosphère.

Voir **Fiche 4**

6 > a. des zones de subductions. Le magma formé dans les zones de subduction est très visqueux, la lave qui arrive en surface est donc pâteuse, elle ne s'écoule pas et obstrue la cheminée. L'accumulation des gaz en dessous du bouchon de lave finit par provoquer une explosion.

Voir **Fiche 5**

7 > c. l'endroit situé à la surface où les secousses sont les plus fortes. L'épicentre est le point de la surface situé à la verticale du foyer, c'est donc l'endroit où les ondes qui y arrivent sont les plus fortes.

Voir **Fiche 6**

8 > c. qu'ils ne peuvent pas se renouveler à l'échelle humaine. La formation du pétrole et du charbon nécessite des millions d'années.

Voir **Fiche 7**

Les bases de l'étude des êtres vivants

À revoir
OK

8

1 CELLULE ET ADN

- Le monde vivant est constitué d'une grande diversité d'êtres vivants, mais tous les êtres vivants sont constitués :
– d'une structure commune : la cellule ;
– d'une molécule commune et universelle : l'ADN.

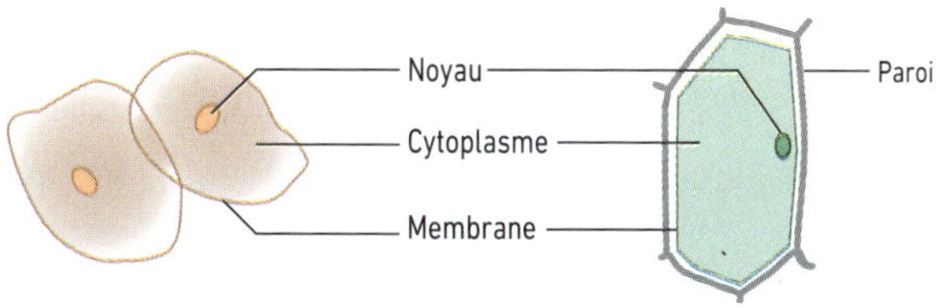

Cellules animales (à gauche) et cellule végétale (à droite)

- Les cellules animales et végétales sont composées :
– d'une membrane, qui délimite la cellule ;
– d'un compartiment liquide, appelé cytoplasme ;
– d'un noyau contenant une molécule très importante : l'ADN.

Remarque : chez les bactéries, du fait de l'absence de noyau, la molécule d'ADN se situe dans le cytoplasme.

2 L'ÉCHELLE DU MONDE VIVANT

L'étude des êtres vivants peut-être faite à différentes niveau, on parle alors d'échelle.

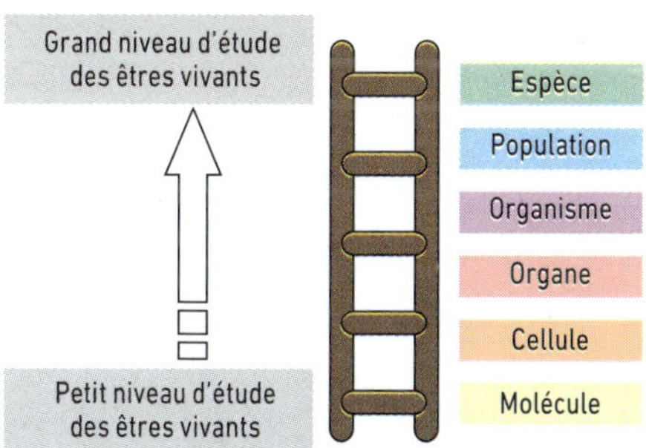

Différentes échelles d'étude des êtres vivants

3 CLASSIFICATION EMBOÎTÉE

- En s'appuyant sur les différentes échelles de l'étude des êtres vivants, les scientifiques se sont attachés à les classer.
- La classification actuelle est constituée de groupes qui s'emboîtent les uns dans les autres.
- Chaque groupe rassemble des êtres vivants qui possèdent une caractéristique commune appelée caractère partagé ou attribut partagé.
- Les êtres vivants contenus dans un groupe possèdent tous les caractères des groupes qui le contiennent. Par exemple, la coccinelle appartient à tous les groupes signalés, dans le document suivant, par une étoile rouge. Elle possède donc les attributs suivants : trois paires de pattes, un squelette externe et des pattes articulées, des yeux et une bouche, des cellules avec noyaux et de l'ADN.

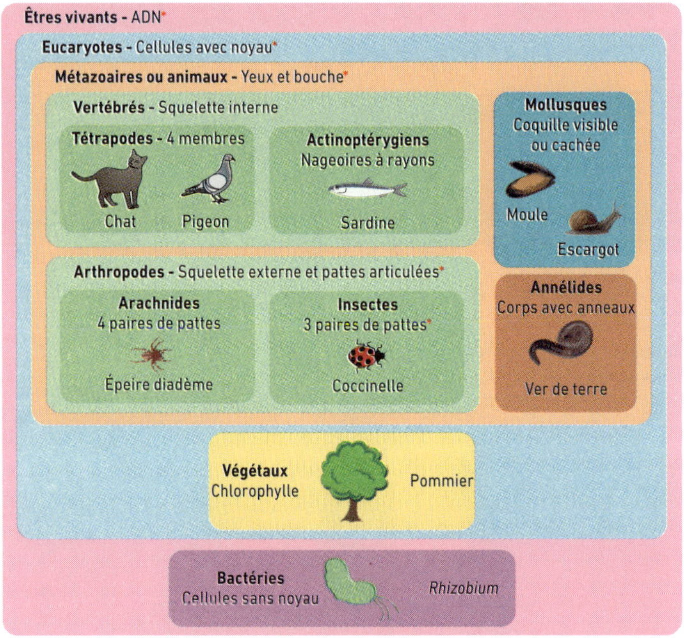

Classification emboîtée (version simplifiée)

4 UNE BASE COMMUNE MAIS UNE TRÈS GRANDE DIVERSITÉ

Malgré les nombreux points communs entres les êtres vivants, il existe une très grande diversité qui s'observe à toutes les échelles du monde vivant, appelée biodiversité.

La respiration à l'échelle de la cellule et de l'organisme

☐ À revoir
☐ OK

9

1 LA RESPIRATION CELLULAIRE : PRODUCTION D'ÉNERGIE DANS LES CELLULES ANIMALES ET VÉGÉTALES

- La respiration cellulaire utilise le dioxygène et un nutriment, le glucose, pour produire de l'énergie.
- L'énergie produite permet aux cellules de fonctionner.
- Cette réaction s'accompagne d'une production de déchets (dioxyde de carbone et eau) et d'un dégagement de chaleur.

Glucose + O_2 → CO_2 + eau + **Énergie** → **Chaleur**

(CO_2 + eau : Déchets)

Réaction ayant lieu lors de la respiration cellulaire

2 LA RESPIRATION À L'ÉCHELLE DE L'ORGANISME CHEZ LES VÉGÉTAUX

- Les stomates sont des structures présentes à la surface des feuilles qui permettent les échanges de gaz entre la plante et l'atmosphère.
- Le dioxygène (O_2) nécessaire à la respiration cellulaire est absorbé au niveau des stomates ; le dioxyde de carbone (CO_2), qui est un des déchets de la respiration cellulaire, est rejeté par la même voie.

3 LA RESPIRATION À L'ÉCHELLE DE L'ORGANISME CHEZ LES ANIMAUX

- Les cellules animales réalisent des échanges avec le sang. Elles y prélèvent le dioxygène et y rejettent le dioxyde de carbone.
- Les animaux entretiennent des échanges gazeux avec leur environnement grâce à des organes respiratoires. En milieu aérien, les animaux utilisent des trachées ou des poumons. En milieu aquatique, ils utilisent des branchies. Ces organes ont pour point commun d'être de grandes surfaces d'échange.
- Chez les animaux qui possèdent des trachées (insectes), les échanges se font directement entre les cellules et l'air, alors que chez les animaux munis de poumons ou de branchies, les échanges se font entre les cellules et le sang, puis entre le sang et l'air ou l'eau. Les globules rouges du sang transportent les gaz respiratoires (O_2 et CO_2).

4 L'APPAREIL RESPIRATOIRE DES MAMMIFÈRES

- Les organes qui constituent l'appareil respiratoire des mammifères sont : la trachée, les poumons, les bronches et les bronchioles.

- L'air inspiré pénètre dans l'organisme par le nez et/ou la bouche. Il emprunte la trachée, puis les bronches. À l'intérieur des poumons, l'air circule dans des bronches puis des bronchioles. Pour finir, il arrive dans les alvéoles pulmonaires. L'air expiré fait le chemin en sens inverse.

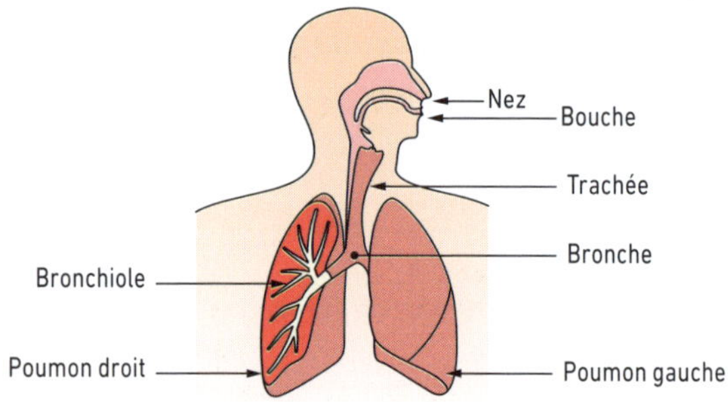

L'appareil respiratoire

- Au niveau des poumons, les alvéoles pulmonaires sont le lieu des échanges entre l'air et le sang. La surface d'échange est efficace, car elle est grande, fine et richement vascularisée (irriguée par de très nombreux capillaires).

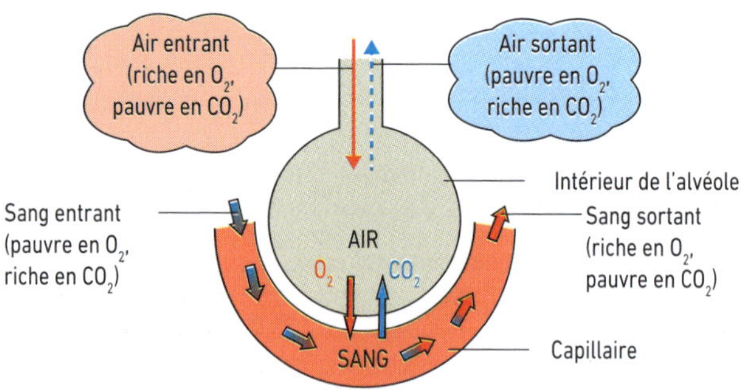

Les échanges gazeux au niveau d'une alvéole pulmonaire

La nutrition et l'organisation des végétaux chlorophylliens

☐ À revoir
☐ OK

10

1 LES ÉCHANGES AVEC L'ATMOSPHÈRE

- Les végétaux chlorophylliens sont appelés ainsi en raison d'un pigment présent dans leurs cellules, la chlorophylle, qui leur donne leur couleur verte.
- Les végétaux réalisent des échanges avec l'air au niveau de leurs feuilles.
- Certaines cellules forment des structures, appelées stomates, qui permettent les échanges de gaz avec l'atmosphère. Les végétaux respirent, ils absorbent du dioxygène et rejettent du dioxyde de carbone. Les végétaux réalisent aussi la photosynthèse (production de matière organique grâce à l'énergie solaire), un phénomène qui nécessite l'absorption de dioxyde de carbone et le rejet de dioxygène. Dans certaines conditions (fortes chaleurs), les stomates peuvent occasionner une forte perte d'eau.

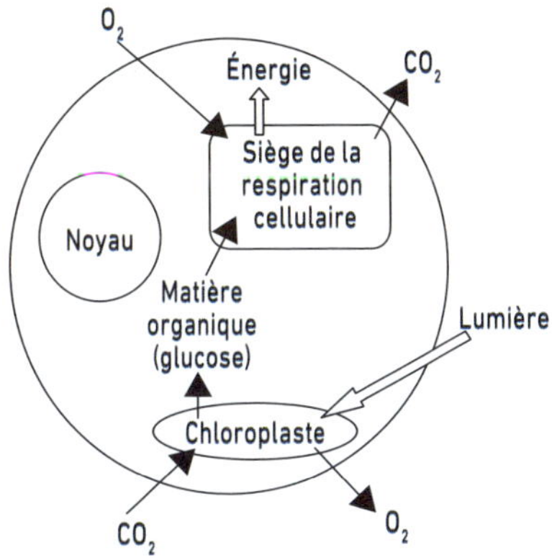

Les échanges gazeux chez les végétaux : respiration et photosynthèse

- Les cellules des feuilles contiennent des chloroplastes : ce sont ces organites qui contiennent la chlorophylle et qui jouent un rôle important dans la photosynthèse.

2 LES ÉCHANGES AVEC LE SOL

Les racines sont le lieu des échanges avec le sol. Ce sont des organes qui possèdent des cellules spécialisées, appelées poils absorbants, qui permettent aux végétaux de prélever dans le sol l'eau et les sels minéraux.

3 LA COMMUNICATION ENTRE LES FEUILLES ET LES RACINES

Il existe dans les tiges des végétaux des systèmes de transport que l'on pourrait comparer aux vaisseaux sanguins des animaux. Les vaisseaux du xylème transportent la sève brute des racines vers les parties aériennes de la plante. La sève brute est constituée d'eau et de sels minéraux. Les vaisseaux du phloème transportent la sève élaborée des feuilles vers le reste de la plante (autres feuilles, bourgeons, racines, organes de réserve). La sève élaborée contient les molécules organiques formées grâce à la photosynthèse.

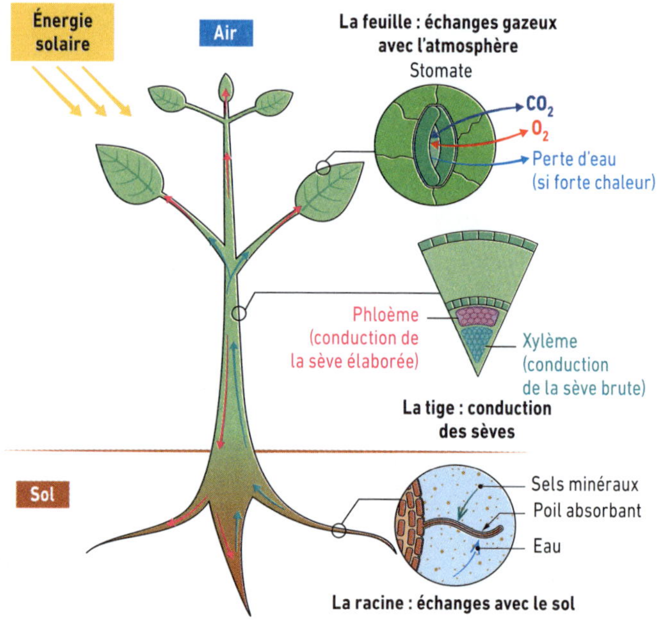

La communication entre les feuilles et les racines

4 L'AMÉLIORATION DE LA NUTRITION PAR INTERACTION AVEC DES MICRO-ORGANISMES

- Certains végétaux s'associent avec des micro-organismes. Quand le bénéfice est réciproque, cette association porte le nom de symbiose.

- La symbiose entre une plante et un micro-organisme peut améliorer l'approvisionnement de la plante en azote (association avec des bactéries appelées *Rhizobium*, formation de nodosités au niveau des racines) ou en eau (association avec des champignons, développement de mycorhizes au niveau des racines).

La reproduction sexuée et asexuée des plantes à fleurs

- [ ] À revoir
- [ ] OK

11

1 LA REPRODUCTION SEXUÉE

- La reproduction est dite sexuée lorsque deux gamètes (cellules reproductrices) fusionnent lors de la fécondation pour donner une cellule-œuf. Cette cellule est la première de la nouvelle plante.

- Une fleur est constituée d'une partie mâle, les étamines, et d'une partie femelle, le pistil.

Les grains de pollen, libérés par les étamines, contiennent des cellules reproductrices mâles.

- Les grains de pollen, transportés par le vent ou par les insectes (abeilles), vont se déposer sur le pistil d'une autre fleur. Ils émettent alors un tube qui va permettre aux noyaux des cellules reproductrices mâles de rejoindre et de fusionner avec les cellules reproductrices femelles (ovules). Après la fécondation, la cellule-œuf va donner, par des multiplications successives, un embryon, protégé dans une graine et entouré d'un fruit. La graine fournit à la fois protection et nourriture à l'embryon.

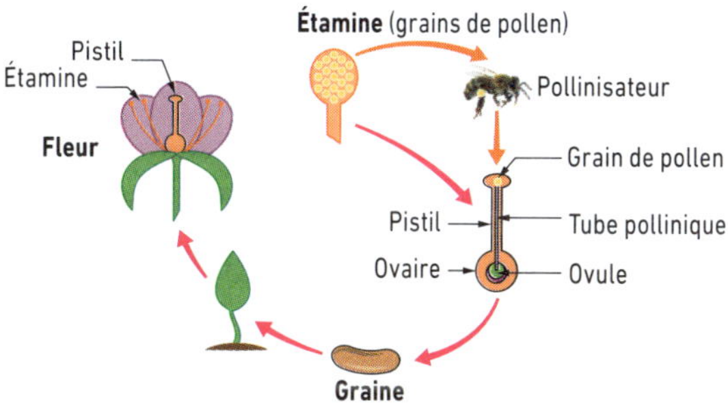

La reproduction sexuée chez les plantes à fleur

2 LA DISPERSION DES GRAINES ET DES FRUITS

- Le fruit, s'il est charnu et sucré, attirera les animaux qui, en le mangeant, participeront à la dissémination des graines. Le fruit est mangé mais la graine, non digérée, est rejetée dans les excréments.

- Certains fruits ou graines sont munis de crochets ou d'ailes ce qui favorise la dispersion par les animaux ou le vent.

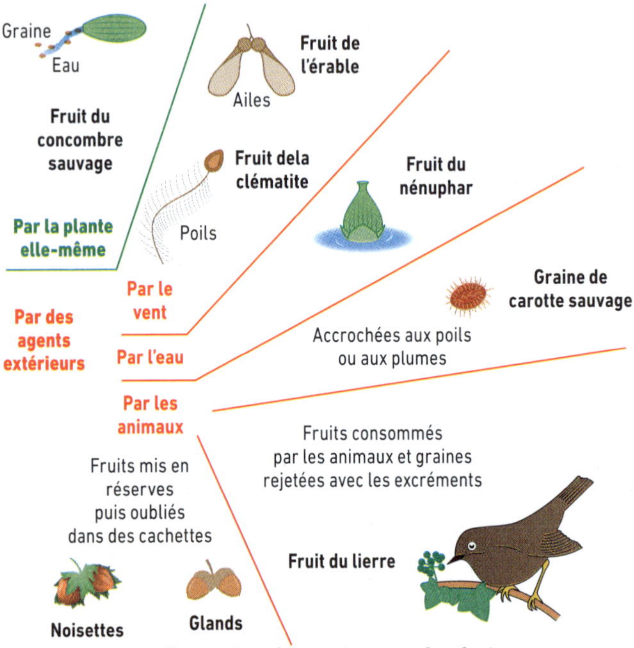

La dispersion des graines ou des fruits

3 LA REPRODUCTION ASEXUÉE

- Certaines plantes ont la capacité de se reproduire sans faire intervenir de gamètes. Ce sont des organes tels que les stolons chez le fraisier qui vont permettre cette reproduction.
- Les nouveaux individus obtenus par ce mode de reproduction sont des clones, ils sont identiques entre eux et similaires à la plante qui leur a donné naissance.

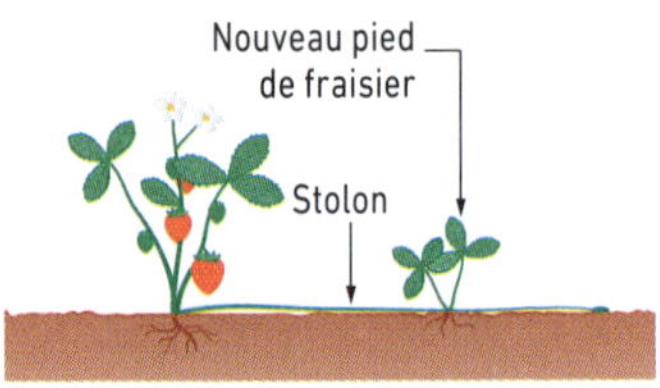

La reproduction asexuée chez le fraisier

4 LA REPRODUCTION ET LA DYNAMIQUE DES POPULATIONS

- La reproduction sexuée permet un brassage du patrimoine génétique et participe au maintien de la diversité génétique au sein de l'espèce.
- La reproduction asexuée ne participe pas à la diversité génétique, mais permet aux végétaux de coloniser rapidement leur environnement.

La reproduction sexuée et asexuée des animaux

☐ À revoir
☐ OK

12

1 LA REPRODUCTION SEXUÉE DANS DIFFÉRENTS MILIEUX DE VIE

- Chez tous les êtres vivants, la reproduction sexuée implique que deux gamètes (cellules reproductrices) fusionnent lors de la fécondation pour donner une cellule-œuf à l'origine d'un nouvel individu.

- Les gamètes mâles sont des spermatozoïdes et les gamètes femelles sont des ovules ou des ovocytes. Les gamètes mâles sont mobiles ; ils se déplacent grâce à leur flagelle.

- En milieu aérien, l'accouplement permet au mâle de déposer les spermatozoïdes dans l'appareil reproducteur de la femelle. La fécondation a lieu à l'intérieur de l'organisme de la femelle.

- En milieu aquatique, la plupart des êtres vivants libèrent les gamètes dans l'eau et la fécondation est externe, elle a lieu en dehors de l'organisme maternel. Pour que les gamètes appartenant à la même espèce puissent se rencontrer malgré l'immensité de l'océan, les gamètes femelles émettent des substances chimiques qui attirent les spermatozoïdes ; par ailleurs, l'émission des gamètes mâles et femelles est souvent synchronisée.

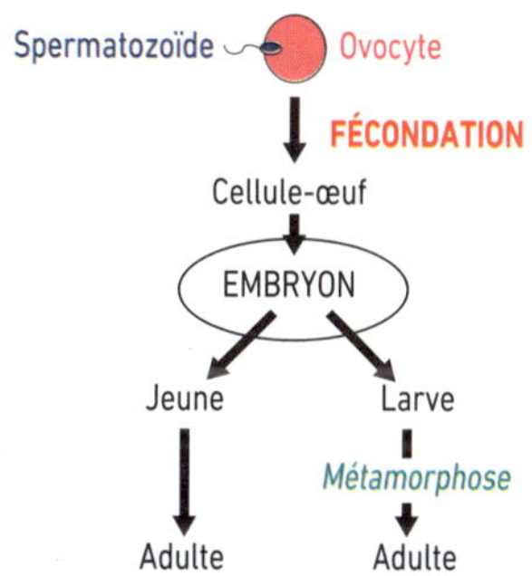

La reproduction sexuée

- Le nouvel individu peut se développer soit dans l'organisme maternel (exemple : les mammifères) soit à l'extérieur, dans un œuf.

- Lorsque l'organisme qui sort de l'œuf ne ressemble pas à l'adulte, on utilise le terme « larve » pour le désigner. La larve devra subir une métamorphose pour se transformer en adulte.

• En milieu aquatique, la stratégie adoptée par la plupart des animaux repose sur la production d'un grand nombre de gamètes. Du fait de la rencontre au hasard, peu de fécondations auront lieu. Beaucoup de jeunes et de larves serviront de nourriture à des prédateurs. Les parents n'apportent pas de soins à leur progéniture.

• En milieu terrestre, deux stratégies sont possibles. Certaines espèces font beaucoup de descendants et s'en occupent peu ou pas (exemple : les insectes). D'autres ont une descendance réduite, mais les parents s'investissent beaucoup pour augmenter les chances de survie des jeunes.

2 LA REPRODUCTION ASEXUÉE

• La reproduction asexuée consiste à produire un ou plusieurs descendants à partir d'un unique parent. Les descendants sont génétiquement identiques entre eux et avec leur seul parent.

• Certains êtres vivants comme la paramécie (être vivant unicellulaire vivant dans les eaux stagnantes) peuvent se reproduire par division ; d'autres se reproduisent par bourgeonnement (exemple : l'hydre).

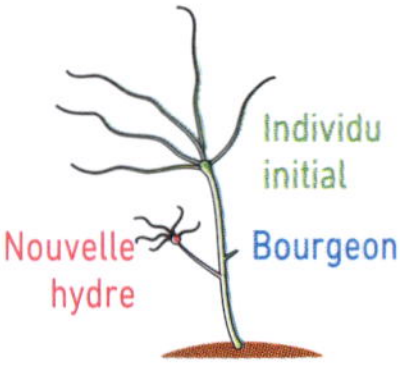

Le bourgeonnement chez l'hydre

• La parthénogenèse est un mode de reproduction asexuée qui implique des gamètes. Chez les pucerons ou les phasmes, une cellule reproductrice femelle se développe en un nouvel individu sans avoir été fécondée.

3 LA DYNAMIQUE DES POPULATIONS

• La dynamique d'une population ou son évolution démographique dépend :
– de l'environnement (lumière, humidité, température, disponibilité en nourriture, etc.) ;
– des relations avec les autres espèces (compétition pour la nourriture, prédation, etc.) ;
– des paramètres de la population (taux de natalité, mortalité, migration, etc.) ;
– des caractéristiques des individus (vitesse de développement, fécondité, durée de vie, adaptabilité, etc.).

• Une espèce pratiquant la reproduction sexuée pourra plus facilement s'adapter à des changements dans l'environnement, car tous les individus sont génétiquement différents les uns des autres. Une espèce pratiquant la reproduction asexuée a une adaptabilité réduite, car tous les individus sont génétiquement identiques, mais elle sera capable de coloniser très rapidement un milieu.

Diversité et stabilité génétiques des espèces

☐ À revoir
☐ OK

13

1 L'ESPÈCE ET SES CARACTÈRES

● De manière simplifiée, on peut définir l'espèce comme un ensemble d'individus qui peuvent se reproduire entre eux et dont les descendants peuvent également se reproduire.

● Sachant que chaque individu est défini par un ensemble de caractères, c'est-à-dire de caractéristiques ou signes particuliers externes et/ou internes (par exemple : la couleur de la peau, le groupe sanguin, la présence de molécules particulières), on peut définir l'espèce de la manière suivante : une espèce est un ensemble d'individus qui possèdent :

– les mêmes caractères spécifiques, c'est-à-dire ceux possédés par tous les individus de l'espèce et qui sont conservés au fils des générations : ce qui illustre la stabilité de l'espèce ;

– des variations individuelles de certains caractères : ce qui illustre la diversité des individus au sein de l'espèce.

2 LES CHROMOSOMES : UNE BASE GÉNÉTIQUE DE L'UNITÉ ET DE LA DIVERSITÉ DES INDIVIDUS

● Toutes les cellules des êtres vivants contiennent des chromosomes constitués :
– d'ADN (acide désoxyribonucléique), une molécule en forme de double hélice ;
– de molécules sphériques (les histones).

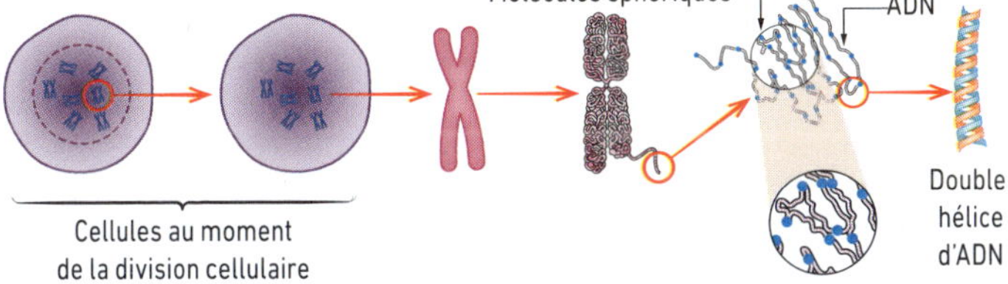

Structure d'un chromosome

● L'ADN est la macromolécule (molécule de très grande taille) commune à tous les êtres vivants.

● La stabilité des espèces est également visible au niveau du nombre de chromosomes contenu dans leurs cellules. Chaque espèce possède un nombre de chromosomes spécifique et invariant, appelé nombre chromosomique de l'espèce. Ainsi, tous les individus d'une même espèce ont le même nombre de chromosomes.

- Quelques exemples de nombre chromosomique : la levure possède 16 chromosomes, le chat 38, la pomme de terre 48, la carpe 104, l'homme 46.

- Le caryotype est un document qui présente l'ensemble des chromosomes d'une cellule, rangés par paires de chromosomes de même taille, et où les paires sont classées par ordre de taille décroissante.

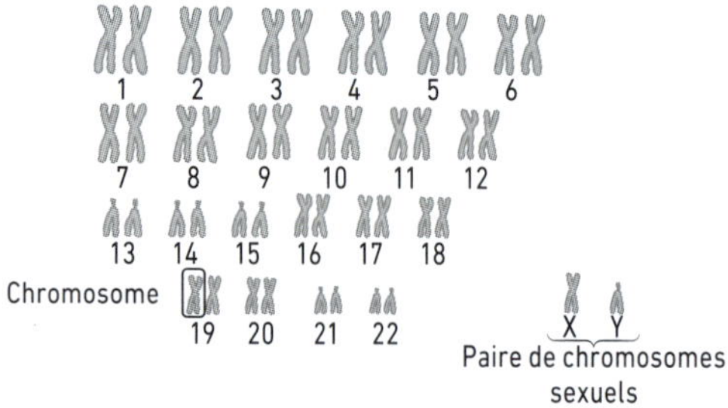

Caryotype d'un homme

3 ESPÈCES, GÈNE ET ALLÈLES

- Les chromosomes comportent de nombreux gènes (portions d'ADN) responsables des caractères spécifiques et individuels des individus. Ces gènes existent en deux exemplaires dans la cellule (un exemplaire sur chaque chromosome d'une paire).

- Tous les individus d'une même espèce possèdent les mêmes gènes (l'ensemble constitue le génome), tous placés au même endroit sur le chromosome : c'est ce qui est à l'origine de la stabilité de l'espèce.

- Les gènes présentent des variations appelées allèles.

- Mais les individus d'une même espèce possèdent des associations d'allèles responsables des variations des caractères et donc de la diversité des individus d'une même espèce.

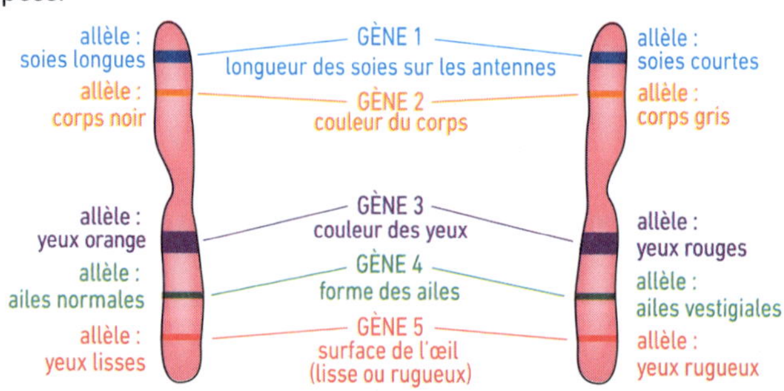

Schéma d'une paire de chromosomes de drosophile (petite mouche)

Les mécanismes à l'origine de la stabilité des espèces

☐ À revoir
☐ OK

14

1 LE MAINTIEN DU NOMBRE CHROMOSOMIQUE DE L'ESPÈCE AU SEIN D'UN INDIVIDU

Les êtres vivants pluricellulaires (composés de plusieurs cellules) qui proviennent de reproductions sexuées, c'est-à-dire faisant intervenir des éléments mâle et femelle, se sont tous développés à partir d'une cellule unique appelée cellule-œuf.

La cellule-œuf, qui contient le nombre de chromosomes spécifique de son espèce, va se multiplier un grand nombre de fois, tous en conservant ce nombre dans l'ensemble des cellules de l'individu. Cette multiplication cellulaire qui conserve le patrimoine génétique de l'espèce est appelée la mitose.

2 LA MITOSE : UN MÉCANISME CONSERVATEUR

- Avant la mitose, les chromosomes simples deviennent des chromosomes doubles à deux filaments ou brins totalement identiques et associés en un point.
- Lorsque la cellule se divise en deux, les deux brins qui composent les chromosomes doubles se séparent et migrent à chaque extrémité de la cellule. Puis, la cellule se scinde en deux nouvelles cellules.

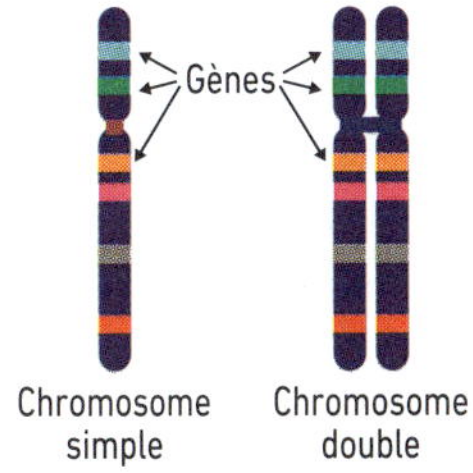

Chromosome simple et double

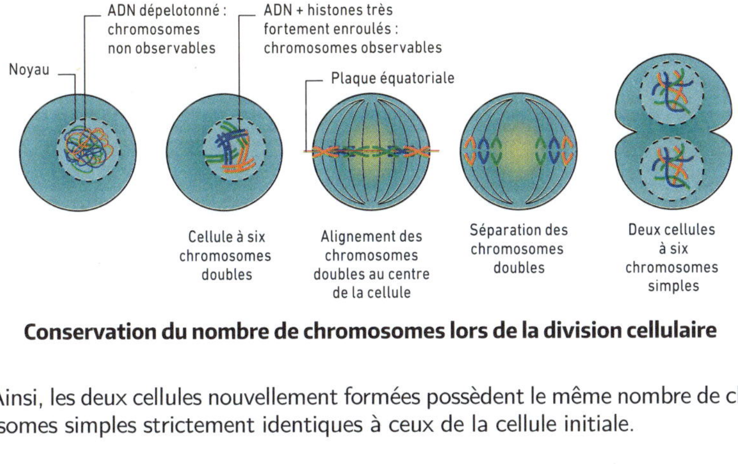

Conservation du nombre de chromosomes lors de la division cellulaire

- Ainsi, les deux cellules nouvellement formées possèdent le même nombre de chromosomes simples strictement identiques à ceux de la cellule initiale.

- Pendant la plus grande partie de la vie de la cellule, les chromosomes ne sont pas observables au microscope. En effet, l'ADN et les molécules sphériques (histones) associées qui constituent les chromosomes forment une sorte de « collier de perles » extrêmement fin. Au moment de la multiplication des cellules (mitose), le « collier de perles » s'enroule fortement sur lui-même, ce qui rend les chromosomes observables.

3 LE MAINTIEN DU NOMBRE CHROMOSOMIQUE AU SEIN DE L'ESPÈCE

Le nombre chromosomique d'une espèce est maintenu constant au cours des générations successives grâce à deux mécanismes :

– la production de gamètes ou cellules reproductrices, dont la quantité de chromosomes est réduite de moitié ;

– la fécondation, qui rétablit le nombre chromosomique de l'espèce en unissant les noyaux des gamètes dont le nombre de chromosomes est réduit de moitié par rapport aux autres cellules de l'organisme.

4 LA MÉIOSE : MÉCANISME RÉDUISANT LE NOMBRE CHROMOSOMIQUE DE MOITIÉ

- La méiose est la multiplication cellulaire à l'origine des gamètes.

- Contrairement à la mitose, qui conserve le nombre de chromosomes, la méiose est une multiplication cellulaire particulière qui divise le nombre de chromosomes par deux.

- Avant la méiose, les chromosomes simples deviennent des chromosomes doubles. Au cours de la méiose, dans un premier temps, les chromosomes de chaque paire se séparent, puis dans un deuxième temps, ce sont les brins de chaque chromosome qui se séparent.

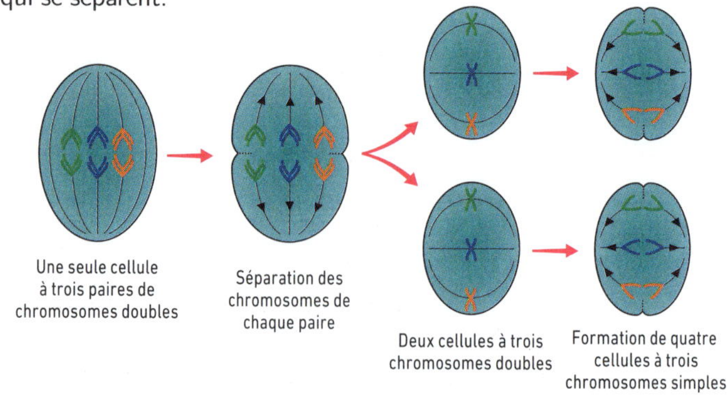

Formation de cellules reproductrices par méiose

Les mécanismes à l'origine de la diversité des espèces

☐ À revoir
☐ OK

15

1 DES MÉCANISMES COMMUNS POUR DES EFFETS OPPOSÉS

Si la méiose et la fécondation sont à l'origine de la stabilité des espèces, elles sont également à l'origine de leur diversité.

2 LA GRANDE DIVERSITÉ DES CELLULES REPRODUCTRICES

- Au cours de leur formation, les gamètes reçoivent au hasard un seul chromosome pour chacune des paires. Ils ne reçoivent donc qu'un seul allèle de chaque gène.
- De plus, lorsque les chromosomes de chaque paire s'alignent avant de se séparer en deux lots égaux, chaque chromosome d'une paire possède deux possibilités de se positionner, ce qui est à l'origine de très nombreuses combinaisons différentes.

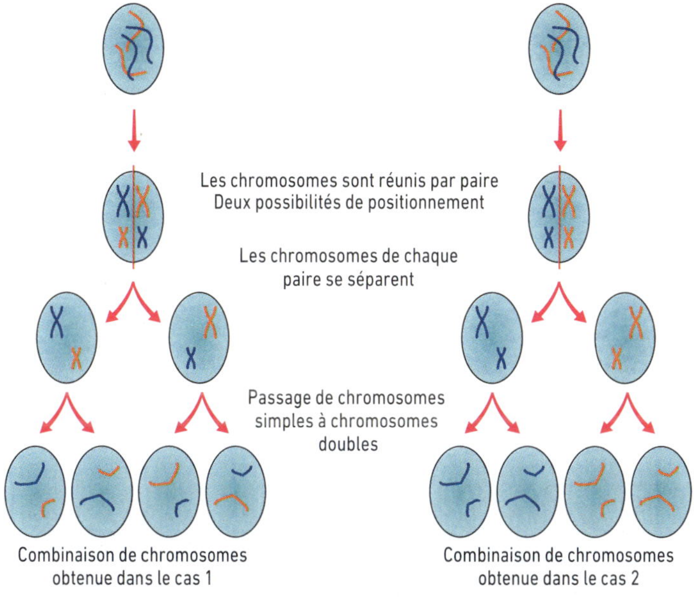

Production de gamètes différents selon le positionnement des chromosomes au cours de la méiose

3 LA FÉCONDATION : UN HASARD À L'ORIGINE D'UNE DIVERSITÉ ACCRUE

- Comme la rencontre des cellules reproductrices se fait au hasard et qu'il existe une grande diversité de cellules reproductrices, la fécondation est à l'origine d'un individu dont le patrimoine génétique est unique.

- L'établissement d'échiquiers de croisement permet à la fois d'illustrer la diversité créée par la production de gamètes et la fécondation, mais aussi de prévoir statistiquement la présence ou l'absence d'un caractère dans la descendance de deux individus.

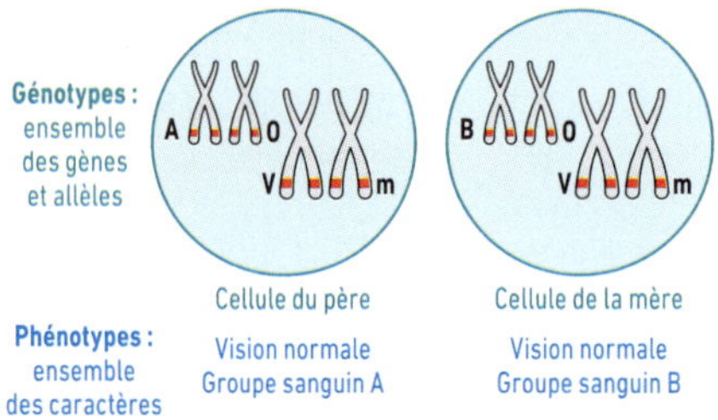

Informations sur les gènes

A, B, O : allèles du gène groupe sanguin
A et B sont dominants sur O
A et B sont co-dominants

V et m : allèles de la vision
V pour vision normale
m pour myopie
V est dominant sur m

Combinaison d'allèles possibles pour les spermatozoïdes / Combinaison d'allèles possibles pour les ovules	A V	A m	O V	O m
BV	A B V V	B A V m	B O V V	B O V m
Bm	B A m V	B A m m	B O m V	B O m m
OV	O A V V	O A V m	O O V V	O O V m
Om	O A m V	O A m m	O O m V	O O m m

Enfants de groupe AB — Enfants de groupe B — Enfants de groupe A — Enfants de groupe O — Enfants avec une bonne vision — Enfants avec une myopie

Exemple d'échiquier de croisement chez l'être humain

- Dans le cas de ces parents qui ont une vision normale, on constate qu'ils ont quatre possibilités sur six (soit deux possibilités sur trois) d'avoir un enfant myope. Et bien que l'un des parents soit A et l'autre O, il est possible que leurs enfants soit de n'importe quel groupe sanguin.

Génétique et évolution des espèces

À revoir
OK

16

1 L'ESPÈCE : DÉFINIE PAR SON PATRIMOINE GÉNÉTIQUE

- L'espèce est définie comme un ensemble d'individus capables de produire des descendants fertiles.

- Sur le plan génétique, on peut définir les espèces comme un ensemble d'individus pouvant mélanger leur patrimoine génétique et le transmettre. On parle alors de flux génétique.

2 L'IMPORTANCE DES MUTATIONS DANS L'ÉVOLUTION DES ESPÈCES

- Les mutations sont des modifications de la molécule d'ADN.

- Les mutations peuvent permettre dans certains cas l'apparition de nouveaux allèles, c'est-à-dire de nouvelles versions d'un gène. Elles sont donc source de diversité au sein des espèces. diversité au sein des espèces.

- Toutes les mutations ne sont pas forcément héréditaires. Pour qu'elles soient transmises, elles doivent être présentes dans les cellules reproductrices ou dans les cellules à l'origine de nouvelles cellules dans le cas des multiplications végétatives ou des organismes unicellulaires.

3 LA SÉLECTION DES ALLÈLES À L'ORIGINE DE L'ÉVOLUTION DES ESPÈCES

- Le suivi de différents allèles au fil des générations montre qu'en dehors de toute sélection naturelle, au sein d'une population, certains allèles sont voués à disparaître alors que d'autres sont conservés de manière définitive : c'est le principe de dérive génétique.

- Les variations des différents caractères (issus des allèles) présents dans une population permettent à l'espèce de survivre en cas de changement dans le milieu, car celui-ci sélectionnera majoritairement les individus possédant une variation avantageuse. Ainsi certains allèles sont sélectionnés alors que d'autres sont perdus.

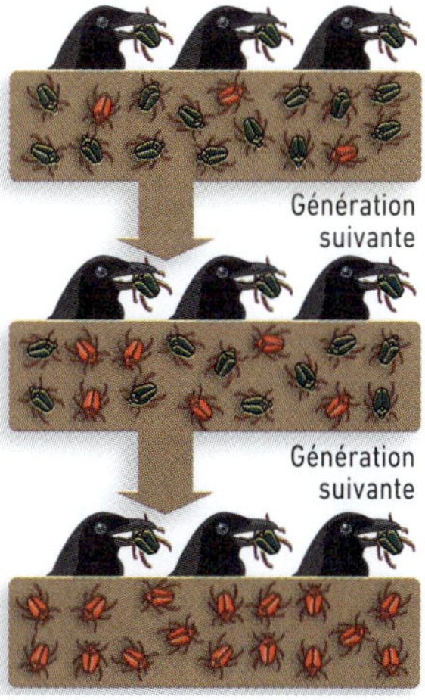

L'oiseau a une préférence pour les insectes verts : il y a sélection positive des scarabées orange et sélection négative des scarabées verts

4 LA SPÉCIATION

- La spéciation est le phénomène par lequel apparaissent de nouvelles espèces.
- La spéciation nécessite qu'il y ait isolement reproductif au sein d'une population. Cet isolement reproductif peut être la conséquence d'un isolement géographique. Cet isolement se produit lorsqu'une espèce est séparée en plusieurs populations par un obstacle géographique. Les populations vont alors évoluer séparément et différemment, du fait de la dérive génétique et de la sélection naturelle de certains allèles. Si les populations deviennent assez différentes pour ne plus pouvoir se reproduire ensemble lors d'une nouvelle rencontre, elles sont devenues deux espèces différentes. **Remarque :** L'isolement géographique peut être dû à des phénomènes géologiques comme la formation d'une chaîne de montagnes, l'ouverture d'un océan...
- L'isolement reproductif peut aussi se mettre en place au sein d'une population vivant dans une seule et même aire de répartition. Certains individus deviennent incapables de se reproduire avec les autres membres de la population (modification génétique importante, changement de chant chez les oiseaux...) et finissent par former une nouvelle espèce.

5 LES THÉORIES DE L'ÉVOLUTION

- L'idée de l'évolution des espèces est un concept qui postule que les espèces ne sont pas fixées au cours des temps, mais que des espèces donnent naissance à d'autres espèces.
- Quelques théories parmi les plus connues :
  – le transformisme selon Jean-Baptiste Lamarck (1744-1829) ou Lamarckisme : les espèces évoluent pour s'adapter à leur environnement. L'exemple le plus connu est celui de la girafe. Pour Lamarck, la longueur du cou des girafes dépend de la hauteur de leur nourriture ; plus celle-ci est en hauteur, plus les girafes vont allonger leur cou afin de pouvoir s'alimenter.
- Le darwinisme, du nom de son illustre théoricien Charles Darwin (1809-1882), explique l'évolution de la manière suivante : au sein des espèces, il existe des variations et c'est l'environnement, par ses changements, qui va favoriser la survie et la reproduction des individus les plus aptes à vivre dans les nouvelles conditions environnementales. Ainsi, au fil des générations, l'espèce possédera davantage d'individus adaptés à leur environnement : l'espèce évolue ainsi progressivement.
- La théorie actuelle la plus communément admise est la théorie synthétique de l'évolution ; elle prend en compte toutes les données biologiques, géologiques et mathématiques et surtout l'importance des mutations dans l'évolution des espèces.

Le renouvellement des espèces au cours du temps

☐ À revoir
☐ OK

17

1 LES ROCHES, ARCHIVES DU PASSÉ

- Certaines roches peuvent contenir des fossiles, c'est-à-dire des traces ou des restes d'organismes ayant vécu dans le passé. L'étude et la datation de ces roches permettent d'avoir une idée du moment où ces organismes sont apparus, du moment où certains ont disparu, ainsi que de la manière dont ils ont évolué.
- Les roches gardent des traces de ce qu'il s'est passé sur Terre (exemples : éruption volcanique, chute d'une météorite, présence d'eau liquide...).
- Les roches sont des archives des paysages anciens. En effet, les observations effectuées sur les milieux actuels, transposées aux phénomènes du passé, permettent de se faire une idée des paysages anciens : c'est l'actualisme.

2 L'ÉVOLUTION DE LA VIE SUR TERRE

- Depuis l'apparition de la vie sur Terre, des espèces sont apparues, certaines ont disparu et d'autres se sont modifiées.
- Cette évolution s'est accomplie de deux manières :

– une évolution progressive : des générations successives d'êtres vivants subissent des modifications sous l'effet du hasard et en fonction des contraintes exercées par leur milieu de vie ou par les autres espèces ;

– une évolution par à-coups : une crise biologique correspond à une extinction massive d'espèces appartenant à des groupes différents, sur une vaste surface géographique (à la fois en milieu aquatique et continental) et en un temps très court. Les causes d'une crise sont multiples : glaciation, modification du niveau marin, volcanisme, chute de météorite...

- On considère aujourd'hui qu'il y a eu cinq crises majeures par le passé et que nous sommes en train de vivre la sixième. Ces cinq crises ont eu lieu vers :

– 445 millions d'années (fin de l'Ordovicien) ;
– 360 millions d'années (fin du Dévonien) ;
– 250 millions d'années (fin du Permien) ;
– 200 millions d'années (fin du Trias) ;
– 65 millions d'années (fin du Crétacé).

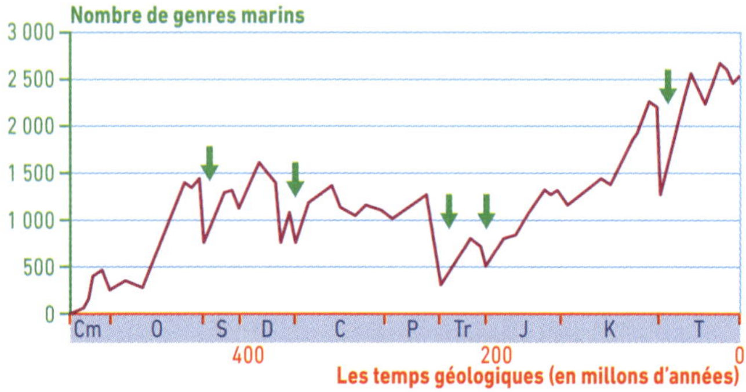

Les cinq crises majeures des temps géologiques

- La fin d'une crise est en général marquée par une augmentation de la biodiversité en lien avec une colonisation des niches écologiques devenues inoccupées (une niche écologique est l'ensemble des facteurs environnementaux – climat, nature du sol, interaction avec les autres êtres vivants – dont dépend une espèce donnée).

3 L'ÉCHELLE DES TEMPS GÉOLOGIQUES

- L'échelle des temps géologiques est une chronologie des événements qui se sont produits depuis la formation de la Terre.
- Le découpage de cette échelle s'appuie sur l'étude des fossiles et des roches... Elle a été subdivisée en quatre grandes ères : l'ère précambrienne, l'ère paléozoïque, l'ère mésozoïque et l'ère cénozoïque (la plus récente, qui comprend l'ère quaternaire).

4 LES PREMIÈRES FORMES DE VIE SUR TERRE

- C'est en Afrique du Sud et en Australie qu'ont été découvertes les roches sédimentaires les plus anciennes (de 3,3 à 3,5 Ga) contenant des traces de vie. Ces traces de vie se présentent sous la forme de cyanobactéries (organismes unicellulaires) associées à des stromatolithes fossilisés vieux de 3,45 milliards d'années.
- En 2010, on a découvert au Gabon des fossiles très bien conservés qui apportent la preuve de l'existence d'organismes pluricellulaires (formés de plusieurs cellules) il y a déjà 2,1 milliards d'années.

LE VIVANT ET SON ÉVOLUTION

1 Tous les êtres vivants :

- a. sont constitués d'ADN.
- b. sont constitués de plusieurs cellules.
- c. sont constitués de structures incluant un noyau, une membrane et un cytoplasme.

2 La respiration cellulaire :

- a. consomme du CO_2, de l'eau et de l'énergie pour produire du glucose et du O_2.
- b. consomme de l'énergie et du glucose pour produire du O_2, du CO_2 et de l'eau.
- c. consomme du O_2 et du glucose pour produire de l'énergie.

3 L'absorption de l'eau et des sels minéraux par les plantes :

- a. se fait au niveau des poils absorbants.
- b. se fait uniquement grâce à des associations symbiotiques avec des micro-organismes.
- c. se fait au niveau des stomates.

4 Chez les plantes à fleurs, la reproduction asexuée :

- a. fait intervenir des gamètes mâles et femelles et permet une grande diversité des individus.
- b. fait intervenir des organes non sexuels pour produire des clones et coloniser rapidement un milieu.
- c. implique qu'il y ait formation puis dispersion des graines.

5 Chez les animaux, la reproduction sexuée implique :

- a. qu'il y ait accouplement.
- b. qu'il y ait fécondation.
- c. que deux gamètes soient émis dans le milieu extérieur.

6 Au sein d'une cellule :

- a. chaque chromosome contient plusieurs gènes.
- b. chaque chromosome simple est constitué de plusieurs molécules d'ADN.
- c. chaque gène présente des centaines d'allèles.

7 La diversité au sein d'une espèce est maintenue :

- a. grâce à la mitose et à la fécondation.
- b. grâce à la méiose qui donne de nombreuses combinaisons chromosomiques différentes dans les gamètes.
- c. grâce à la fécondation qui forme des chromosomes doubles à partir de deux chromosomes simples.

8 La théorie synthétique de l'évolution postule :

- a. que les individus qui appartiennent à la même espèce soient capables d'avoir une descendance fertile.
- b. que les espèces évoluent par à-coups lors des extinctions massives.
- c. que les espèces évoluent grâce aux mutations et à la sélection par l'environnement.

Corrigés au verso

Corrigés

1 > **a.** sont constitués d'ADN. L'ADN est une molécule universelle. Les bactéries sont des êtres vivants unicellulaires qui ne possèdent pas de noyau.

Voir **Fiche 8**

2 > **c.** consomme du O_2 et du glucose pour produire de l'énergie. Le dioxygène et le glucose sont utilisés pour produire de l'énergie, l'eau et le dioxyde de carbone sont des déchets produits lors de cette réaction.

Voir **Fiche 9**

3 > **a.** se fait au niveau des poils absorbants. Les poils absorbants sont des cellules spécialisées de la racine qui permettent l'absorption de l'eau et des sels minéraux présents dans le sol.

Voir **Fiche 10**

4 > **b.** fait intervenir des organes non sexuels pour produire des clones et coloniser rapidement un milieu. Les gamètes, ou cellules reproductrices, sont impliqués dans la reproduction sexuée, l'union d'un gamète mâle et d'un gamète femelle donne un embryon entouré d'une graine.

Voir **Fiche 11**

5 > **b.** qu'il y ait fécondation. La reproduction sexuée implique qu'un gamète mâle féconde un gamète femelle. La fécondation peut avoir lieu à l'intérieur de l'organisme maternel suite à un accouplement, mais chez la plupart des espèces aquatiques la fécondation est externe (elle a lieu dans l'eau).

Voir **Fiche 12**

6 > **a.** chaque chromosome contient plusieurs gènes. Les chromosomes simples sont constitués d'une seule molécule d'ADN qui est le support de plusieurs gènes. Certains gènes possèdent seulement 2 ou 3 allèles.

Voir **Fiche 13**

7 > **b.** grâce à la méiose qui donne de nombreuses combinaisons chromosomiques différentes dans les gamètes. La diversité est entretenue par la méiose et la fécondation (qui unit deux gamètes).

Voir **Fiche 15**

8 > **c.** que les espèces évoluent grâce aux mutations et à la sélection par l'environnement. La proposition **a.** est une affirmation correcte mais ce n'est pas un postulat de la théorie synthétique de l'évolution. L'évolution ne se fait pas uniquement par à-coups, elle peut aussi être progressive.

Voir **Fiche 16**

Le système nerveux

☐ À revoir
☐ OK

18

1 ORGANISATION DU SYSTÈME NERVEUX

- Le système nerveux se divise en deux parties :
– le système nerveux central (SNC) comprenant le cerveau, le cervelet, le tronc cérébral et la moelle épinière ;
– le système nerveux périphérique (SNP) comprenant les récepteurs sensoriels, les nerfs et les ganglions.

- Le système nerveux assure les rôles suivants : percevoir, traiter et informer l'organisme.

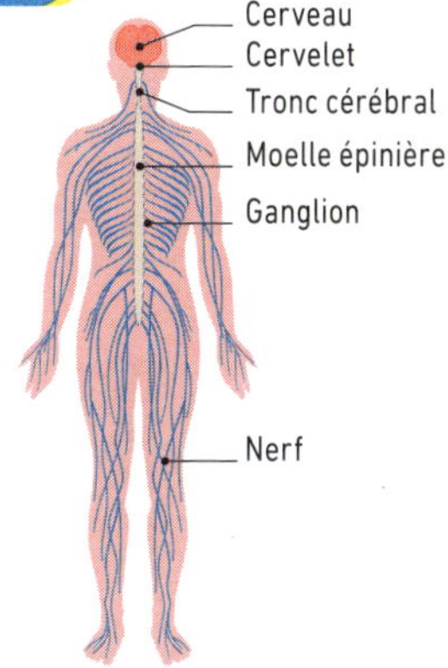

Schéma de l'organisation du système nerveux

2 FONCTIONNEMENT DU SYSTÈME NERVEUX

a La perception

L'organisme perçoit son environnement et son fonctionnement interne (digestion, quantité de sucre dans le sang, etc.) grâce à des récepteurs sensoriels contenus dans les yeux, la peau et les organes. Toutes les informations reçues sont dirigées vers le système nerveux central par des « câbles » : les nerfs afférents.

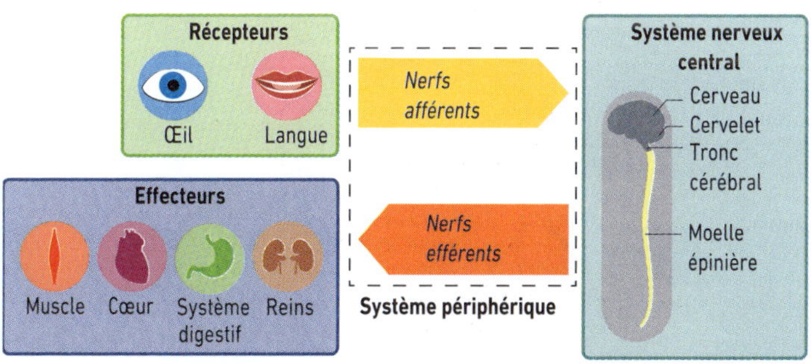

Schéma fonctionnel du système nerveux

b Le traitement de l'information

● Toutes les informations transmises par le système nerveux périphérique sont reçues, triées et analysées par système nerveux central, qui élabore en retour un message à destination des organes. C'est le phénomène d'intégration nerveuse.

● Le message émis par système nerveux central est transmis aux effecteurs (receveurs de l'information) par des « câbles » : les nerfs efférents.

3 IMPORTANCE DU SYSTÈME NERVEUX DANS LE BON FONCTIONNEMENT DE L'ORGANISME

● Le système nerveux est un des systèmes majeurs pour l'organisme :
- il coordonne l'ensemble des systèmes de l'organisme ;
- il adapte le fonctionnement de l'ensemble de l'organisme en fonction de son activité.

● Par exemple, lors d'un effort physique, le système nerveux modifie le fonctionnement du système cardiovasculaire et respiratoire permettant de répondre aux besoins plus élevés des muscles lors de l'effort physique.

4 LE SYSTÈME NERVEUX : UN SYSTÈME FRAGILE ET SENSIBLE

● Les récepteurs du système nerveux peuvent être altérés par des agressions extérieures (forte intensité lumineuse, sons très forts ou répétés...).

● Les informations transmises et/ou les messages émis par le système nerveux central peuvent être modifiés par la fatigue, le stress, les médicaments, l'alcool et les drogues, ce qui peut modifier le comportement (perte de la notion de danger, vertiges...).

Soyez prudent
Ne pas conduire sans avoir lu la notice

Soyez très prudent
Ne pas conduire sans l'avis d'un professionnel de santé

Attention danger : ne pas conduire
Pour la reprise de la conduite, demandez l'avis d'un médecin

Pictogrammes visibles sur les boîtes de médicaments, indiquant leurs effets sur la vigilance.

Le message nerveux

À revoir
OK

19

1 SUPPORT DU MESSAGE NERVEUX

- Les neurones sont des cellules spécialisées dans la transmission et le traitement des messages nerveux.

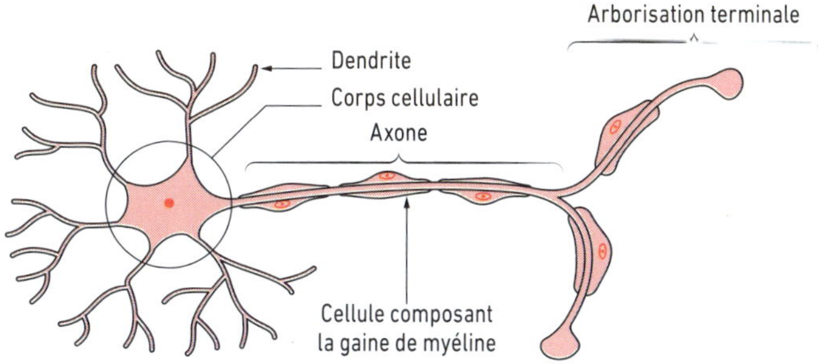

Schéma d'une cellule nerveuse

- Les axones des neurones sont regroupés dans des sortes de « câbles » : les nerfs.

2 TRANSMISSION DU MESSAGE NERVEUX

Le message nerveux circule dans les neurones de manière unidirectionnelle (dans un seul sens). Il part des dendrites, puis passe par le corps cellulaire, l'axone et se termine au niveau de l'arborisation terminale, où le message est transmis au neurone suivant ou à un effecteur.

a Message électrique

Le long de l'axone, le message nerveux est transmis sous la forme d'un message électrique, que l'on peut mesurer en millivolts (mV) au niveau de la membrane du neurone.

b Message chimique

Arrivé à l'extrémité du neurone, le message électrique est transformé en message chimique. Ce sont alors des molécules qui codent le message nerveux. Selon le type de molécule et leur quantité, le message sera interprété de manière différente par la cellule réceptrice du message.

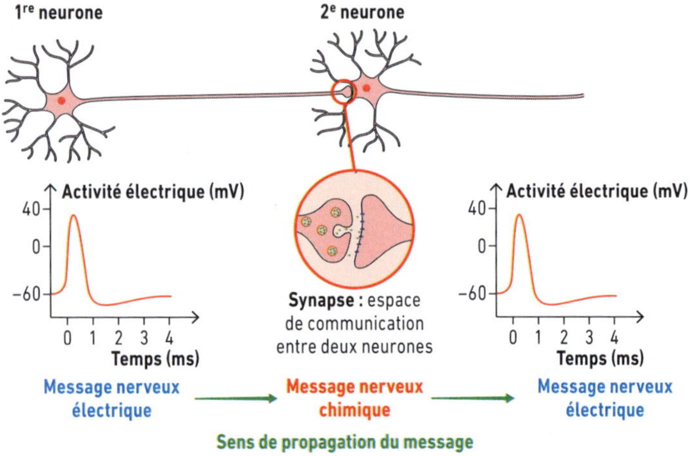

La transmission du message nerveux

3 MODIFICATION DU MESSAGE NERVEUX

a Maladie du système nerveux

- Différentes maladies peuvent toucher le système nerveux :
– des maladies neurodégénératives, souvent liées à l'âge, comme la maladie d'Alzheimer ;
– des maladies liées à la présence de virus ou de bactéries, comme les syndromes méningés ;
– des maladies auto-immunes, qui surviennent lorsque le système immunitaire (système de défense de l'organisme) attaque le système nerveux de la personne : c'est le cas de la sclérose en plaque.

- Toutes ces maladies provoquent une altération du système nerveux et donc une altération de la transmission ou de l'intégration des messages nerveux, entraînant des pertes de motricité, des pertes importantes de mémoire, etc.

b Action des drogues

Les drogues sont des substances qui agissent au niveau des synapses et font interférence avec les messages nerveux initiaux. Chez une personne droguée, la perception du monde et/ou l'assimilation des informations sont erronées.

Les adaptations de l'organisme lors d'un effort physique

- [ ] À revoir
- [ ] OK

20

1 LES BESOINS DES MUSCLES

- Les muscles, comme tous nos organes, sont constitués de cellules, qui ont besoin d'énergie pour fonctionner.
- Pour produire de l'énergie, les cellules utilisent du glucose et du dioxygène (O_2). Cette production d'énergie s'accompagne d'une production de déchets, dont le dioxyde de carbone (CO_2).

2 LES MODIFICATIONS DE L'ORGANISME LORS DE L'EFFORT

Au cours d'une activité physique, nous remarquons que la température de notre corps, notre rythme cardiaque (pouls, nombre de battements du cœur par minute) et notre rythme respiratoire (nombre de mouvements respiratoires par minute) augmentent.

3 LES MODIFICATIONS PERMETTANT DE RÉPONDRE AUX BESOINS DES MUSCLES

- Lors de l'effort physique, les muscles, en activité, consomment davantage d'O_2 et de glucose, qu'ils prélèvent dans le sang ; ils rejettent aussi davantage de CO_2.
- L'augmentation de l'activité cardiaque permet d'augmenter la circulation du sang dans le système cardiovasculaire. L'O_2 et les nutriments sont plus rapidement livrés aux cellules musculaires et les déchets sont plus rapidement évacués.
- L'augmentation de l'activité respiratoire permet au sang d'être davantage chargé en O_2 et déchargé en CO_2.
- Il existe des liens étroits entre le système cardiovasculaire et l'appareil respiratoire, les deux participant à l'adaptation de l'organisme à l'effort, en répondant aux besoins des muscles.
- L'entraînement régulier permet d'améliorer les capacités cardiaque, respiratoire et musculaire.

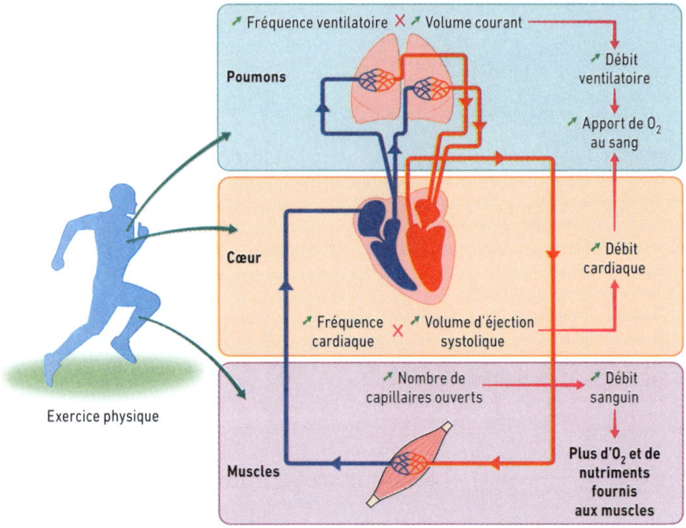

Adaptation du système cardiovasculaire lors de l'effort

4 LE SYSTÈME CARDIOVASCULAIRE, UN DES ACTEURS DE L'ADAPTATION À L'EFFORT

- Les organes qui constituent le système cardiovasculaire sont le cœur et les vaisseaux sanguins (artères, veines et capillaires).
- Le sang est mis en mouvement par le cœur, qui est un muscle creux et cloisonné. Il a quatre cavités : deux oreillettes et deux ventricules. À chaque battement, le muscle cardiaque se contracte et chaque ventricule propulse le sang dans les artères.
- Les capillaires sont de très petits vaisseaux sanguins qui pénètrent dans les organes pour les irriguer et permettre les échanges (par exemple, les échanges de dioxygène et de dioxyde de carbone entre l'air et le sang dans les poumons).

5 L'ACTIVITÉ PHYSIQUE ET LA SANTÉ

- Pour ne pas se blesser, il faut impérativement s'échauffer quand on débute une activité physique.
- Une activité physique régulière diminue le risque de développer des maladies cardiovasculaires.
- Certains sportifs prennent des substances (médicaments, drogues, hormones) pour améliorer leurs performances. Cette pratique, appelée dopage, est illégale et peut être dangereuse pour la santé.

Digestion et équilibre alimentaire

☐ À revoir
☐ OK

21

1 L'APPAREIL DIGESTIF

- Au cours de la digestion, les aliments sont transformés en nutriments.
- La partie non digérée des aliments, ne pouvant pas être utilisée par l'organisme, est rejetée sous forme d'excréments.
- Les molécules de la famille des glucides sont digérées dans la bouche puis dans l'intestin grêle. Les protéines sont digérées dans l'estomac. Les lipides (matières grasses) sont digérés dans l'intestin grêle.
- Le foie et le pancréas produisent des enzymes digestives. La bile, produite par la vésicule biliaire, facilite la digestion des lipides.

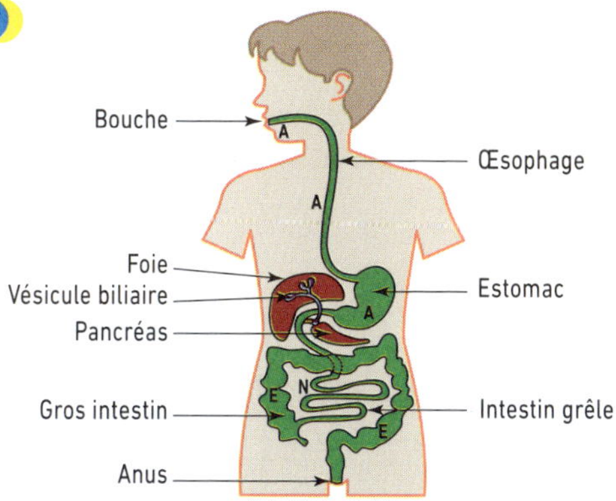

L'appareil digestif (A, aliments ; N, nutriments ; E, excréments).

2 LA DIGESTION : UNE TRANSFORMATION MÉCANIQUE ET CHIMIQUE

- L'action mécanique des dents et les contractions de l'ensemble du tube digestif permettent de faciliter le découpage des aliments et le brassage du bol alimentaire et ainsi l'imprégnation par les sucs digestifs.
- La transformation des aliments est également chimique par l'action des sucs digestifs (salive, suc gastrique, suc pancréatique, etc.) contenant des enzymes digestives responsables du découpage des macromolécules en nutriments.

3 L'ABSORPTION INTESTINALE

Produits de la digestion, les nutriments sont des molécules suffisamment petites pour pouvoir franchir la paroi de l'intestin grêle et passer dans le sang.

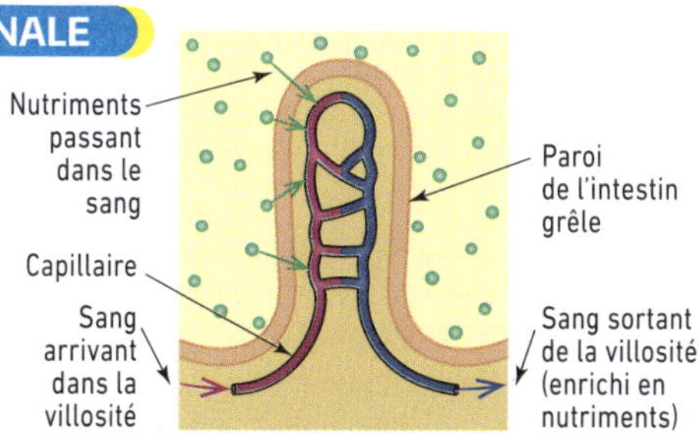

L'absorption intestinale

4 LES GRANDES CATÉGORIES D'ALIMENTS

Caractéristiques / Exemples d'aliments	Principaux constituants	Principaux rôles
Sucre, bonbon, miel, confiture	Glucides rapides (sucres rapides)	Libération d'énergie immédiate et de courte durée
Beurre, huile, amandes, noisettes	Lipides (graisses)	Apport et stockage d'énergie Rôle structural (bâtisseur, renouvellement des cellules)
Viandes, poissons, œuf, pois chiches, lentilles	Protéines	Rôle structural (bâtisseur)
Yaourt, fromage	Calcium, protéines, lipides	Rôle structural (bâtisseur)
Pâte, riz, pomme de terre	Glucides lents (sucres lents)	Libération d'énergie sur une longue durée tout au long de la digestion
Fruits et légumes	Fibres, vitamines, minéraux, eau	Apport d'éléments indispensables au fonctionnement des organes
Boissons non sucrées	Eau	Apport d'éléments indispensables au fonctionnement des organes

5 LES BESOINS ÉNERGÉTIQUES

- Chaque aliment fournit une quantité d'énergie précise, mesurée en joules (unité internationale) ou en calories : **1 calorie = 4,18 joules**. Les biologistes et surtout les nutritionnistes utilisent les calories et les kilocalories (kcal).
- Selon le type de molécule, la quantité d'énergie produite est différente.
- Tout travail de l'organisme consomme de l'énergie. Les besoins énergétiques varient en fonction de l'âge, du sexe, de l'activité et de conditions particulières (croissance, grossesse, allaitement...).
- L'IMC (indice de masse corporelle) est un indicateur très général :

$$\textbf{IMC} = \textbf{Poids (kg)} / \textbf{Taille}^2 \textbf{ (m)}$$

On estime que l'IMC d'une personne en bonne santé doit être compris entre 18 et 25. Mais attention, l'IMC n'est qu'un indicateur. Il ne doit pas être pris en compte de manière isolée.

- L'équilibre alimentaire repose sur les principes suivants :

– respect des besoins quantitatifs : équilibre entre apport énergétique et besoin en énergie ;

– respect des besoins qualitatifs : basé sur la diversification des aliments consommés.

- Les déséquilibres peuvent être variés : suralimentation, sous-alimentation ou déséquilibre qualitatifs. Mais dans tous les cas, cela peut avoir des conséquences sur la santé de l'individu concerné.

Le monde microbien et les défenses non spécifiques de l'organisme

- À revoir
- OK

22

1 LES MICROBES

- Le mot microbe est un terme non scientifique qui désigne les micro-organismes (êtres vivants invisibles à l'œil nu, tels que les bactéries, les virus, les champignons microscopiques, etc.), qu'ils soient pathogènes (à l'origine d'une maladie) ou non. Certains microbes sont utilisés par l'Homme (bactéries permettant la fabrication du yaourt).

- Les microbes sont présents partout dans l'environnement ainsi que dans les êtres vivants (l'homme héberge des bactéries dans son intestin grêle, qui, en règle générale, ne sont pas pathogènes).

2 LA TRANSMISSION

- Le passage d'un microbe d'un individu à un autre individu est appelé transmission. Cette transmission peut être directe ou indirecte (l'intermédiaire est appelé vecteur).
Exemples : transmission directe du VIH lors d'une relation sexuelle non protégée ; transmission indirecte du VIH entre deux toxicomanes, le vecteur est la seringue.

- Diverses pratiques existent pour éviter la transmission des microbes. L'asepsie, par exemple, consiste à prendre des mesures préventives : se laver les mains, utiliser des gants, stériliser les instruments chirurgicaux, utiliser un préservatif.

3 LA CONTAMINATION

- Il y a contamination lorsque les microbes arrivent à franchir les barrières naturelles (peau, muqueuses) et à pénétrer dans l'organisme.

- La peau et les muqueuses (tissu qui tapisse les cavités de l'organisme communiquant avec l'extérieur) constituent la première ligne de défense de l'organisme. Cette ligne de défense est non spécifique (c'est-à-dire qu'elle fonctionne de la même manière, quel que soit le type de microbe).

- Il peut y avoir contamination par rupture accidentelle de cette ligne de défense. Les micro-organismes pénètrent dans l'organisme au niveau d'une lésion de la peau ou de la muqueuse. La lésion peut être due à une coupure, une morsure, une griffure, une piqûre

- Certains virus sont capables de tromper les cellules d'une muqueuse. Ils se présentent comme des protéines autorisées à entrer dans les cellules et franchissent ainsi naturellement la muqueuse.

4 L'INFECTION

- Après la contamination, si les micro-organismes se multiplient au sein de l'organisme, c'est l'infection.

- S'ils sont utilisés rapidement, les produits antiseptiques détruisent les micro-organismes présents dans une plaie et stoppent ainsi l'infection (l'eau oxygénée, la bétadine sont des produits antiseptiques).

- En cas d'infection bactérienne, des antibiotiques permettent d'éliminer les bactéries. Les antibiotiques sont sans effet sur les virus.

5 LES DÉFENSES NON SPÉCIFIQUES DE L'ORGANISME

- Dès qu'il y a contamination, la deuxième ligne de défense de l'organisme se met en place et suffit généralement à stopper l'infection. La réaction inflammatoire (dont les symptômes sont : rougeur, chaleur, douleur et gonflement) et la phagocytose sont deux des mécanismes de cette deuxième ligne de défense.

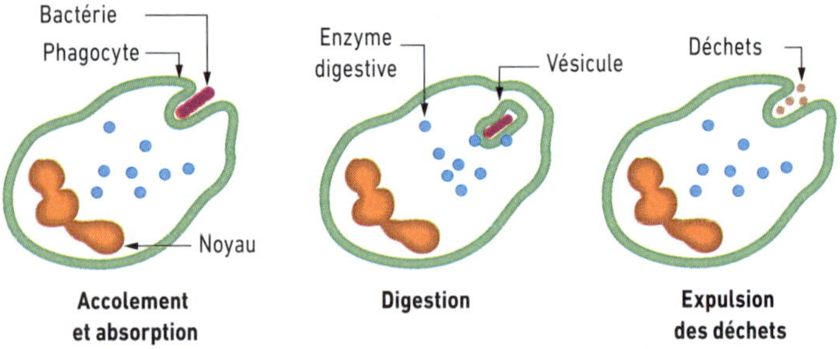

La phagocytose

- Certains globules blancs sont capables de phagocyter les microbes, on leur donne alors le nom de phagocyte. Un phagocyte s'accole au microbe, puis il l'englobe en l'entourant avec son cytoplasme et sa membrane. Le microbe se trouve donc prisonnier d'une vésicule au sein du phagocyte. Des enzymes digestives s'associent à cette vésicule et digèrent le microbe. Après digestion, les déchets sont expulsés du phagocyte.

Les défenses spécifiques de l'organisme

À revoir
OK

23

- Si la deuxième ligne de défense n'a pas suffi à stopper l'infection, des globules blancs spécialisés vont intervenir. Il s'agit des lymphocytes B et T : ils constituent la troisième ligne de défense.

- Cette dernière ligne de défense est plus lente à se mettre en place, mais son mode d'action est spécifique du microbe impliqué.

1 LES LYMPHOCYTES B

- Le lymphocyte B activé par la reconnaissance d'un antigène devient un plasmocyte. Les plasmocytes fabriquent des anticorps spécifiques de l'antigène qui a permis leur activation.

- Un anticorps est une molécule en forme de Y qui possède deux sites de fixation à un antigène (molécule présente à la surface du microbe).

- Les anticorps peuvent être fixés à la membrane des lymphocytes B ou libres, circulant dans le sang.

- Chaque anticorps est spécifique d'un antigène, car chaque anticorps à des sites de fixation dont la forme est complémentaire de celle d'un seul antigène.

- Quand un anticorps se fixe sur un antigène, l'ensemble forme un complexe antigène/anticorps, ce qui conduit à l'agglutination des microbes et facilite leur phagocytose.

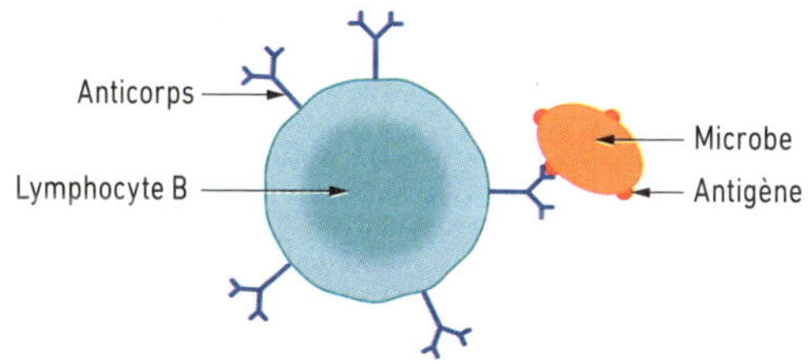

Complexe antigène/anticorps

- Lorsqu'on possède dans son sang des anticorps spécifiques d'un antigène, on est séropositif pour cet antigène.

2 LES LYMPHOCYTES T

- Une fois activés, les lymphocytes T deviennent des lymphocytes cytotoxiques (LTc).
- Les lymphocytes T détruisent les cellules occupées par des virus. Ils détruisent aussi la plupart des cellules anormales qui pourraient devenir cancéreuses.
- Pour détruire les cellules, les lymphocytes T s'accolent à la cellule et perforent sa membrane ou lui envoient un message pour qu'elle s'autodétruise.
- Les phagocytes font ensuite disparaître les fragments de cellule détruite.

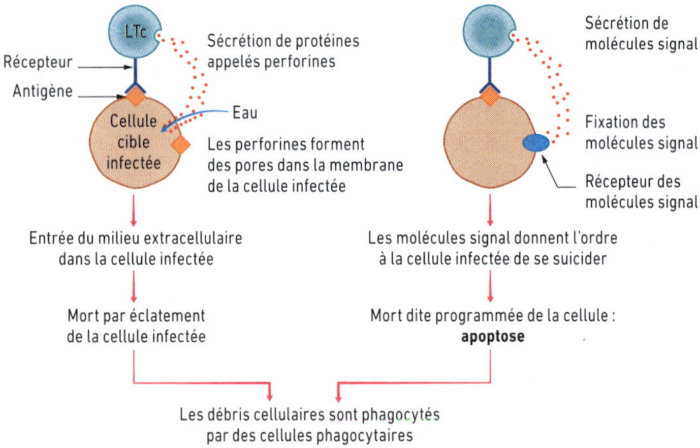

Modes d'action des lymphocytes T

- Le VIH est un virus qui se multiplie en détruisant certains lymphocytes T. Ce virus affaiblit ainsi le système immunitaire et permet à des maladies dites opportunistes de se développer.

3 LA MÉMOIRE IMMUNITAIRE

- Certains lymphocytes gardent en mémoire l'agent infectieux.
- Ces lymphocytes « mémoire » permettront une réponse immunitaire plus rapide et plus efficace dans le cas d'une nouvelle infection par le même microbe.
- Ce sont ces lymphocytes que la vaccination permet de créer.
- La mémoire immunitaire et les vaccins sont peu ou pas efficaces pour les microbes qui évoluent vite et dont les antigènes changent (exemple : la grippe, le VIH).

L'amélioration des défenses immunitaires

À revoir
OK

24

1 LA VACCINATION

- La vaccination consiste à introduire dans l'organisme un agent (virus, bactérie ou molécule) qui va sensibiliser le système immunitaire sans être pathogène (sans provoquer une maladie).

Agents contenus dans les vaccins	Pathologies concernées
Microbes vivants mais rendus inoffensifs	Varicelle
Microbes morts	Choléra
Toxines (molécules produites par les bactéries) rendues inoffensives	Tétanos
Antigènes (fragments de microbes)	Grippe

Exemples de vaccins

- Le système immunitaire « apprend » à reconnaître les antigènes de l'agent vaccinal. La vaccination permet la mise en place d'une mémoire immunitaire (production de lymphocytes B et T mémoire).

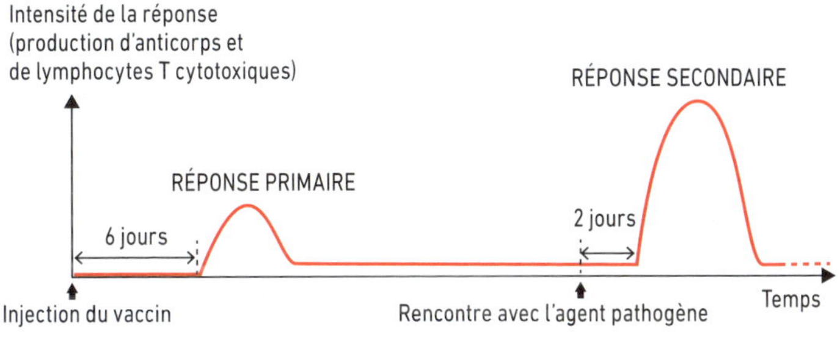

Effet de la vaccination en deux temps

- Lors d'une infection ultérieure par le même agent ou par un microbe très proche, la réponse immunitaire sera beaucoup plus rapide et plus intense que s'il s'agissait d'une première exposition. Grâce à la vaccination, notre système immunitaire lutte plus efficacement contre les infections en produisant plus vite et en plus grande quantité des anticorps et des lymphocytes.
- L'acquisition d'une protection suffisante nécessite plusieurs injections que l'on nomme « rappels ».

2 LA SÉROTHÉRAPIE

- Lors d'une morsure par un serpent, on injecte un sérum qui contient des anticorps dirigés contre les molécules qui constituent le venin (antigènes). Ces anticorps neutralisent le venin. Ils ont une action immédiate, la mise en place d'une défense par les lymphocytes prendrait trop de temps.
- La sérothérapie (action curative) fournit une protection immédiate mais à court terme, alors que la vaccinothérapie (action préventive) est une protection à long terme.

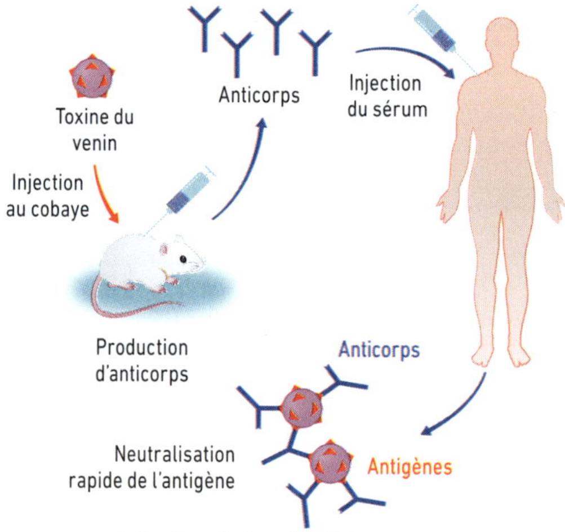

Principe de la sérothérapie

3 L'UTILISATION D'ANTIBIOTIQUES

- Les antibiotiques sont des molécules naturellement produites par des bactéries ou des champignons pour détruire des bactéries. Aujourd'hui, on sait fabriquer des antibiotiques artificiels, c'est-à-dire des molécules chimiques de synthèse.
- En cas d'infection bactérienne, les antibiotiques peuvent détruire ou limiter la multiplication des bactéries pathogènes et ainsi aider nos lymphocytes B à combattre l'infection.
- Il est important de ne prendre des antibiotiques qu'en cas d'infection bactérienne (ils n'ont aucun effet sur les virus), sur prescription médicale et de respecter les doses et la durée du traitement. Une mauvaise utilisation des antibiotiques peut conduire au développement de bactéries résistantes, c'est-à-dire qui ne sont plus détruites par les antibiotiques.
- Pour déterminer quel antibiotique prescrire, on réalise un antibiogramme.

Le fonctionnement des appareils reproducteurs

☐ À revoir
☐ OK

25

1 LES MODIFICATIONS LIÉES À LA PUBERTÉ

Les différences qui apparaissent à la puberté (caractères sexuels secondaires), qui distinguent un homme d'une femme et qui les rendent capables de se reproduire sont liées à :

– des modifications morphologiques (liées à la forme), avec le développement des caractères sexuels secondaires (pilosité, acné, développement des seins chez les filles, développement du pénis chez les garçons, etc.) ;

– des modifications physiologiques (liées au fonctionnement), avec l'apparition des règles chez les filles et les premières éjaculations chez les garçons.

2 L'APPAREIL REPRODUCTEUR MÂLE

- L'appareil reproducteur mâle est constitué de deux testicules, de conduits (épididyme, urètre), de glandes annexes (vésicules séminales et prostate qui fabriquent le liquide du sperme) et d'un organe d'accouplement : le pénis.
- De la puberté jusqu'à la mort, les testicules produisent de façon continue des cellules reproductrices ou gamètes mâles : les spermatozoïdes.
- Une fois libérés par les testicules, les spermatozoïdes vont emprunter les canaux déférents, ils vont s'associer avec le liquide fabriqué par la prostate et les vésicules séminales et cette association va donner le sperme.

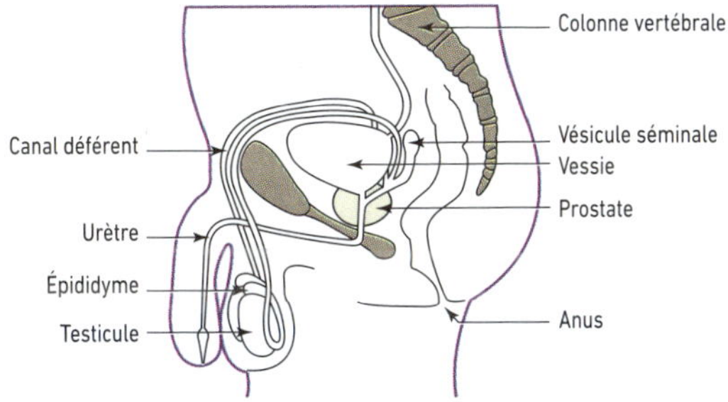

L'appareil reproducteur mâle

3 L'APPAREIL REPRODUCTEUR FEMELLE

- L'appareil reproducteur femelle est constitué de deux ovaires et de conduits (les trompes, l'utérus, où se développent l'embryon, et le vagin qui est l'organe d'accouplement). Les ovaires, de la puberté à la ménopause, libèrent des cellules reproductrices ou gamètes femelles : les ovules. Les ovules ont été produits pendant la vie fœtale.

- À chaque cycle, un des ovaires (parfois les deux) libère un ovule et la paroi de l'utérus s'épaissit, puis est éliminée s'il n'y a pas eu fécondation : ce sont les menstruations ou règles.

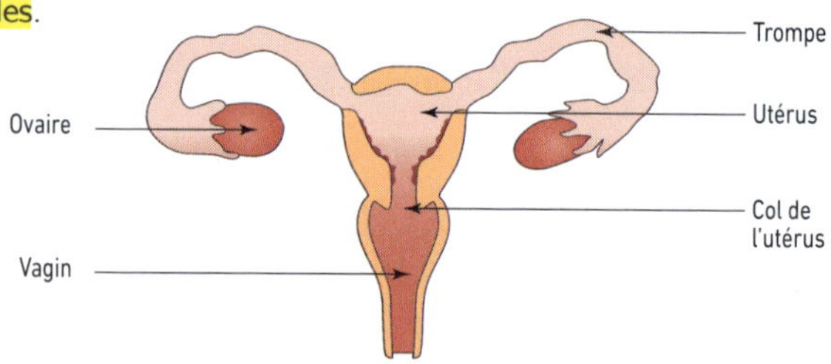

L'appareil reproducteur femelle

4 LES HORMONES SEXUELLES

- Les modifications observées à la puberté sont déclenchées par des hormones (substances fabriquées par des glandes, libérées dans le sang et qui agissent sur un ou plusieurs organes cibles).
- L'hypophyse est une glande située dans le cerveau qui produit deux hormones : la FSH et la LH. La libération de ces hormones déclenche la puberté en agissant sur les testicules et les ovaires.
- Les testicules et les ovaires libèrent des hormones sexuelles. La testostérone est l'hormone masculine, les œstrogènes et la progestérone sont les hormones féminines.

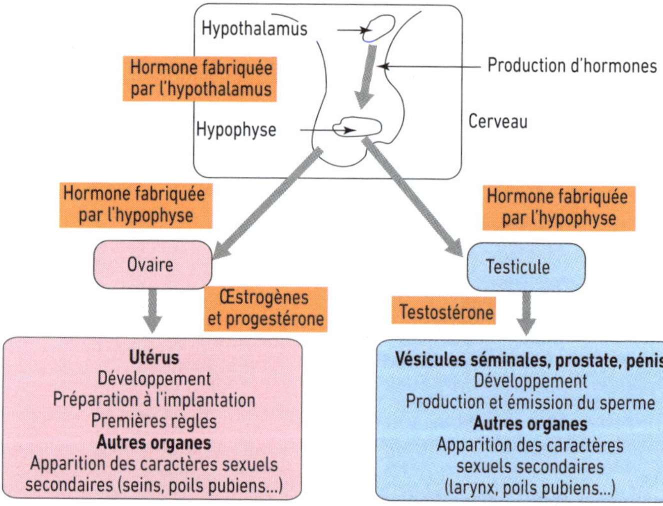

Production d'hormones sexuelles et leurs effets

La reproduction humaine

À revoir
OK

26

1 LA CONCEPTION D'UN NOUVEL ÊTRE HUMAIN

- Pour concevoir un enfant, il faut qu'un spermatozoïde rencontre un ovule.
- Au cours d'un rapport sexuel, l'homme dépose des spermatozoïdes dans le vagin de la femme par éjaculation. Les spermatozoïdes franchissent alors le col de l'utérus, traversent l'utérus et gagnent la trompe où se trouve l'ovule (flèches rouges sur le schéma).
- L'ovule, libéré par l'ovaire (ovulation) 14 jours avant l'arrivée des règles suivantes, a progressé dans la trompe. C'est le mouvement des cils qui tapissent la trompe qui font avancer l'ovule (flèches bleues sur le schéma).
- Tous les spermatozoïdes ne parviendront pas jusqu'à l'ovule. Sur la centaine de spermatozoïdes qui l'atteindront, un seul fusionnera avec l'ovule pour donner la cellule-œuf à l'origine d'un nouvel être humain : c'est la fécondation. Elle a lieu dans le premier tiers de la trompe.

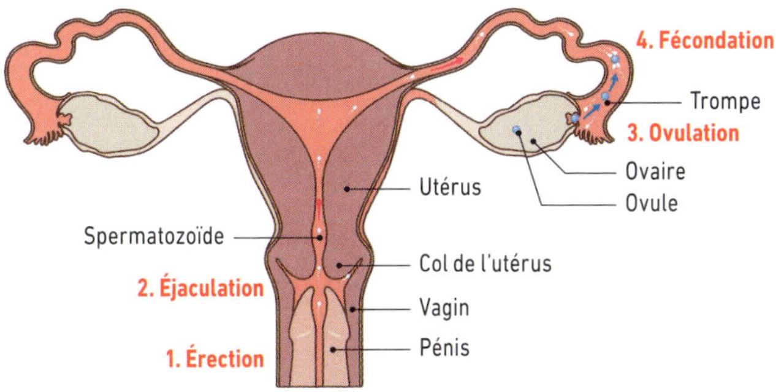

Rapport sexuel conduisant à une fécondation

2 LE DEVENIR DE LA CELLULE-ŒUF ET LE DÉVELOPPEMENT DU FŒTUS

- Une fois formée, la cellule-œuf se multiplie. Les cellules formées à partir de la cellule-œuf constituent un ensemble ressemblant à une petite mûre, c'est l'embryon. Celui-ci avance lentement dans la trompe en direction de l'utérus.
- Une fois arrivé dans l'utérus, l'embryon se fixe dans la couche superficielle de la paroi de l'utérus : c'est l'implantation ou nidation.

- Pendant les trois premiers mois de grossesse, lorsque les organes se forment, le futur bébé est appelé embryon ; à partir du 3e mois, lorsque tous les organes sont en place, il est appelé fœtus.

- Le fœtus est contenu dans une poche remplie de liquide amniotique qui le protège des chocs et de tout contact avec l'extérieur.

- Grâce au cordon ombilical (contenant des vaisseaux sanguins), le fœtus est relié à l'utérus par l'intermédiaire d'un organe fœto-maternel : le placenta. Le placenta est l'organe qui permet les échanges entre la mère et le fœtus. Le fœtus reçoit des nutriments et le dioxygène, il rejette des déchets, dont le dioxyde de carbone.

- Des molécules dangereuses peuvent traverser le placenta et perturber le bon développement du fœtus. C'est pour cela que les femmes enceintes ne doivent pas consommer ces substances, dont notamment :
  - l'alcool, qui peut provoquer des malformations ou des retards mentaux ;
  - le tabac, qui induit des risques de naissance prématurée ;
  - certains médicaments ;
  - les drogues.

  Certains microbes peuvent aussi franchir le placenta : toxoplasme, virus de la varicelle...).

3 LA MAÎTRISE DE LA REPRODUCTION

- La contraception est l'ensemble des méthodes ayant pour but d'empêcher une grossesse non désirée.

- Le mode d'action des méthodes contraceptives est différent d'une méthode à une autre. Voici quelques exemples :
  - la pilule contraceptive, qui empêche l'ovulation ;
  - le préservatif (féminin ou masculin), qui empêche le passage des spermatozoïdes dans le vagin. Rappelons que le préservatif est le seul moyen de contraception qui protège des infections sexuellement transmissibles (IST) ;
  - le stérilet ou DIU (dispositif intra-utérin) au cuivre, qui rend les spermatozoïdes inactifs ; le stérilet hormonal empêche les spermatozoïdes de passer en épaississant les sécrétions utérines ; les deux types de stérilets empêchent l'embryon de s'implanter dans l'utérus.

- En plus des méthodes préventives citées ci-dessus, il existe une contraception d'urgence. Cette contraception doit être utilisée à titre exceptionnel, à la suite d'un rapport non ou mal protégé. La pilule d'urgence doit être prise le plus rapidement possible.

LE CORPS HUMAIN ET LA SANTÉ

1 Le cerveau est :

- ▢ **a.** un des organes du système nerveux périphérique.
- ▢ **b.** constitué de neurones qui communiquent entre eux au niveau des synapses.
- ▢ **c.** un organe protégé des maladies virales et bactériennes.

2 Lors d'un effort physique la fréquence ventilatoire augmente pour :

- ▢ **a.** adapter l'apport en dioxygène au besoin des muscles.
- ▢ **b.** augmenter l'apport en sang aux organes.
- ▢ **c.** éviter les blessures.

3 Les nutriments passent dans le sang au niveau :

- ▢ **a.** du gros intestin.
- ▢ **b.** de l'estomac.
- ▢ **c.** de l'intestin grêle.

4 Pour qu'un micro-organisme puisse provoquer une maladie, il faut qu'il y ait :

- ▢ **a.** transmission, contamination, puis infection.
- ▢ **b.** réaction inflammatoire.
- ▢ **c.** transmission directe ou indirecte dans une situation où la prise d'antibiotiques est insuffisante.

5 Les lymphocytes :

- ▢ **a.** B produisent des antigènes après avoir été activés par la reconnaissance d'un anticorps.
- ▢ **b.** T sont capables de détruire les virus en provoquant leur apoptose.
- ▢ **c.** B et T « mémoires » peuvent garder en mémoire un agent infectieux qui a été vaincu.

6 Les défenses immunitaires peuvent être améliorées grâce :

- ▢ **a.** à la vaccination qui consiste à injecter un virus pathogène pour sensibiliser le système immunitaire.
- ▢ **b.** à la sérothérapie, mesure curative, qui consiste à injecter des anticorps.
- ▢ **c.** à la prise d'antibiotiques pour les infections virales ou bactériennes.

7 L'appareil reproducteur :

- ▢ **a.** devient fonctionnel lors de la puberté.
- ▢ **b.** mâle est responsable de la production de sperme au niveau des testicules.
- ▢ **c.** femelle permet la formation, tous les mois, d'un ovule au niveau de l'un des deux ovaires.

8 La contraception permet :

- ▢ **a.** d'empêcher la formation des ovules.
- ▢ **b.** d'éviter la conception d'un nouvel être vivant.
- ▢ **c.** d'éviter la fécondation et protège des IST.

Corrigés au verso

Corrigés

1 > **b.** constitué de neurones qui communiquent entre eux au niveau des synapses. Le cerveau est un organe du système nerveux central qui peut être la cible de certains agents pathogènes (exemple : syndromes méningés).

Voir **Fiche 19**

2 > **a.** adapter l'apport en dioxygène au besoin des muscles. C'est l'augmentation de la fréquence cardiaque qui permet d'augmenter l'apport en sang.

Voir **Fiche 20**

3 > **c.** de l'intestin grêle. Au niveau de l'intestin grêle, la digestion se termine. Les nutriments passent dans le sang et tout ce qui n'a pas pu être digéré ou absorbé se dirige vers le gros intestin pour gagner l'anus.

Voir **Fiche 21**

4 > **a.** transmission, contamination, puis infection. S'il y a infection, cela signifie que la réaction inflammatoire n'a pas suffi à stopper la multiplication du micro-organisme et seules les infections bactériennes peuvent être combattues avec des antibiotiques.

Voir **Fiche 22**

5 > **c.** B et T « mémoires » peuvent garder en mémoire un agent infectieux qui a été vaincu. Les lymphocytes B, une fois devenus plasmocytes, produisent des anticorps et les lymphocytes T provoquent l'apoptose des cellules qui hébergent des virus. La mémoire immunitaire gardée par les lymphocytes permet à notre organisme de combattre plus rapidement et plus efficacement un microbe déjà rencontré.

Voir **Fiche 23**

6 > **b.** à la sérothérapie, mesure curative, qui consiste à injecter des anticorps. La vaccination est une mesure préventive qui consiste à injecter des microbes rendus inoffensifs ou des toxines ou des fragments de microbes. La prise d'antibiotiques est efficace uniquement dans le cadre d'une infection bactérienne.

Voir **Fiche 24**

7 > **a.** devient fonctionnel lors de la puberté. Les testicules produisent les spermatozoïdes et les glandes séminales produisent le liquide séminal (qui associé aux spermatozoïdes constitue le sperme). Les ovules sont produits avant la naissance, puis libérés tous les mois à partir de la puberté.

Voir **Fiche 25**

8 > **b.** d'éviter la conception d'un nouvel être vivant. Certaines méthodes contraceptives empêchent la libération (et non la production) des ovules. Seul le préservatif est à la fois un moyen de contraception et un moyen de se protéger des IST.

Voir **Fiche 26**

Expression du besoin

☐ À revoir
☐ OK

1

COURS

Lors de la conception d'un objet technique, le client demandeur, qui est la personne à l'origine de l'idée ou qui souhaite la développer, doit faire appel à un concepteur pour établir un cahier des charges fonctionnel.

Le diagramme bête à cornes constituant la première étape de rédaction de ce cahier des charges, permet d'exprimer le besoin auquel répondra le produit.

À savoir

Le cahier des charges fonctionnel (cdcf) est un document qui formalisera les fonctionnalités du futur produit mais également les contraintes qu'il devra respecter.

a Les catégories de besoin

Le besoin est une nécessité ou un manque éprouvé par l'Homme. Il est à l'origine de la conception d'un objet technique. Il existe trois catégories de besoin :

- Le besoin vital

Cette catégorie de besoin est indispensable à la **survie** de l'Homme, il correspond à l'ensemble des besoins physiologiques. **Ex. :** manger, boire, dormir, etc.

- Le besoin social

Les besoins sociaux ont une influence sur le **moral** de l'Homme, ils sont donc indispensables à sa santé mentale.
Ex. : communiquer, échanger sur les réseaux sociaux, plaisanter avec ses amis, etc.

- Le besoin personnel

Les besoins personnels influent sur le **bien-être** d'une personne, le fait d'y répondre permet à la personne de se sentir bien.
Ex. : lire un livre, jouer à la console, regarder la télévision, etc.

b Le diagramme bête à cornes

Pour compléter le diagramme bête à cornes, il faut répondre aux trois questions :
– À qui le produit rend-il service ?
– Sur quoi le produit agit-il ?
– Dans quel but agit-il ?

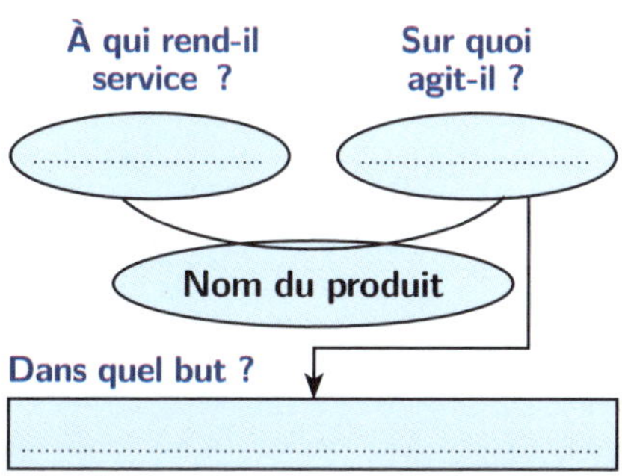

EXERCICE RÉSOLU 1

Énoncé

Classer les besoins suivants dans le tableau en fonction de leurs catégories :
boire, dormir, se laver, jouer au flipper, jouer à la console, lire, respirer, écouter de la musique, téléphoner à ses amis, envoyer un sms, manger.

Besoin personnel	Besoin vital	Besoin social

Résolution

Besoin personnel	Besoin vital	Besoin social
Jouer au flipper Jouer à la console Lire Écouter de la musique	Boire Dormir Se laver Respirer Manger	Téléphoner à ses amis Envoyer en sms

EXERCICE RÉSOLU 2

Énoncé

Construire un diagramme bête à cornes pour chacun des objets techniques ci-dessous.

a. des portes automatiques de grande surface ;

b. des rollers.

Résolution

a. Portes automatiques de grande surface :

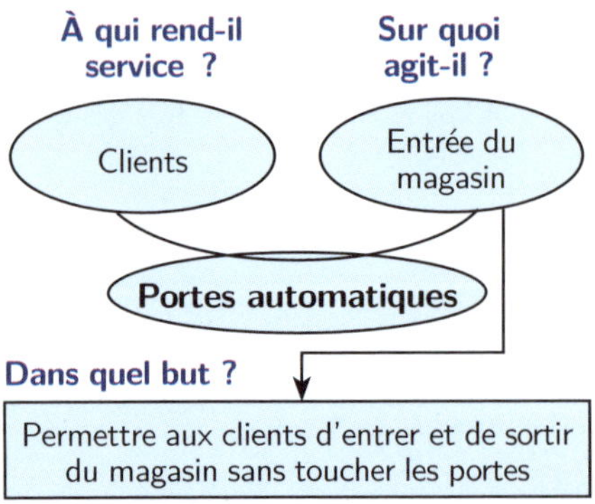

b. Rollers :

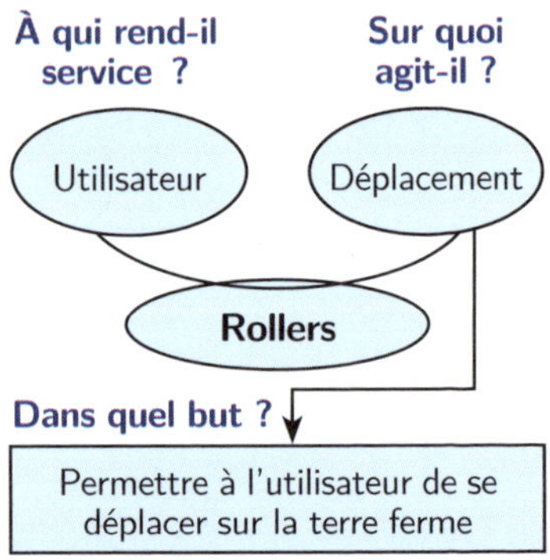

Définir les contraintes liées à l'objet technique

- À revoir
- OK

2

COURS

Afin de garantir le bon fonctionnement sur le long terme de l'objet technique, il est essentiel de définir l'ensemble des contraintes à prendre en compte lors de sa conception. À partir de ces contraintes, on formalise des fonctions principales et complémentaires qui permettront d'optimiser le fonctionnement de l'objet technique.

À savoir

On appelle environnement de l'objet technique l'ensemble des éléments du milieu extérieur (EME) qui ont une influence sur lui.

a Les catégories de contraintes

Il existe cinq catégories de contraintes liées à l'environnement de l'objet technique :

- **Les contraintes de fonctionnement**
Cette catégorie concerne toutes les contraintes rencontrées pendant le fonctionnement de l'objet technique. **Ex. :** sa consommation en énergie, sa mise en œuvre, etc.

- **Les contraintes liées au milieu extérieur**
Toutes les contraintes de cette catégorie seront influencées par le lieu d'implantation de l'objet technique. **Ex. :** la météo, son interaction avec les autres objets, etc.

- **Les contraintes économiques**
L'ensemble des contraintes de cette catégorie concerne les coûts liés à l'objet technique. **Ex. :** coût de son utilisation, coût de sa fabrication, etc.

- **Les contraintes de sécurité**
Elles concernent tout ce qui a un lien avec la sécurité des utilisateurs et du matériel (afin d'éviter la casse et de respecter les normes et réglementations).

- **Les contraintes environnementales**
Cette catégorie prend en compte toutes les pollutions engendrées par l'objet technique, de sa fabrication (**Ex. :** le choix des matériaux...) à sa destruction (**Ex. :** la recyclabilité...).

b Le diagramme pieuvre

- Dans le cahier des charges fonctionnel, le diagramme pieuvre permet de montrer les interactions entre l'objet technique et les éléments du milieu extérieur (EME).
Ex. : ses dimensions, ses besoins en énergies, les conditions météorologiques liées à son utilisation, son prix, etc.

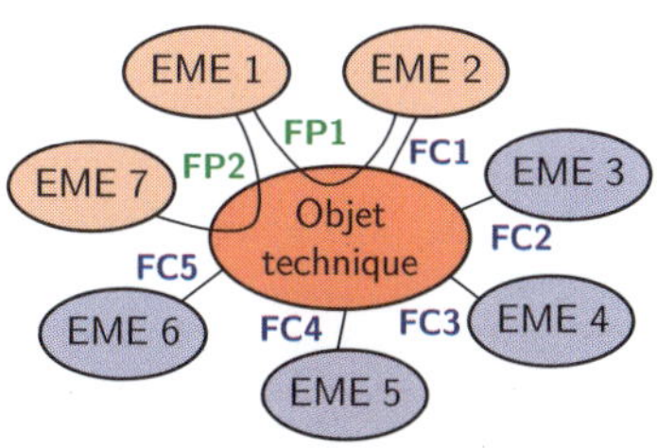

- Les **fonctions principales (FP)** justifient la conception de l'objet technique et sont une relation entre l'objet et deux EME.

Les **fonctions complémentaires (FC)** ne concernent qu'une seule contrainte à la fois et limitent les choix du concepteur. Elles relient l'objet technique à un EME.

- Les fonctions principales et complémentaires commencent toujours par un verbe à l'infinitif. **Ex. :** Utiliser des énergies renouvelables.

EXERCICE RÉSOLU 1

Énoncé

Classer les fonctions complémentaires suivantes selon leur catégorie (fonctionnement, milieu extérieur, contraintes économiques, de sécurité, environnementales).
Utiliser des matériaux recyclables – Être facilement réparable – Avoir un faible coût de commercialisation – Ne pas représenter un danger pour l'utilisateur – Résister aux autres objets.

Résolution

Fonctionnement	Milieu extérieur	Économique	Sécurité	Environnementale
Être facilement réparable	Résister aux autres objets	Avoir un faible coût de commercialisation	Ne pas représenter un danger pour l'utilisateur	Utiliser des matériaux recyclables

EXERCICE RÉSOLU 2

Énoncé

Créer un diagramme pieuvre pour la lampe torche en énonçant les fonctions principales et complémentaires.

Résolution

FP1 : permettre à l'utilisateur d'éclairer une surface.
FC1 : Éclairer une surface suffisante.
FC2 : Être adaptée à l'utilisateur.
FC3 : Avoir une couleur d'éclairage adaptée.
FC4 : Utiliser une source d'énergie disponible.
FC5 : Avoir une taille adaptée.

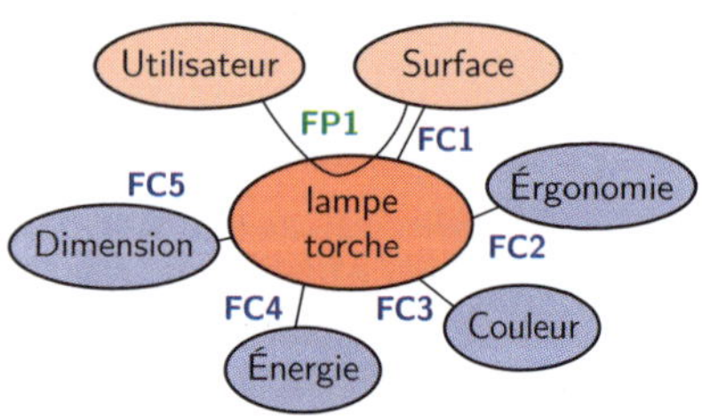

Tableau du cahier des charges fonctionnel

- À revoir
- OK

3

COURS

Lors de la dernière étape de la rédaction du cahier des charges fonctionnel (cdcf), les fonctions principales et complémentaires sont détaillées dans un tableau à cinq colonnes suivant le modèle ci-dessous.

Fonction	Désignation	Critère	Niveau	Flexibilité

Les cinq caractéristiques qui précisent une fonction sont :

- **Le nom de la fonction**

Cette colonne reprend les abréviations (FP1, FC1...) des fonctions définies dans le diagramme pieuvre.

- **La désignation de la fonction**

La désignation d'une fonction commence par un verbe à l'infinitif et est décrite sous le diagramme pieuvre.

- **Le critère**

Le critère est une caractéristique observable ou mesurable qui permet de porter un jugement sur une fonction.

- **Le niveau du critère**

Le niveau désigne la valeur d'un critère.

- **La flexibilité**

Les quatre niveaux de flexibilité permettent de fixer un ordre de priorité.
F0 : impératif ; F1 : peu négociable ; F2 : négociable ; F3 : très négociable.

Exemple : le stylo plume

Fonction	Désignation	Critère	Niveau	Flexibilité
FP1	Permettre à l'utilisateur d'écrire sur un support	Type de support	Papier	F0
FC1	Stocker suffisamment d'encre	Longueur de ligne en mètre	200	F1
FC2	Être beau	Motif	Cercle	F3
		Couleur	Noire	F3

EXERCICE RÉSOLU 1

Énoncé

Relier les caractéristiques des fonctions aux exemples ci-dessous.

Fonction ●	● FC3
Désignation ●	● Forme du tube
Critère ●	● Permettre la prise en main
Niveau ●	● F1
Flexibilité ●	● Hexagonale

Résolution

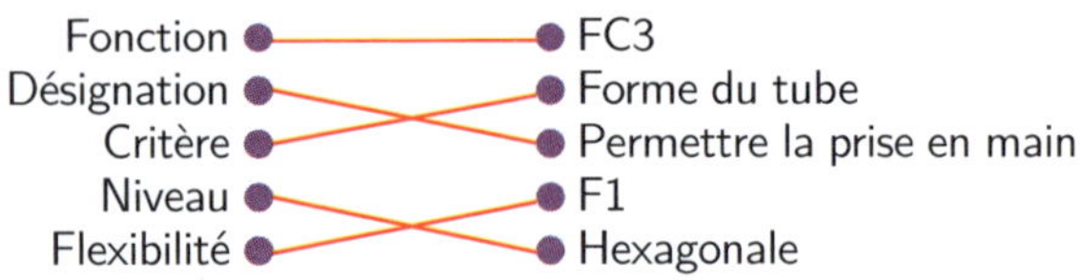

EXERCICE RÉSOLU 2

Énoncé

Lire attentivement le texte suivant et compléter le tableau du cdcf :

« Un nouveau lampadaire permettra d'éclairer la chaussée sans éblouir les personnes. Pour se faire, la luminosité devra impérativement être inférieure à 2 000 Lumens. Le lampadaire devra être fixé au sol grâce à des boulons qui empêcheront la structure de tomber. Afin d'empêcher la corrosion, le poteau sera en bois. Pour éviter les surconsommations, les concepteurs se sont arrêtés sur des ampoules DEL de puissance 20 W. Pour éclairer une surface suffisante, la hauteur du lampadaire sera fixée à 4 m 90. Afin qu'il soit le plus esthétique possible, sa couleur devra être sobre. »

Résolution

Fonction	Désignation	Critère	Niveau	Flexibilité
FP1	Éclairer la chaussée sans éblouir	Luminosité	< 2 000 lumens	F0
FC1	Être fixé au sol	Mode de fixation	Vis et boulons	F0
FC2	Résister à la corrosion	Matériaux	Bois	F1
FC3	Éviter les surconsommations	Puissance ampoule	DEL de 20 W	F1
FC4	Éclairer une surface suffisante	Hauteur	4 m 90	F1
FC5	Être esthétique	Couleur	Sobre	F3

Planifier un projet

À revoir
OK

4

COURS

La démarche de projet est l'ensemble des actions menées par une équipe de travail pendant une période définie. L'objectif final de cette démarche est la réalisation ou la modification d'un objet technique afin de répondre aux besoins du client. Pour planifier efficacement un projet et ainsi optimiser le temps nécessaire à sa création, il est essentiel de décomposer le projet en différentes étapes.

a Les étapes d'un projet

Une démarche de projet peut être réalisée en quatre étapes :

- L'appropriation du cahier des charges fonctionnel, du contexte et des objectifs du projet

C'est lors de cette étape que le cahier des charges fonctionnel (cdcf) est créé.

- L'analyse fonctionnelle et recherche de solutions

Pendant cette étape, les fonctions techniques du produit seront clairement définies et les solutions techniques seront ensuite trouvées pour y répondre.

- La réalisation et tests

Aussi appelée **prototypage**, cette étape permettra de fabriquer et de tester l'objet technique pour le modifier si besoin.

- La synthèse et présentation finale

Cette étape présentera la version finale du produit mais également toutes les étapes réalisées pour y parvenir.

b Le diagramme de Gantt

Pour pouvoir être efficace et coordonner les différentes équipes qui travaillent sur le projet, nous pouvons établir un planning précis en utilisant un diagramme de Gantt.

Exemple :

Étape	Date de début	Durée (en jours)	Date de fin	01/03 21/03 20/04 09/07 19/07
Cahier des charges fonctionnel	01/03/2021	20	21/03/2021	
Analyse fonctionnelle	22/03/2021	30	21/04/2021	
Prototypage	22/04/2021	80	11/07/2021	
Présentation finale	12/07/2021	10	22/07/2021	

EXERCICE RÉSOLU 1

Énoncé

1. Associer chaque étape de la démarche de projet à son utilité.

1 Appropriation du cahier des charges fonctionnel
2 Analyse fonctionnelle et recherche de solutions
3 Réalisation et tests
4 Synthèse et présentation finale

a C'est lors de cette étape que le cahier des charges fonctionnel est créé.
b Définition des fonctions et de leur solution technique.
c Présentation de toutes les étapes réalisées pour obtenir un produit fini.
d Fabrication et tests de l'objet technique pour le modifier si besoin.

2. Que permet l'utilisation d'un diagramme de Gantt lors d'une démarche de projet ?

1 D'organiser les étapes dans le temps
2 De permettre aux équipes de s'organiser
3 De savoir où le projet devrait en être à un instant donné
4 De trouver des solutions techniques
5 De présenter le projet

Résolution

1. **1** et **a** ; **2** et **b** ; **3** et **d** ; **4** et **c**

2. **1** ; **2** ; **3**

EXERCICE RÉSOLU 2

Énoncé

Compléter le diagramme de Gantt en vous référant au tableau suivant :

Étape	Date de début	Durée (jour)	Date de fin	Jour									
				1	2	3	4	5	6	7	8	9	10
Usinage des pièces	01/03/2021	2											
Assemblage		1											
Test		3											
Présentation		2											

Résolution

Étape	Date de début	Durée (jour)	Date de fin	Jour									
				1	2	3	4	5	6	7	8	9	10
Usinage des pièces	01/03/2021	2	03/03/2021	■	■								
Assemblage	04/03/2021	1	05/03/2021			■							
Test	06/03/2021	3	09/03/2021				■	■	■				
Présentation	10/03/2021	2	12/03/2021							■	■		

Famille, lignée et évolution des objets technique

☐ À revoir
☐ OK

5

COURS

Au fil du temps, les objets techniques évoluent en fonction des nouveaux besoins de l'Homme qui apparaissent, de la maitrise de nouveaux procédés de fabrication ou de l'évolution technologique.

Nous pouvons classer les objets techniques en deux catégories distinctes : la famille ou la lignée.

À savoir

L'évolution technologique est le fait qu'une ou plusieurs solutions techniques évoluent dans le but d'améliorer un objet technique.

Lignée d'objet technique

Une lignée est une suite chronologique de toutes les évolutions d'un objet technique.

Exemple : le téléphone filaire

Téléphone de Graham (1876)

Téléphone d'Ader (1880)

Téléphone de Mildé (1892)

Le marty (1910)

Téléphone 1920

PTT24 (1922)

U43 (1943)

Téléphone sans fil (1990)

● Famille d'objet technique
C'est un ensemble d'objets techniques qui répondent au même besoin. Une famille d'objets peut contenir des objets techniques d'époques différentes.

Exemple : moyen de communication

● Les objets d'une même lignée font partie de la même famille, cependant les objets d'une même famille ne font pas forcément partie d'une même lignée.

EXERCICE RÉSOLU 1

Énoncé

Quelle est la différence entre une famille est une lignée d'objets techniques ?

Résolution

Une famille d'objet est composée d'objets techniques différents mais qui répondent au même besoin, une lignée est une suite des évolutions d'un objet technique.

EXERCICE RÉSOLU 2

Énoncé

Parmi les objets techniques suivants, lesquels font partie de la même lignée ?

- ▢ Ampoule fluo compacte
- ▢ Bougie
- ▢ Ampoule à incandescence
- ▢ Lampe à huile
- ▢ Ampoule halogène
- ▢ Lampe torche

Résolution

Ampoule fluo compacte ; ampoule halogène ; ampoule à incandescence.

EXERCICE RÉSOLU 3

Énoncé

Citer des objets de la même famille que le Skateboard.

Résolution

Rollers, trottinette, Segway®, VTT...

Les impacts sociétaux et environnementaux, le cycle de vie d'un objet technique

☐ À revoir
☐ OK

6

COURS

Les objets techniques peuvent avoir un impact sur l'environnement lors de leur utilisation mais également lors de leur destruction. Ils peuvent aussi avoir un impact direct sur nos comportements.

a Définitions

- Impact environnemental

Effet positif ou négatif dû à l'utilisation, à la fabrication ou à la destruction d'un objet technique.
Exemple : l'utilisation d'une énergie polluante comme le pétrole ou d'une énergie renouvelable pour se déplacer auront des impacts très différents sur l'environnement.

- Impact sociétal

Effet positif ou négatif d'un objet technique sur les modes de vie d'une population.
Exemple : l'utilisation du téléphone portable permet d'être joignable en cas d'urgence mais a créé de nouvelles addictions.

- Cycle de vie d'un objet technique

Ensemble des étapes de la vie d'un objet technique.

b Cycle de vie d'un objet technique

Étude de marché	Interrogation sur la rentabilité possible du projet.
Conception	Élaboration du cahier des charges fonctionnel, des solutions techniques et des prototypes.
Production	Fabrication en série de l'objet technique.
Distribution	Mise en vente dans les grandes surfaces et en ligne de l'objet technique.
Utilisation	Période pendant laquelle l'utilisateur se sert de l'objet technique.
Destruction / recyclage	Fin de vie de l'objet technique.

EXERCICE RÉSOLU 1

Énoncé

Sans regarder la partie cours, énoncer dans l'ordre chronologique les six étapes du cycle de vie d'un objet technique.

Résolution

1) Étude de marché - 2) Conception - 3) Production - 4) Distribution – 5) Utilisation - 6) Destruction / recyclage

EXERCICE RÉSOLU 2

Énoncé

Parmi les étapes du cycle de vie d'un objet technique qui fonctionne avec des piles, quelles sont celles qui ont un impact sur l'environnement ? Justifier la réponse.

Résolution

Il y a quatre étapes pendant lesquelles cet objet technique aura un impact sur l'environnement :

– La production : les chaines de production utilisent énormément d'énergie, se font livrer des matières premières...

– La distribution : que ce soit dans les grandes surfaces ou du e-commerce, l'objet technique devra être transporté, ce qui causera de la pollution.

– L'utilisation : les piles de l'objet technique devront être changées et les anciennes traitées.

– La destruction : en fin de vie, l'objet technique devra être détruit, ce qui engendrera des déchets polluants.

EXERCICE RÉSOLU 3

Énoncé

Identifier au moins trois objets techniques qui ont eu un impact sociétal fort et ont modifié les besoins de l'Homme.

Résolution

Le smartphone, l'ordinateur, l'automobile.

EXERCICE RÉSOLU 4

Énoncé

La production d'énergie électrique est au cœur des préoccupations environnementales, citer deux moyens de production qui ont un impact négatif sur l'environnement et trois autres dont l'impact est positif.

Résolution

Impact négatif : centrale nucléaire, centrale à charbon.
Impact positif : éolienne, panneau photovoltaïque, barrage hydroélectrique.

Différencier invention et innovation

- À revoir
- OK

7

COURS

Les objets techniques sont, par définition, des objets modifiés par l'Homme dans le but de répondre à un besoin. Nous pouvons classer cette modification en deux catégories : les inventions et les innovations.

a Définitions

- **Invention**

C'est le fait de créer, d'imaginer, concevoir de nouveaux objets techniques.

- **Innovation**

C'est le fait d'introduire une chose nouvelle sur un objet technique existant.

- L'invention est donc le premier objet technique d'une lignée et les innovations sont tous les autres objets qui lui succèdent.

b Exemples

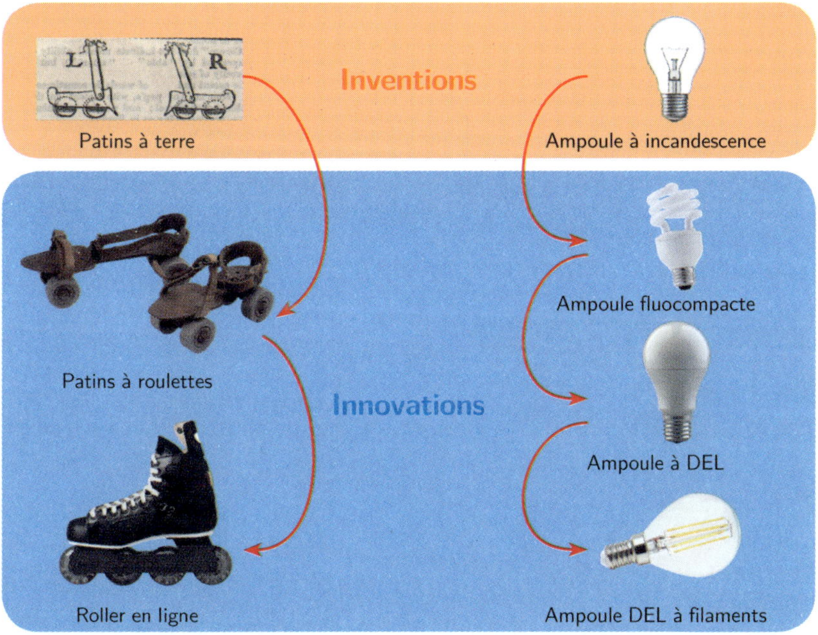

EXERCICE RÉSOLU 1

Énoncé

Quelle est la différence entre une invention et une innovation ?

Résolution

Une invention concerne le fait de créer un objet technique, ce dernier n'existait pas avant, alors que pour une innovation, l'objet technique existe déjà et on lui ajoute quelque chose de nouveau.

EXERCICE RÉSOLU 2

Énoncé

Trouver la date d'invention de ce vélo : la draisienne, puis trouver au moins quatre objets avec des innovations issus de la lignée de la draisienne.

Résolution

La draisienne fût inventée en 1817. Les innovations qui suivirent sont :
- la draisienne à pédale avec l'ajout d'un pédalier relié à la roue arrière ;
- le vélocipède de Michaux avec le déplacement du pédalier au niveau de la roue avant ;
- le grand Bi avec l'augmentation du diamètre de la roue avant ;
- la bicyclette de sécurité avec le premier système de transmission à chaine ;
- le vélo de course avec une forme aérodynamique ;
- le vélo tout terrain ;
- le vélo électrique.

EXERCICE RÉSOLU 3

Énoncé

Trouver au moins quatre objets avec des innovations issus de la lignée de la balance romaine.

Résolution

- Balance Roberval
- Balance romaine à coupe
- Balance à ressort
- Trébuchet de précision
- Balance semi-automatique
- Balance automatique
- Balance électronique

Les familles de matériaux et leurs caractéristiques

☐ À revoir
☐ OK

8

COURS

Les objets techniques sont composés d'un ou plusieurs matériaux choisis en fonction des caractéristiques que l'on souhaite exploiter. Les caractéristiques attendues des matériaux sont formalisées dans le tableau critérié du cahier des charges fonctionnel.

a Définitions

- Matériau

C'est l'ensemble des matières utilisées pour fabriquer un objet technique. Il peut être d'origine naturelle ou artificielle.

- Matière première

C'est une matière extraite de la nature et qui n'a pas subi de transformation.

- Matériau synthétique

C'est lorsqu'une matière première est transformée grâce à des procédés chimiques.

b Les familles de matériaux

Il existe trois familles de matériaux :

- Les matériaux organiques

Ce sont des matériaux d'origine animale, végétale ou synthétique.
Ex. : coton, laine, bois, plastique, foin, etc.

- Les matériaux minéraux

Cette famille comprend les matériaux céramiques et les roches.
Ex. : roche, verre, porcelaine, terre cuite, etc.

- Les matériaux métalliques

Ce sont tous les métaux et leurs alliages.
Ex. : Fer, aluminium, cuivre, argent, or, etc.

Il existe deux **sous-familles qui sont des mélanges de matériaux** :

- Les alliages métalliques

Ils sont essentiellement composés d'un mélange de différents métaux.
Ex. : le bronze, l'inox, le laiton, etc.

- Les matériaux composites

Ils sont le résultat du mélange de matériaux de familles différentes.
Ex. : le béton armé, la fibre de carbone, la fibre de verre, etc.

C Les caractéristiques des familles de matériaux

	Solidité	Déformation et aptitude au formage	Conductivité électrique	Conductivité thermique
Matériaux métalliques	Solides	Déformables à haute température	Oui	Bon conducteurs
Matériaux organiques	Non évaluable au vu de la diversité des matériaux	Déformables	Non	Mauvais conducteurs
Matériaux minéraux	Cassants	Peu déformables ou déformables à très hautes température	Non	Mauvais conducteurs

EXERCICE RÉSOLU 1

Énoncé

Après avoir rappelé les trois familles de matériaux, classer l'ensemble des matériaux :
fer, laine, laiton, bois, foin, roche, porcelaine, or, plastique, argent, terre cuite, paille, cuivre.

Résolution

Matériaux métalliques	Matériaux minéraux	Matériaux organique
Fer, laiton, or, argent, cuivre	Roche, porcelaine, terre cuite	Laine, bois, foin, plastique, paille

EXERCICE RÉSOLU 2

Énoncé

Lors de la conception d'une coque de téléphone portable, l'équipe de concepteurs se demande quelles sont les caractéristiques à prendre en compte pour le choix du matériau. Lister la liste des caractéristiques (au moins trois) que devra posséder le matériau.

Résolution

Être léger, solide, facilement usinable, ne pas conduire la chaleur.

L'analyse fonctionnelle : le diagramme FAST

☐ À revoir
☐ OK

9

COURS

Afin de comprendre le fonctionnement d'un objet technique, il faut étudier sa composition et analyser quelles fonctions il doit réaliser pour répondre au besoin de l'utilisateur. Tout cela peut être décrit dans le diagramme FAST.

a Définitions

- **Fonction d'usage**

Elle décrit ce à quoi sert un objet technique.

- **Fonctions techniques**

Elles sont la décomposition de la fonction d'usage en sous-fonctions indispensables au bon fonctionnement de l'objet technique.

- **Solutions techniques**

Ce sont les éléments de l'objet technique qui permettent l'exécution de la fonction technique.

b Le diagramme FAST

De l'anglais *Function Analysis System Technique*, le diagramme FAST est un outil de représentation qui permet d'associer les fonctions techniques aux solutions techniques pour une fonction de service donnée.

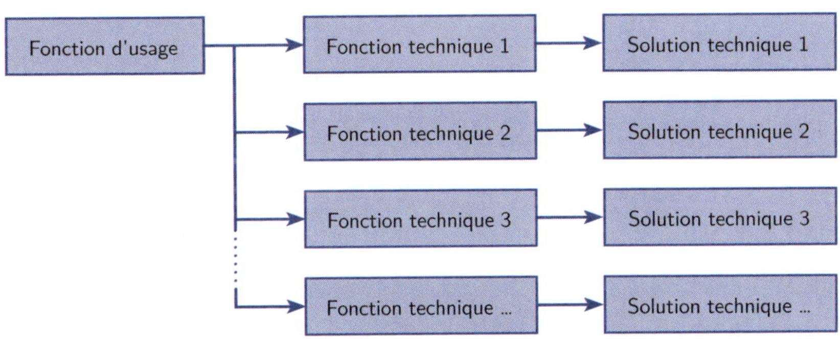

EXERCICE RÉSOLU 1

Énoncé

Pour la trottinette dont la composition est décrite dans l'image, énoncer la fonction d'usage.

Résolution

La fonction d'usage de la trottinette est de permettre à l'utilisateur de se déplacer sur la terre ferme.

EXERCICE RÉSOLU 2

Énoncé

Énoncer les cinq fonctions techniques de la trottinette en s'aidant du schéma de l'exercice précédent.

Résolution

Tourner, freiner, avancer, se maintenir, être pliable.

EXERCICE RÉSOLU 3

Énoncé

À l'aide du schéma de l'exercice résolu 1, créer le diagramme FAST de la trottinette.

Résolution

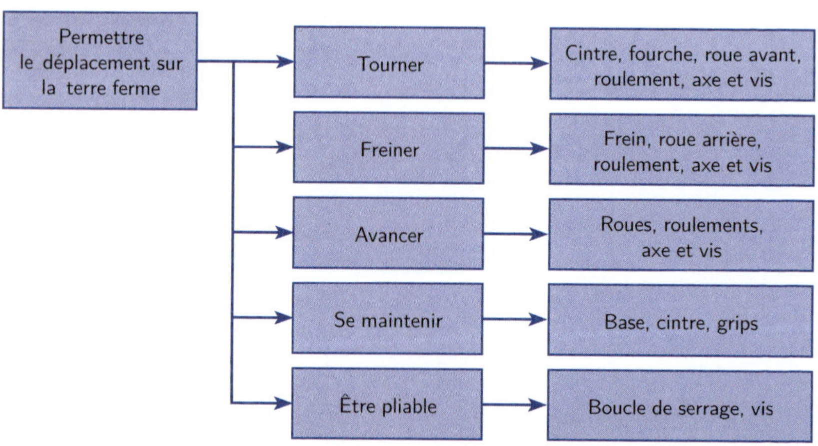

Les sources d'énergie

☐ À revoir
☐ OK

10

COURS

L'être humain est incapable de vivre sans énergie, il en a besoin pour voir, reprendre des forces, se réchauffer, etc. Chaque énergie est issue d'une source qui en est l'origine.

a Définitions

- **Énergie**

C'est la capacité d'un système (ou d'un corps) à produire une action.
Ex. : mouvement, lumière, chaleur, etc.

- **Source d'énergie**

C'est le phénomène à l'origine de l'exploitation de l'énergie.
Ex. : muscles, Soleil, etc.

- **Énergie primaire**

C'est une énergie dont la source est d'origine naturelle.

- **Énergie secondaire**

C'est une énergie dont la source est le fruit d'une transformation provoquée.

- **Énergie renouvelable**

Une énergie est dite renouvelable lorsque la nature la renouvelle suffisamment rapidement pour qu'elle puisse être considérée comme inépuisable.
Ex. : le Soleil, le vent, le courant marin, etc.

b Les différentes énergies

	Énergie	Source	Renouvelable
Primaire	Éolienne	Vent	Oui
	Solaire	Soleil	
	Hydraulique	Courant d'eau naturel	
	Géothermique	Chaleur du sol	
Secondaire si utilisée par l'Homme	Électrique	Électricité (déplacement d'électrons)	Non
Secondaire	Thermique	Chaleur	
	Nucléaire	Fission de l'uranium	
	Mécanique	Mouvement	
	Musculaire	Muscles	

EXERCICE RÉSOLU 1

Énoncé

Pour chacune des énergies suivantes, indiquer sa source, et préciser si elle est renouvelable ou non, primaire ou secondaire.

Énergie	Éolienne	Solaire	Hydraulique	Géothermique	Musculaire	Mécanique
Source						
Énergie renouvelable						
Énergie primaire ou secondaire						

Résolution

Énergie	Éolienne	Solaire	Hydraulique	Géothermique	Musculaire	Mécanique
Source	Vent	Soleil	Courant d'eau naturel	Chaleur du sol	Muscles	Mouvement
Énergie renouvelable	Oui	Oui	Oui	Oui	Non	Non
Énergie primaire ou secondaire	Primaire	Primaire	Primaire	Primaire	Secondaire	Secondaire

EXERCICE RÉSOLU 2

Énoncé

Pour les systèmes suivants, citer la source qui est à l'origine du phénomène physique créé.

1. 

2. 

3. 

4. 

5. 

Résolution

1. Vent ; **2.** Vent ; **3.** Courant naturel ; **4.** Chaleur du sol ; **5.** Muscles.

Représentation fonctionnelle et structure d'un système

- [ ] À revoir
- [ ] OK

11

COURS

Pour représenter de manière graphique l'ensemble des fonctions et solutions techniques d'un système et leur organisation, nous pouvons utiliser la méthode SADT qui permet d'organiser la représentation fonctionnelle dans des diagrammes de différents niveaux.

À savoir

Un système technique est un objet technique possédant plusieurs fonctions techniques et créé pour répondre à un besoin.

Représentation fonctionnelle

C'est une représentation graphique et simpliste d'une ou plusieurs fonctions d'un objet technique.

Méthode SADT

De l'anglais *Structured Analysis and Design Technique*, la méthode SADT permet de décrire un système par une **analyse fonctionnelle descendante** :

– on part d'une description globale (niveau A-0) : on précise le nom de la fonction technique ou d'usage du niveau A-0, et les matières d'œuvre entrantes et sortantes du bloc fonctionnel ;

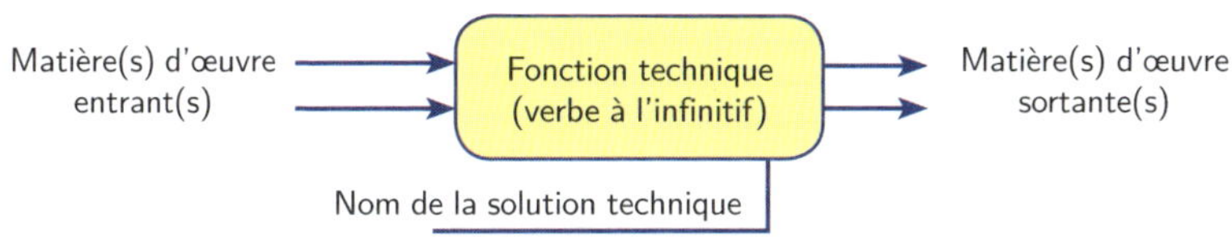

Représentation globale

– puis on décompose cette fonction technique en fonctions techniques intermédiaires liées les unes aux autres à des niveaux inférieurs (A-1, A-2...) en complétant chacun des blocs fonctionnels.

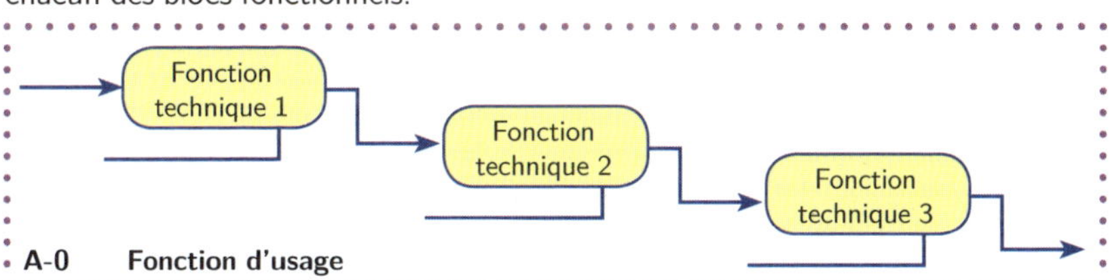

Niveau A-0

Ce diagramme met en évidence visuellement le découpage et l'organisation des fonctions techniques ; son architecture permet de comprendre comment les fonctions mises en jeu sont imbriquées les unes avec les autres.

EXERCICE RÉSOLU 2

Énoncé

Compléter le niveau de représentation global de la méthode SADT pour l'éolienne.

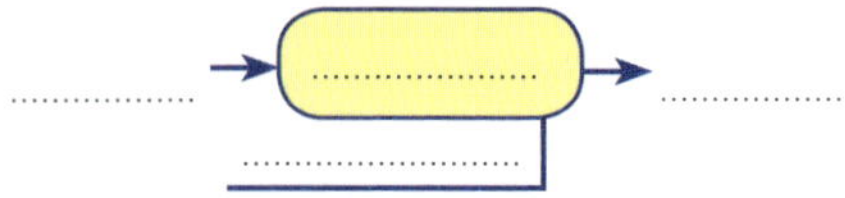

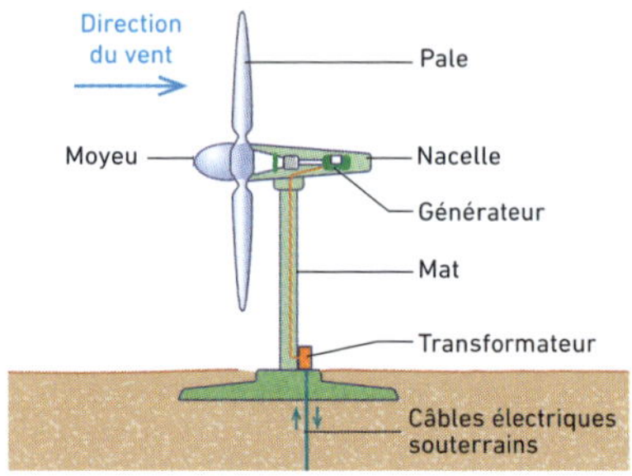

Résolution

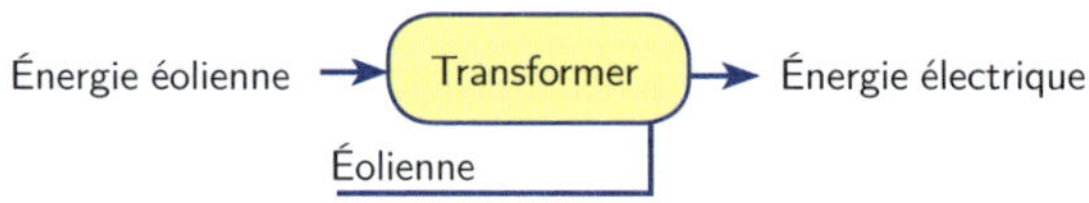

EXERCICE RÉSOLU 2

Énoncé

Compléter le niveau A-0 de la méthode SADT pour l'éolienne.

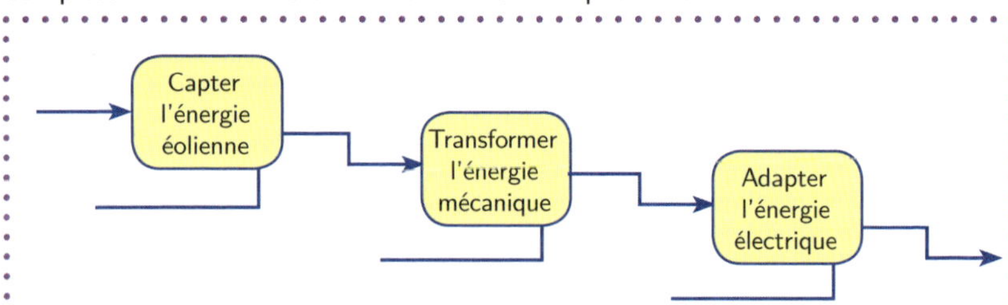

A-0 Transformer l'énergie éolienne en énergie électrique

Résolution

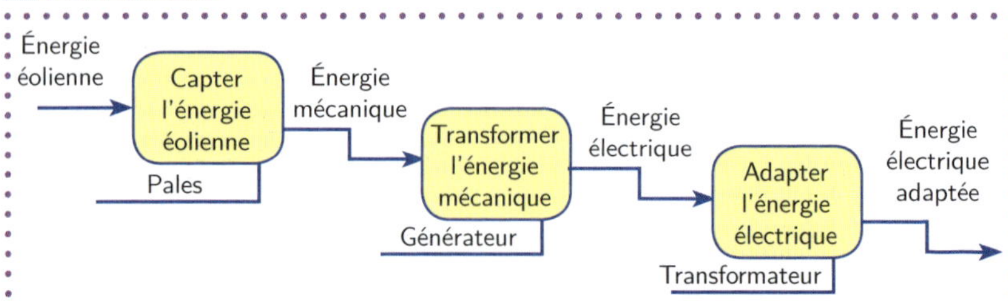

A-0 Transformer l'énergie éolienne en énergie électrique adaptée

Chaînes d'énergie et d'information

☐ À revoir
☐ OK

12

COURS

Lors du fonctionnement d'un système, l'énergie circule et subit des modifications, ces dernières sont représentées dans une chaîne d'énergie. Pour un fonctionnement autonome, le système doit être capable de détecter et traiter des informations afin d'agir en conséquence, tout cela est représenté dans la chaîne d'information.

a Chaîne d'énergie

La chaine d'énergie est la suite des actions que subit l'énergie pour assurer le fonctionnement du système (depuis l'énergie d'entrée jusqu'à l'énergie finale qui permet le fonctionnement du système). Les fonctions mises en jeu sont :

- Alimenter : mise en forme de l'énergie externe en énergie compatible avec la chaîne d'action. **Ex. :** transformateur, etc.
- Distribuer : distribution de l'énergie à l'actionneur réalisée par un distributeur. **Ex. :** interrupteur, relai, etc.
- Convertir : transformation de l'énergie distribuée en une autre énergie. **Ex. :** moteur, buzzer, etc.
- Transmettre : transmission de l'énergie convertie. **Ex. :** engrenages, poulie, courroie, etc.

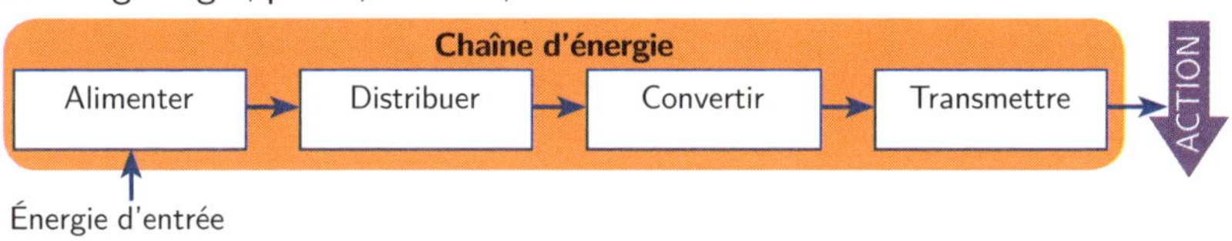

b Chaîne d'information

La chaine d'information est composée des fonctions suivantes :

- Acquérir : fonction qui permet de prélever des informations par des capteurs. **Ex. :** capteur de mouvement, thermomètre, etc.
- Traiter : c'est la partie commande assurée par un ordinateur ou un microprocesseur.
- Communiquer : cette fonction assure l'interface avec l'environnement de la partie commande.

À savoir

Le pupitre est l'élément qui permet à l'utilisateur de recevoir des informations du système mais également d'en donner.

C Interaction entre les deux chaînes

Via le pupitre, la chaîne d'information peut communiquer des informations à l'Homme et inversement. Ensuite, les deux chaines communiquent entre elles. Après avoir traité les informations, la **chaîne d'information** communique des **ordres** aux distributeurs de la **chaîne d'énergie** et cette dernière envoie des **informations** via des capteurs à la chaîne d'information.

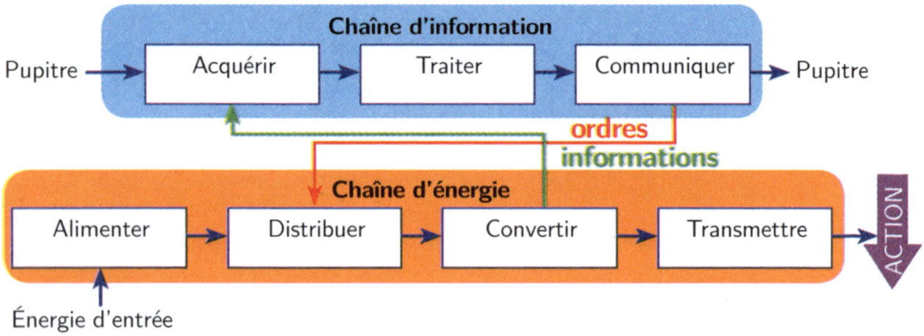

EXERCICE RÉSOLU 1

Énoncé

Créer les chaînes d'énergie et d'information mises en jeu lors du fonctionnement du portail coulissant automatisé schématisé ci-contre.

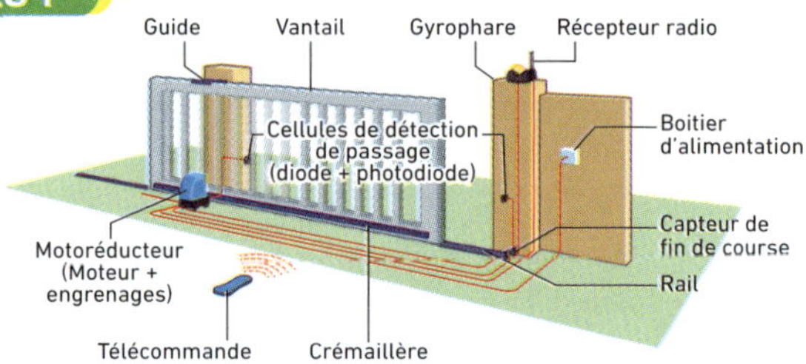

Résolution

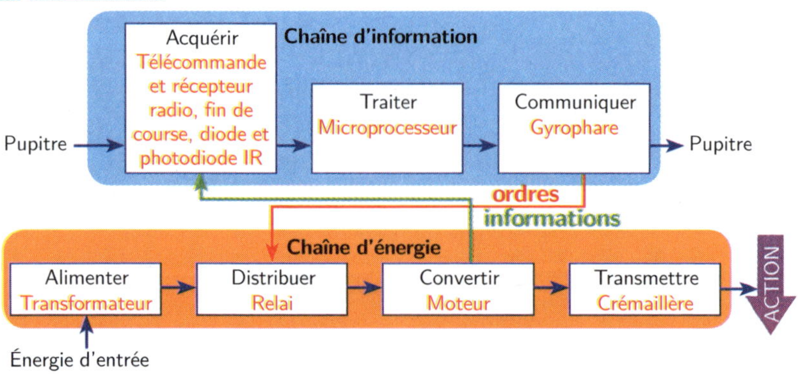

Capteurs, détecteurs, actionneurs et interface

☐ À revoir
☐ OK

13

COURS

Pour qu'un système puisse fonctionner de manière totalement automatique, il doit être capable de réagir en fonction des informations qu'il captera dans son environnement. Pour se faire, nous utilisons des détecteurs, capteurs, actionneurs et interface.

a Définitions

- Capteur : c'est un élément qui permet de capter un phénomène physique et de le transformer en signal. Il en existe trois familles :
  – le **capteur logique** : il est capable de détecter deux états ;
  – le **capteur numérique** : il est capable de mesurer par palier les variations d'un phénomène ;
  – le **capteur analogique** : il mesure toutes les variations d'un phénomène.

- Détecteur : c'est un élément qui permet uniquement de détecter la présence ou l'absence d'un phénomène physique.

- Actionneur : c'est un dispositif qui crée une action physique en convertissant l'énergie qu'il reçoit. Il existe énormément de familles d'actionneurs ; voici les trois principales :
  – les **actionneurs mécaniques** : ils transforment l'énergie reçue en mouvement ;
  – les **actionneurs lumineux** : ils convertissent l'énergie reçue en signal lumineux ;
  – les **actionneurs sonores** : ils transforment l'énergie reçue en signal sonore.

- Interface : c'est un dispositif qui permet à la machine de communiquer des informations avec les utilisateurs, et inversement, via le pupitre.

b Formes de signal

Le signal est une information délivrée par un capteur. Ce dernier peut être transmis sous différentes formes.

Signal logique	Signal numérique	Signal analogique
Ce signal ne peut prendre que deux valeurs, un niveau logique haut (NL1) et un niveau logique bas (NL0). 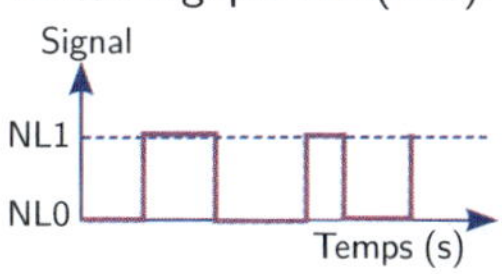	Ce signal peut prendre un nombre défini de valeurs. 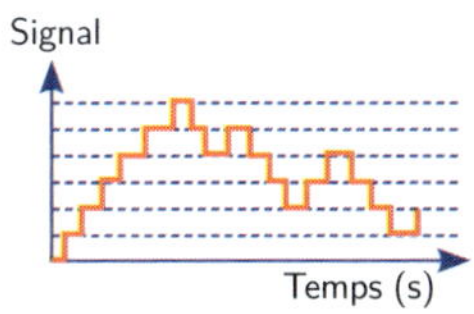	Ce signal peut prendre une infinité de valeurs et varier en continu dans le temps. 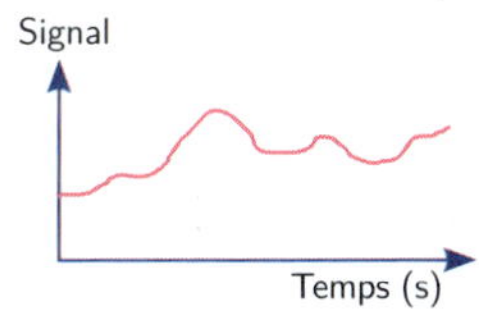

EXERCICE RÉSOLU 1

Énoncé

Classer les éléments suivants en deux catégories : capteurs ou actionneurs.

Thermomètre, radar, buzzer, vérin, moteur, bouton poussoir, photodiode, balance, servomoteur, DEL.

Résolution

Capteurs	Actionneurs
Thermomètre, radar, bouton poussoir, photodiode, balance	Buzzer, vérin, moteur, servomoteur, DEL

EXERCICE RÉSOLU 2

Énoncé

Classer les éléments suivants en trois catégories : capteurs logiques, capteurs numériques ou capteurs analogiques.

Thermomètre à mercure, thermomètre à cadran, capteur de ligne, capteur 6 couleurs, capteur de fumée, thermomètre à affichage digital, bouton poussoir, détecteur de fumée.

Résolution

Capteur logique	Capteur numérique	Capteur analogique
capteur de ligne, capteur de fumée, bouton poussoir, détecteur de fumée	capteur 6 couleurs, thermomètre à affichage digital	Thermomètre à mercure, thermomètre à cadran,

EXERCICE RÉSOLU 3

Énoncé

Classer les éléments suivants en trois catégories : actionneurs mécaniques, actionneurs lumineux ou actionneurs sonores.

DEL, buzzer, moteur électrique, servomoteur, Speaker, ampoule, ruban à DEL, ventilateur.

Résolution

Actionneur mécanique	Actionneur lumineux	Actionneur sonore
Moteur électrique, servomoteur, ventilateur	DEL, ruban à DEL, ampoule	Buzzer, Speaker

Les réseaux

À revoir
OK

14

COURS

Les postes informatiques du collège permettent d'accéder, via internet, à des informations du monde entier. Ils permettent également de communiquer en envoyant des courriels, par exemple.

a Définitions

- Réseau informatique : ensemble de matériels et de logiciels reliés entre eux et pouvant communiquer.
- Réseau local : réseau informatique qui n'est pas connecté à internet. Les matériels qui le composent peuvent communiquer entre eux.
- Internet : c'est le réseau informatique mondial accessible au public. Il est composé de millions de réseaux interconnectés et permet l'accès aux informations du monde entier.
- Protocole informatique : c'est un dispositif qui permet à la machine de communiquer des informations avec les utilisateurs, et inversement, via le pupitre.
- Un paquet : c'est un fragment d'un ensemble de données (fichier, audio, message…) qui est envoyé sur un réseau.
- Le routage : il permet de sélectionner le chemin à suivre pour que les paquets arrivent à leur destination sur un réseau.

b Architecture d'un réseau

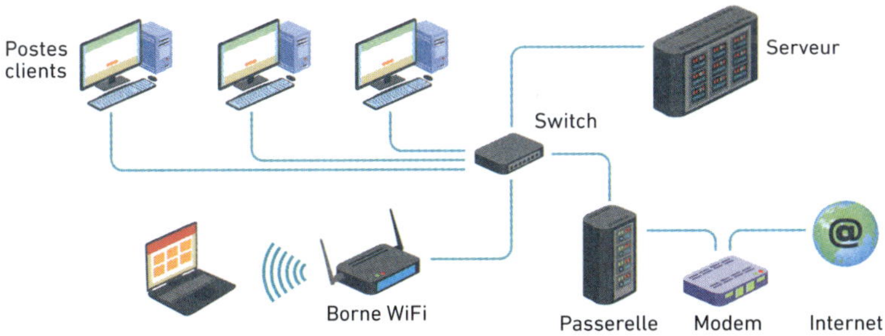

- Postes clients : postes informatiques reliés au réseau.
- Switch, ou commutateur : il permet de relier les matériels et périphériques d'un réseau informatique.
- Passerelle : elle permet de filtrer ce qui provient d'internet pour sécuriser les postes clients et autres périphériques d'un réseau informatique.
- Serveur : matériel informatique qui offre des services aux clients comme l'accès au web, les messageries électroniques, le stockage de données...
- Modem : périphérique qui convertit des données numériques provenant d'un ordinateur en signal analogique à destination d'un réseau analogique.

c Protocole TCP / IP : organisation en couches

	Couche	Description
1	Physique	Elle décrit l'ensemble des caractéristiques physiques de la communication (nature du média, type de codage...).
2	Liaison de donnée	Cette couche renseigne sur la manière dont les paquets sont transportés sur la couche physique (ethernet...).
3	Réseau	Cette couche gère le routage des paquets et l'encombrement du réseau.
4	Transport	Cette couche permet l'acheminement dans le bon ordre des messages.
5	Application	Cette couche permet l'accès aux services réseaux.

d Algorithme de routage

C'est un programme informatique dont le but est de rechercher le meilleur chemin de routage possible pour un paquet, entre son point de départ et sa destination. Le choix est fait en fonction de :
– du débit de transmission ;
– de la disponibilité des routeurs ;
– de la perte de paquets.

L'algorithme et l'algorigramme

☐ À revoir
☐ OK

15

COURS

Pour décrire le comportement d'un objet technique en Technologie, il est essentiel de maitriser le langage de l'algorithme et sa représentation graphique : l'algorigramme. Certains logiciels utilisent d'ailleurs l'algorigramme comme langage de programmation de systèmes réels.

a Définitions

- **Algorithme** : c'est une suite finie et non ambiguë d'opérations ou d'instructions permettant de résoudre un problème et d'obtenir un résultat.
- **Algorigramme** : c'est une représentation graphique d'un algorithme.

b Algorithme : exemple de représentation

Algorithme linéaire	Algorithme avec instructions conditionnelles

Pilotage d'un robot
▪ Avancer pendant 10 s
▪ Tourner à droite de 90°
▪ Attendre 3 s
▪ Avancer pendant 5s
▪ Tourner à gauche de 45°
	Pilotage d'un robot suiveur de ligne
	Si « ligne noire » = 1
	Alors « Avancer »
	  Si « Présence obstacle » = 1
	  Alors « Tourner à gauche » de 45°
	    « Avancer » pendant 4 s
	    « Tourner à droite » de 90°
	    « Avancer » jusqu'à « ligne noire » = 1
	Sinon « tourner à droite » pendant 4 s
	  Si « ligne noire » = 1
	  Alors « Avancer »
	  Sinon « tourner à gauche » pendant 8 s
	    Si « ligne noire » = 1
	    Alors « Avancer »
	    Sinon « Reculer » jusqu'à « ligne noire » = 1

c Algorigramme : composition

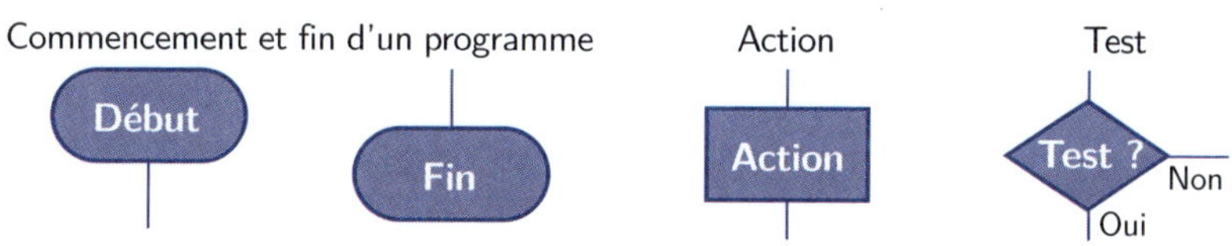

d Algorigramme : exemple

- Nous souhaitons programmer un système d'arrosage automatique pour une serre qui se déclenchera pendant 5 minutes si le taux de luminosité est inférieur à 30 % et tant que l'hygrométrie au sol est inférieure à 50 %.

Algorithme :

- Si luminosité < 30 % et hygrométrie < 50 %
- Alors Activer l'arrosage pendant 5 min

- Afin de simplifier l'algorigramme, il est possible d'utiliser des sous-programmes qui sont représentés ainsi :

Exemple :

Algorigramme — **Sous-programme** — **Nouvel algorigramme**

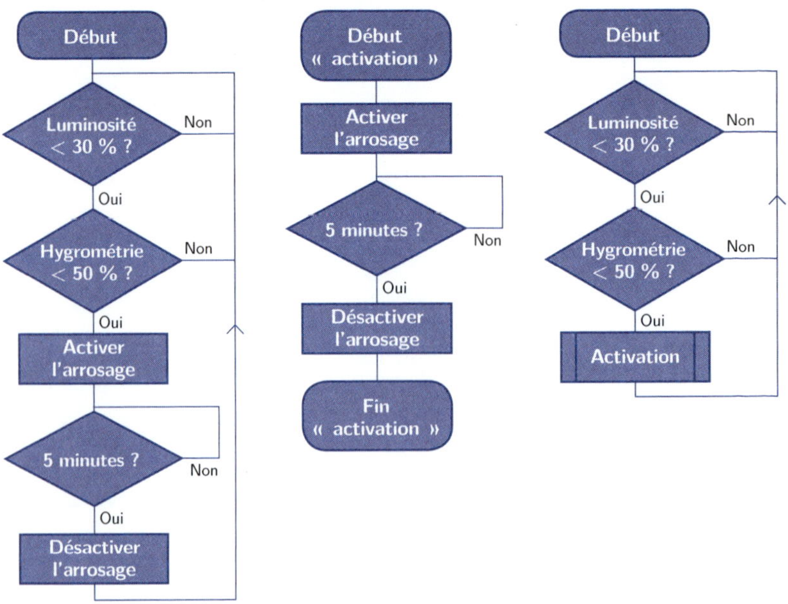

La programmation par blocs

☐ À revoir
☐ OK

16

COURS

Afin de programmer un système réel, il est essentiel d'utiliser un langage compréhensible par les objets techniques programmables. Il existe beaucoup de langages informatiques structurés en ligne de code. Au collège, nous utilisons la programmation par blocs qui est plus graphique.

Définitions

- **Programme informatique** : c'est un ensemble d'opérations ordonnées qui sont destinées à être exécutées par un programme informatique.
- **Variable informatique** : elle est toujours définie par un nom unique afin de la rendre identifiable pour ensuite y associer un nombre. Elle est utile dans la programmation de systèmes réels, car elle permet d'identifier clairement des seuils pour les capteurs afin de déclencher des actionneurs.

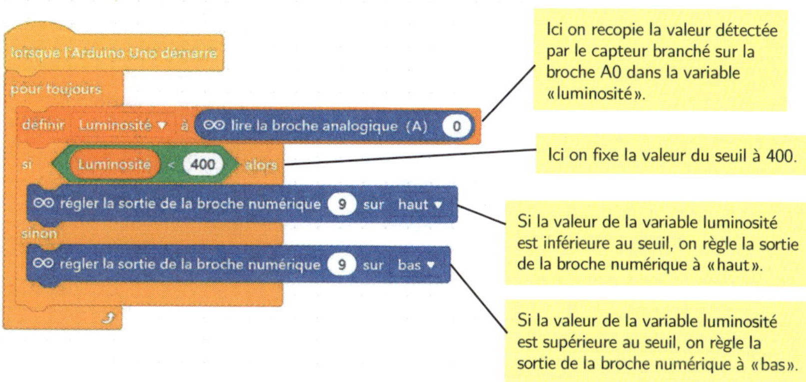

- **Évènement** : c'est la condition de départ du programme.

● Séquence d'instruction : c'est une suite d'actions ordonnées les unes à la suite des autres sans condition.

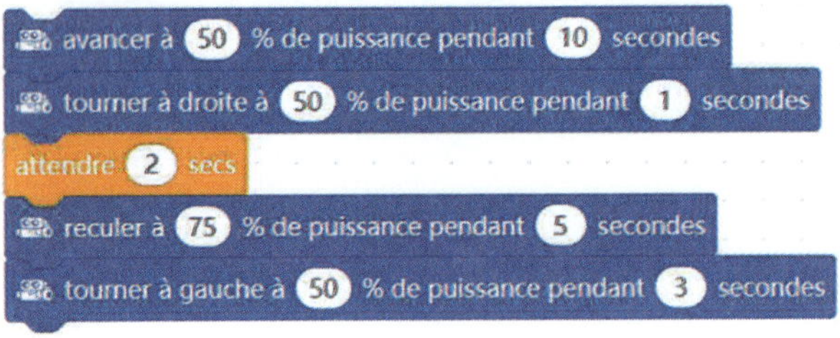

● Boucle : c'est une répétition d'instructions.

Répétition indéfiniment d'une instruction ou d'une séquence d'instructions.

Répétition d'une instruction ou d'une séquence d'instructions un nombre défini de fois.

Répétition d'une instruction ou d'une séquence d'instructions jusqu'à la validation d'une condition

● Instruction conditionnelle : c'est une instruction qui sera déclenchée en fonction d'une condition (variable, etc.).

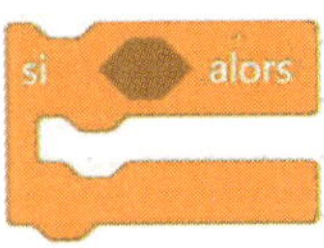

Si la condition fixée dans la forme hexagonale est remplie, la séquence d'instruction contenue dans la boucle sera exécutée.

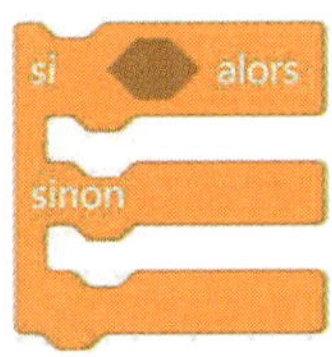

Si la condition fixée dans la forme hexagonale est remplie, la séquence d'instruction contenue dans la première boucle sera exécutée, sinon la séquence d'instructions contenue dans la seconde boucle sera exécutée.